中國女性書寫

— 國際學術研討會論文集

淡江大學中國文學系　主編

臺灣學生書局 印行

序

　　中國女性書寫些什麼？書寫了許多？記載著眾家女性生命與思想的血淚，在號稱筆酣墨飽的中國文學扉頁上，竟然一向只濺綴上幾滴！所幸近年來經過學者們的多方開拓，中國女性書寫的歷史逐漸增補清晰，女性文學的多元性與複雜性也不斷地質疑挑戰各種定見，刷新我們的視野。

　　有鑒於女性文學研究的必要，淡江大學成立「中國女性研究室」，保存整理相關文獻資料。為了進一步拓展此一學術領域，特於一九九九年四月三十日、五月一日，舉辦「中國女性書寫國際學術研討會」，共有十六位海內外學者宣讀論文，並邀請張雙英（政大中文）、方瑜（臺大中文）、王安祈（清華中文）、陳義芝（聯副主編）、邱貴芬（中興外文）、劉毓秀（臺大外文）等學者擔任六場會議的主席講評。此外，另有一場研究生論文發表會，以及一場「女作家座談會」，商請廖輝英、蓉子、張曉風、杜潘芳格、李昂、平路等六位女作家親身暢談性別與書寫的關係。本書即是學術研討會後增刪修訂的論文集。

　　此次會議的主題在於研析個別或集體女作家的文本、探討研究方法的發展或侷限、女性書寫傳播或傳承的可能途徑。論文中探究的女性書寫範疇包括古典詩詞、彈詞和戲曲評點，現代臺灣、大陸與海外文學，甚至翻譯、電影與說唱等傳播藝術形式；關於女性文

學、研究的趨向與主導論述、學術機制間的問題更見精闢討論。儘管如此，對於被湮沒累世的中國女性書寫，我們目前的勘研大概才呈現出冰山的一角罷了！後續的研究，猶待有志者共同的努力。

此次會議舉辦及論文出版，除了感謝教育部、行政院國家科學委員會、行政院文化建設基金管理委員會、臺灣省文獻委員會、淡水鎮公所、聯合報系文化基金會經費贊助，還要感謝每一位論文發表者、主持人、引言人以及與會的專家和同學們。同時更要感謝李元貞教授與何金蘭教授一年來費心耗時地籌劃協辦，以及高柏園教授、周彥文教授、施淑教授，趙衛民教授、吳麗雯助教、黃麗卿助教、黃慧鳳助教、吳春枝助教、溫晴玲助教，以至所上熱忱支援參與的可愛研究生們。缺少各位的鼓舞與襄助，此次會意不可能如此圓滿，本書也不可能如期付梓，謹此一併申謝。

范銘如　一九九九年七月

淡江大學中文系

中國女性書寫
——國際學術研討會論文集

目　錄

屈服抑或抗拒？

——剖析淡瑩〈髮上歲月〉一詩

何金蘭*

（一）

　　淡瑩爲東南亞地區著名詩人之一，也是目前新加坡最重要的華文女性詩人❶。六十年代初，淡瑩於國立臺灣大學外文系就讀，曾與王潤華、林綠、翱翱、陳慧樺、黃德偉等人創辦「星座詩刊」，之後亦在臺灣詩刊、報刊上發表許多作品，因此，淡瑩的名字亦排入臺灣女詩人的行列之中，獲得相當大的重視。

　　淡瑩已出版四本詩集：《千萬遍陽關》（星座詩社，臺北，1966），《單人道》（星座詩社，臺北，1968），《太極詩譜》

---

* 淡江大學中國文學系教授
❶ 淡瑩原名劉寶珍，廣東梅縣人，1943 年生於霹靂江沙。高中畢業後赴臺就讀於國立臺灣大學外文系。1966 年獲學士學位。翌年赴美深造，獲威斯康辛大學碩士學位。目前爲新加坡國立大學華語研究中心講師。

（教育出版社，新加坡，1979）和《髮上歲月》（七洋出版社，新加坡，1993）。

淡瑩早期的詩作，多數偏向婉約的風格，以抒發內心世界的眞實情懷，甚至被認爲是「自我抒情式」的詩人❷。不過，在婉約之中又有較多較廣的不同題材入詩，甚或企圖邁向豪放陽剛之氣。大部分的評論都非常讚賞淡瑩經由中國古典詩詞意境、意象或典雅辭彙轉化爲現代詩的功力，尤其是《太極詩譜》中以太極拳四十招式寫成的《太極篇》，以楚霸王項羽和虞姬的史實與傳說寫就的〈楚霸王〉、〈虞姬〉、〈烏騅〉三篇，以及用十五個詞牌名完成的《懷古十五首》。鍾玲對淡瑩的這項特點曾予以特別推崇：「在臺灣女詩人中，淡瑩是熔鑄古典詩詞語及境界，著力最深者，涉及面也最廣」❸，並在另一段中與其他女詩人作一比較，而得到的結論是：「在臺灣女詩人之中，對古典世界及意境之再造，以淡瑩著力最深，對古典詞語之熔鑄，以淡瑩的功力最厚，成就最大。方娥眞也善於再創古典意境，熔鑄詩詞語，但她寫作詩的時期太短，不似淡瑩由六十年代一直探索至八十年代。藍菱七十年代的作品也回歸古典，但她的辭藻不如淡瑩典雅。葉翠蘋、翔翎皆能化古典詩詞語入現代詩中，不著痕跡，但她們又以婉約風格爲主，不似淡瑩作多方面嘗試」❹。

---

❷　見徐舒虹〈試論淡瑩、王潤華的詩〉，刊於《臺灣詩學季刊》第 24 期，1998 年 9 月，p.139。

❸　見鍾玲〈古典的瑰麗——論淡瑩的詩〉，p.53。

❹　同註❸，p.55。

　　正因淡瑩具有多方面的才氣，「作多方面的嘗試」，她在《太極詩譜》中的〈楚霸王〉就是表現與婉約淡雅風格恰恰相反的陽剛雄渾，最受矚目。作者於第一節詩中用了「最后自火中提煉出／一個霸氣磅礴的／名字」來讓這位最具傳奇性的主角出場，全篇正是充滿「霸氣磅礴」的氣勢，令人訝異於作品多呈柔婉情調的女性作者竟然能豪氣萬丈來寫一位英雄人物。李元洛即曾以同一詩集中的〈傘內·傘外〉來與〈楚霸王〉一起分析，認為「〈楚霸王〉一詩本身就極具霸氣、其意象、語言、節奏以及氣氛等等，都是以陽剛為其基調和底色，毫不嫵媚與纖弱，如果不署名，實在看不出它是出自女性的手筆，真可謂不讓鬚眉」❺。然而，在談到〈傘內·傘外〉時，李元洛作了非常明晰的比較：「她可以使用陽剛的偏鋒為楚霸王雕塑一座詩的銅像（⋯⋯），但婉約和清雅，到底是她的當行本色。我讀她的〈傘內·傘外〉，惊訝於這位女詩人能『豪』更能『秀』，或者說，能『秀』亦能『豪』。〈傘內·傘外〉這首詩，和〈楚霸王〉的情調風格完全不同，後者是金戈鐵馬的英雄豪氣，前者是花前月下的兒女柔情，後者是烈火狂飆中，前者是人約黃昏後」❻。

　　這首將剛性美的美學發揮到淋漓盡致的〈楚霸王〉是否可以將女性作者的性別特色完全消除？經過仔細的閱讀，我們發現詩中有

---

❺　見李元洛〈亦豪亦秀的詩筆──讀新加坡詩人淡瑩〈楚霸王〉與〈傘內·傘外〉〉，原刊於《名作欣賞》1987 年，第 39 期，中國山西省北岳文藝出版社，p.31。後收入淡瑩《髮上歲月》，p.231。

❻　同註❺。

兩個意象在全詩的陽剛氣中顯得十分陰性：第一個是「他的臉／如初秋之花」，第二個是「江上的粼光／是數不盡的鏡臺」（《太極詩譜》頁43）。英雄的臉以「初秋之花」來形容，並且還「一片一片墜下」如「鏡臺」的「江上粼光」，使這一節詩突然變得非常的女性化，而作者的性別也似乎在這一節中不經意的洩露出來。鐘玲於〈古典的瑰麗——論淡瑩的詩〉中亦指出此點：「然而以女性之社會背景與文學素養，試筆陽剛風格，總有控制不住，流露女性特色之處，如『初秋之花』、『鏡臺』等意象，就不類戰場英雄的形象，更適合於描寫美人了」❼。當然，這兩個意象並無損於全詩的豪雄陽剛風格，我們只想藉此說明女性意識於無意之間亦可能流露於文本中。

（二）

《太極詩譜》於一九七九年出版，經歷了十四年的人生經驗後，淡瑩才再出版《髮上歲月》（1993）。此詩集與「歲月」的關係密不可分，呈現的正是詩人隨著歲月進入中年以後的心情和人生觀。

與早期淡瑩溫婉典雅的風格比較的話，《髮上歲月》展現的多為恬淡樸實、豁達灑脫。洛夫於〈那人都在燈火闌珊處（代序）——讀淡瑩詩集《髮上歲月》〉中指出：「淡瑩晚近的詩，情感直露，不失其眞，與人與事，坦然以對，不失其誠，這與她早年的溫

---

❼　同註❸，p.55。

婉含蓄已大異其趣」❽。由於歲月流逝，青絲結霜，詩人書寫的題材當然也會與以前的不全相同。洛夫將此集中的作品歸納爲兩大主題：「一是時間的壓力所引發的對生命無常的惊悸和沉思」，「一是那種『春蠶到死絲方盡，蠟炬成灰淚始乾』悱惻纏綿的戀情」❾，他並且認爲，讀者很難從寫以王潤華（淡瑩的夫婿）爲對象的情詩的淡瑩，聯想到寫〈楚霸王〉的淡瑩，「由豪雄陽剛、飛揚跋扈的〈楚霸王〉一躍而到委婉幽邃、暗示兩性關係相當強烈的〈崖的片斷（之一，之二）〉以及〈回首〉、〈雪融〉等篇，這未嘗不可視爲淡瑩的『女性回歸』」❿。

在前文中，我們指出〈楚霸王〉一詩內亦有兩個意象明顯的流露作者的女性特色，因此，到底是否只有情詩才能視爲「女性回歸」的體現內容，或者，它亦可以在因時間壓力所引發的惊悸和沉思中誕生的情思，同時在兩者之間產生了「女性回歸」的特點？

《髮上歲月》共分六輯：㈠椎心，㈡髮上歲月，㈢出發前，㈣崖的片斷，㈤舞女花，㈥從握掌想起。第二輯《髮上歲月》中的作品，大部分「都流露出『時不我予』的傷逝之情」⓫。我們特地選了此輯中第一首〈髮上歲月〉作爲分析對象，一方面希望能釐清此詩的意涵結構，另一方面亦想在進行分析中，尋找因時間流逝引起的惊悸和情思裏出現的「女性回歸」。

---

❽　見淡瑩《髮上歲月》，七洋出版社，新加坡，1993，p.6。
❾　同註❽，p.3 和 p.4。
❿　同註❽，p.4。
⓫　同註❿。

　　此詩集以「髮上歲月」爲名，可以想見在作者心目中的重要地位。我們將應用呂西安·高德曼（Lucien Goldmann 1913-1970）的「發生論結構主義」詩歌分析方法來剖析此詩⑫，闡明其總意涵結構與部分結構。

（三）

　　〈髮上歲月〉全詩文本如下：

髮上歲月
染髮心情和落日心情
莫不與歲月相關
前者尤爲複雜
太陽，無可抉擇
必須依時墜落
頭髮，可染，可不染
跟歲月抗衡，染
不染乃認命的詮釋

當夕陽回光返照
全力向天邊浮雲

---

⑫　請參考拙著《文學社會學》第五章〈文學的辯證社會學——高德曼的「發生論結構主義」，桂冠圖書出司，臺北，1989，p.73-136。

噴吐一口美麗的鮮血
胸懷，最是恨恨難遣

一頭水亮青絲，轉瞬
被輕霜白雪覆蓋，情懷
又該是怎樣的呢？
是不是心驚之後
是心悸？心悸之後
是心痛年華似水
倥傯舍我遠去？

所以中年以後
除非落髮，卻絕塵緣
否則怎敢以斑駁的容貌
迎接你炯炯的眼神
縱使你仍多情寵惜
我又豈能朝暮忍受
攬鏡時的哀憐和怔忡？

再三耽延，反覆思量
最後決定一覺醒來
將滿頭斑斑歲月
染成飛揚的青春
蒙騙天下所有的菱鏡

日，落抑或不落
從此與我無關

後記：據說頭髮一經染色，髮質即變，且產生其他副作用，
故遲遲不敢冒險。然跟我同齡之閨友，多擁有一頭烏黑水亮
染過的青絲，不勝羨慕。猶疑良久，終於決定以染髮劑換回
短暫的青春。

全詩共分五節，第一節八行，第二節四行，第三節七行，第四
節七行，第五節七行，總共三十三行，並附後記一段。

正如前文中所強調的，《髮上歲月》中的作品是作者進入中年
之後，對「歲月無情」所帶來的震憾以及面臨之後引起的反應和抉
擇。如何作出最好的抉擇呢？站在永不停止流逝的「歲月」之前，
應該怎樣去面對它？屈服於它的威力或是抗拒它的侵襲？全詩文本
正是建立在「屈服／抗拒」的總意涵結構之上，部分結構也是加強
此意涵結構的元素；附加的後記更強調了「屈服／抗拒」對立的二
元結構。以下為對全詩每一行詩句所作之分析。

第一節共八行：

第一行：「染髮」是因歲月使髮色變白了，要重染回原有顏色，因
　　　　此「染髮」是「抗拒」歲月的行動。「落日」則是無可
　　　　「抗拒」的自然現象，人（或萬物）必須「屈服」於將落
　　　　的太陽，不論願不願意。「心情」為部分結構，將「抗
　　　　拒」和「屈服」加以細描，「和」亦為部分結構，將此二
　　　　種完全相反的元素連在一起，以說明第二句的意義。

第二行：是全詩的關鍵句：最重要的名詞也即是關鍵詞「歲月」出現，「莫不與」和「相關」亦爲重要部分結構，清楚指明前一句的「抗拒」或「屈服」均和「歲月」有密不可分的關係。以下的詩句才是分析和說明第一句的兩種心情。

第三行：「前者」指「染髮」，意即「抗拒」歲月。髮白原本是自然的象徵，意欲改變其顏色，不但動作「複雜」，「心情」更是「複雜」，「尤爲」在此強調其複雜性，爲部分結構。

第四行：指明「太陽」爲人必須「屈服」之物，「無可抉擇」加強「屈服」的必要性。

第五行：「必須」強調說明「屈服」之必要，「依時」指「歲月」進行中的時刻，「墜落」乃「依時」出現的狀況。此句與上一句指出在歲月之前，無可抗拒，無可抉擇。

第六行：然而，「頭髮」與「太陽」不同的地方是：或是「抗拒」歲月→「可染」，或是「屈服」歲月→「可不染」，此句與後面二句是總意涵結構呈現明顯之處：「抗拒／屈服」。

第七行：「染」即是「跟歲月抗衡」，也就是「抗拒」到底。

第八行：「不染」即「屈服」於歲月，「認命」於此含「屈服」之意，「詮釋」美化了「屈服」涵義。

第二節有四行：

第一行：此節寫全詩第一句的「落日心情」，這第一行描繪「落日」景色，「迴光返照」隱含「無可抗拒」，「無法挽回」之意。

第二行：「全力」明指「夕陽」，實指「歲月」所用之力。「天邊
　　　　浮雲」是「夕陽」的對象，而現實生活中，「人」才是
　　　　「歲月」的對象。「向」爲部分結構，指明所「向」目
　　　　標。

第三行：「噴吐」動詞明顯洩露「落日心情」，特別是在前一句的
　　　　「全力」之後。「鮮血」意象原本恐怖可怕，此處用「美
　　　　麗」形容，造成一種強烈的「反諷」效果。「一口」爲部
　　　　分結構，一方面指明鮮血的「量」，另一方面也突顯只需
　　　　「一口」即能造出最強的功能，就是必須「屈服」的力
　　　　量。

第四行：「落日心情」即此句的「悵恨難遣」，被迫「屈服」之後
　　　　的心理寫照。「胸懷」指「悵恨」堆積之處，「最是」形
　　　　容其「難遣」之強猛；均爲部分結構。

　　　　第三節共七行：

第一行：第二節寫「落日心情」，第三節轉寫「髮白心情」。第一
　　　　行寫詩人頭髮本來樣貌：「青絲」的顏色和質地都是最美
　　　　的，「水亮」更加強其光澤和亮麗程度，「一頭」予讀者
　　　　「青絲」濃密模樣，這一切全都是在「屈服」或「抗拒」
　　　　之前的面貌。句末「轉瞬」二字寫出「歲月」之迅速和不
　　　　可預測，亦爲第二句加強速度。

第二行：「覆蓋」動詞本來就令人不舒服，何況是「被輕霜白
　　　　雪」？「輕」與「白」二字原本予人「柔」「美」的樣態
　　　　和顏色，然而此處「輕」的是「霜」，「白」的是
　　　　「雪」，均爲冰冷寒酷之物，因此「輕霜白雪」構成「反

諷」，並且用來形容「歲月」之殘酷：如何「抗拒」此「霜」和「雪」？句末的「情懷」即是由此霜雪引伸出來。

第三行：「又該是怎樣的呢？」：作者站立在來勢迅速的「霜雪」（即「歲月」）之前，引發的思考問題，因此，此句爲部分結構。

第四行：「心驚」是作者見到白髮之後的第一個心情反應，「是不是」則說明在「歲月」的壓力之下，「還有其他」比「心驚」更沈重的心情。因此，「心驚」在此表明了「屈服」之意，「屈服」於以「霜雪」面貌出現的「歲月」之下。「是不是」則是部分結構，說明「屈服」之後心情的複雜狀態。

第五行：「心悸」是第二種心情，比「心驚」更深的痛，接在心驚之後，並以「是」和「？」兩個部分結構表示作者懷疑「痛」不止於此，因之再緊接連接句「心悸之後」以陳述第三種眞正的心情。

第六行：「心痛」才是「歲月」流逝之後的眞正感覺。爲何「心痛」？「心痛」什麼？原來果眞是因「似水」的「年華」（捨我遠去）。「心痛」是「屈服」，「年華似水」爲其理由之部分，亦爲部分結構。

第七行：「遠去」亦是理由之部分，然而「捨我」才是「心痛」主因，同時又以「倥傯」二字形「遠去」的速度。我們看到第三行、第五行和第七行均以「？」呈現，此部分結構表達作者對於突然顯現的歲月蹤跡所感到的震驚，思索因此

可能帶來的各種情況並引發後面二節的反應與抉擇。

第四節共有七行：

第一行：因爲三節的各種心情反應引起了此節的推論：作者認定唯
　　　　一可以「無懼」面對「歲月」的情況是：「中年以後」做
　　　　第二行的事情；「所以」是所得結論，爲部分結構，「中
　　　　年以後」亦爲部分結構，指明時間階段。

第二行：「落髮」和「卻絕塵緣」是一種既不「屈服」也不「抗
　　　　拒」「歲月」的作法，無髮無塵，自然也就無緣。然而作
　　　　者於句首加上「除非」二字，又完全推翻此種做法的可能
　　　　性。此部份結構解釋後面五句的爲難和怔忡。

第三行：「否則」「怎敢」二個部分結構，一是回應前一句的「除
　　　　非」，一是顯示「歲月」令作者恐懼的程度。「斑駁的容
　　　　貌」正是「歲月」帶來給「中年以後」的成果，因而此句
　　　　明顯的完全是「屈服」的姿態，無法面對「歲月」，特別
　　　　是還要加上第四行的動作：「迎接」「你炯炯的眼神」。

第四行：「屈服」的原因就是因「你的眼神」「仍」「炯炯」而我
　　　　的「容貌」「已」「斑駁」，才引出上一句的「怎敢」和
　　　　此句的「迎接」。

第五行：「縱使」加強「屈服」的程度。「多情寵惜」原是「中年
　　　　以後」所得到的，如今「中年以後」，「你仍」如前；
　　　　「你仍多情寵惜」說明作者「我」所受對象的熱情專注。
　　　　「縱使」如此「我」又豈能？

第六行：非常清楚表達「歲月」所加予「我」的壓力。「又豈能」
　　　　明示「不可能性」，「朝暮」指時間的連續性，永不停息

性，「忍受」指「歲月」所迫之事（即第七行）。

第七行：「哀憐」和「怔忡」正是對者「歲月」時最深最沉的心情
反應，「攬鏡時」也就是「面對面」，完全無法避開、無
法漠視的時刻。句末的「？」加強上一句與此句的「屈
服」狀態。

第五節共有七行：

第一行：由於第四節中完全「屈服」於「歲月」的心理引致這一行
的「思量」，此「思量」「反覆」不已，而且「再三耽
延」，非常傳神的表達「歲月」帶來給作者的深思熟慮、
思考再三及複雜又矛盾的內心世界。難道願意一輩子「屈
服」嗎？又如何「迎接」「你的眼神」？「思量」清楚之
後，作者終於作出抉擇。

第二行：「最後」是上一句「反覆思量」之後所帶來的結果，即是
「決定」於「一覺醒來」時抗拒「歲月」。「一覺醒來」
除了可以指明時間之外，亦可以作為「清醒」的意思。此
句清楚說明作者於「屈服／抗拒」之間長久的矛盾、掙
扎、思考之後所作的「決定」和「抉擇」，也即是從前二
節的「屈服」改成完全的「抗拒」。

第三行：「抗拒」的行動是：「將」「滿頭」「斑斑歲月」去
「染」；「歲月」是關鍵詞，「斑斑」是中年以後的模
樣，「滿頭」則是無視於「斑斑歲月」的數量，甚至還帶
有「挑釁」的意味，向「歲月」下戰帖。

第四行：戰勝「歲月」的「戰果」：「斑斑歲月」全被消滅，取而
代之的是「飛揚的青春」，唯一的方法是「染」。因此，

全詩以這一行的「抗拒」意味最明顯，行動最俐落，成果
最輝煌。「青春」是很久以前的階段，此處用「飛揚」來
形容，更能想見作者勝利的驕傲模樣：神采「飛揚」？

第五行：此亦爲戰果：「飛揚的青春」可以「蒙騙」「天下」「所
有的」「菱鏡」，「菱鏡」不是只有一面，而是很多，全
天下所有的全包在內，映照出來的，再也沒有絲毫「歲
月」，只有「飛揚的青春」。這一行亦是「抗拒」的意涵
結構；「蒙騙菱鏡」，「天下所有的」爲部分結構：強調
戰果的龐大。

第六行：由於「抗拒」戰勝「歲月」，因此，「日落」或「不
落」，已經無甚重要。此句呼應全詩的第一句，「染髮心
情和落日心情」，原本與「歲月」相關的兩種心情，如今
因髮已染，歲月已除，故剩下的日，與我不再相干，完全
的表達勝利心情。

第七行：「從此與我無關」說明前一句的「日」與「我」在髮染之
後的關係。原本引起同樣傷感的「髮白」和「落日」，今
因「髮黑」，「落日」再也不具任何影響力。此句一方面
呼應全詩的第一、第二句，另一方面，也展示向「歲月」
「抗拒」後所得之全面勝利。

（四）

經過上文的分析，我們發現全詩的每一行都建立在「屈服／抗
拒」歲月的總意涵結構之上，許多小的部分結構也是爲補充、說明

各種數量，威力、狀況、情形、變化等而使用。詩人應步入中年之後驚髮而產生的許多思考：如何面對「歲月」？如何思考人生？最後終於採取「染髮」的抉擇來擊敗「歲月」所加的沉重壓力，並且獲得勝利：飛揚的青春仍然存在，生命的光采依然亮麗。

在這樣一首「剖陳個人心靈隱祕，叩響情感之弦，而又涉及人生哲理思考的詩」⓭裡，「女性特色」呈現之處到底如何？在何處？由於「歲月」並不單只影響到女性，而是對任何「人」都具有強大壓力；「染髮」亦不是只有女性才會採取的「抗拒」歲月行動，尤其是目前，大部分的男性亦以「染髮」對抗「歲月」。因而，情理交融探討人生哲理，面對「時不我予」狀況下採取抉擇的作品，應該是以「人」和「生命」作爲思考基點，那麼，女性作者在這樣一首詩中又是如何現身？尤其是淡瑩這一位寫過〈楚霸王〉雄渾陽剛風格作品的詩人！

在〈髮上歲月〉一詩中，第一節於開頭兩句即已提綱挈領地將染髮和落日兩種心情與「歲月」相提並論，對落日必須「屈服」，而對頭髮則可在「屈服」與「抗拒」兩種態度之中作一選擇。因此，這一節明顯地是作者從歲月無情的流逝，看到太陽無聲地西下，轉而想到髮上覆蓋的霜雪，感受到未來的時日無多，才作出的議論。這種對人生的思考在男性作者筆下，應該也有相類似的表達，比較看不出女性特色，如眞要嚴格尋找的話，也許只有末句「認命」二字，較具女性意識。

⓭　同註⓼，p.3.此段爲洛夫認爲《髮上歲月》詩集中「最能使讀者內心引起震撼的」詩而論的。

　　第二節先寫落日情形和心情，鮮血以「美麗」二字形容，當然具有「反諷」的效果，但也是較具女性意識的寫法。鄭愁予「美麗的錯誤」讓讀者悵惘不已，此處「美麗的鮮血」則讓詩人「悵恨難遣」，威力顯然大多了。第三節寫髮白之後的心驚、心悸和心痛，對「年華似水／倥傯捨我遠去」的深切感受，這種髮白心情對女性或男性都應該是差不多的。不過，這一節的第一句以「水亮清絲」形容原來的烏髮，霜和雪又用「輕」和「白」形容，這兩處正是女性作者現身的句子，也表達了傳統上對頭髮的描寫手法。

　　第四節整節是全詩女性特色最濃的詩句。若單獨看第一第二句，也許還不太容易見到作者性別，但因此二句與後面五句意思貫連，故呈現出來的是傳統的愛情觀與傳統的文學愛情。作者用了「怎敢以斑駁的容貌」「迎接你炯炯的眼神」來表達對另一人的深情，然而「縱使你仍多情寵惜」，也無法忍受「攬鏡時的哀憐和征忡」，這裡使用的「寵惜」、「攬鏡」、「哀憐」等詞彙，與前二句一樣，都是女性意識特濃的常用字眼。蘇軾曾以「多情應笑我早生華髮，人生如夢，一尊還酹江月」來感嘆白髮早生和如夢人生，但感嘆中仍有洒脫之氣。女性能夠如此的恐怕不多；不過，二十世紀末的男性可能也很少能如此。

　　正因為「一是個人難以忍受顧影自憐的悲哀和怔忡，一是難以面對心上人熱情寵惜專注凝睇的眼神」❿，經過「再三耽延，反覆思量」之後，詩人終於在染與不染之間採取「將滿頭斑斑歲月」，

---

❿　見黃壽延（即王一桃）〈嚴峻的人生和斷然的抉擇〉，刊於大公報，香港，1994 年 8 月 17 日。

「染成飛揚的青春」「抗拒」「歲月」。這第五節中，以「飛揚的青春」和「菱鏡」是最富女性特色的用語和用品。

詩末有一則後記：「據說頭髮一經染色，髮質即變，且產生其他副昨用，故遲遲不敢冒險。然跟我同齡之閨友，多擁有一頭烏黑水亮染過的青絲，不勝羨慕。猶疑良久，終於決定以染髮劑換回短暫的青絲」，後記中的「閨友」、「一頭烏黑水亮染過的青絲」和「青春」是女性詞語（當然青少年也可以用「青春」），其他則與一般人（男性／女性）的想法和心情大致一樣。

（五）

淡瑩這一首〈髮上歲月〉表現的是人入中年驚髮之後對人生的思考和複雜的心情，在染與不染之間猶疑許久才作了決定，這也和在人生的路途上遇見必須於「屈服」和「抗拒」之間作一抉擇一樣。《髮上歲月》中還有一首〈黑與白〉，其中有「在你的十指挑拈撥弄下／千絲萬縷、長短不一的煩惱／經過一個半小時／終於回返最初本色」的詩句，寫詩人的丈夫為她染髮的情形。這一點與〈髮上歲月〉中第四節的意思相同，都是在愛情的滋潤下為心上人採取了染髮的行動。淡瑩與王潤華的鶼鰈情深也使原可成為探討人生的哲理詩添加女性特色的柔婉情調。站立在「歲月」面前，詩人選了「抗拒」到底的抉擇，〈髮上歲月〉的飛揚青春是戰利品，在〈黑與白〉中，詩的最後三句「何必耿耿於懷／烏黑與雪白之間／截然不同的詮釋？」更為「抗拒」勝利增添完美的色彩。

參考書目

淡瑩，《太極詩譜》，教育出版社，新加坡，1979。

淡瑩，《髮上歲月》，七洋出版社，新加坡，1993。

何金蘭，《文學社會學》，桂冠圖書公司，臺北，1989。

洛夫，〈那人卻在燈火闌珊處——讀淡瑩詩集《髮上歲月》〉收入
《髮上歲月》p.1-6。

李元洛〈亦豪亦秀的詩筆——讀新加坡女詩人淡瑩〈楚霸王〉與
〈傘內·傘外〉，刊於《名作欣賞》第 39 期，山西，北岳
出版社，1987，p.29-32；後亦收入《髮上歲月》p.225-233。

鍾玲，〈古典的瑰麗——論淡瑩的詩〉p.52-55。

黃壽延，〈嚴峻的人生和斷然的抉擇〉，刊於大公報，香港，1994
年 8 月 17 日。

金啓華〈淡瑩《髮上歲月》讀後〉刊於大公報，香港，1994 年 6 月
19 日。

喀秋莎，〈淺析〈傘內·傘外〉及其技巧〉，刊於南洋商報，1978
年 2 月 27 日。

陳義芝〈《太極詩譜》驚豔〉，刊於《文訊》112 期，臺北，1995
年 2 月，p.14-15。

張默，〈繁富高雅的風景——談四位女詩人的詩〉，收入《剪成碧
玉葉層層》，爾雅出版社，臺北，1981。

徐舒虹〈試論淡瑩、王潤華的詩〉，刊於《臺灣詩學季刊》二十四
期，1998 年 9 月，p.129-147。

臺灣現代女詩人的詩壇顯影

李元貞*

　　1988 年臺灣男詩人孟樊宣告現代詩壇瀕臨死亡❶，1995 年男詩人向明在《文訊》雜誌社舉辦的「臺灣現代詩史研討會」裡，也對新詩未來感到「冷」，認爲它已「名存實亡」。有趣的是，李瑞騰曾在爾雅版的《七十四（1985）年詩選》導言裡說：「經過統計，有大約一千位寫詩的人，寫了四千多首他們自己認爲滿意的作品……」，白靈在《八十四（1995）年詩選》序裡引美國幽默詩人唐馬奎斯（Don Marquis）之言：「將一瓣玫瑰，擲進大峽谷……」，並說：「這等荒涼淒美的畫面中，每年臺灣會有上千個詩人，奮勇寫出五六千首詩來……」，描繪出現代詩壇如今外冷內熱的景況。在每年上千人的寫詩人口中，自 50 至 90 年代，名見記錄者有一百餘人是女詩人❷，雖然在人數與知名度上不及男詩人，

---

*　淡江大學中國文學系副教授
❶　孟樊〈瀕臨死亡的現代詩壇〉一文，在 1988，12 月 26-28 日發表於《自立早報》副刊，後收在其書《臺灣文學輕批評》（揚智，1994）頁 15-23。
❷　見附錄一。

不少女詩人已然留下擲地有聲的作品。在討論過她們的詩作成就後❸，值得進一步瞭解她們在詩壇的活動與地位，以下從三個論點討論此問題。

一、女詩人如何在詩壇出現？

絕大多數女詩人在詩壇知名，都沿著投稿報刊或詩刊，參加詩社或文藝營，然後出詩集，被選入詩選集、或得獎這條正常管道。臺灣最負盛名的女詩人蓉子，早期並不熱衷參加詩社，卻頗勇敢地將自己的作品拿給 1951 年 11 月在〈自立晚報〉創刊的〈新詩週刊〉負責編輯的紀弦、覃子豪看，從而獲得發表，並在兩年後出版《青鳥》詩集。隨後因結婚而停筆 6、7 年，也是她思考如何寫詩的沉潛期，再於 1961 年底，由藍星詩社出版第二本詩集《七月的南方》，奠定她寫詩的前程。此後她不但積極參與詩壇國內外活動，並在 1965 出版《蓉子詩抄》、1967 出版童話詩《童話城》、1969 出版《維納麗沙組曲》、1974 出版《橫笛與豎琴的晌午》、1977 出版《天堂鳥》、1978 集結《蓉子自選集》，同年亦出版《雪是我的童年》❹、1986 出版《這一站不到神話》，1989 集結詩作出版選集《只要我們有根》、1995 又集結詩作出版精選集《千

---

❸ 指拙著《女性詩學》的寫作計劃，已發表的四篇，皆爲分析臺灣現代女詩人的作品成就，尚有三篇初稿沒有發表，及 1-2 篇的理論討論尚未寫成。

❹ 蓉子在《這一站不到神話》詩集自序中，曾表明《雪是我的童年》，乃絕版詩集《維納麗沙組曲》之更名再版。再剔除與羅門合出的英文版詩選集《日月集》，共出版 9 本詩集。

曲之聲》，1997 再出版《海上晨曦》詩集，蓉子迄今已出版了十本詩集和三本詩選集，堪稱出版詩集最多的臺灣第一女詩人，詩作入選很多詩選集，亦獲頒國際詩人獎與國家文藝獎。張秀亞與不少女詩人一樣，在 16 歲左右開始寫詩❺，並發表一首詩作於〈益世報〉上，在大陸就讀輔仁大學西洋文學系時，曾完成三百四十行長篇敘事詩〈水上琴聲〉，於 1957 年在臺出版，1966 年加上許多其他詩出版《秋池畔》詩集、1987 出版《愛的又一日》詩集。雖然她的散文成就蓋過其詩，也因爲她散文的光輝增加其詩之讀者。

胡品清於 1962 年自法返國，任教於文化大學法文系與法文研究所，寫詩、散文和翻譯，詩作投稿報紙外，亦投稿在 1962 年創刊的《葡萄園》詩刊與 1957 年創刊的《文星》雜誌。1965 由《文星》雜誌出版她第一本詩集《人造花》，然後她於 1978 出版《玻璃人》、1984 出版《另一種夏娃》、1987 出版《冷香》共四本主要詩集。她在 60 年代曾譯介法國現代詩人作品於《藍星》與《文星》雜誌，亦譯介中國新詩爲法文，益增其詩人的名氣。陳秀喜畢業於日據時代新竹女子公學校，16 歲開始以日文寫詩，1967 年加入日本東京短歌社臺北支部，1968 加入笠詩社，1971 任笠詩社社長，1970 在東京早苗書房出版日文短歌集《斗室》，1971 出版中文詩集《覆葉》、1974 出版《樹的哀樂》、1975 日文譯詩集《陳秀喜詩集》在東京出版、1981 出版《灶》、1986 集結《嶺頂靜觀》、1989 出版詩文集《玉蘭花》。她與蓉子一樣積極參與世界詩

---

❺　參考女詩人的詩集序及我與學生的女詩人的採訪，得知朵思、陳秀喜、夐虹、李政乃、翔翎、方娥眞、曾淑美、陳斐雯、筱曉、顏艾琳等皆是。

人大會，得過國際優秀詩人獎與詩獎，1991 年過世，1997 年由新竹文化中心出版全集。以上四位女詩人，皆在 1981 年張默編的臺灣第一本現代女詩人選集《剪成碧玉葉層層》中入選。

林泠與敻虹的情況略有不同，林泠在 1952 年發表詩作於《野風》，並結識紀弦等現代派詩人，1956 紀弦正式宣告「現代派」成立，林泠名列九人籌備委員之一。敻虹於 1957 年以新人姿態投稿余光中在〈公論報〉主編每週一次的〈藍星詩刊〉，以後她的詩作亦出現在余光中所編的詩刊如《文學雜誌》和《文星》詩頁。不過，《林泠詩集》遲至 1982 年才出版，敻虹第一本詩集《金蛹》在其寫詩約十年之後即 1968 年出版。她們在詩壇立足，實與張默、瘂弦等人的創世紀詩社在 1961 年出版的《六十年代詩選》被選上有關，它是國民黨遷臺後臺灣第一本詩人作品選集，在 26 位作家中只有她們兩位女作家，備受矚目。6 年後創世紀再編《七十年代詩選》，雖未選入林泠與敻虹，但在 1972 年余光中與洛夫主編的《中國現代文學大系》詩輯中，70 位詩人中她們與蓉子、羅英、朵思、王渝、劉延湘、藍菱共 8 位女詩人入選。此套文學大系未選不少在 50 及 60 年代知名女詩人，如前舉的張秀亞、胡品清、陳秀喜，洛夫在序中強調選詩的嚴謹，但未選陳秀喜難以服人。羅英自高中時代開始寫詩，在 50 年代亦曾加入紀弦領導的現代派，1961 與沉冬由現代詩社出版詩合集《玫瑰的上午》，至 1982 出版《雲的捕手》後，頗受洛夫等創世紀詩人們的推崇，奠定其超現實主義詩人的名聲。1987 出版《二分之一的喜悅》，仍延續相同的風格，與其夫商禽在詩的自由聯想的意象手法上，各有獨到之處。

朵思在 1955 年發表第一篇詩作於《野風》，1963 年自費由創

世紀掛名❻出版其第一本詩集《側影》，20 多年後 1990 才出版第二本詩集《窗的感覺》、1994 出版《心痕索驥》、1997 出版《飛翔咖啡屋》。朵思雖然因婚姻生活的重累而延遲出第二本詩集卻未停筆，又因爲其夫畢加與創世紀同仁關係密切，發表詩作比較方便，這點與不少女詩人情況相同❼，她的詩作得過獎，更常進入各種詩選集，她卻感嘆詩選集裡女詩人的比率只占 6.6% 至 16% ❽。她說：「男詩人進入選集，爭得很厲害，女詩人消極，沒有進也就算了」，她認爲這種情形「不止詩壇，各行各業都如此」，的確一語道破女詩人在詩壇與女人在社會的邊緣處境相同。出生世代屬於 20 年代末，寫了不少極佳的日文詩，至 90 年代才廣爲人知的女詩人杜潘芳格，在 1965 年 4 月參加《笠》詩刊第六期開會開始投稿笠詩刊，1977 年自費出版第一本詩集《慶壽》，始爲笠詩社同仁所欣賞。1986 參與《笠》詩刊臺灣詩人選集 30 種，結集《淮山完海》，至 1990 出版《朝晴》及出版中、日、英合刊的《遠千湖》詩集後，在 92 年榮獲第一屆陳秀喜詩獎才廣爲詩壇注目，1993 出版包括客語詩的詩集《青鳳蘭波》、1997 出版詩文合集《芙蓉花的季節》。

　　陳敏華在 1962 年 4 月參與中國文藝協會主辦的新詩研究班結業後，與十幾位愛詩的學員，包括王在軍、古丁、文曉村、李佩

---

❻　出自學生徐秀慧於 1996,3.7.採訪朵思之錄音帶及文稿。

❼　朵思與畢加、蓉子與羅門、張香華與柏楊、蘇白宇與張健、淡瑩與王潤華、方娥眞與溫瑞安，都是詩人或文人夫婦，女詩人藉此容易與詩壇或文壇產生關係。

❽　出自朵思的採訪錄音及其製作的統計表格，參見附錄二。

徵、宋后穎等人組成葡萄園詩社，7 月並發行葡萄園詩季刊。繼李佩徵之後，1965 年陳敏華擔任社長，1967 出版第一本詩集《雛菊》、1970 出版《水晶集》、1971 出版《琴窗詩抄》、1973 出版《晨海的風笛》、1975 赴美定居後便不在臺灣詩壇露面。當時，其夫張紹載是有名的建築師，出版一種大型的《建築與藝術》雜誌，每期的「詩情畫意」一欄，畫是當代水彩名家如藍蔭鼎、王藍、劉其偉等，詩都是陳敏華的手筆，她同時在電臺及電視主持文藝節目，還出席過在菲律賓舉行的國際詩人大會，榮獲大會「女詩神」獎，盛名一時。但除葡萄園詩選外，她似乎從未登上其他詩選集，使古繼堂在《臺灣新詩發展史》中為她叫屈。張香華在 19 歲（1958）即投詩於《文星》雜誌，1975 至 1977 擔任〈草根〉詩刊執行編輯，與柏楊結為夫婦後，1978 出版第一本詩集《不眠的青青草》、1985 出版《愛荷華詩抄》、1987 出版《千般是情》、1996 出版《南斯拉夫的觀音》。她參加許多國際詩人會議，編輯並與人合作翻譯塞爾維亞語的《中國現代詩選》，1993 迄今主持警廣電臺「詩的小語」節目，推廣詩及參與東歐文化交流不遺餘力。

與葡萄園詩社籌備人古丁有師徒關係的女詩人涂靜怡，在1974 年元月與古丁共創秋水詩刊，並於 1975 出版第一本詩集《織虹的人》。她曾經發表的兩首長詩《從苦難中成長》和《歷史的傷痕》，分別在 1978 與 1980 年獲得國軍文藝第 14 屆長詩獎和中山文藝獎。1986 又出版《飲水思源》、1990 出版《秋箋》、1991 出版《畫夢》，1982 年出版《怡園詩話》、主持秋水詩刊編務長達15 年。她在 1979 年張漢良、蕭蕭的《現代詩導讀》裡與翔翎、朱陵、馮青、沈花末一起入選。1980 與 81 也在瘂弦編《當代中國新

文學大系》詩卷，和蕭蕭、陳寧貴、向陽編《中國當代新詩大展
（1970-1979）》中入選。不過自 1982 年開始，爾雅版與前衛版的
年度詩選中，不再見到涂詩入選。陳敏華與涂靜怡皆未在 1981 張
默編的《剪成碧玉葉層層——現代女詩人選集》中入選，亦未在
1989 鍾玲著《現代中國謬司——臺灣女詩人作品析論》裡被討論，
她們在寫詩及推廣詩上皆努力過，也許陳詩不免附庸風雅而涂詩過
於思想簡化吧。

　　有大眾詩人之稱的席慕蓉，以畫家崛起詩壇，未參加詩社，直
接投稿〈聯合〉與〈中時〉兩大報副刊。1979 皇冠出版其第一本詩
集《畫詩》，1981 及 1983 由大地出版社出版《七里香》與《無怨
的青春》，前者自 1981,7 月至 1990,10 月共銷售 46 版，數度進入
年度暢銷書排行榜。後者至 86 年亦銷售 36 版，1987 元月由爾雅出
版的《時光九篇》至 90 年 8 月也銷到 27 版，每本詩集都配有其
畫，銷售量遠超過鄭愁予和余光中的暢銷詩集❾，1999 再出版沒有
配畫的詩集《邊緣光影》。席詩亦經常在 80 年代流行的爾雅版年
度詩選中露面，只未在 1989 楊牧、鄭樹森編，洪範出的《現代中
國詩選》中入選，雖然楊鄭詩選所入選的臺灣女詩人別有遺珠之
憾❿，仍可看出學界對資本主義商品化詩集持批評態度。然而席詩
的暢銷，非但使大地出版社有過輝煌歲月，也昭告 90 年代臺灣詩

---

❾　孟樊《當代臺灣新詩理論》（揚智，1995）　第八章〈大眾詩學〉頁 198
　　及註❹。

❿　此選集未曾注意臺灣本土派女詩人，連有名的陳秀喜皆未選入，本土派男
　　詩人，也只選入與現代派關係密切的男詩人林亨泰。

集若非順從商品化之路，很難擁有較廣的讀者。與席平易詩風甚相反的女詩人馮青，在 1978 年參與創世紀詩社。第一本詩集《天河的水聲》於 1983 年出版，頗受到創世紀詩人洛夫與學者張漢良的好評。1989 出版《雪原奔火》、1990 出版《快樂或不快樂的魚》，她的詩，不但在各種詩選集中入選，也在 1991 獲得吳濁流新詩獎。由於她對文學懷抱理想，看不慣臺灣中產階級的虛偽❶，她的後期詩，更想從內挖的方式顛覆之，語言不免抽象而有枝蔓之缺點。

　　另外一位未參加詩社的女詩人洪素麗，是頗有名氣的版畫家，在臺大中文系大三（1969）時曾自出一本詩集，因赴美留學多年，至 1981 才正式由時報出版她第一本詩集《十年詩草》，次年前衛版李魁賢主編的《1982 年臺灣詩選》，她的一首〈盛夏的南臺灣〉與利玉芳的〈水稻不稔症〉一起入選。一直到 1985 年，前衛版的年度詩選，她年年皆上，在爾雅的七十四（1985）年度詩選也被選上。她於 1986 再出版第二本詩集《盛夏的南臺灣》、1990 出版《流亡》。在 80 年代的詩壇上，爾雅版的年度詩選，持續十年，前衛版早停五年，所以爾雅影響較大。但因有前衛版的存在，與爾雅版編輯委員不同，會使爾雅版編輯委員不注意的（女）詩人受到應有的重視，反之亦然。洪素麗的三本詩集也配有其版畫，但因為其內容偏重鄉土歷史、政治感傷及環保議題，無法像席慕蓉詩集的愛情感傷與女人容顏、花月的配圖，那麼吸引中學女生讀者群❷。

---

❶　我親自於 1994,3.28 及 1996,8.24 採訪馮青兩次。

❷　同註❾，頁 216。

笠詩社女詩人利玉芳在 1978 年開始寫詩，也是先在 1982 年前衛版出現，才在次（七十二）年爾雅版入選，她於 1986 出版第一本詩集《活的滋味》，1991 出版中、日、英詩選集《貓》，1996 出版包括客語詩的詩集《向日葵》，先後曾獲吳濁流新詩獎及陳秀喜詩獎。張芳慈在 1986 加入笠詩社，作品在《笠》、《文學界》、《文學臺灣》、《自立晚報》發表，1991 及 1992 連續兩年榮獲吳濁流新詩獎，1993 出版詩集《越軌》，1995 及 1997 作品入選前衛版《臺灣文學選》詩的部份。

　　蘇白宇、斯人、沈花末也都未參與詩社。蘇白宇因詩人先生張健參與《藍星》編務，曾以別名投稿過，卻沒人知道她是詩人，直到 1983 自費出版《待宵草》後才被人知，次年爾雅版年度詩選入選其詩。雖然有朋友以爲她有點奇怪才出詩集，她卻不以爲意，她與朵思一樣做完主婦工作後半夜寫詩，與蓉子一樣自己寫自己的詩，不會跟詩人先生討論❸。1989 她更詩藝大進，自費出版第二本詩集《一場雪》。斯人早在 70 年代中期開始寫詩，在《藍星》與〈聯合報〉副刊發表，1982《聯副三十年文學大系——抒情傳統》詩卷②入選其詩，但爾雅版的年度詩選從未選她，倒是苦苓與沈花末主編的前衛版的 1984 和 1985 臺灣詩選入選她的作品。1995 她才由書林出版第一本詩集《薔薇花事》，並由余光中做序。沈花末亦在 70 年代中期寫詩投稿〈聯合報〉或《中外文學》，1978 自費但掛名國家出版社出版第一本詩集《水仙的心情》，1989 皇冠重出，名爲《有夢的從前》，1992 由圓神出版《每一個句子都是因爲

---

❸　出自學生徐秀慧對蓉子與蘇白宇的採訪錄音分別是 1995,10.29.及 1997,3.8.

你》。與蘇白宇一樣，她也只一次被爾雅版年度詩選（八十年）選
入其詩，也許，她更以散文與自立晚報副刊主編知名文壇。這三位
女詩人皆在鍾玲的《中國現代謬司》裡受到評論，顯然以女性為主
的詩選，會包容較多的女詩人。

　　王麗華與翔翎及較年青的女詩人如曾淑美、陳斐雯等，都是大
學時有名的校園詩人，王麗華曾連續兩屆獲得成大鳳凰樹文學詩
獎。她在高中參加過一次復興文藝營，當時指導老師是瘂弦，在每
月一次的文友聚會時，也接觸過羅門、蓉子夫婦，還到他們家（燈
屋）訪問過。由於她從小好讀各種書，又在臺南長大，兩個哥哥唸
軍校，看到國民黨軍隊中的腐敗現象，回家常常說起，使她很早即
對政治敏感。大學與當時異議老師張良澤師生戀而結婚，在美麗島
事件前後受到政治干擾，對解嚴前的臺灣政治體驗甚深❹。1983 年
開始陸續寫作政治長詩，投稿於《文學界》、《笠》、《臺灣文
藝》，也是笠詩社成員，1988 自費出版《他們對著我的窗口演
講》，同年獲吳濁流新詩獎。除了 1992 春暉版的《笠詩選——混
聲合唱》入選其詩外，90 年代現代詩社掛名的年度詩選❺，與前衛
版的文學選、詩的部份，皆未選上她後來所寫的非政治之詩。最可
議的，是葉振富（焦桐）在 1995 文訊主辦的「臺灣現代詩史研討
會」中，所發表的一篇〈現代詩的街頭運動——試論臺灣八〇年代
的政治詩〉論文，裡面提到寫政治詩的男詩人如苦苓、李勤岸、楊

---

❹　同前徐秀慧對王麗華 1996,3.28 的採訪錄音
❺　爾雅版的年度詩選從 1982-1991。自 1992 迄今的年度詩選由瘂弦向明梅新
　　申請文建會的經費，以掛名現代詩社出版。

渡、林雙不、劉克襄等男詩人，亦提到原住民男詩人莫那能，獨漏女詩人王麗華。事實上，王麗華的政治詩並非廣義的「在野」詩，她與葉文所提的男詩人一樣，不但批判專制政府也批判了政治扭曲下人性常見的投機與脆弱。

夏宇曾在 1975 年與張香華、萬志爲參加草根詩社❻，亦投稿《藍星》詩刊及〈中國時報〉副刊，尚未出詩集既已入選 1981 張默編的《現代女詩人選集》裡。1982 入選爾雅版的年度詩選，1984 四月獲得《中外文學》月刊主辦的第一屆現代詩獎第二名，並在同年九月自費出版第一本詩集《備忘錄》。《備忘錄》雖係手工藝品，卻引起愛詩者的注目，1986 再版，其詩亦再度入選 1984 爾雅版年度詩選。1985 蕭蕭及萬胥亭分別在《文訊》及〈商工日報春秋副刊〉評論此詩集，以新生代後現代詩人自居的林燿德接著在 1986《文藝月刊》評介此詩集，並譏評前兩位評論者抓不到夏宇詩的要旨，此文又收入林燿德 1986 出版的詩評集《一九四九以後》。相對於 70 年代末至今的本土派詩人的崛起，羅青於 1985 復刊《草根》詩刊，主張與 70 年代中創刊的《草根》日漸不同，推出「社會詩」、「環境詩」、「科幻詩」、「都市詩」，尤其是後二者，更是羅青與林燿德等後現代主義詩人推廣的目標。然而從夏宇 1991 出版《腹語術》、1995 出版《摩擦‧無以名狀》等詩集看來，後現代主義對於文字意義的隨機與人爲性之揭露，夏宇比較諸子要透徹❼。

---

❻　出自羅月華於 1995,11.21 對張香華的採訪錄音。
❼　同註❾第九章《後現代主義詩學》頁 222 註 1 諸子爲：柯順隆、陳克華、林燿德、也駝、赫胥氏等。

其〈甜蜜的復仇〉一詩，更流行至臺北商品文化裡⓲，對更年輕的女詩人如陳斐雯、零雨、羅任玲、林翠華等詩風影響頗大。

筱曉在 1976 年即發表詩作於高雄《風燈》詩刊，1977 年參加復興文藝營，結識辛鬱、余光中等詩人，1983 年亦加入高雄心臟詩社，高雄這兩個詩社奠立她寫詩的熱情。1986 自費出版第一本詩集《印象詩集》，在 1989 獲全國優秀詩人獎，作品選入《臺灣青年詩選》。1992 以〈牽著你的手〉一詩，獲高市婦女文學獎社會組新詩類首獎，1994 由高雄市中正文化中心出版《牽著你的手》詩集。她感嘆在詩、散文、小說的選輯上，南部作家上榜者少之又少，是否跟政治一樣，文壇也是重北輕南呢⓳？零雨在 1983 年與詩人梅新共事，幫忙《現代詩》季刊復刊校對工作，不久到美國唸研究所時嘗試創作，大多數詩都在《現代詩》上發表。1985 自美返臺，主持《現代詩》編務，至 1991 年才停止，她雖然主持編務卻不參加詩壇聚會，她覺得看詩人的作品較重要，認為詩人不見得比作品可愛⓴。1990 由現代詩季刊社出版第一本詩集《城的連作》，1992 由時報人間叢書出版《消失在地圖上的名字》，1996 再由現代詩季刊社出版其《特技家族》詩集，之前〈特技家族〉一詩曾入選 1993 年度詩選，並獲當年年度詩獎㉑。

曾淑美在臺中女中，即與陳斐雯等從事現代詩的創作與研究，

⓲　夏宇《腹語術》附錄萬胥亭與夏宇之筆談，頁 114。我在 1996,4 月在天母商店亦見到相同情況。

⓳　出自 1996,9.14 筱曉回覆羅月華的筆談訪問稿。

⓴　出自徐秀慧對零雨 1996,6.29.訪談錄音。

㉑　同註⓯。

輔大三年級時擔任草原文學社社長,並與柯順隆、徐望雲等創辦
《草原》詩刊,詩作散見《中外文學》、《春秋小集》、《漢廣》
及《草原》詩刊,亦獲輔大校園詩獎。1985 楊牧於《聯合文學》第
三期〈給青年詩人的信〉系列中,評介其作品。1987《人間》雜誌
出版她第一本詩集《墜入花叢的女子》,詩人羅智成為其寫序。其
高中同學陳斐雯就讀文大,亦是華岡詩獎得主之一,1984〈商工日
報——春秋副刊〉以全版介紹陳之散文與詩作,同年亦獲《創世
紀》詩刊「詩壇新秀專欄」推薦。1986 自費出版《陳斐雯詩集》,
1988 出版《貓蚤扎》,收入前部詩集一半詩作。1986 與曾淑美、
夏宇三位女詩人,在林燿德的詩評集《一九四九以後》被論介,此
三位女詩人亦在 1989 鍾玲的《現代中國謬司》書中被評論,曾、
陳之詩亦入選過年度詩選。羅任玲在國中時,看聯合報副刊接觸現
代詩,就讀師大時到校外參加耕莘寫作班,得過詩組第二名。要升
大四時參加《地平線》詩社,認識許悔之、陳去非等詩友,後又參
加《象群》及《曼陀羅》詩社,亦認識不少詩友,1990 自費掛名
《曼陀羅》詩社出版第一本詩集《密碼》、1998 出版第二本詩集
《逆光飛行》。她認為,以青春的狂熱而辦的年輕詩社,常會因社
員結婚、出國、工作變動而解散,所以她目前寫詩比較向中時、聯
合、自由、中央等報紙投稿,因為報紙不會像詩刊易停刊或拖期❷。
顏艾琳在國二時即投稿新詩於國、高中學生刊物《青年世紀》,在
海山高工時參加第一、二屆聯合文學巡迴文藝營新詩組,認識詩壇
名人瘂弦與向明。1986 加入《薪火》詩刊社,1988 又加入《曼陀

❷　出自羅月華 1996,8.31 的訪談錄音。

羅》詩社，就讀輔大後亦常拿詩獎，作品進入各種詩選，1992 年曾成立「絕版人」文藝工作室，推廣現代詩。1994 由臺北縣立文化中心出版第一本詩集《抽象的地圖》，1997 出版第二本詩集《骨皮肉》。

淡瑩是馬來西亞華僑，新加坡籍。臺大外文系畢業，美國威斯康辛東亞研究所碩士，曾任教加州聖巴巴拉校園東亞系及新加坡大學華語中心，臺北星座詩社創辦人之一，1966 出版《千萬遍陽關》、1968 出版《單人道》、1979《太極詩譜》、1993 出版《髮上歲月》，常常入選爾雅版年度詩選。藍菱畢業於菲律賓遠東大學，赴美獲愛荷華大學藝術碩士。藍星詩社同仁，詩作見《現代詩》、《創世紀》、《藍星》、《聯合報》等。1961 出版《第十四的星光》、1964 出版《露路》、1973 出版《對答的枝椏》，詩作入選 70 年代以降各種詩選集。翔翎在靜宜外文系一年級時，即辦彩虹居詩社，至文大唸英國文學研究所時，加入華岡詩社，1973 年五個大專詩社組成大地詩社，她是創社社員之一。後赴美在愛荷華拿到翻譯碩士，因長居美國沒有出版詩集，詩作發表於《大地》詩刊、《聯合報》、《陽光小集》，1997 返臺推動新時代運動㉓。方娥眞是馬來西亞華僑，師大英語系畢業，天狼星詩社同仁，1977 與詩人丈夫溫瑞安又創神州詩社，同年出版第一本詩集《娥眉賦》，余光中在其詩集序中將曾經稱讚敻虹的用語「繆思最鍾愛的幼女」移贈方娥眞，盛名一時。1980 她不幸發生政治冤獄而導致創作凋

㉓　出自我對翔翎 1992,1.18 的訪談錄音。

零❷，也難怪在風聲尚緊之時，1981 張默編的《剪成碧玉葉層層》
中，收入淡瑩、藍菱、翔翎三位不長居臺灣的女詩人，卻未收方娥
真。

鍾玲，星座詩社同仁，60 年代末開始發表詩於《現代文
學》、《幼獅文藝》，80 年代發表詩於〈聯合報〉、《聯合文
學》、《藍星》等。1972 與美國詩人王紅公（Kenneth Rexroth）合
譯《蘭船：中國女詩人選集》由 McGraw-Hill 出版，包括一些臺灣
現代女詩人的作品在內，1988 出版詩集《芬芳的海》，1989 出版
《現代中國謬司——臺灣女詩人作品析論》。尹玲 60 年代開始寫
詩，1969 離開越南，以僑生身份在臺大唸書，越南淪亡使她家破人
亡。她在 80 年代末開始發表不少戰爭受傷之詩，瘂弦以其詩句稱
其爲「戰火紋身」的詩人，詩作也在爾雅版及現代詩版年度詩選入
選。1994 出版詩集《當夜綻放如花》、1997 出版《一隻白鴿飛
過》，曾獲現代詩獎。另外，在婦運界頗具知名度的三位女詩人：
李元貞、劉毓秀、江文瑜，其中以（黃）劉毓秀略在詩壇知名。劉
毓秀在 80 年代中期開始發表詩作於《創世紀》、《中外文學》、
〈自立晚報〉及〈自立早報〉副刊等，尚未出版詩集，曾在爾雅版
年度詩選及前衛版文學選，詩的部份入選詩作。李元貞 60 年代中
期即開始發表詩作於臺大《海洋詩刊》，70 年代末及 80 年代其詩
作亦偶見於《笠》、《臺灣文藝》、〈聯合報〉、《臺灣詩季
刊》、《文學臺灣》等。1995 由臺北縣立文化中心出版《女人詩

---

❷　林耀德〈永恆的魚拓——論馮青的詩〉見馮青詩集《快樂或不快樂的魚》
　　頁 5。

眼》詩集，1997 獲第六屆陳秀喜詩獎，始略爲詩壇認知。江文瑜於
1997 開始在〈臺灣日報〉及〈自由時報〉副刊發表詩作，語言風格
獨樹一幟，1998 年 11 月 1 日正式成立臺灣第一個現代女性詩社，
取名「女鯨詩社」❷，並出版第一本詩集《男人的乳頭》，堪稱性
別的「鏡像政變」❷，榮獲 1999 陳秀喜詩獎。以上 5 位女詩人皆
在大學任教。

　　在描述了 37 位女詩人出現詩壇的經過後，發現女詩人的第一
本詩集，常是自費出版，即使掛名詩社或出版社，也是自掏腰包，
如張默所說的「從 1949-1995……統計 1557 種詩集，屬於個人自費
印行者佔一半以上」情況差不多❷，可見女詩人寫詩、出版詩的熱
情絕不下於男詩人。女詩人的首要之務，當然在詩之創作，但若希
望擁有讀者，仍須投稿報紙、出版詩集、參與詩壇活動。雖然目前
詩壇很冷，男詩人如杜十三以多媒體方式及建議在電腦上設計詩，
來傳播、擴大詩之讀者❷，亦值得借鑑。不過，在未來多元分眾的
社會上，女詩人爲特定讀者寫詩，再以小團體傳與小團體的方式活
動，亦會自成風格、自有讀者，久而久之，被媒體推介，學者評

---

❷　女鯨詩社由江文瑜發起，並由她與沈花末、陳玉玲、張芳慈四人組成編輯
　　小組，於 1998 出版第一本女性詩叢刊《詩在女鯨躍身擊浪時》，共收 12
　　位臺灣女性詩人作品，推舉杜潘芳格爲社長。此外尚有王麗華、李元貞、
　　利玉芳、海瑩、劉毓秀、蕭泰、顏艾琳。

❷　見《男人的乳頭》詩集頁 164-167 裴元領〈鏡像政變〉一文。

❷　張默〈新詩集自費出版的研究〉，見《臺灣文學出版──五十年來臺灣文
　　學研討會論文集（三）》頁 144。

❷　杜十三〈詩的第三波──從宏觀的角度論詩的未來〉，見《臺灣現代詩史
　　論》頁 528-530。

論，自會留下文學成績。

二、男性詩壇主導及詮釋女詩人的作品

朵思在接受訪問時，曾說：「民國 75（1986）年，我到韓國開會，發現韓國、日本都有女詩人協會。我回來就想發起女詩人協會，但大家都不願意，認爲現有一個中國新詩協會，搞一個女詩人協會，好像要跟他們對立。」顏艾琳在接受訪問時，也說：「有一次，我在臺北市東區遇見羅任玲，我們想號召女詩人，結盟來辦一兩場有意義的活動，……現在可能還不是時候，……女性書寫尚未現形……」❷，既然臺灣現代詩壇才剛有女詩人結社，影響力尚未開展，但從上一節的描述中，也知詩壇在出詩刊、編詩集、詩選集和詩評上，多以男性擔綱。因此鍾玲以爲，1949 以後臺灣女詩人的湧現，除了高等教育的普及外，就是男性對她們的愛護與提攜。雖然以男性爲主導的臺灣現代詩壇，曾兩次選出十大詩人，其中沒有一位女詩人❸，但在一般情況下，則無排斥女詩人。尤其翻開女詩人的詩集，除了少數詩集自序外，絕大多數是男性提筆鼓勵，在詩

---

❷　出自徐秀慧對顏艾琳 1996,3.18.的訪談錄音。

❸　第 1 次十大詩人選，見張漢良・張默編《中國當代十大詩人選集》，（源成，1977），選集中的十大詩人：紀弦、羊令野、余光中、洛夫、白萩、瘂弦、商禽、羅門、楊牧、葉維廉。第 2 次十大詩人選，由 1982〈陽光小集〉詩刊舉辦，只將紀弦、葉維廉換成鄭愁予、周夢蝶而已。見〈陽光小集〉第十期和爾雅版《71 年詩選》詩壇大事記。

評上❸亦如此。但這種鼓勵與詩評，男性常在不自覺中，充斥性別化的言詞，有時以既存詩學，往往未能詮釋出女詩人作品的深度。針對此現象，本文舉出兩點加以討論：㈠以性別化諛詞或母親形象讚美女詩人，㈡以理論大包或語言的瑣碎分析簡化作品的含意。

㈠以性別化諛詞或母愛形象讚美女詩人

詩人葉珊在主編「現代詩二十年回顧專號」的前言中說：「創世紀同人對此一現代詩運動最大的貢獻之一，……謹愼嚴肅的編選《六十年代詩選》，總結 1950 至 1960 年間，各家各派的名作，為中國新文學立下一個模範性的里程碑……」（現代文學季刊：1972：7）。此詩選，選了 26 位詩人，其中只有兩位女詩人：林泠與敻虹。對雖具「抒情音色」卻頗具現代感的林泠❷，詩選如此推介：「在當代女詩人群中最能顯示出才華的林泠，十年前即以其幽雅的風姿，自詩神的門階前款步了出來。……而由其童話般的言語與溫柔的旋律中所散放出來的輕微的象徵美，猶之一本攤開在風中的少女之書。」這種性別（女性）化讚美的言詞，實難將林泠的名詩：如〈不繫之舟〉、〈紫色與紫色的〉、〈阡陌〉、〈微悟〉等詩，在抒情中有其開闊的意境與犀利的諷喻說明出來。對於敻虹，雖稱讚其詩之技巧：「呈備一種向為女性詩人所欠缺的理性的深度

---

❸　亦有女作家的詩序或評，如張秀亞對彭捷、陳敏華對吳青玉、張曉風對席慕蓉、方瑜對洪素麗、羅蘭對雪柔、鍾玲整理評論許多女詩人。比較之下，皆不如男詩人兼詩評家在詩壇的權威性與影響力。

❷　見楊牧〈林泠的詩〉收於《林泠詩集》序，頁16。

與嚴密的組織力」等外，仍有許多性別化的諛詞：「一個拔尖的、美麗的女高音出現了；」「敻虹的詩……感情眞摯，調子輕柔，清澈、精巧、纖美而又奇幻。」「……水晶般玲瓏精透的詩想，使我們想到少女時代的瑪麗安妮·穆爾，……」，就拿敻虹在此時期之詩：〈不題〉與〈我已經走向你了〉二名詩來看，亦難將其詩中意象的矛盾含意解剖出來。只因她們是女詩人，所用的性別（女性）化讚詞也頗類似，同時那句：「向爲女性詩人所欠缺的理性的深度與嚴密的組織力」，也是詩壇上男詩人與男評論人驚嘆女人寫作能力的陳腔。這與女性文學史未能發煌和普及有關，實爲缺乏女性文學知識的輕率之言㉝。

　　番草（鍾鼎文）在 50 年代初，也用「晶瑩的珠串」，來讀蓉子的《青鳥集》。屬於藍星詩社的余光中，在與《六十年代詩選》出版的同年（1961），於《婦友》月刊上，發表一文〈女詩人──蓉子〉，雖在文章前引用蓉子的詩句：「我是一棵獨立的樹不是藤蘿」，卻沒有在文中發揮此意，反而如此形容蓉子：「中國古典女子的嫻靜含蓄，職業婦女的繁忙，家庭主婦的責任感，加上日趨尖銳的現代詩的敏感，形成女詩人蓉子。」除了第四句外，默默身兼數職的女人，即爲獨立的樹？與她作品有何關係呢？余文又說：「……處女詩集《青鳥》。……這些作品玲瓏而天眞，在清淡中見

㉝　其實，早在中國五四運動之後，皆已出版謝冗量的《中國婦女文學史》、譚正璧的《中國女性文學史話》、梁乙眞的《清代婦女文學史》。在臺灣中華書局或中央圖書館皆可查看，古典女詩人不但人數上千，作品的深度與組織力完全可以抗衡男性詩人。

出韻味，……」、「……蓉子的作品並非永遠是『閨秀』的，往往她的筆下竟聞風雷之聲，這是許多女詩人做不到的，……」，蓉子停筆 6、7 年再創作的一首好詩〈白色的睡〉，余文僅用一句話說：「有時她能做到透過具體的高度抽象」。連曾是 60 年代詩壇祭酒的余光中，也是如此隨意用女性氣質與女人角色來形容蓉子。至於稱讚〈白色的睡〉一詩，只稱讚其詩之藝術技巧，並未聯繫此詩對 60 年代當時流行起來的破碎、空虛、冷漠為主題的現代主義有所抵抗的詩旨來討論。加上余文後面指出蓉子復出後的詩作技巧的不足之處，使人不知余文所謂的「如一隻自焚而復活的鳳凰，一個更成熟的蓉子出現了。」的眞實意義。這種空洞的諛詞，對女詩人的創作發展有何好處，實在值得懷疑。高上秦在 1971 年《幼獅文藝》第 208 期上，發表一文：〈千曲無聲──蓉子〉，將余文中稱讚蓉子之言：「開得最久的菊花」，發展成「一朵不凋的菊花」，並稱讚蓉子的〈憂鬱的都市組曲──我們的城不再飛花〉一詩，說：「她已經征服了女性詩人的界限，征服了自己心靈的界限，鑄造了更具社會性和時代感的詩篇。」有趣的是，蓉子在此詩裡用了一個女性化的意象：「一枚碩大無朋的水鑽扣花」，來批判商品化的都市。何處征服了女性詩人的界限？不正是蓉子善用女性用品為意象的女性敏感嗎？至於周偉民・唐玲玲在 1991 年出版的《日月的雙軌，羅門・蓉子創作世界評介》一書，仍用老舊的中國文化傳統，日為陽剛，比作羅門之詩，月為陰柔，比作蓉子之詩。不但簡化蓉子詩風，亦流露陽剛之詩較複雜、陰柔之詩較溫柔的性別偏見。

　　《六十年代詩選》出版後僅 6 年，創世紀就出版《七十年代詩

選》，46 位詩人中選了 5 位女詩人。她們是：朵思、王渝、劉延
湘、蓉子、羅英，每一位女詩人的小評，標題依序爲：「謬斯吐納
的青芬」、「回來吧東方的月亮」、「奇異的錦靜」、「不倦怠的
南方鳥」、「哭泣吧靜默的意象啊」。除了朵思與羅英在小評中有
稱讚其詩之技巧外，其他各篇更加充斥女性化的諛詞。又因朵思與
羅英的詩之技巧分析，與前面余光中評法相似，堆砌抽象名詞及甚
多與詩無關的感嘆，只讓讀者記得小標題所予女詩人的定位。淡瑩
與許多女詩人一樣，不只寫愛情詩，且在詩中時有陽剛意象。在她
1968 年出版第二本詩集《單人道》裡，羅門在序中如此說：「在以
愛爲起點以愛爲歸向的『女性型』的心靈活動過程中，由於女詩人
淡瑩同其他生存動向的接觸面與感應面，較一般女性更爲強烈複雜
且具多樣性，……除了受愛的壓力，同時也感知其他阻力，……譬
如在她的兩首長詩〈鐘聲常鳴〉與〈終點〉中，……去抨擊那離絕
了生命的一切虛構，……抨擊僞裝與假道，……縱然如此，女詩人
淡瑩仍在這一首（終點 2）近乎是全面地展示出她內在活動的巨作
中，強調著只有詩與愛能給她的生命以永恆的歡愉，……」。淡瑩
的這兩首長詩，前者描述教學生活的無味與失望，後者以死亡諷喻
人生各種追求（包括愛情）的虛幻，不知何謂「女性型」的心靈活
動？如果硬以「愛」做爲詩的出發與回歸，來詮釋女詩人的作品，
則不過是些浪費的諛詞。

　　1979 年張漢良·蕭蕭出版《現代詩導讀》一書，張漢良秉成
他在同年出版的《現代詩論衡》中新批評的方法，強調詩的語言之
矛盾與張力的技巧，來讀許多現代詩，比較避免性別的陳詞濫調。
蕭蕭則經常繼承前述的中國文化裡的性別陳腔，舉馮青詩的導讀爲

例。先看蕭蕭如何讀馮青的一首〈雨後就這麼想〉之詩，在詩的結構分析上雖頗細膩，卻偏偏在文章開頭要這麼寫：「女詩人寫詩自不免纖細柔美，……李清照「人比黃花瘦」似的句子，終將成為女性詩人的最佳典型。」，「……馮青特別偏愛洛夫、瘂弦、羅門、商禽等人作品中，具有超現實意味的詩句，頗受這些前輩詩人影響的馮青，獨具女性特有的「第六感」，發揮了細膩、銳敏，而且十分溫柔的想像力，……」，這些套詞與其後的詩之分析無甚關聯，頂多可補充說他所認為的這首抒情小詩裡的詩句「優雅」，而「優雅」一定是女性的專利？張漢良在分析完馮青的〈晚潮〉一詩的結構（時間順序與空間靜物的搭配進行）後，如此稱讚：「本詩雖然寫家庭主婦黃昏臨廚的經驗，意象的呈現似乎亦頗為家庭式（domestic），宛如文藝復興後期的荷蘭靜物寫生畫。」這種讚詞，一方面照顧到女性大多數人的經驗，另方面脫去空洞的女性化的諛詞。可惜文中他又硬用「張力」的觀點來破壞此詩之句子，以達成他對此詩意象之間壓迫的結論，其實此詩從頭至尾是一幅靜物畫。張文最後的結語：「馮青才具非凡，筆者認為她是藍菱之後最傑出的女詩人。」很輕易地將女詩人只與女詩人相比，有如林燿德在《一九四九以後》書中，詮釋三位女詩人：夏宇（積木頑童）、曾淑美（春野的縱火者）、陳斐雯（生命場中的蒔花女）時亦如此。就像余光中首先稱讚敻虹為「謬思最鍾愛的幼女」，後來又移贈方娥眞，在為斯人《薔薇花事》詩集做序裡，稱夏宇為「後現代的刁妮子」，流露一種父兄的口吻。白靈亦繼承此傳統，在顏艾琳的《抽象的地圖》詩集序，以「用密碼說話的丫頭」來讚美年輕輩、具叛逆性的女詩人。表面看起來是些親暱的幽默話，實則對她們的

作品並不認真看待，更別說將女詩人劃歸在性別範疇裡想要表達什麼意義了。

在張默的《剪成碧玉葉層層》的女詩人選集裡、在 80 年代迄今的由創世紀與藍星等詩社編輯委員爲主幹的年度詩選裡、在 90 年代的《臺灣詩學季刊》裡，隨時都可讀到上述以女性化詼詞形容女詩人的詩評。具有本土認同的男性詩評家，也一樣喜歡以「愛」字來詮釋女詩人的作品。代表笠詩社三位重要的女詩人：陳秀喜、杜潘芳格、利玉芳，都難以倖免。尤其陳秀喜，更是被以「母性」光輝來說她的詩，欣賞她的後輩詩人，甚至直呼她「姑媽」詩人，但從未聽人稱呼哪位男詩人爲「伯父」詩人呢？稱男詩人爲先進或前輩甚至大師的情況則常見。關於陳秀喜，李魁賢說：「總之，陳秀喜保持著一貫以愛心爲出發點的精神立場，她以溫柔敦厚的筆觸寫鄉土之愛、寫事物之愛，或出之於呵護，或形之於責難，均歸於愛心的源泉。」趙天儀曾以「崇高的母性」評她的詩集《樹的哀樂》，又說：「……一個愛的探索者，……從《覆葉》到《樹的哀樂》，是以一個母性的愛爲出發，表現覆葉的哀愁，吟詠樹在成長中的哀怨與苦悶。」林亨泰說：「……『花絮意象』所代表的，不僅是屬於植物一切種子的，而且也屬於動物所有胚胎的，甚至包括了屬於人類子女的那份富有人道意味的『母愛』形象。」陳秀喜不少詩，的確由母愛作出發點，像她的名詩〈臺灣〉即爲顯著之例。然而在〈覆葉〉和〈花絮〉二詩裡，都有展現母愛之外的批判精神。前者批評男性的權力慾望，後者憂懼弱小者沒有生存的自主權，至於〈樹的哀樂〉一詩，更是她走向女性的自我認同，並不以

母親的形象爲滿足❸。像她得過國際詩獎的〈我的筆〉，及批判婚姻的名詩〈棘鎖〉，更有批判父權制度的精神。雖然任何一首詩的詮釋難免見仁見智，但老以「母愛」形象來讚美她，會因此詞的陳濫而簡化她詩的豐富的內容。

　　與陳秀喜情感強烈的詩風不同的女詩人杜潘芳格，雖被笠同仁公認詩中所表現的思想十分深刻，早期有一首〈兒子〉詩，完全被陳明臺詮釋爲「慈母心」：「在這一首詩中，作者已不僅是詩人了，作者更是一個慈祥的母親，……自平凡的現實中，昇華純潔無私的母愛，……」等。這首詩有母愛是不錯的，但卻是頗錯綜複雜的母愛表現：有慈母心、亦有母親與兒子的疏離感、更混合母子在身體上的異性感受，卻被陳文簡化的詮釋而失去。在 1981 笠第 104 期，有一篇〈潘芳格作品「平安戲」和「中元節」合評記錄〉之文，由於這兩首詩對社會現實批判非常強烈而深刻，扯不上母愛了，但有些發言仍扯上性別傳統的偏見。鄭炯明說：「……一般女性詩人所寫的詩，常只描寫身邊的細瑣或感情，只是陰柔之美，不見剛陽之氣，……」白萩說：「這二首詩寫得很好，以女性詩人能寫出這樣的詩，實在是異數。……」倒是林宗源還比較嚴謹，他說：「說潘芳格和一般女詩人的詩不同，由於我對其他的女詩人不熟悉，所以無從比較。」然而陳千武在讚揚潘芳格詩的知性與政治性的同時，卻有隨意貶斥一般女詩人的毛病❸。1988 年，笠同仁在臺中合評〈利玉芳作品賞析〉時，陳千武在讚美利玉芳作品「意義

---

❸　拙文〈陳秀喜詩中的母親意象〉收入拙著《女人詩眼》頁 276-277。
❸　見杜潘芳格《青鳳蘭波》附錄陳千武〈臺灣女詩人的詩〉一文。

鮮新而自然」前，又舊調重彈：「如果說，詩是重於感性的產物，那麼女人比男人原始的感性較重，寫詩的女人比男人應該較多才對。但在臺灣，女性詩人不多，是不是證明臺灣一般的女性，懶得思考，缺乏批判精神？……臺灣女性缺乏自主的思想，原因必定很多，但其主要，是不是還是基於政治的因素？……只有中華，沒有臺灣的欺騙，……背叛人性與人道的學校及社會教育，致使養成一般女性不敢思想，不願思想。」據前文統計，臺灣寫詩的女人有一百餘人，不能算少。他所批評的「臺灣女性缺乏自主思想」之原因，亦可以適用於一般男人身上，而在政治因素裡，還應包括性別及性的政治因素，絕非只有中華與臺灣之爭。但余光中與陳千武等詩壇男性前輩們，總是缺乏此種知識與思考的。如果像林鍾隆解說利玉芳的詩：「……敢於把女人的感覺，做為方法來創作她的詩……以女人的感覺，來做為表達的利器，是作者的特色……」，則較觸到女人角色與女人經驗結合的觀點（並非女人天生感覺如此）來說詩，的確抓到利玉芳詩的成功之處。為何許多男性詩評家常粗略地、隨意地評論女詩人？此乃是一個父權社會與文化的結構性問題，他們因身在盧山中而未曾自覺。

(二)以理論大包或語言的瑣碎分析簡化作品的含意

胡品清在 1978 年出版第二本詩集《玻璃人》，序〈史紫忱的話〉，最能代表以理論說詩的大包氣派。史教授如此說：「當零（〇）這個符號開始構型時，從一滋生的數目字可能還沒有影蹤。……零是萬象主宰，世界文化發萌於零，……大詩人的總體是零，渾然大度，先汲取經驗，再踏實體驗，然後醞釀超驗。……當

代詩人胡品清女士的創作，籠罩萬古長空的無，也穿透一朝風月的
有；……胡品清的詩作中，有淡泊風的悒鬱美，有哲學味的玄理
美，……用東方精神作骨幹，以西方彩色做枝葉，……風格清新，
像一杯又醉人又醒人的葡萄酒。」的確是一篇讀起來很美的序文，
問題是套在許多詩人身上都挺合適，無法當作一篇有意義的詩評，
卻被往後評胡品清詩的詩評者所引用❸。洛夫在羅英 1982 出版的
《雲的捕手》詩集代序中，對羅英的名詩〈戰事〉如此分析：
「……她是女詩人中一位最不爲浪漫主義所感染的抒情詩高手。她
把『戰爭』這一類陽剛的題材，竟能處理得如此冷靜，……她將
『玫瑰』和『砲聲』，『盛滿月光的頭盔』和『血的池沼』，死者
的『眼睛』和『野蜂的蜜』，『玫瑰的芳香』這一連串矛盾的事物
併置於詩中，使各種相剋的意象作一荒謬的結合，以期產生戲劇性
的張力。羅英運用這種獨特的技巧時，可能是不自覺的，但因此而
形成的矛盾情境，正暗合了美國批評家布魯克斯（Cleanth Brooks）
的結構論：詩是一種矛盾語言（Language of Paradox）。布氏認爲
這種語言或情境並不互相排斥，反而能顯出詩的本質，可以透露出
宇宙生命的奧秘。」洛夫用新批評注重「矛盾語言」的詩論，也來
大而化之的解說羅英〈戰事〉詩中所併置的矛盾意象。此種「作一
荒謬的結合」、「產生戲劇性的張力」等句，完全沒有說明羅英此
詩所表現的「荒謬」與「張力」是些什麼？透露出何種宇宙生命的
奧秘？這種未將理論與詩的具體表現聯系說透的詩評，在臺灣詩壇

---

❸　見胡品清《另一種夏娃》詩集，（文化大學，1984）頁 224-243 及頁 247
　　的文曉村及林文義的詩評。

中亦隨時可見，不知是詩評家功力未逮，還是以爲讀者是他肚裡蛔蟲，可以盡在不言中？光是讚美相剋的意象作荒謬的結合，而不分析何種荒謬的情況㊲，難怪影響現代詩壇產生許多意象奇突的詩，只要大放荒謬（無意義）的厥詞，即可大包所有宇宙（詩）的奧秘了。

　　90 年代中後期，中國詩評家亦在臺灣詩壇露臉。沈奇在 1997 朵思出版的詩集《飛翔咖啡屋》附錄裡有一文：〈生命之痛的詩性超越──朵思論〉如此說：「眞正足以代表這一時期（指 1994 朵思出版的《心痕索驥》詩集）創作成就的，是詩人另一方面的拓展，這就是由對單一女性生命之痛的體驗轉爲對男女共性的生命之痛的深刻體味與詩性言說，且達到一個相當的深度。這在那些沉溺於性別角色意識和情感宣泄的普泛女詩人那裡，是難以企及的。……詩人把精神醫學帶入她的詩性考查，……沉入潛意識，……寫出一批重量級的作品。」對朵思的〈幻聽者之歌〉一詩說：「一連串密集的詭異意象，使你在超現實的時空轉換中，體味生命無由的變異；」。朵思的〈幻聽者之歌〉一詩，也在《飛》集附錄中，《創世紀》詩刊談詩小聚裡被討論，幾乎無人抓住此詩藉幻聽者（精神官能症狀之一），來解脫理性社會制度重壓下，人所渴望的精神自由之含意。若參考朵思在現實婚姻生活重擔的爭扎資訊後，亦可解釋爲女性詩人，藉幻聽方式解除父權（理性秩序之一）的重壓，是朵思做爲一個女詩人，在父權婚姻制度（朵思曾背

㊲　拙文〈臺灣現代女詩人作品中的國家論述〉，收入中研院中國文哲專刊 10《認同、情慾與語言──臺灣現代文學論集》頁 134-135。

叛父親卻躲不過婚姻體制的父權性）下的深刻的要求，因在現實上不可得，只有藉精神官能症的方式（詩之創作）來達成。沈奇何必說什麼「一連串密集的『詭異』意象，使你在超現實的時空轉換中，體味生命『無由』的變異」？一者，〈幻聽者之歌〉詩中的一連串意象，並不「詭異」，反而相當生活化。二者，人的精神轉換，沈奇所謂生命的變異，絕非「無由」，至於什麼「詩性超越」或「女性超越」，全是夸夸其談，大而無當！

林耀德在《一九四九以後》這本詩評集，評論夏宇與曾淑美時，雖有不少洞見，卻仍犯以理論大包而滑掉詩旨的缺點。對夏宇的〈上邪〉詩如此說：「……夏宇違反了約定俗成的『上邪觀』，換以全知觀點的形下敘事，即非原『上邪』樂府的衍義又非再詮釋，實乃顧左右而言他。……夏詩以『類似笑的……去積蓄淚』做結，和原『上邪』樂府末句『乃敢與君絕』根本風馬牛不相及。」像「實乃顧左右而言他」、「根本風馬牛不相及」兩句，前者因未說出他對夏宇此詩的詮釋，實不知所指為何？後者雖將夏詩的結句，與「上邪」樂府末句對比說明，也未加以詮釋夏詩所以要「風馬牛不相及」的詩旨。夏宇詩常以「顧左右而言他」的方式，搖動穩定的語言的意義系統，在此詩中亦以此方式，擊敗傳統男女愛情永恆的說詞，可惜林並未加以詮釋。這種未扣緊詩旨說清楚詩之表現的方式，林在詮釋曾淑美的〈飛行〉一詩，更加曲解：「『飛行』……敘述著詩人成長的喜悅，而這種喜悅是帶著些許不安的：……在遼闊的地景以及『星星的版圖』之間——『無懼』與『顫抖』；成為『一座消失了的山』的個人歷史，與觀眼當下的『真純的現在』，透過『不能組合的組合』，……將詩人以悲喜為

雙翼的生命飛行境界舒朗地烘托起來，……」其實曾淑美此詩，對成爲「一座消失了的山」的個人歷史，是有著「因預知下一次平庸的降落／而顫抖」的悲感，將飛行成長的悲喜情緒因此轉爲感嘆。真不知林所謂的「與觀眼當下的眞純的現在」及「透過不能組合的組合」這兩句，從何而來？因林在文中未引詩句說明，接著也就不知他爲何有「將詩人以悲喜爲雙翼的生命飛行境界舒朗地烘托起來」這種結論。羅智成在曾詩集代序中說：「我喜歡他沒有技巧地說：『我年輕無懼的翅翼／因預知下一次平庸的降落／而顫抖』因爲那像極了他全新的齒輪所運轉出來的談吐與對藝術的過度尊敬。流露出一個在文學作品中沒有隱瞞又易於相處的心靈。」羅序中時時強調詩人的文字要誠實，欣賞曾淑美做爲一個詩人在藝術中飛行的謙遜。當然，羅智成與林耀德都不會因曾淑美是女詩人，而聯想到她的「因預知下一次平庸的降落／而顫抖」的悲感或謙遜，是因女（詩）人身處社會第二性的感受，女（詩）人努力在生命與藝術中飛行，很難有山（里程碑）的歷史之記錄。

由於詩在文學文體中最講究文字的精煉與音韻的變化，除意象技巧外，文字的韻律常是詩人表達情緒與意義的手法。所以余光中常在具體的詩評中，講究詩人在作品中用字調腔的能力，雖然有些批評深入肯契，亦有因小失大、瑣碎分析的缺點。他在敻虹 1983 出版的《紅珊瑚》詩集序中，對敻虹的名詩〈詩末〉如此說：「結尾的五行也因節奏明快、語氣武斷而動人、囁人，但是因爲首段已將此意「先洩」，不免有點沖淡。綜觀全詩，我覺得首段第二行嫌長，第三段第三行節奏遲疑不穩；除此之外，這首詩倒不失爲眞摯感人、一往情深之作。」，敻虹的〈詩末〉在首末段都出現：「刀

痕和吻痕一樣」之句，因是此詩的要旨，重復出現只會加重詩的情緒感受而非沖淡。此詩首段的第二行：「喜悅的血和自虐的血都一樣誠意」，雖是全詩最長之句，也不過比首段末句（包括一個逗點）多三字，以目視全詩並不特別突兀，且此句必須貫徹才情緒飽滿，何來嫌長之感？而第三段第三行節奏遲疑不穩，正是連續第二段來表現俯首於愛與血的命運下的收縮之痛，以展現不穩定的情緒，運用十分恰當。雖說自由詩有余光中在此文中所說的「散漫輕率之不足」，卻也有讓文字韻律隨飽滿的情緒而運動的好處。過度強調整修字句，常使詩之語言技巧分析流於瑣碎，未能與詩之整體含意溝通，亦是現代詩評流行的弊病之一。

余光中在斯人 1995 出版的《薔薇花事》詩集序中，對斯人詩的成就，有很細膩的分析，其中分析斯人的一首〈有人要我寫〉詩中的中英文押韻之妙，的確令人拍案叫絕。對斯人《薔薇花事》詩集的壓卷之作，亦頗欣賞：「〈寒夜吟〉、〈啊 馬丁〉、〈康橋百行〉乃斯人最近的作品，……可以視為斯人「後期」獅子搏兔式雄圖壯心的力作，階段性意義很強。……而最獨特的該是風格：語言十分奔放，兼融文白甚至俚語，用事並採中西，出入今古，繁富之極，可稱重典（heavily allusive），卻與寫景敘事穿插並行；語調則變化頗大，偶爾悠緩，但往往急切而激楚：近於《離騷》的狂吟，有時升高為悲歌痛呼，一時之間哲學的苦思噴發而成宗教的告白、祈禱。」然而，他在結論中卻說：「斯人屢在詩中坦陳中年情懷，……就憑了這一份真我的英勇自在，相信她從中年再出征，只要能節省長句、重典，善守清真，長保天然，在迄今已經開發的多元詩體之外，再創新的格局，則終能合李清照、狄金孫於一體，亦

非奢望。」余光中此種結論，多少仍在期待斯人未來有新的創作。但前文中既然已相當精確地分析斯人詩集最後的三首長詩，在語言上的精采成就，為何結論時未完全肯定她呢？反而期盼斯人「只要能節省長句、重典」再創新格呢？合李清照、狄金孫於一體，又是什麼呢？其實斯人已經成就自己在長句、重典上寫詩的精采風格，目前尚無任何臺灣現代男女詩人所能企及❸。即使余文在其他段落擔心斯人此種長詩讀者不多，也不妨礙斯人長詩的此種成就。余文強調斯人這三首長詩是「獅子搏兔」的力作，是認為斯人以探索愛情的終極意義不夠偉大？斯人整本詩集大多數詩都在尋尋覓覓、探索愛情，到了這三首長詩，終於悟道上帝不仁，以愛困人苦人，但斯人卻依然肯定激情，肯定孤獨而愛的靈魂，達成人類相當巨大的精神的探索。

　　瞭解臺灣現代女詩人所面對的詩壇情況，即知為何大多數女詩人覺得寫詩與性別無關。女詩人從投稿詩、出版詩集、被選入年度詩選或其他詩選，多半經過男性的法眼，此法眼是戴著既存詩學的偏見。而這些偏見，不是不自覺地從性別觀點限制女詩人作品的解讀，就是以理論大包或瑣碎的語言技巧分析，滑掉女詩人作品可能的深意。萬胥亭與夏宇在 1988《現代詩》復刊第 12 期的筆談中，夏宇說：「到目前為止『女詩人』這三個字還不夠有意思。……男性評論者說：『女詩人的情感通常婉約纖細……』這樣的預設實在沒什麼意思，而且在此種預設下，相對的雄偉或陽剛也是受限

---

❸　此論斷雖有待查證，但以余光中著名長詩〈敲打樂〉及方娥真的長詩〈蛾眉賦〉相比，斯人之長詩較優越。

的，……」。1996 年 6 月在零雨《特技家族》詩集所附錄的〈楊小濱專訪零雨的書面訪談錄〉裡，零雨說：「現代人談女性詩、女性文學，通常從社會學的角度去談，而不採用詩的角度，或美學的角度。這種談法，對人格的成長、女性意識，或有助益；在詩的範疇中，卻無特殊進展。」其實這只是性別閱讀尚未深入文學與美學的理論探討而已，而文學與美學又與社會（學）相關，婉約與陽剛的二分，更是女性主義在美學與社會學要顛覆的二元論思想。

三、正統的文學史分期難以安置女詩人

　　西方受德希達、福寇的後結構主義風潮所探討的「書寫」觀念的影響，非但接納各種文學發展或分期的並立、矛盾、斷層或巧合，更進一步將此「多元化」現象當作治史的新立足點。傳統文學史強調起承轉合，且憑中道一以貫之的寫法，勢必面臨極大質疑（王德威 1986：302-303）。戰後臺灣文學史的分期，常出現：50 年代反共文學、60 年代現代主義文學、70 年代鄉土文學、80 年代本土與後現代主義崛起、90 年代多元主義的說法。張默又說「臺灣現代詩歷經五十年代的鄉愁情結，六十年代的歐風美雨，七十年代的鄉土吶喊，八十年代的傳統回歸，九十年代的後現代迷思，以及同時即將邁向世紀末的詭譎與未知。」（封德屏：1996：143），均無法將臺灣現代女詩人的作品風格對號入座。張默在 1981 年出版《剪成碧玉葉層層——現代女詩人選集》中，將女詩人以「詩齡」分為三代，大致從她們的年齡層做一畫分，並在導言中說：「第一代的『率眞』，第二代的『繁富』與第三代的『敏銳』，在

在形成強烈的對比。」，其所指呈的三代，因使用抽象的語詞形容，語意寬泛未能展現三代女詩人作品風格的差異。到鍾玲的《現代中國謬司——臺灣女詩人作品析論》一書裡，相當用心地以「紹繼中國文學傳統」和「現代文明的衝擊」二章，作爲女詩人寫詩的背景來介紹，並且特闢一章「多姿多彩的感情世界」，來處理大多數女詩人寫詩的重要主題，不受男性主流詩史的框架局限。

　　然而鍾書從第五章到第八章，仍用主流的時代分期來論述各別女詩人的成就。誠如《文心雕龍——時序篇》所謂的「文變染乎世情，興廢繫乎時序」，臺灣現代女詩人既然自 1949 年湧現，迄今方興未艾，當然難以撇開「世情」與「時序」的關聯，必然與時代的主流產生某種關係，只是這種關係相當「龐雜」❸。如從鍾書第五章到第八章的章目來看：〈五十年代清越的女高音〉、〈由六十年代的晦澀詩風出發〉、〈七十、八十年代女詩人的感性世界〉、〈八十年代的都市雙重奏〉，鍾書已知女詩人群的分期無法與主流分期的連續性對應。但若再參考鍾書第六、第七、第八章的節目來看，第六章第四節的〈抒情的清音〉，又與第五的〈清越的女高音〉重復，第七章第三節的〈遁入古典的婉約〉，與第六章第二節的〈回歸古典世界〉近似，第八章第二節的〈人道主義的甦醒〉，與第六章第三節的〈發掘現實人生〉亦有部分重合。鍾書亦相當努力以女詩人大致的年齡層來入座書中各章，女詩人在鍾書各章中雖有個人風格的詮釋，書中除了淡瑩、古月、羅英、藍菱、朱陵、馮

---

❸　此處用「龐雜」二字，說明女詩人由於位於文壇邊緣，難以形成自己的文學史分期，此乃鍾書分期的辛苦之處。

青、夏宇的作品較有晦澀的語言表現外，其他女詩人皆展現相當濃厚的詩的抒情傳統。這是以女詩人世代、或以女詩人語言風格來分期，都有困難的地方。這種現象，是女詩人有意無意地與詩壇主流抗衡呢？還是因身處詩壇邊緣自顧自地吟哦？

如果以「詩齡」長短，劃分女詩人的世代，則 50 年代即露頭角的林泠，在大學畢業後出國即停筆約 20 年，80 年代初雖復刊《現代詩》，所寫的詩很少也少有新意，但不能將林泠排除在第一代。如果以出生年在 1938（林泠）爲準爲第一代，則陳秀喜與杜潘芳格的詩作發表，皆在 60 年代中後期。若以女詩人出第一本詩集爲分期考量，則 50 年代只有蓉子、彭捷與張秀亞，很難不算在此時期發表詩作的李政乃、林泠、敻虹、沉思，何況大多數女詩人常延後出詩集，如林泠、羅英、李政乃等，或未出詩集如王渝、朱陵、萬志爲、梁翠梅、黃毓秀等，若以詩風分期，則如前所述，女詩人集中語言明朗的抒情詩從 50 年代一直貫穿至 90 年代。以上方式都無法分期女詩人，可見女詩人寫詩的單打獨鬥的情況。另外，較與主流詩風掛鉤的女詩人，在 60 年代有藍菱、羅英、古月，加上 70 年代末的馮青，以及 90 年代朵思、零雨、羅任玲等有超現實主義的創作。在 60 年代同時，亦有淡瑩、鍾鈴及 70 年代後翔翎、張香華甚至蓉子的回歸中國古典詩風。在 70 年代的鄉土文學風潮中，陳秀喜是最明顯的代表，另外有女詩人葉香，在此時期寫下少數優秀的女工之詩，因其後未立即出版詩集而被詩壇遺忘❹。80 年

---

❹　葉香遲至 1998 始出版其曾經發表在各種詩刊及報紙副刊上的詩作，並與其小品文合併爲《微雨》一書。

代的本土詩派，則杜潘芳格、洪素麗、利玉芳、王麗華都有優秀的詩作發表但詩風各自不同。而領 80 年代中期以後的後現代詩風潮的女詩人夏宇，及 90 年代受現代與後現代影響的顏艾琳，兩人亦吸收女性主義思潮，有各自的語言風格。還有蘇白宇、筱曉、曾淑美、陳斐雯、尹玲、張芳慈等，在抒情詩傳統中探索自己的道路。部份女詩人雖可單獨入座主流詩派，其作品中的女性感受，雖分歧而個人化，亦難被主流詩派所完全彰顯。此種「屬雜」的情況，使臺灣現代女詩人像彗星一樣，在詩壇或長或短地露臉後便流浪而去。

的確有些女詩人，不滿身處的主流詩壇。蓉子與羅門在 1955 年結婚後，為適應婚後生活而停筆 6、7 年，同時對興起的現代主義有所觀望，與其名詩〈白色的睡〉所說的一樣：「像滿園蘭蕊／你禁錮的靈魂／正翕合著一種微睡／一群白色音符之寂靜／——我的憂悒在其中／ 在紫色花蕊。」以詩中所描寫的沉默的姿態，及在第二本詩集《七月的南方》裡，大力描寫臺灣大自然的豐美，來抗衡當時詩壇流行的現代主義。林泠雖列名紀弦發起的現代派，卻在 1955 年所寫的一首〈紫色與紫色的〉詩中說：「那延伸於牆外的牽牛花／像我的詩篇一樣，野生而不羈」。後來在 1981 的一首〈非現代的抒情〉詩中，仍不忘揶揄當時現代主義排斥抒情、強調主知的潮流：「而彈了骨的現代主義者／是不欲，也不能／抒情的」。胡品清在 1965 年出版第一本詩集《人造花》自序中說：「假如有人強調現代詩人的聲音必須是冷酷的、悽屬的、枯寂的、晦澀的；假如有人肯定地說現代詩不是抒情的，只是主智的；或是現代詩表現的只是現代人被物質文明分割後所感受的痛苦；那麼這

本集子顯然沒資格被稱爲現代詩。可是我認爲更重要的是我這些作品正像我那株人造花，他們代表眞的永恆、善的永恆、美的永恆、愛的永恆。」以相當自信的口氣，與當時現代主義對抗。劉延湘雖是創世紀詩社同仁，在 1973 年出版中英對照詩集《露珠集》自序裡卻說：「『黎明的前奏不再是雲雀在天國之門歌唱，而是大卡車在天亮前穿過隧道的轟隆之聲』，這恐怕是現代人寫詩的一般精神，當然也是我的。但我不喜歡誇張所謂蒼白，憤怒，孤絕等等的『現代感』，我所做的是，從自己對存在意義與生命價值不能留情的否定的懼怕中，設法解釋自己，穩固自己和平衡自己，」亦頗能在瞭解主流風潮的意義下，保持自己的定見。

更多女詩人採取獨自吟哦，走向自己的詩之道路。杜潘芳格在《青鳳蘭波》詩集，卷三的〈散文隨筆〉裡有一篇〈爲何寫作〉的文章，她說：「爲何寫作？這像問我爲什麼活著一樣。爲什麼寫作，因有語言的產生所以寫作。……語言的洪流像宇宙星雲的循環一般。一個精神，對於某一個精神具有意義就是，這樣參與全體的洪流，在那新的獨自性之下，踏出自由的一步。……」，道出女詩人參與語言，等於參與宇宙的精神洪流，並在其中產生新的獨自性，完全是一個大詩人的態度。利玉芳在出版第一本詩集《活的滋味》自序裡說：「以前我所能接觸到的詩，是從國內大報副刊而來，讀得懂的詩既未獲得我的青睞，讀不懂的詩亦未曾獲得我的憐憫，以爲詩就是這樣的表現，我仍然觀望不前。……隨著加入「笠」，……從此，我劃開了內心生活的腳步，我用眞誠的語言寫我隱藏已久的聲音，我應該這樣努力生活著。」相當清楚地表明，自我的內在需要眞誠的語言來表現。蘇白宇之所以迷寫詩，亦在其

第一本詩集《待宵草》後記中說：「……成爲太太便不常碰到自己，當了媽媽，且不能兼任老師。如此退寸失尺，幾乎找不到立足之點了，幸而絕處逢詩——詩是水盡處的明花。」更道出身兼妻母的女詩人，只有在詩的創作裡找尋自己。從 80 年代至 90 年代初，詩集暢銷的女詩人席慕蓉，在《時光九篇》的後記——願望裡說：「在寫詩的時候，我只想做一個不卑不亢，不爭不奪，不必要給自己急著定位的自由人。我幾幾乎可以做到了。那是要感謝每一位喜歡我的朋友，包括那在很遠很遠的燈光下翻讀著我的詩集的每一位讀者，……」流露出雖擁有大量讀者，卻不被學者看重的女詩人孤寂的心情。

曾淑美在《墜入花叢的女子》詩集跋裡，雖很謙虛地說：「基本上，《墜入花叢的女子》是青春的一次錯誤示範。」卻「還希望這本小書對別人小有貢獻。……也許能從我坦然示範的錯誤中，領略出生命裡眞正強韌美好、經得起揮霍的部份——」，結論時更加強調「微渺的我攜帶著些許的憧憬和幻滅，勢必要繼續冒險、繼續犯錯。螢火蟲不小心闖進了星星的族群，從不後悔自己的迷路。」對自己在詩的創作上，其實有一定的自信，可惜迄今十年來未見她有第二本詩集出版。陳斐雯在《貓蚤札》詩集序中，先以「貓搔癢圖舒適」比喻自己寫詩，而且怕人嘲笑，她乾脆自己笑自己。但仍「想與人分享我自認是喜悅、有趣的經驗」也認爲「我從不規定自己應該寫出多少或多大的意義，但起碼還是有一點的吧，」流露出女詩人孤獨行路的矛盾心情。王麗華在她的政治詩集《他們對著我的窗口演講》跋中引索忍尼辛的話：「每一個作家，都是一個獨立的政府。」來詮釋自己政治詩的立場，「我想，唯有每一個作家都

能確立自己本身便是一個獨立的政府，而不必再假外求去阿諛、附合另一個政府，唯一替他把關的，只有藝術之神的大刀闊斧，他的創作才得以自由，」這種真知灼見，正是許多女詩人孤獨吟哦的基礎。只是作家的作品若缺少讀者，繼續寫作的熱情可能容易熄滅，也許不見得需要大量讀者，但仍要有一二知己的支持才行。夏宇在她隨意拼貼的第三本詩集《摩擦‧無以名狀》的長序中，有一小段頗有意思：「貼完以〈訛傳訛〉直覺是最後一首了，但接著又貼了〈擁抱〉，完完全全地感官。我以為那是一首美麗的詩做為壓卷。詩，這時候我有點懂了，它同時是一種流浪和一種歸宿。」說得不錯，寫詩和讀詩都同時是一種「流浪」和一種「歸宿」。江文瑜在1998年出版的女性主義詩集《男人的乳頭》裡說：「走過三十多年的春夏秋冬，文學是一隻母鯨，在我的內心永恆地鳴叫，她捲入海洋翻騰，屢仆屢起，尖聲彈起心弦。」無論女詩人採取哪種策略寫詩，參與或者對抗主流，甚至自顧自的吟哦，文學史都必須重新認真對待她們，才不致埋沒她們的天才與貢獻。

附錄一

女詩人與詩集出版數

詩集數	姓　名
5 本以上	蓉子(10-13)　陳秀喜(7)　杜潘芳格(6)　涂靜怡(6)　胡品清(4-5)　席慕蓉
4 本	陳敏華　洪素麗　張香華　朵思　敻虹　淡瑩
3 本	張秀亞　利玉芳　夏宇　古月　零雨　藍菱　沈花末　馮青
2 本	沉思　羅英　筱曉　晶晶　莊雲惠　謝馨　羅任玲　鍾玲　陳斐雯　尹玲　葉紅　蘇凌　顏艾琳　蘇白宇　曾妙容
1 本	李政乃　林泠　鄭林　劉延湘　李元貞　海瑩　方娥眞　斯人　王麗華　吳青玉　黃寶月　雪柔　葉香　宋后穎　蔡秀菊　王學敏　蕭秀芳　曾美玲　江文瑜　曾淑美　洪淑苓　張芳慈　阿翁　言言　林翠華　李雪菱　丘緩　莊秋瓊
選集出現的女詩人	翔翎　朱陵　萬志爲　葉翠蘋　王鐌珠　梁翠梅　王渝　西蒙　陳慧華　楊笛　劉淑珍　謝碧修　邱俐華　童若雯　劉裹蒂　黃靖雅　黃（劉）毓秀　洪秀貞　董雅蘭　廖家玲　劉麗萍　孟祥芬　陳素芳　顏秀娟　徐瑤娟　蔡雅妃　李湘茹　陳宛茜　晁成婷　林怡翠　張繡綺　白文麗　謝昭華　陳玉玲　黃麗如　吳菀菱　薛莉　莫野……
網路女詩人（朵思提供）	葉蕙芳　布靈奇　侯馨婷　駱野

註：女詩人詩集除了學生歐修梅、廖美珍幫忙查證外，主要參考書爲張默編《臺灣現代詩編目（1949-1991）》，及鍾玲《現代中國繆司》兩書。詩選集除前衛版臺灣詩選及臺灣文學選，前者自 1982-1985 後者自 1993-1997 外，爾雅版及現代詩季刊社掛名的年度詩選見附錄二，尚有向明等人主編的《臺灣詩學季刊》。

附錄二 A

詩選集女詩人所佔比例（朵思提供）

書名	編輯／出版	人數	女	比例
六十年代詩選	張默 瘂弦（大業）	26	2	1/13
七十年代詩選	張默 洛夫 瘂弦 （大業）	46	5	1/9.2
八十年代詩選	紀弦等12位男性（濂美）	58	4	1/14.5
中國現代文學大系詩輯（1972）	余光中 洛夫等（巨人2冊）	①30+②40=70	3+6=9	1/7.7
現代詩導讀（1979）	張漢良 蕭蕭（故鄉）	①27+②43+③47=117	1+4+5=10	1/11.7
當代中國新文學大系（1980）	瘂弦 （天視）	150	16	1/9.4
中國當代新詩大展（1970-1979）	蕭蕭 陳寧貴 向陽（德華1981）	①37+②30+③35=102	4+4+4=12	1/8.5
抒情傳統聯副三十年		上79+下69=148	6+11=17	1/8.7
中華現代文學大系（1970-1989）	余光中 張默（九歌 1989）	99	19	1/5
總計		816	89	1/9.1

附錄二 B

年度詩選女詩人所佔比例（朵思提供）

年度	人數	女	比例
71 年 爾雅版 1982	99	13	1/7.6
72 年	65	10	1/6.5
73 年	56	12	1/4.7
74 年	86	16	1/5.3
75 年	56	11	1/5
76 年	70	15	1/4.6
77 年	51	10	1/5
78 年	37	7	1/5.3
79 年	41	3	1/14
80 年	64	7	1/9
81 年 現代詩季刊	46	5	1/9.2
82 年	58	8	1/7.2
83 年	54	9	1/6
84 年	59	9	1/6.5
85 年	50	11	1/5
86 年	60	10	1/6
總計	952	156	1/6.1(16.4%)

參考書目

英文部分：

Sandra M. Gilbert & Susan Gubar, The Madwoman in the Attic -- The woman writer and the Nineteenth - Century Literary Imagination, New Haven and London,Yale University Press 1979/1984.

Margaret Homans, Women Writers and Poetic Identity -- Dorothy Wordsworth, Emily Bronte, and Emily Dickinson, Princeton University Press, Princeton, New Jersey 1980.

Florence Howe　Ed.　No More Masks -- An anthology of Twentieth-Century American Women Poets, Newly Revised and Expanded of 1973, Harper Perennial, NY 1993.

Germaine Greer, Slip-Shod Sibyls -- Recognition, Rejection and the Women Poet, Penguin books, London 1995.

中文部分：

張默瘂弦主編。（1951,1973,1980）。《六十年代詩選》。高雄：大業 13,15。

張默洛夫瘂弦主編。（1967）。《七十年代詩選》。高雄：大業 53,135,209,243,325。

張漢良。（1979）。《現代詩論衡》。臺北：幼獅。

張漢良、蕭蕭。（1979）。《現代詩導讀》。臺北：故鄉。

張默。（1981,1983）。《剪成璧玉葉層層——現代女詩人選集》。

臺北：爾雅。

林燿德。1986。《1949 以後》。臺北：爾雅。

王德威。1986。《從劉鶚到王禎和》。臺北：中時。

鍾玲。1989。《現代中國繆司——臺灣女詩人作品析論》。臺北：
　　聯經。

古繼堂。1989。《臺灣新詩發展史》。臺北：文史哲。

周偉民、唐玲玲。1991。《日月的雙軌——羅門、蓉子》。臺北：
　　文史哲。

張默。1992。《臺灣現代詩編目（1949-1991）》。臺北：爾雅。

趙天儀等編。1992。《混聲合唱——「笠」詩選》。高雄：春暉。

封德屏主編。1996。《臺灣文學出版——五十年來臺灣文學研討會
　　論文集（三）》臺北：行政院文建會。

文訊雜誌社主編。1996。《臺灣現代詩史論：臺灣現代詩史研討會
　　實錄》。臺北：文訊。

李魁賢主編。1997。《陳秀喜全集（10 冊）》。新竹：市立文化中
　　心。

張秀亞。1966。《秋池畔》。臺北：光啓社。

張秀亞。1987。《愛的又一日》。臺北：光復。

蓉子。1982。《青鳥集》。臺北：爾雅。

蓉子。1978。《蓉子自選集》。臺北：黎明。

蓉子。1986。《這一站不到神話》。臺北：大地。

蓉子。1995。《千曲之聲》。臺北：文史哲。

林泠。1982。《林泠詩集》。臺北：洪範。

敻虹。1976。《敻虹詩集》。臺北：大地。

夐虹。1983。《紅珊瑚》。臺北：大地。

陳敏華。1967。《雛菊》。臺北：葡萄園。

陳敏華。1970。《水晶集》。臺北：葡萄園。

淡瑩。1968。《單人道》。臺北：星座詩社。

劉延湘。1973。《露珠集》。臺北：英文中國郵報。

陳秀喜。1981。《灶》。臺北：春暉。

陳秀喜。1989。《玉蘭花》。臺北：春暉。

杜潘芳格。1977。《慶壽》。臺北：笠詩社。

杜潘芳格。1993。《青鳳蘭波》。臺北：前衛。

利玉芳。1978。《活的滋味》。臺北：笠詩社。

利玉芳。1996。《向日葵》。臺南：縣立文化中心。

胡品清。1978。《玻璃人》。臺北：學人文化。

胡品清。1984。《另一種夏娃》。臺北：文化大學。

張香華。1978。《不眠的青青草》。臺北：星光。

張香華。1985。《愛荷華詩抄》。臺北：林白。

羅英。1982。《雲的捕手》。臺北：林白。

朵思。1994。《心痕索驥》。臺北：創世紀。

朵思。1997。《飛翔咖啡屋》。臺北：爾雅。

涂靜怡 。（1975,1979）。《織虹的人》。自版／臺北：羽萍。

涂靜怡。1980。《從苦難中成長》。臺北：水芙蓉。

涂靜怡。1980。《歷史的傷痕》。臺北：秋水詩刊社。

席慕蓉。1981。《七里香》。臺北：大地。

席慕蓉。1983。《無怨的青春》。臺北：大地。

席慕蓉。1987。《時光九篇》。臺北：爾雅。

馮青。1983。《天河的水聲》。臺北：爾雅。

馮青。1989。《雪原奔火》。臺北：漢光。

馮青。1990。《快樂或不快樂的魚》。臺北：尙書。

洪素麗。1986。《盛夏的南臺灣》。臺北：前衛。

洪素麗。1990。《流亡》。臺北：自晚。

鍾玲。1988。《芬芳的海》。臺北：大地。

曾淑美。1987。《墜入花叢的女子》。臺北：人間雜誌。

陳斐雯。1988。《貓蚤札》。臺北：自立晚報。

斯人。1995。《薔薇花事》。臺北：書林。

夏宇。1991。《腹語術》。臺北：現代詩季刊社。

夏宇。1995。《摩擦·無以名狀》。臺北：現代詩季刊社。

零雨。1996。《特技家族》。臺北：現代詩季刊社。

顏愛琳。1997。《骨皮肉》。臺北：時報。

羅任玲。1998。《逆光飛行》。臺北：麥田。

李元貞。1995。《女人詩眼》。臺北：縣立文化中心。

江文瑜。1998。《男人的乳頭》。臺北：元尊文化。

兩個平等聲音融合爲一個調子，還是不同個體間持續的對話？——從夫妻的作品看女性文本書寫的特點

王潤華*

一、兩個平等的聲音融為一個調子與持續對話

　　我們的第一本詩集是出版於 1966 年，到今年（1999）爲止，我們在這條詩歌創作的道路上，走了三十三年。爲了要編選一本自選集，我們從第一本詩集到最後一本，都順序地細心閱讀幾遍。不管喜不喜歡，我們特別要求自己從每一個時期的創作中，挑選出一些「代表作」。這樣從這部選集中，讀者多多少少就能尋找出我們

---

*　　新加坡國立大學中文系教授

寫詩的歷史痕跡與詩觀的發展路線。這些詩作數目雖然不多，卻也記錄了我們在詩歌創作上所嘗試過的種種試驗、探索與創作，同時也希望這些詩能說明我們的詩學的變化與成長。❶在漫長的三十三年裏，雖然詩歌依然是我們的宗教信仰，已結集的作品並不多。王潤華共有七本詩集：

　　㈠患病的太陽（臺北：藍星詩社，1966）

　　㈡高潮（臺北：星座詩社，1970）

　　㈢內外集（臺北：國家書店，1978）

　　㈣橡膠樹（新加坡：泛亞文化，1980）

　　㈤山水詩（吉隆坡：蕉風月刊，1988）

　　㈥地球神話（新加坡：新加坡作家協會，1999）

　　㈦熱帶雨林與殖民地（新加坡：新加坡作家協會，1999）

淡瑩一共出版了四本詩集：

　　㈠千萬遍陽關（臺北：星座詩社，1966）

　　㈡單人道（臺北：星座詩社，1968）

　　㈢太極詩譜（新加坡：教育出版社，1979）

　　㈣髮上歲月（新加坡：五月詩社，1993）

　　每一本詩集，就是作者創作的里程碑，因此我們這二本詩選以每本詩集出版的年代先後編排。由於這二本詩選是在這樣的架構上編選的，它幾乎成爲《王潤華淡瑩詩歌全集》的縮簡本。

---

❶　這二本詩選包括詩與散文兩部分，我的討論只限於詩歌：《王潤華文集》（廈門：鷺江出版社，1995）；《淡瑩文集》（廈門：鷺江出版社，1995）。

這二本詩選，如果把它們一起相對照地閱讀，可供研究性別寫作。我們想除了因爲我們是夫婦，相信還有其他如上面說過的原因。對我們兩人來說，共同寫詩三十三年，從殖民地活到地球村，從現代走到後現代時期，從青年走到中年，把這些詩放在一起閱讀，才比較完整的保存我們外在的生活天地與內在的心靈世界。

我們在 1962 年至 1966 年間，從馬來西亞到臺灣留學時期，積極地投入詩歌創作與提倡詩運。我們與張錯、陳慧樺、林綠、張齊清及其他友人創辦星座詩社並出版《星座詩刊》❷。王潤華《患病的太陽》中的〈窄門〉、〈落霞〉、〈奔進花朝〉與淡瑩《千萬遍陽關》中的〈窄門〉、〈五月在落霞道〉、〈千萬遍陽關〉，一起出現時，才能表達出戀愛的完整性。愛情詩需要男女的作品來呈現，要不然就是有缺陷的情詩了。

1966 年夏天到 1967 年間，我們回返出生地馬來西亞的霹靂州九個月後，又一起赴美國深造，而且在那裏結婚。留學美國初期，文化上的震蕩、種族歧視，再加上經濟與功課種種的壓力，使我們產生了一些絕望無助、滿腔怨恨的情感思想。我們從一個落後、純樸、貧窮的亞洲到了美國，一個西方甚至世界權力與富強的中心超級現代大國。從軍事、經濟到學術文化，六、七十年代的美國正是如日當天，威力逼人，我們自然感到自卑和徬徨。淡瑩的〈飲風的人〉、〈火焰〉、〈五千年〉，王潤華的〈屋外〉、〈第幾回〉，裏面所敘述的失落的心情是一樣的，這是一組有關我們心靈「黑暗時期」的反省詩。在淡瑩的〈無題〉與王潤華的〈火燒教堂遠景〉

---

❷　《星座詩刊》創刊於 1964 年，終止於 1970 年。

這些詩中，我們已看見美國繁榮富裕生活中開始產生價值危機與文明的腐爛的現象，我們開始反省現代文明弊病的根源。

我們讀研究所那幾年，因為威斯康辛大學在陌地生(Madison)，四面為大湖所包圍，陽光稀少，嚴寒的多天特別長，我們寫詩的泉源，一如那裏的湖水，長期結了冰。在著名文學家周策縱教授的鼓勵下，我們讀書多、感觸多，雖然詩作很少，卻收集了不少豐富的詩的種子。淡瑩在 1971 年離開威大，前往加州大學聖芭芭拉（UCSB）東亞系教書，潤華則於 1972 年獲得博士學位後，進入艾荷華大學擔任研究員。不久我們又分別於 1973 與 1974 年回返新加坡定居。隨著生活的安定，我們的詩潮如熱帶的雨水，隨時因為雲層之偶然飄過心靈的天空，便下一陣雨水。王潤華的《內外集》與淡瑩的《太極詩譜》是美國後期至定居新加坡初期的作品。我們不約而同地深入中華文化，去尋找美學的靈感，譬如王潤華的〈象外象〉、淡瑩的〈太極詩譜〉便是最好的例子。我們又不約而同地進入中國歷史與文學中去尋找詩的題材，淡瑩有〈楚霸王〉、〈虞姬〉、〈烏騅〉、〈漚鳥〉，王潤華也有〈天書〉、〈磚〉、〈第幾回〉等探索歷史美學的詩作。淡瑩的〈懷古十五首〉與王潤華的〈狂題〉、〈門外集〉都是思古的幽情之作，顯示我們不受新加坡小島之限制，不斷開闢想像的天空與題材的領域。

回歸南洋的鄉土後，遇上後現代風潮、後殖民理論，我們二人的本土創作也不少。潤華以一本《橡膠樹》來擁抱熱帶叢林，因為赤道上的野花野草給他提供一個新的想像空間，給他帶來一種本土化的語言與幻想。他的〈皮影戲〉經常在新加坡中學生的詩歌朗讀比賽中獲得首獎，證明這是新馬本土的聲音。淡瑩的〈梳起不

嫁〉，寫早期到南洋做傭人的廣東順德婦女的悲涼人生，也是本土創作的新嘗試，尋找移民根源的一段痛苦歷史。

從 1980 年代開始，困在大城市裏，我們厭倦繁忙的社會生活，我們抗拒都市文明，喜愛平淡的家居生活，做家務時，自然也發掘出屋裏每一個角落都蘊藏著詩。淡瑩的〈髮上歲月〉、〈家務詩〉，潤華的〈搬家記〉、〈心臟手術記〉，是我們在做家務時的意外收穫。我們繼承了留美時學到的不聘請傭人的好習慣，每個周末，親手吸塵洗地抹窗，在灰塵與油煙之間，發現不少詩的種籽。所以當我們搬家時，潤華才會聽見搬運公司的職員對我們說：

> 所有十二年的灰塵與回憶
> 窗外的青山綠水
> 既不能裝箱
> 卡車也載不走
> 請自己處理（〈搬家記〉）

我們一直不停地向前探索新的地平線，當我們認識到地球只有一個，而地球快要毀滅於核子戰爭、污染、罪惡，我們不但關心本土、內在的心靈生活，也擺脫電腦網路，走向山水世界，去聆聽地球呼吸的聲音，因此近十年來從美麗的山水到人間悲劇如〈另一種肉體買賣〉、〈禿鷹的獨白〉到〈貝魯特印象〉便是為我們所關懷的地球而寫的詩。

寫詩三十多年，我們的詩不斷在變，而我們生活的世界的變化更加劇烈。從鄉村泥路，我們走到高速公路，再由電腦上的網際網

絡走上資訊高速公路，就如不管科技如何進步，地球上的教堂寺廟永遠矗立在人間，詩就是我們的宗教，那是生活中不可少的，因為生活就是詩，詩就是生活。

在現代文化中，婚姻是男女兩性交往的特權所在，它是反映和規範我們性態度的場所。婚姻創造出一個單一的社會組織，婚姻原來的功能之一是通過生育以維持人類永遠的存在，因此婚姻的結合原是異性的結合。所以奈麗·弗曼（Nelly Furman）說：「婚姻可以視為兩個平等的聲音快樂地融合為一個調子，或者視為不同的個體之間持續的對話。」❸盡管女權主義一再強大，今天所有婚姻創造下的家庭都屬於父親的名下，所以基本上還是一個父權的社會。但是由於我們結婚後一直過著二人世界的生活，上無父母下無孩子，淡瑩並沒有感受到她僅僅是男人間的關係符號（relational sign）的困境。❹她完全依著作為女人而不是符號而活著。作為人，女人是超越性的。由於我們夫妻二人過著的生活經驗相似，同時生活於相同語言之中，生活與語言都塑造了我們。由於受到完全相同的文化環境的影響，男女的社會性別（gender）❺並沒有多大差別。因此從上面的作品中書寫的生活經驗來看，女性作家並不過

---

❸　Nelly Furman, "The Politics of Language: Beyond the Gender Principle?" in *Making a Difference: Feminist Literary Criticism*, ed. Gayle Greene and Coppelia Kahn (London: Methuen, 1985). P.76. 中譯本見《女性主義文學批評》陳引馳譯（臺北：駱駝出版社，1995），頁67。

❹　同上，英文本，頁61；中文本，頁52。

❺　生理性（sex）與社會性別（gender）不同，前者是生理造成，後者為文化認同。

分強調女性應在語言與題材中建立起她們自己的聲音，她們強調的是所有被壓抑、被消音的人應在語言中建立起他們的聲音。因此我們不能過分強調男女之分。不管是否夫妻，在同一個國家、民族、社會的男女作家，在今天，往往會呈現兩個平等的聲音融爲一個調子，或至少不同個體之間持續的對話。

二、女性的欲望用不同於男人的語言說話

我以前說過，當我們寫詩時六親不認，一直到詩完成定稿後，才出示對方。❻現代新女性文學批評者，關心文學作品中女性的語言、聲音與風格。我們雖然沒有做過比較，直覺上就能分辨男女聲音、視境、感覺，在我們作品裏之不同。像〈髮上歲月〉、〈家務詩〉與〈搬家記〉，正如上面所論述的，盡管我們所呈現的生活經驗題材相似，卻完全是兩種不同性別的聲音、視野與感覺。從山水、社會、鄉土到愛情詩，雖然我們結婚三十幾年，共同寫詩三十幾年，女人永遠是女人，男人永遠是男人，因爲我們用感情與靈魂寫詩，詩不是直接呈現生活現象。

許多研究淡瑩詩歌的論文，都以較傳統的批評術語如婉約、典雅、淡雅、柔婉情調、溫婉含蓄、委婉幽邃、恬淡樸實、豁達洒脫等來描述其詩歌風格的特點。❼這些觀察可說明淡瑩的詩與我的作

---

❻　王潤華〈我的寫作習慣〉《把黑夜帶回家》（臺北：爾雅出版社，1995），頁153~156。

❼　研究的論文甚多，這裏僅指出一些例子：丘峰〈撒在赤道邊緣上的詩〉見

品極大不同之處，同時也可以說明她有意識的尋找與創造女性語言與女性文本的特點。❽法國女性主義文學批評家向現存的大眾語言挑戰，她們認爲目前社會的語言都是以男人價值觀爲基礎的菲勒斯中心主義（phallocentrism），是男性權威、父權文化的產物。她們認爲女性作家可以創造出女性語言與女性文學（l'ecriture feminine）。平常女性作家使用的語言嚴重受到男性中心語言的污染。既然語言爲男人所控制或男性化，語言也就全是以男性爲思考中心。❾

《上海師範大學學報》第 27 卷 2 期（1998 年 6 月），頁 57~60；李元洛〈亦豪亦秀的詩筆〉見《文學半年刊》第 20 期（1987 年 12 月），頁 18~23；陳義芝〈太極詩譜驚艷〉見《文訊》第 112 期（1995 年 2 月），頁 14~15；陳實《新加坡華文作家作品論》（南京：廣西師範大學出版社，1991），頁 147~162；丘峰〈藝術感覺與詩情文韻〉見《文學半年刊》第 39 期（1997 年 6 月），頁 154~161；周可〈濃妝淡抹總含情〉見《海外華文文學研究》第 28 期（1996 年第 2 期），頁 56~59；流沙河〈新加坡女詩人淡瑩四首〉《詩選刊》1985 年 10 月號，頁 104~109；鍾玲〈古典的瑰麗〉見《香港文學》第 54 期（1989 年 6 月），頁 52~55。

❽　淡瑩曾在 1996 年香港嶺南學院中文系與現代中文文學研究中心舉辦的女性主義文學國際研討會發表自述書寫歷程的論文，她感嘆「語言可以說是詩人最大的敵人」，見〈我的詩路歷程〉見《女性與文學：女性主義文學國際研討會論文集》（香港：現代中文文學研究中心，1996），頁 53~62。

❾　關於法國女性文學批評簡論，參考 Ann Rosalind Jones, "Inscribing Feminity: French Theories of the Feminine" in *Making a Difference: Feminist Literary Criticism*, Gayle Greene and Coppelia Kahn ed. (London: Mcthuem 1985), pp.80~112.

· 兩個平等聲音融合爲一個調子，還是不同個體間持續的對話？·

　　淡瑩有一首詩題名〈舞女花〉❿，描寫一種小紅花，白天閉、
夜間開，後來知道華人稱它爲舞女花，正好證明中文也是男性思考
爲中心的語言，她深爲這種花叫屈，因此從女性的感覺寫了這首很
富「女性語言」與「女性文本」的詩。

白天與黑夜　　　　　　　玫瑰　馥郁艷麗
我選擇了後者　　　　　　胡姬　高貴矜持
黑夜更能讓我盡情　　　　九重葛　熱辣奔放
傾吐滿腔芬芳的心事　　　菊花、杜鵑、梨花
　　　　　　　　　　　　在淒麗的典故裏
我愛悄悄裸露自己　　　　綻放了幾千年
在神祕的月夜下
至於陽光，它只適合　　　不能在大雅之堂
燃燒在我夢中　　　　　　提起我的姓氏
　　　　　　　　　　　　這會令所有男人
別爲我冠上　　　　　　　心猿意馬，女人
引人想入非非　　　　　　鄙棄、猜疑
一個不潔、不雅的
風塵名字　　　　　　　　我的委屈，月亮
　　　　　　　　　　　　星星都清楚
稱呼經常繁衍　　　　　　它們以純淨的光輝
各種相關的聯想　　　　　映照我無邪的心靈

---

❿　《淡瑩文集》，頁114~115。

季節幾經嬗變　　　　　　規規矩矩的學名
我　依然貞潔如處子　　　植物學家，一開口
　　　　　　　　　　　　就可以從萬紫千紅中
花譜上，我的祖先　　　　正確地把我喚將出來
肯定有個堂堂正正

其中說花選擇黑夜，更能傾吐滿腔芬芳的心事，愛月夜，因爲最適合裸露自己，各種花淒美的在典故裏綻放了幾千年，都是屬於女性的幻覺（female imagination）語言。法國女性主義批評家如露絲・依麗格瑞（Luce Irigaray）引用女人身體到處都彌散著性欲的女性快樂的理論，由這多中心的性本能而產生的女性語言，比男性的觸覺更敏感，更多中心思考的能力。⓫依麗格瑞甚至指出：「女性的欲望通常用不同於男人的語言說話。」這種女性文本，並不容易詮釋或解構出來，有時甚至需要去諦聽其沉默（silences），對被壓抑的或只間接曲折暗示的女性文本加以關注，在字裏行間去解讀欲望或心態，這些在以男性爲中心的社會裏或男性的法勒斯中心主義的語言是無法呈現出來的。⓬何金蘭的論文〈屈服抑或抗拒？──剖析淡瑩〈髮上歲月〉一詩〉，是我讀到的唯一以這方法去解讀淡瑩詩的論著。經過細密的分析，何金蘭「發現全詩的每一行都建立在『屈服／抗拒』歲月的總意涵結構上，許多小的部分結構也是爲補

⓫　Lucc Irigaray, *This Sex which Is Not One*, Catherine Porter tr. (Ithaca: Cornell University Press, 1985), P.96.

⓬　同上注⓫，pp.101~3；又參考前注⓽，pp.99~101。

充、說明各種數量、威力、狀況、情形、變化等而使用」。**⑬**

三、亦豪亦秀：
擁抱陰陽同體的女性文本？

　　李元洛在〈亦豪亦秀的詩筆〉一文中，以淡瑩的〈楚霸王〉與〈傘內傘外〉分別作爲她的陽剛之美與陰性秀美的代表作。他說：「她以胸中的英雄氣和兒女情完成了它們。」他論〈楚霸王〉時，發現這首詩不只是悲壯的題材所造成：

> 　　不錯，一般女詩人的作品，所顯示的大都是一種婉約淡雅的風格，但是也不盡然。淡瑩的纖纖素手中所握的也有一管陽剛的健筆。這客觀上固然是由於她所寫的題材是壯闊的，煥發著英雄悲劇的崇高美，主觀上也是由於她所抒發的是豪情而不是柔情，而在藝術表現方面，章法則大開大闔，筆法則粗豪雄放，詞法則多用詞采豪壯、力度頗強的陽剛性詞匯，這種〔剛性美〕的美學特色，在〈楚霸王〉中得到淋漓盡致的表現。**⑭**

---

⑬　何金蘭論文在《中國女性書寫國際學術研討會》上宣讀，收集在本論文集中。

⑭　李元洛〈亦豪亦秀的詩筆：讀新加坡詩人淡瑩〈楚霸王〉與〈傘內・傘外〉〉，見淡瑩《髮上歲月》（新加坡：七洋出版社，1993），頁227。

李元洛又說，由於意象、語言、節奏以及氣氛等，都是陽剛基調與底色，如果不署名，看不出是女性之作：

> 如果說，〈楚霸王〉一詩本身就極具霸氣，其意象、語言、節奏以及氣氛等等，都是以陽剛爲其基調和底色，毫不嫵媚與纖弱，如果不署名，實在看不出它是出自女性的手筆，眞可謂不讓鬚眉。但是，淡瑩又畢竟是一位女詩人，她可以使用陽剛的偏鋒爲楚霸王雕塑一座詩的銅像（她的〈虞姬〉與〈烏騅〉是同一類型的佳作），但婉約與清雅，到底是她的當行本色。我讀她的〈傘內·傘外〉，驚訝於這位女詩人能〔豪〕更能〔秀〕，或者說能〔秀〕亦能〔豪〕。〈傘內·傘外〉這首詩，和〈楚霸王〉的情調風格完全不同，後者是金戈鐵馬的英雄豪氣，前者是花前月下的兒女柔情，後者是烈火狂飆中，前者是人約黃昏後，充分表現了這位女詩人多方面的詩的才氣。❺

淡瑩的詩，除了上述提到的〈楚霸王〉、〈虞姬〉與〈烏騅〉之外，還有不少詩篇如〈詩魂〉、〈巨浪與怪石〉、〈海魂〉、〈戰霾〉、〈太極詩譜〉以及近作〈禿鷹的獨白〉等詩❻，鐘玲與何金蘭都注意到盡管像〈楚霸王〉一詩，陽剛美學發揮得淋漓盡

---

❺　同上，頁231。

❻　這些詩收集在《淡瑩文集》裏，〈禿鷹的獨白〉發表於新加坡《聯合早報》，1994年11月28日。

‧兩個平等聲音融合爲一個調子，還是不同個體間持續的對話？‧

致，女性作者的性別特色並沒有完全被清除掉。

> 這首詩剛性美的美學發揮到淋漓盡致的〈楚霸王〉是否可以
> 將女性作者的性別特色完全消除？經過仔細的閱讀，我們發
> 現詩人有兩個意象在全詩的陽剛氣中顯得十分陰性：第一個
> 是「他的臉／如初秋之花」，第二個是「江上的粼光／是數
> 不盡的鏡臺」（《太極詩譜》頁43）。英雄的臉以「初秋之花」
> 來形容，並且還「一片一片墜下」如「鏡臺」的「江山粼
> 光」，使這一節詩突然變得非常的女性化，而作者的性別也
> 似乎在這一節中不經意的洩露出來。鐘玲於〈古典的瑰麗──
> ──論淡瑩的詩〉中亦指出此點：「然而以女性之社會背景與
> 文學素養，試筆陽剛風格，總有控制不住，流露女性特色之
> 處，如『初秋之花』、『鏡臺』等意象，就不類戰場英雄的
> 形象，更適合於描寫美人了」。當然，這兩個意象並無損於
> 全詩的豪雄陽剛風格，我們只想藉此說明女性意識於無意之
> 間亦可能流露於文本中。❶

克利絲蒂娃（Julia Kristeva）認爲男孩可以與母親認同，而女
孩亦可以與父親認同，因此男孩可以身爲男孩，但卻以女性風格寫

---

❶ 何金蘭〈屈服抑或抗拒？──剖析淡瑩〈髮上歲月〉一詩〉，見本論文
集，何金蘭所引鐘玲〈古典的瑰麗──論淡瑩的詩〉之文字，引自《香港
文學》第 54 期（1989 年 6 月），頁 55。鐘玲在《現代中國繆司：臺灣女
詩人作品研究析論》（臺北：聯經，1989）中重複了這些論點，見頁
45~55，及 235~245。

作，而女孩當然也可以身爲女孩，以陽性風格寫作。將語言與生理混爲一談，硬要堅持由於女性的生理結構與男性不同，故女性的書寫風格應與男性完全不同，是不合心理學的。她認爲許多男生都能以陰性風格寫作，因此生理性別與寫作風格不是絕對的關係⑱，所以在淡瑩詩中發現陽剛豪放之筆是很自然的風格。克莉絲蒂娃指出，男人的女（陰）性文學書寫會比女人的女（陽）性文學書寫更具有革命性。不過她明白，當一個男人說話像女人，比一個女人說話像男人更不能被我們的文化接受。因爲克莉絲蒂娃認爲當一個男人向母親的語言認同，那是大逆不道的革命，因爲打破了性別差異的傳統觀念。女人向母親語言認同，那是合乎傳統的規範。就因爲這樣，我寫詩，只敢緊緊抱住西蘇（Helene Cixous）所說刻板、單一、淺顯少變化、無聊無趣的男性語言及陽性書寫。西蘇批評男人的作品「總是用黑色墨水書寫，小心翼翼地將他們的思想包藏在一定義周密且規範嚴格的結構裏。」⑲我自己反思一下，覺得這些後現代新女性的批評也有一定的眞理。因爲文化不能容忍男人使用女

---

⑱　Julia Kristeva 的新女性主義論述，現代女性主義(postmodern feminism)，其主要論點發表在這些著作裏：*Desire in Language*, Leon Roudiez, trans, (New York: Columbia University Press,1982); *Powers of Horror*, Leon Roudiez, trans. (New York: Columbia University Press, 1982). 關於學者對其女性主義理論之詮釋，參考 Rosemarie Putnam Tong, *Feminist Thought: A More Comprehensive Introduction*, Second edition (Boulder, Colorado; Westview Press, 1998) pp.193~211. 第一版出版於 1989，書名爲 *Feminist Thought: A Comprehensive Introduction*，有中譯本，見刁筱華譯《女性主義思潮》（臺北；時報文化，1996），頁 405~408。

⑲　同前注⑱英文本，pp.205~206。

人的語言，我只好乖乖就範，淡瑩占了優勢，因為女人能超越性別，是一種成就。

在 70 年代一些女性主義者如海爾布倫（Carolyn Heilbrun）建議擁抱古代的陰陽同體（Androgyny）的觀念，消除男女兩極的文化。[20]心理學家班姆（Sandra Bem）的陰陽同體測試亦顯示最伶俐，最有成就者為最具陰陽同體性格者。[21]佛蘭曲(Marilyn French)甚至認為陰陽同體人才是一個完整的人，結合了所有傳統做女人的優點與做男人的優點。[22]由於這種種觀念，難怪一般學者在淡瑩詩中發現陰陽同體的文本，都給予極高的推崇。而我寫的全是男人的男人文學，怪不得一般認識我們的朋友，都多數傾向陰陽同體的淡瑩的作品。

四、詩歌文本的性別越界：
客家族群殘存的記憶？

我這篇文章中寫的感想與觀察，雖說是從夫妻的作品看女性文本書寫的特點，這裏所觀察到的主要還是以淡瑩的作品為對象，我

---

[20] Carolyn G. Heilbrun, *Toward a Recognition of Androgyny* (New York: Alfred A. Knopf, 1973).

[21] Sandra Bem, "Probing the Promise of Androgyny", in *Beyond Sex-Role Stereotype*, ed. Alexandra Kaplan and Joan Bean (Boston: Little Brown, 1976), pp.48~62.

[22] Marilyn French, *Beyond Power: On Women, Men and Morals* (New York: Summit Books, 1985), p.505.

的思考也只能限於她的作品，換了一對夫妻作家，換了別人，如果夫妻住在一個四代同堂的大家庭，長期住在父權很強的社會文化中，那個妻子作家又會很不一樣了。有時我想，她作爲一個客家族人（原籍梅縣客家人），這種族人的記憶多少還殘存著。譬如在她的家庭，她父親總是比較疼愛女兒，女兒在家庭的地位比男孩更重要，因此她與父親的男性語言認同是必自會產生的。淡瑩詩中的性別越界，也許與她客家族群殘存的記憶有關係。

本文雖說從夫妻的作品看女性文本，我盡量逃避解讀我自己的作品，一來由於篇幅有限，更重要因爲作家自己往往不了解自己的作品，而我更不敢分析自己的作品有沒有跨越性別。這些問題還是留給別人研究。

從對話功能論唐代女性詩作的書寫特質

蔡　瑜[*]

前　言

　　在中國傳統的詩學中，唐代是公認詩歌最爲輝煌燦爛的時代，無論是體製、風格、家數皆呈多元繽紛的樣貌，只是，這一切在印象中似乎也是由男性詩人打下的天下，在有限的詩史或詩學史的冊頁中實難得見女性詩人的身影，因此該如何重讀唐代女性詩人的作品，探尋不同的意義，來和以男性爲主的詩學建構形成對話，實是唐詩研究必須開拓的新視野，更是研究中國女性書寫的重要環節。

　　不過，研究唐代女性詩作必須面對兩個面向的挑戰，其一是資料留存的限制，由於現今唐代女性詩作的流傳實況大致是人僅一篇或寥寥數篇，且女詩人的生平事蹟大多不詳；即或是在當世赫赫有名的女性也難逃作品佚失的運命，如權傾一時、主導文壇方向的武

---

* 　現任臺灣大學中文系教授

則天、上官婉兒的作品俱流存有限，且多屬宮廷應制之作；至於一般婦女限於角色身分，作品幾乎沒有傳世的可能，故往往是因特殊機緣而有一詩片字的流傳，而其生平資料也往往就是圍繞著僅存作品的片言隻語，處處印證著人以言傳的偶然；這共同呈顯出作品流傳機制的複雜，並不全繫於權力的有無、作品的優劣，性別角色與詩體功能的社會定位，可能居於更重要的影響因素。故而唯有居於邊緣身分的女冠、女妓，因與男性社群過從甚密，增添了作品流傳的機會，不過，這也僅限於少數幾位，只是，相對於唐代一般婦女幾無可能累積相當作品成集，已屬難能可貴。因而，過去的唐代女詩人研究多半集焦於如李冶、魚玄機、薛濤等名女人身上，這種「大家」或「專家」的研究取向固然增益我們對於特定女詩人的理解。然而，我們仍不免要追問，那些為數眾多，好不容易掙脫了被迫沈默、徹底消音桎梏的女性作品又該如何重現江湖？她們在歷史的建構中已被剝奪了成為「大家」的可能，難道就註定永遠失去了舞臺？她們可不可能以集體的方式共同呈現唐代女性生存處境的一些面向？她們的詩歌語言如何彰顯了她們的存在，使當時以及後世之人因而看到、聽見她們？後人又該如何從瑣細、片斷的資料中去拼貼一幅幅身／心、家／國交織互涉的圖象？這無疑是女性詩作研究急待突破的困難。

其二是方法運用上的反省，詩歌作為語言文字的藝術，任何意念、美感的呈顯都需要透過語言文字的表現與解讀才得以彰顯，即或是身處邊緣的女性作品也必須遵循起碼的規範，才能通過認證，躋身於詩歌創作者之列，只是，媒介的運用，往往受到主客觀諸多因素的牽制，男性詩歌的發展自有其性別角色與歷史、社會、文化

互涉交滲的情境，如果，女性從來就在各個場域中與男性分飾不同的角色，我們就有充分的理由相信女性基於迴異的處境，呈顯在詩歌中的語言文字理當有著歧出與偏離的現象，若仍沿用傳統詩學講究個人風格、體製規範、詩學傳承的研究方法，勢難析出種種歧出與偏離的意義。換言之，詩學是後設的，許多標準是爲以男性爲主的詩作所量身打造的，運用同樣的尺度來衡量未必按牌理出牌的女性作品，往往得到的是令人沮喪的「否定」結果，從而失去了與主流詩學形成對話關係的平等地位。因此，如何析解出女性依違於主流詩學的現象與心態，尋索女性詩作自身的重心，自然是件毫無依傍的挑戰，面對這樣的挑戰，本文除了「重讀文本」外，並不擬提出任何具體的方法，以免方法論對於尙待開顯之事物的限制；只是，這個重讀無可避免的將會根植於與主流詩學參照對話的心理背景，能夠獲得怎樣的結果，理當隨著各種互動關係而流動不已，本文即是一個嘗試從對話功能切入唐代女性詩作的重讀過程。

至於爲何採用「對話功能」爲切入點，實基於唐代女性詩作在形構上的兩個普遍而顯著的共同特點，首先是，作品多採用問話或預設傾訴對象的話語姿態，其次是，爲數眾多的作品爲四句或八句的短詩，過此的長詩並不多見。當然，這些現象並不是女性詩作所獨有的，只是，唐代以男性爲主體的詩歌是古律體齊頭並進的，律體的完成與流行固然重要，古體的突破與擴充也同樣可觀；女性詩作大量採用短詩，畢竟是與當代詩體發展歧出的選擇。至於在詩中採用問句的形式，自然也見用於男性詩人，尤其是在他們的樂府或是仿民歌之作中；但是他們在詩中的問答常帶有某種程度的封閉性與抽象性，如張九齡：「草木有本心，何求美人折？」「今我遊冥

冥，弋者何所慕？」（〈感遇〉）王維：「君問窮通理，漁歌入浦深。」（〈酬張少府〉）孟浩然：「迷津欲有問，平海夕漫漫。」（〈早寒江上有懷〉）李白：「問吾何事棲碧山，笑而不答心自閒。桃花流水窅然去，別有天地非人間。」（〈山中答問〉）杜甫：「飄飄何所似？天地一沙鷗。」（〈旅夜書懷〉）由於答案已在心中，他們並不真正向外設問，能有的回答也必然只是如響回聲了。這或許可以歸因於在「詩言志」的傳統籠罩之下，以男性爲主體的主流詩學，總是以呈現自我的情志爲依歸，努力在詩作中構設著自我的影象，即或叩問也常常是自問自答或採自我辯解的姿態。因此我們聽到的是陶淵明如何在〈歸園田居〉裡向世人宣示他的自然本性、李白如何在〈將進酒〉裡要眾人傾耳聽他狂野抒懷、杜甫又如何在〈自京赴奉先縣詠懷五百字〉中自問自答、沈鬱頓挫地展現他自我反思的能力，他們的對話者若非自我本身，也是能如其所願理解他們的「知音」，這種「獨白式的對話」，其對話的對象、討論的空間與可能性都是很有限的。

　　唐代女性詩作中的「對話」表現，便頗異於上述「獨白式的對話」，而是同時存在「傾訴」與「傾聽」的特質，若再結合多數爲短歌的形式，立刻令人想起自詩經以降的民歌傳統。民歌的產生強烈倚恃著一種互動的情境、集體的感應，往往有著對唱、輪唱、重唱、一唱四應的種種形式，處處顯示出不以自我陳述爲滿足，而是期待回音、諦聽變化、準備再度反應的流動性。因而，詩的叩問語氣預留了回應的空間，簡短的形式顯示出傾聽與傾訴同樣熱切的心理傾向，以及等待透過你應我答的互動來進行溝通的可能。儘管，就唐代女性詩作的創作情境而言，顯然大多數已經遠離了民歌原始

而素樸的土壤，但卻得以保留著民歌「對話」的形構，以及「傾訴」與「傾聽」共時存在的特質，恐非偶然。

民歌的對話形構最容易在一唱一和反覆不已中見出，然而，限於文本流傳的限制，我們常常只能看見唐代女性詩人在「對話」，卻不能同時看見對話者的回應，這難到不也是一種「獨白」嗎？為何可以說「傾訴」與「傾聽」是共時存在的呢？其實，就像我們前面說過，男性的設問常常是自我證成，他們會「問天」、「問月」，即或「問人」又多預設了答案，故「傾聽」的質性洵非所重。因而，此處所謂的「傾聽」特質並不繫於回答的有無，而是在「設問」、「傾訴」的語氣姿態所預留的對話空間中見出，唐代女性詩作常常採用諸如商量、試探、請求、質詰、反問、怨怪、抗議、控訴的語氣，甚而至於具有挑釁意味的諷刺，都有著等待對方回應的開放性，這才是我們認為有別於多數男性詩作的對話特質。

不過，雖然對話的成立並不取決於回應的有無，但是，一個同時具有「傾訴」與「傾聽」特質的對話，總是等待著回音，而在生發時也有著具體（特定或非特定）對象的預設、關係的考量，並受到發話時的情境、氛圍以及可能的互動方式所影響。簡言之，關係網絡形成了對話的軸線，從而衍生出種種因時空處境而變化的軌跡，這不但左右著說話的姿態、展現的方式、策略的運用，同時也對話語具有光譜的作用，影響話語的指向是單音或是多音複調。

本文的探討，在第一部分，首先是透過對話、情境、關係的交互作用來談唐代女性詩作在特定關係、具體情境下的對話；其次，則是呈現女性經由個人對特殊處境的感知，進而訴諸公眾的對話。前者的對象及話語的指向都較為單純，後者則或是經由具體對象再

輻射出去，或是一開始就向公眾尋找著對話的對象，因而，對話的
對象與話語的指向都趨於複雜。在第二部分，則是經由語言、現
身、物件諸因素在女性詩作中的交織，談女性在頻頻以詩努力要求
對話的同時，其實更期待的是面對面的互動溝通，她們顯示出對於
以語言文字為情意符徵的焦慮與不安，從而創造出許多女性特有的
彌縫之法。整體而言，本文企望能夠經由重讀唐代女性詩作，尋找
出女性書寫與男性書寫可能的分離點。

對話／情境／關係

（一）

在唐代女性作品中所呈現的對話關係主要是隨著個人的角色定
位以呈顯，雖說女性的角色可以是母親、女兒、妻子、情人、手
足、朋友等等，但是見諸於現存唐代女性的絕大多數詩作是出以妻
子、情人關係的抒詠，親子、手足關係時有一二，女兒身分的抒詠
幾乎沒有，至於一般朋友關係則包含同性與異性但都相當有限，這
似乎說明了「男女相悅之詞」這個民歌傳統主題在女性作品中的繼
承。當然，這不得不考量流傳的機制，畢竟，與士人的互動較易使
作品流傳。不過，由此仍可推知婚姻或是男女情愛關係是女性關注
的焦點、對話的主軸，其中溝通的可能性、對待關係的能動性、乃
至於對生涯走向的影響，確實足以說明此類關係中的對話確實與女
性存在處境密切結合，理當有較多的呈顯。

在唐代許多僅留下姓氏或甚只留下夫姓的士人妻子的詩作中，

所呈顯出最具體的對話主題，即是士人功名取向的遊宦生涯對「夫妻本是同林鳥」的衝擊，以及由此衍生出來的種種問題。功名事業是女性無法參與的競逐，卻常常是良人終生以求的，爲人妻者的處境往往比想像中尷尬矛盾得多，杜羔妻趙氏對於這樣的處境有著傳神的描繪她在〈杜羔下第將至家寄以二絕〉中如是說道：

良人的的有奇才，何事年年被放回。如今妾面羞郎面，郎若來時近夜來。

傳聞天子訪沈淪，萬里懷書西入秦。早知不用無媒客，恨別江南楊柳春。（卷十）❶

在第二首詩中趙氏以天子「不用無媒客」體恤夫婿考場失利的傷痛，間接爲夫婿重建信心，與第一首開端的肯定相互呼應。只是，寬慰話好說，與遭逢挫敗的男性面面相覷卻是一大難題；因而，在夫婿將至家時，趙氏先寄二絕疏通彼此的心緒，更建議夫婿夜晚再抵家門，以免相見時的尷尬，一心維護著對方的自尊。這兩首詩的對話對象相當明顯，但話語聲音的指向卻不一而足，「何事」似乎與夫婿站在同一邊向命運（考運）質疑，「早知」則更有著對於體制不公的詰問，至於最後一句「恨別江南楊柳春」，乃是夫妻二人

---

❶ 案本文引詩只註明卷數者出於鍾惺的《名媛詩歸》，明末景陵鍾氏刊本，現藏國家圖書館。此外，本文所述詩人傳記事蹟，若未特別標註則亦出於《名媛詩歸》在詩人或詩作下的說解。（又案此詩《全唐詩》所錄缺第二首（臺北：文史哲出版社，1978年）。）

對上述價值所付出的沈重代價。此中我們聽到的是處處爲對方設想，充滿體恤關懷的對話聲音。只是，良人功成名就是否就苦盡甘來了呢？趙氏又有〈聞杜羔登第〉：

> 長安此去無多地，鬱鬱蔥蔥佳氣浮。良人得意正年少，今日醉眠何處樓。（卷十）

這首詩烘托出一片喜氣洋洋的氛圍，但末句的一問，呈顯的非但不是妻子的喜反而是故作輕鬆的擔憂。當喜訊傳至時才正是爲人妻者煩惱的開始，然而，這分憂慮直說難免煞風景，卻又不能坐視不管，爲了聲明立場，便採用這種心照不宣的問句，以示提醒。此類的處境也見於彭伉妻張氏的〈寄外詩〉二首：

> 久無音信別羅幃，路遠迢迢遣問誰。聞君折得東堂桂，折罷那能不暫歸。
> 驛使今朝過五湖，慇懃爲我報狂夫。從來誇有龍泉劍，試割相思得斷無。（卷十二）

第一首詩的處境彷彿是趙氏前詩的延續，兩位妻子都在「聞」君登第時，開始失去丈夫，只是張氏的質詰語氣更顯強烈。第二首的「狂夫」之稱便不免是狂妻的呼喚了，但末尾的巧喻使嬌嗔中又飽含著縷縷情絲，讓人體察到一切的怨怪只因「我很在乎你！」。

當然，對於夫君的求取功名或遊宦天涯滿懷體恤之情的妻子也是有的，如趙氏（非杜羔妻）〈擬古〉其三：

霽雪舒長野，寒雲伴秋谷。嚴風振枯條，啼猿抱冰木。所歡
游宦子，少小荷天祿。前程未云至，悽愴對車僕。歲寒成詠
歌，日暮棲林樸。不憚行路險，空悲年運促。（卷九）

此詩從季節變化大地蕭瑟寫起，想像在外遊宦之人的艱辛旅程，以
「悽愴對車僕」疼惜其無親人在側的淒涼，末尾更是眞誠體恤男性
爲求功名事業所承受的壓力。這首出以女性詩人擬代男子處境的詩
作，應是思憶良人的含蓄表現，其中充滿了支持的聲音；只是，含
蓄同時也意味著壓抑，因而在〈擬古〉其二中便是以思婦的角度作
自我呈現：

金菊延清霜，玉壺多美酒。良人獨不歸，芳菲豈常有。不惜
芳菲歇，但傷別離久。含情罷斟酌，凝怨對窗牖。（卷九）

畢竟，在「良人獨不歸」、「但傷別離久」的處境下，所積累的便
是難以言述的「凝怨」。其實，不論女性採取的是柔性的體恤還是
強烈的質詰，我們看到的都是一種傾斜的夫妻關係，落在祈求對話
而不可得的情境中。像程長文的〈春閨怨〉：「綺陌香飄柳如線，
時光瞬息驚流電。良人何處事功名，十載相思不相見。」（卷十
二）便準確地道出了時空睽違下無從對話的艱難處境，「何處」一
問道出多少難堪，「十載」又是何其輕易，儘管無從對話，卻不曾
放棄。

相思是苦，隨君海角天涯，即或可行，也未嘗不苦，身爲妻子
總是陷於兩難的矛盾掙扎中，前述在婚姻關係中步步爲營的杜羔妻
趙氏，在〈雜言寄杜羔〉中便有著深刻的體會：

> 從君淮海遊，再過蘭杜秋。歸來未須史，又欲向梁州。梁州
> 秦嶺西，棧道與雲齊。羌虜萬餘落，戩矛自高低。已念寮傳
> 侶，復應勞攀躋。丈夫重志氣，兒女空悲啼。臨邛滯遊地，
> 肯顧濁水泥？人生賦命有厚薄，君但遨遊妾寂寞。（卷十）

詩的前四句以流暢自然的筆調，生動地道出「遊宦」的實況，良人
固然有其身不由己、不辭艱險的困難，但這既然是男子所追求的價
值，便可一往直前。至於妻子在珍視夫妻關係的前提下，自然全力
配合，所面臨的常常是與君分離或是共君跋涉的反復思慮，有時，
甚至也是毫無選擇的，只是兩者對她們恐怕都是艱難的，尤其，一
旦分離，兩人面對婚姻的不同態度與男女寬嚴不一的境遇難免使危
機再度浮現。「肯顧濁水泥」的質疑正是提醒對方「應該」眷顧夫
妻之情吧！這幾乎不可解的困境，只能歸諸於男女的差別待遇，末
尾遂發出意含挑釁的不平之鳴❷，這樣的話語固然在使對方關注妻
子的「寂寞」處境，但也意在激起對方為自己的「遨遊」辯護，引
發爭辯，也是一種對話。

---

❷　「人生賦命有厚薄，君但遨遊妾寂寞」之語自然蘊含著對男女不平等的抗
議，甚至不免有著羨慕男兒的心緒，這種不平更清楚地呈顯在魚玄機的詩
作中，在〈次光威裏韻〉中言到：「恐向瑤池曾作女，謫來塵世未為
男。」（卷十一）已將身為女子視為謫降，又在〈遊崇眞觀南樓睹新及第
題名處〉：「雲峰滿目旅春晴，歷歷銀鈎指下生。自恨羅衣掩詩句，舉頭
空羨榜中名。」（卷十一）直接顯示出對於男子得以金榜題名的欣羨。此
外，黃崇嘏在其面對女扮男裝終究不能眞正成為男子時也不免在〈辭蜀相
妻女〉中云：「願天速變作男兒。」（卷十七）這些羨男的心緒都是女子
的不平之鳴。但杜羔妻的詩是對話的情境，自然留有討論的空間。

　　類似的危機，因情境、關係的個別差異，也會產生不同取向的
對話，魏氏〈贈外〉：

> 浮萍依綠水，弱蔦寄青松。與君結大義，移天得所從。翰林
> 無雙鳥，劍水不分龍。諧和類琴瑟，堅固同膠漆。義重恩欲
> 深，夷險貴如一。本自身不令，積多嬰痛疾。朝夕倦床枕，
> 形體恥巾櫛。遊子倦風塵，從官初解巾。束裝赴南鄲，脂駕
> 出西秦。比翼終難遂，銜柴苦未因。徒悲楓岸遠，空對柳園
> 春。男兒不重舊，丈夫多好新。新人喜新聘，朝朝臨粧鏡。
> 兩鶩因無比，雙蛾誰與競。詎憐愁思人，銜啼嗟薄命。薜華
> 不足恃，松枝有餘勁。所願好九思，勿令虧百行。（卷十）

詩的前十句用種種譬喻回溯夫妻關係的恩情以揭示主旨，也在喚起
對方感念追憶的心緒；接續的十二句則寫良人遊宦各方，自己則因
身體不適無法追隨，難遂比翼雙飛之願；長久的離別終致良人新聘
的事實，以下的八句便具現出新人與舊妻的對照，痛陳自身無人與
訴的悲愁，而這一切難道印證了「男兒不重舊，丈夫多好新。」的
世俗之見嗎？語中充滿了無奈與不平，然而，敢於抒發不滿就在要
求公平，不願隱忍。最後的四句，前二句是提醒對方眼前榮華的易
逝，後二句則是寄語良人重德修行❸，與詩首的「曉以大義」循環

---

❸　「勿令虧百行」之語令人想起《世說新語》卷十九〈賢媛篇〉所記：許允
　　嫌其婦醜，故以「婦有四德，卿有其幾？」詰之，其婦不甘示弱回以「士
　　有百行，君有幾？」之問，以凸顯其「好色不好德」之失。《世說新語箋

相連，末尾冠冕堂皇地以修行相要，正在逼問對方是否敢於承認
「虧行」之事。此詩以溫柔敦厚包裝，卻義正詞嚴地凸顯對方的矛
盾；因為要求對話，所以留有餘地，但為了要落實溝通，該說的也
不能不說。

　　因宦別離或是隨宦天涯，對於女人而言，除了婚姻問題之外，
還有著其他的難處，詩人元稹的繼室裴柔之便曾有過深刻的感觸。
據說，元稹曾自會稽拜尚書右丞，到京後未踰月又出鎮武昌，裴柔
之對於這樣的奔波不免抱怨到：「歲杪到家鄉，先春又赴任。」元
稹便語帶調侃地贈以詩曰：「窮冬到鄉國，正歲別京華。自恨風塵
眼，常看野地花。碧幢還照耀，紅粉莫容嗟。嫁得浮雲婿，相隨便
是家。」裴柔之乃以下面的詩回贈夫婿❹〈答外〉：

> 　侯門初擁節，御苑柳絲新。不是悲殊命，惟愁別近親。黃鶯
> 邊古木，珠履徙清塵。想到千山外，滄江正暮春。　（卷十二）

相對於前舉諸位妻室的處境，「相隨便是家」在男性看來，誠然是
值得慶幸的了，裴氏「不是悲殊命」已不免透露出欲蓋彌彰的怨懟
情緒，卻有意將話題轉移，因為，隨夫輾轉他鄉的空間位移，無異
是切斷自身僅有的關係網絡，「惟愁別近親」舉重若輕地道出其中

疏》頁 672（臺北：華正書局，1984 年）。魏氏援引自有微諷的深意，只
是，許允夫婦是面對面的問難，辭鋒令人無從閃避，效果定然比魏氏透過
書信更佳。至於面見的對話與書信的對話有何差異，請參本文第二部分。
❹　前述相關事蹟請參閱《名媛詩歸》卷十二，頁 1，「裴柔之」下的說明。

的肯綮；或許「別近親」是男女共同的處境，但所不同的是這只是男性的部分關係，卻往往是女性的所有。從元氏夫婦的對話中，我們窺見了女性或許並不如男性所想像的，只在乎夫妻的關係，其幽微的心事正需要透過對話才得以呈顯。

夾處於家人近親與夫婿間的女性，其情境往往因人而異，女性的不同認知，也形成相異的行事作風。元載之妻王韞秀一生的處境與作為，不免發人深省。王韞秀原是王忠嗣之女，在其父出鎮北京時，將其許配元載，但因元載家貧，久未有成，逐漸見輕於妻族，王韞秀便勸元載遊學，元載雖依其意行之，不久卻寄詩與妻子，詩中充滿了挫折與沮喪，王韞秀乃賦詩請偕行，詩云：

> 路掃饑寒跡，天哀志氣人。休零別離淚，攜手入西秦。〈偕夫遊秦〉（卷十二）

詩中女性堅毅果敢的形象躍然紙上，反倒對顯出一個在功名之路上茫然畏縮的男子身影。日後，元載果然為肅宗擢拜為中書，此時的王韞秀不忘向娘家炫耀，而有〈寄姨妹〉詩云：

> 相國已隨麟閣貴，家風第一右丞詩。笄年解笑鳴機婦，恥見蘇秦富貴時。（卷十二）

詩中以王維作參照，對於夫君的貴盛與文采何其得意，又以蘇秦微時見辱於婦人的典故，喻指姨妹今日面對身分判若雲霓的夫婿時所顯出的尷尬羞慚，狠狠地報了一箭之仇。這樣的示威適正映襯出先

前乃至此後與娘家的緊張關係。只是這種寄託在夫婿身上的榮耀總
也有著無法操之在我的不安，隨著元載的貴盛，危機也日益浮現，
王韞秀因而又有〈諫外〉詩云：

> 楚竹燕歌動畫梁，更闌重換舞衣裳。公孫開館招佳客，知道
> 浮雲不久長。（卷十二）

與其說王韞秀對於政治有所洞見，不如說基於多年的夫妻相處，她
對元載的斤兩聊若指掌，更爲貼切。王韞秀在夫妻關係中未嘗沒有
宰制的實力，但是，在形勢比人強的情況下，終難真正操控全局；
不幸爲其言中，元載果因貪而被誅。元載的故事結束了，王韞秀的
故事又該如何畫下休止符？這該是其一生最重要的抉擇了！元載被
誅之後，肅宗令王韞秀入宮，王韞秀歎曰：「二十年太原節度女，
十六年宰相妻，誰能復爲長信昭陽之事乎？」後竟因此被官吏鞭笞
而亡❺。或許這也算不上是自由自主的抉擇，但一輩子爲人女、爲
人妻的從屬生涯，所得爲何？豈可重蹈覆轍？或許也只能在一死之
中獲得救贖，擁有自身；然而，如果沒有國家機器對於她的壓制，
或許她更願意爲自己而活吧！王韞秀一生努力與種種關係對話，臨
死前的一問，便不能不同時指向自我與社會大眾。

　　以上種種見諸於唐代女性的婚姻處境，儘管各有殊異，卻可以
用李冶對於夫妻關係的洞見來涵括，其〈八至〉詩云：

---

❺　以上關於王韞秀的生平事蹟，參見《名媛詩歸》卷十二，頁7。

至近至遠東西，至深至淺清溪。至高至明日月，至親至疏夫
妻。（卷十一）

李冶即是李季蘭，是中唐時期著名的女冠，算起來是一位婚姻的局
外人，卻對夫妻關係提出致命的一擊。全詩採用的是辯證思維，說
明事物本身包含著矛盾兩極的統一，舉凡東西、清溪、日月皆是如
此，但是，當此一現象落實在人世的夫妻關係上，卻令人爲之一
震，夫妻關係無論是在人倫規範上或是實際的身體關係上，都被框
在最親密的範限中，然而在地位等差、關係傾斜、處境利害既一致
又對立的情況下，往往形成在親疏兩端不斷游移的互動。李冶無異
揭露了夫妻關係僞善的一面，即或置於今世，也依然有著振聾發聵
的警世作用，極具現代意義。李冶在此詩中採用的是極其篤定的口
吻，可以見出她在此事上的定見，但這樣的見解，無疑是對於所有
身處夫妻關係中人的凜然一問，檢視前面的諸例不都正凸顯出既親
密卻又極疏離的對待關係嗎？

（二）

以上的討論呈顯出「家」是女性生存處境的樞紐，但「家」的
概念及實質本身即有賴於最基礎的夫妻關係，所以，家的成敗同時
也取決於另一半，受著另一半自我意識乃至於家國意識的牽動。這
一方面基於在傳統士人的思維中家國是實現自我的主要參照，在與
權力核心的互動中，該以怎樣的方式及姿態切入，又如何建立自我
意識，考驗著每一個人的智慧；另一方面，無論男女都在國家機器
的掌握之下，國籠罩著家，決定著眾庶的命運，自然是誰也逃不過

的。因而，人際的互動、家國的互涉都交織成女性的生存處境，儘管除武則天等人之外，大多數唐代女性無緣參與公眾事物，但是她們從自身處境的感知出發，亦時或因特定對象的缺席、特殊的隱情、申訴管道闕如等等原因，而採取訴諸公眾的對話方式，其內涵的紛繁，話語聲音的多元，都與對象單一的對話關係有所不同。

若要論到女性因幽閉的處境而強烈期待能夠與外界對話的例子，自然要以幽禁深宮中的宮人詩為代表，如天寶宮人〈題洛苑梧葉上〉：

> 舊寵悲秋扇，新恩寄早春。聊題一片葉，將寄接流人。
> （《全唐詩》頁 8967）

〈又題〉

> 一葉題詩出禁城，誰人酬和獨含情。自嗟不及波中葉，蕩漾乘春取次行。❻

宮人的處境堪稱女性之中最不自由的，因為她們從屬於天下最有權力的男人，卻往往名至實不歸，不但與皇上的對話難期，即或是與宮中之人的對話也必然因種種利害關係而呈現緊張的狀態，無論是傾訴與傾聽都受到相當程度的扭曲，幽閉的是身體同時也是心靈。因而，擺落宮中令人窒息的權力關係，與外界對話，尋求慰藉的可

---

❻ 案此二詩《名媛詩歸》卷九頁 18-19 所錄，與《全唐詩》所記詩題、本事略有出入，今詩題、詩作據《全唐詩》本，下文所述本事則參照兩書。

能，乃成為抒發幽怨的出口，隨著御溝飄流出宮的「紅葉詩」便由此而產生。只是，這種對象不明的詩，在仍存顧忌的情緒中，傾聽的意義實更甚於傾訴，第一首詩中含蓄地言明自身的處境，「舊寵」是悲，「新恩」是望，這該是宮人最典型的心緒了，此一心緒就這樣欲言又止地寄給「可能」的「接流人」；由於對話的對象是「接流人」而非君主，那麼「新恩」便隨之有了不可明言的新意。這樣的「紅葉詩」充滿了試探，也滿懷著期待。據說，詩人顧況見了此詩，亦題詩葉上，汎於波中，有云：「君恩不禁東流水，葉上題詩寄與誰？」不但形成了相互的答問，也輕輕地用「君恩」的浩蕩寬宏化解了冀望「新恩」的緊張。如此善體人意的回應，便促成了「誰人酬和獨含情」的再度叩問，儘管仍然不知對話者是誰，卻至少已然領受到對方的善意，所以，得以再進一步將自嗟自歎的心緒流洩而出，用「不及」波中葉的乘春流蕩含蓄地自況處境，是再一次的試問，也是再一次的諦聽回音。後來，這樁美事傳到朝中，這位宮人因而獲得遣出的機會。或許這樣的結果並不是宮人敢於奢望的，因為受限的條件太多了，然而，卻也不能否認是夢寐以求的，宮人製造了對話的可能，在茫茫人海中找尋著對話者，隨著對話的情境，且戰且走，這本身就是一個向著眾人訴說與傾聽的行動，對話本身就是目的❼。

---

❼　類似的宮人詩還有宣宗宮人韓氏〈紅葉詩〉：「流水何太急，深宮盡日閒。慇勤謝紅葉，好去到人間。」但韓氏是在〈紅葉詩〉流出多年後，在大內出宮人時，才「恰巧」嫁給當時得葉之人。故又有〈自感〉：「一聯佳句隨流水，十載幽思滿素懷。今日卻成鸞鳳友，方知紅葉是良媒。」（《名媛詩歸》卷九頁 19）儘管際遇有別，走出幽閉的心靈，尋求對話的心意都

女性在家國互涉的各種可能情境中，最容易受到巨大衝擊的首推戰爭的影響，傳統的詩歌分類總是將征婦詩與一般閨怨詩合併，但從對話關係的角度來看，有些征婦詩實有區以別之的必要，如裴羽仙〈邊將詩〉❽二首：

> 風捲平沙日欲曛，狼煙遙認犬羊群。李陵一戰無歸日，望斷胡天哭塞雲。
> 良人平昔逐蕃渾，力戰輕生出塞門。從此不歸成萬古，空留賤妾怨黃昏。（卷十二）

這二首詩依《全唐詩》題下注：「時以夫征戍，輕入被擒，音信斷絕，作詩哭之。」在第一首詩的首二句裴羽仙勾勒出大漠邊關的肅殺之氣，下二句則以漢代李陵之事喻指其夫的被擒，末句更將此人生之慘劇交揉在胡天塞雲的淒涼情境中，具現自身望向虛空的等待。至於第二首則先敘良人被擒始末，再抒個人了無依傍的幽怨與無助。兩詩固然都有著向其夫哭訴的聲音，但此時夫婿已然斷絕音信，因此詩題也不是直指對象的「寄外」，從而，她的詩便有著與他人對話議論的意向。「力戰輕生」作為「從此不歸」的原因，已有著明褒實貶的意蘊，再加上「平昔」二字更表示這並非偶然，而是一向的態度，這令人想起高適〈燕歌行〉「男兒本自重橫行，天

是一樣的，當然，可以想見的是不知多少紅葉是沈於大海渺無回音的。

❽ 案《名媛詩歸》卷十二，頁 11，注云裴羽仙乃裴悅之妻，因裴悅出征匈奴不歸而賦〈邊將詩〉，同詩《全唐詩》卷八○一頁 9013 作〈哭夫二首〉，故此處所指邊將當即其夫裴悅。

子非常賜顏色」、「身當恩遇恆輕敵」等諷諭之語，那麼這裡所指又豈僅是「良人」也是與良人持同樣態度的「男人」，對於必須仰望良人終身的妻妾，如何可能接受這樣的價值觀？又如何能不進行血淚的控訴？因為在此價值體系中並沒有妻妾的考慮，卻足以困住妻妾的一生。若再結合「李陵」的典故，則視野更望向綿長的歷史，這，難道不是人類揮之不去的夢魘嗎？倘再涉及李陵功過榮辱的論辯，國家機器顯示出的顢頇武斷，又怎不令人心生戰慄。此刻，裴羽仙面對良人輕入被擒、音信斷絕的事實，其心緒之複雜絕不是哀怨二字可以道盡，她既問夫，也挑戰著既有的價值體系。

就古代的制度言，女性得以親臨戰場前線的可謂絕無僅有，薛濤應是一個特例，薛濤本居長安，因隨父宦，而寓居蜀地，父卒遂流入樂籍。時韋皋鎮蜀，召令侍酒賦詩，稱為女校書。薛濤出入幕府，歷事十一鎮，暮年則屏居浣花溪。

由於特殊的經歷使薛濤身處男性的官場文化中，對於政治乃至於邊地情事都能有較一般婦女更直接的接觸，她曾有〈罰赴邊有懷上韋令公〉二首，詩云：

> 聞說邊城苦，而今始到知（《全唐詩》作「到始知」）。好將籤上曲，唱與隴頭兒。（卷十三）（《全唐詩》頁 9036）
> 點虜猶違命，烽煙直北愁。卻教嚴譴妾，不敢向松州。（卷十三）❾

---

❾ 案此二詩見錄於《名媛詩歸》卷十三的文字與《全唐詩》所錄略有出入，今參對二本析解。

第一首詩道出親歷邊地時對於苦況的認知，樸素的言語裡充滿體恤與不忍，也對顯出聞說與親見、後方與前線的落差，其深刻的意蘊藏而不露。下二句中「筵上曲」與「隴頭兒」也是後方與前線的對照，表面上是以後方常有的歌筵樂舞來慰勞戰士，實則，既有前面的感知，這段歌舞的淒楚情境便不言而喻了。所以，《全唐詩》的異文作「羞將門下曲」，「羞」字便直道這種複雜的心緒，不同的只是這裡的語意更加委婉。如果比較高適：「戰士軍前半死生，美人帳下猶歌舞」（〈燕歌行〉）的諷諭，此處薛濤更有著身為歌舞女子的自覺意識。從詩題看來，薛濤之所以赴邊乃是被韋皋所罰，但薛濤又非正式編制內的人員，何罪能致此罰？因此，次首便充滿了嬌嗔，抱怨韋皋嚴罰自己到烽火漫天的松州來，但「卻」字則同時透露出邊地如是緊急，節度使「卻」有空和小女子斤斤計較的荒謬❿。此二詩雖有特定的對話對象，但因上下主從的關係，使話語內容並不以兩人關係為主，而是在呈顯個人的邊塞經驗時輻射出對於邊塞事物的「另類」觀點，以激起相關人事的反省。

　　談到經由切身經驗對於由男性主控的國家進行最嚴厲之諷刺

---

❿　在《全唐詩》中又收錄採自《吟窗雜錄》的〈罰赴邊上武相公二首〉（案應作韋相公）：「螢在荒蕪月在天，螢飛豈到月輪邊。重光萬里應相照，目斷雲宵信不傳。」「按轡嶺頭寒復寒，微風細雨徹心肝。但得放兒歸舍去，山水屏風永不看。」頁9045，這二首詩最重要的諷諭意味在最末的兩句，「山水屏風」是用唐玄宗廢棄書寫〈尚書·無逸〉的屏風，改立山水屏風的典故，指出後方逸樂的事實，充滿了自諭諭人的深意。此外，薛濤關於邊地的諷諭詩還有〈籌邊樓〉：「平臨雲鳥八囪秋，壯壓西川四十州。諸將莫貪羌族馬，最高層處見邊頭。」（卷十三），這首詩氣勢如虹，直戒諸將不可貪功，輕啟戰端，正氣凜然，咄咄逼人。

的，莫過於親臨亡國之痛的花蕊夫人，花蕊夫人徐氏向以其百首〈宮詞〉著稱，但百首似不敵〈口占答宋太祖〉一首來得雷霆萬鈞：

> 君王城上豎降旗，妾在深宮那得知。十四萬人齊解甲，寧無一個是男兒。（卷十七）**⓫**

花蕊夫人是五代後蜀君主孟昶之妃，此詩是後蜀爲宋所亡，花蕊夫人面答宋太祖之作。前二句中「那得知」一語道出婦人無權過問、亦無從過問一切公共領域的事務。但卻必須共同承擔亡國的結果，其不平與不甘已昭然若揭，下二句的痛快固然在於末句對於「男兒」凜冽之反詰，但最譏刺的卻是「齊」字，無一例外地丟兵解甲，是服從？是怯弱？又是如何荒誕的場面？此時的花蕊夫人已置身事外，從來國興國亡就與她無關，這些丟兵解甲的人是亡了蜀國的蜀士，轉眼間就成爲宋兵，這應是宋太祖所自驕自矜之處吧！但，別忘了他們是同一批既興國又亡國的「男兒」。花蕊夫人在亡國的情境下，從性別的角度思辨，對宋太祖作出最犀利的回辯，其話鋒的流彈大約會使許多「男兒」應聲而倒吧！

詠史懷古之作發展到唐代已成爲個人歷史觀照最凌厲的表現，只是，由男性所建構的歷史，對於女性詩人而言，似乎產生不了太大的吸引力；或者說，女性非功名導向的可能閱讀範圍，乃至於有限的活動空間，使女性詩作的此類題材相形之下份量極微，而在極

⓫　《全唐詩》作徐氏〈述亡國詩〉頁8981。

有限的是類作品中，也往往集焦在女性角色上，透過歷史折射出女性在家國中的處境，頗耐人尋味，而其中也不乏叩問的語氣，如梁瓊〈銅雀臺〉：

> 歌扇向陵開，齊行奠玉杯。舞時飛燕列，夢裏片雲來。月色空遺恨，松聲莫更哀。誰憐未死妾，掩袂下銅臺。（卷十二）

「銅雀臺」是曹操在建安十五年於鄴城所築，壯觀華美，象徵著曹氏霸權的如日中天，因而「銅雀臺」也就成爲抒詠三國時期政權興替、榮瘁無常的重要指標，如杜牧〈赤壁〉：「東風不與周郎便，銅雀春深鎖二喬。」將英雄成敗繫於偶然，並點出女性作爲戰利品的悲涼，其中已不乏對於女性命運的關切，但這畢竟只是美人英雄的陪襯。梁瓊的作品，乍看之下，似乎也不出繁華落盡、江山易主的淒涼悲怨，但詩人運鏡於歌臺舞榭，逼視著歌舞之人的命運，此時女性躍居主角，男性以及「他們的」國家興亡倒反在其次了。如果比照劉禹錫〈蜀先主廟〉「淒涼蜀故妓，來舞魏宮前。」雖同樣呈顯出亡國的哀悽，但是劉作中的歌妓舞女是用來諷刺後主的昏闇，她們的存在仿若沒有靈魂的行尸走肉，如此的書寫觀點正是梁瓊「誰憐未死妾，掩袂下銅臺」所反詰的。梁瓊的詰問雖似沒有特定的對象，強烈的抗議語氣，卻正等待著回應。❷

---

❷　女性詩人以女性觀點切入的詠史懷古之作，還有一些頗爲精采的，如程長文〈銅雀臺〉、劉瑤〈闔閭城懷古〉、魚玄機〈浣紗廟〉等，但因詩中以抒詠爲主，較乏直接對話的特質，故不在本文討論之列。

　　女性詩人用詩爲憑藉，或直接或輾轉的進行不同的對話，彰顯個人在某些處境中的意念與價值，不管話語聲音的指向可以如何由近而遠地層層推闊，如果是寫在紙箋上的，可以預期的讀者總是有限的，那麼，以「書壁」作爲呈現方式的作品，其訴求的讀者之眾，所反應的深層意義，便值得更進一步探尋。據《名媛詩歸》所記，女詩人李弄玉是會稽人，曾從夫入函谷關，夫不幸卒於旅途，弄玉扶襯東歸途上，乃題〈哀憤詩〉於壁❸：

　　　　從逐良人西入關，良人身歿妾空還。謝娘衛女不相見，爲雨
　　　　爲雲歸舊山。

又有〈題興元明珠亭〉：

　　　　寂寥滿地落花紅，獨有離人萬恨中。回首池塘更無語，手彈
　　　　珠淚背東風。（卷十二）

這兩首詩都寫得哀婉動人，但結合著書壁、題亭的動作，顯然加強了欲訴無人、幽憤難平的情愫，據說〈哀憤詩〉後，作者並未直接署名，卻以謎語的方式鑲嵌姓字，則其對於以自己的姓字將原本屬於私領域範疇的生命處境向世人哭訴有著欲拒還迎的態度。我們無從得知事件的始末，以至於難以理解她爲何「哀憤」到必須沿路以「書壁」「題亭」的動作來呈現己情？或許這對她而言是比較有效

---

❸　參卷十二，頁 16，下文亦同。

的渲洩之道，或許她想獲得一些支持與認同。

匹夫匹婦自然生活於種種限制之中，即或是貴為公主也常不能免於身不由己的處境，自古的和親故事已屢見不鮮，唐代的宜芬公主即有〈歸蕃題虛池驛中屏風〉詩云：

> 出嫁辭鄉國，由來此別難。聖恩愁遠道，行路泣相看。沙塞容顏盡，邊隅粉黛殘。妾心何處斷，他日望長安。（卷十）

宜芬公主本姓豆盧氏，天寶四年，因奚霫無王，安祿山請立其質子，並以公主配之。皇上遣中使護送公主，行至虛池驛，公主悲愁感慨乃題詩於屏風之上❶。這首詩呈顯出歸蕃的無奈以及念鄉的愁緒，語意溫婉含蓄切合公主的身分。但字裡行間仍不免流洩出深刻的怨憤，首二句道出婚嫁卻要辭鄉國的不甘，這情形在大一統的唐朝總不該是常理，故而，是從來最難堪的出閣心情了。第三句表面上是感謝皇上遣使護送，但「聖恩」二字對照著下文種種悲懷反而成為最大的諷刺。尤其值得注意的是宜芬公主將此詩題在行旅頻繁的驛站屏風，而不是聊以自遣地寫在紙上放在懷裡，她想要向誰說呢？她為什麼要讓大家都知道？儡於龍威，她其實不便暢快明言，但是，即或不明說，寫在此地，就足以讓人「議論紛紛」了，她的文本，正等待著他人來共同完成。很不幸的是，當公主抵達蕃國，其國已立君主，質子被殺，公主也遭害而亡。那麼，虛池驛屏風上

---

❶ 關於宜芬公主之生平參閱《名媛詩歸》卷十頁 10，及《全唐詩》卷七頁 67。

的那首詩豈不成了宜芬公主告別人間最蒼涼的手勢了！當然，我們
也因此聽到她的聲音。

　　因而，女性書寫於公共空間的詩作便不免有著向世人控訴的意
味，宜芬公主寫得婉約，周仲美〈述懷〉⓯便寫得激烈，詩云：

　　愛妾不愛子，爲問此何理。棄官更棄妻，人情寧可已。永訣
　　泗之濱，遺言空在耳。三載無昏朝，孤悼淚如洗。婦人義從
　　夫，一節誓生死。江鄉感殘春，腸斷晚煙起。西望太華峰，
　　不知幾千里。（卷十七）

關於周仲美其人及這首詩的始末，《名媛詩歸》有這樣的記載：
「父宦游，家於成都。既而適李氏，舅姑宦泗，從夫赴金陵，偶因
事棄官，挈妾入華山，有長往之意。仲美攜子，寄身合肥外祖家，
方求歸末得，會舅調任長沙，俱載而南，因書所懷於壁。」從這段
敘述可知，周仲美先是從父，後則從夫過著相隨輾轉的遊宦生活，
卻無端被夫拋擲在異鄉，必須依附外祖爲生，直等翁舅調職才獲得
南歸的機會。如此無法自主，任人擺步的流離生涯，怎不令人痛心
疾首。詩的前四句用訴諸公斷的口吻，質詰其夫自相矛盾的價值
觀，顯示出犀利的語氣與言說策略。用妾與子的對照取代一般的妻
妾對照，極易獲得共鳴，再以棄官與棄妻並陳，則五倫已喪失三
倫，寧有如此的「人情」？當年於泗拜別舅姑時的承諾已煙消雲
散，多年的孤寂傷痛，已化作無窮盡的淚水。不解的是，婦人義當

⓯　案此詩題目《名媛詩歸》作〈述懷〉，《全唐詩》作〈書壁〉頁8996。

從夫，生死相與，但境遇卻仿若寄託在虛無之中，荒涼而冷酷，有的只是不生不死的無奈。末尾以晚春的暮色襯托內心的悲涼，西望渺遠茫昧的太華山又能如何呢？「殘春」也正是自己生命的寫照吧！周仲美此詩的對話對象極為紛繁，既是對偕其同歸的翁舅哀婉哭訴為媳的艱難，更是向世人控訴，尋求公斷，穩穩地站住天理人情的一邊，激直悲慍中自有一種儡人的氣勢；當然，她也向著夫君要求對話，只是太華山的幽渺飄忽已使回應難期，這層聲音便顯得微弱暗啞。由於周仲美最期待的對話對象已然「拒絕對話」，在滿懷憤懣又對話無門的情況下，以書壁控訴乃成唯一的管道。

如果說書壁是一個向世人控訴的動作，那麼一介女子公然陳情更是將私己的處境公諸於世，尋求公決，直接向公權力挑戰，程長文便是這樣一位勇敢的女性，其〈獄中書情上使君〉云：

> 妾家本住郡陽曲，一片堅心比孤竹。當年二八盛容儀，紅牋
> 艸隸恰如飛。盡日閒窗刺繡坐，有時極浦採蓮歸。誰道貧居
> 守都邑，幽居寂莫無人入。海燕朝歸枕席寒，山花夜落階墀
> 濕。強暴之男何所為，手持白刃向簾幃。一命任從刀下死，
> 千金豈受暗中欺。我心匪石情難轉，志奪秋霜意不移。血濺
> 羅衣終不恨，瘡粘錦袖亦何辭。縣僚曾未知情緒，即使教人
> 繫圄圖。朱唇滴瀝獨含冤，玉筋闌干歎非所。十月寒更更愁
> 人，一聞擊柝一傷人。高髻不梳雲已散，蛾眉淡掃月仍新。
> 三尺嚴章焉可越，百年心事向誰說。但看洗雪出圜扉，始信

白圭無玷缺。❶（卷十二）

《全唐詩》在此詩題下註：「長文爲強暴所誣繫獄，陳情雪冤。」
可見這是一首向地方高層陳情的訴狀，其對話的對象與目的非常明
顯，因而本詩比前舉任何作品都更講究語言策略的運用。全詩井然
有序的每十句爲一個段落，共分三個段落，第一段寫自得其樂的幽
居生活，自然呈顯出個人的性情特質，予人想像其人的憑藉。第二
段則歷敘事件的始末，多採用疑問、否定的語構，充滿了質詰與辯
難，氣勢逼人，如「何所爲」之問非眞不知，而是質疑其合理性，
並表達一命可死，卻絕不容許千金之軀被侵犯的堅定意志。程長文
細膩地描述抗暴的情形，與其說是貞潔保衛戰，毋寧說是更實質的
身體主權的維護。然而，自衛卻換來入獄的結果，程長文乃毫不留
情地控訴地方官的昏昧。最後一段寫自身含冤的心情，語調轉成柔
性的訴求，幽幽地道出面對公權力的無力之感，以致於沈冤莫白，
程長文用「百年心事向誰說」來含括內心的冤憤，「百年」一語，
指涉的當不僅是一人一時的境遇，女性在公權力下的弱勢地位，不
言而喻。最後，也是全文的目的，程長文希望律法能夠還她清白，
「始信白圭無玷缺」，乍看之下似乎是貞潔訴求的老調，然結合
「但看洗雪出圜扉」同觀，則指涉的當是律法之前的清白之身，也
即是合理捍衛身體主權的正當合法性，女性身體的自主權是不論在

---

❶ 案此詩《名媛詩歸》卷十二頁 2-3，與《全唐詩》頁 8997 所錄略有出入，
茲據《名媛詩歸》本，唯校改「問窗」爲「閒窗」，其他相異處請讀者自
參。

任何場域都該被肯定的。這是一篇與父權價值商略的陳情書，雖不知強暴犯是如何誣告她，但定罪的原因大約不出殺人者有罪的表面公義；而潛藏的可能成見是對於獨居女性的情欲假想，預設了女性勾引男性的立場，所以程長文得辨析自身的幽居生活，也不得不以堅貞作爲訴求的基礎。然而，從字裡行間我們讀到的更多聲音是維護身體主權的基本權力，並拒絕司法對其人格的污名，程長文的陳情也正所以呈顯女性身體在國家社會機制下的兩難困境。

不論是以怎樣的語氣呈顯，基本上要求對話的一方總是居於弱勢的，結構上的限制並不容易因對話而消解，但是，各種對話聲音所顯示的正是女性詩人對生存情境的實感與在各種關係中的互動結果，而要求對話本身即是自我意識的浮現，對話同時包含了叩問與傾聽，肯定對話者與說話者的存在是同等重要的也理應平等的，所以對話本身是具有開放性的，而非自我完足的封閉結構，說話者在預設對話者的前題下，其話語的意義總是等待著對話者來共同完成，話語的聲音是單一或多元，是壓抑或激憤，是委曲或質詰，是向著私人還是向著公眾，在在決定於話語呈顯的情境、說者與聽者的關係，從而對話乃至於溝通就是目的本身。

二、語言／現身／物件

從對話、傾聽的期待出發，女性對於對方的回應，自然是格外珍視，有時是「稽君懶書禮，底物慰秋情。」（魚玄機〈寄飛卿〉卷十一）在體諒之中仍寄厚望，有時則是「書信茫茫何處問，持竿盡日碧江空。」（〈情書寄子安〉卷十一）充滿了茫然無奈的守

候。若是能得到書信,便如〈和友人次韻〉所形容的:

何事能消旅館愁,紅箋開處見銀鉤。蓬山雨灑千峰小,嶰谷
風吹萬葉秋。字字朝看輕碧玉,篇篇夜誦在衾裯。欲將香匣
收藏卻,且惜時吟在手頭。(卷十一)

魚玄機將那分篇篇字字都極爲珍惜憐愛的心情努力傳達給對方,好
讓對方知道己之用心。又如薛濤〈酬杜舍人〉:「雙魚底事到儂
家,撲手新詩片片霞。唱到白蘋州畔曲,芙蓉空老蜀江花。」(卷
十三)則是透過推崇獲贈的詩作表達欣喜之情。不過,能有較多機
會與異性友朋往還贈答的女性詩人,畢竟有其特殊的身分背景,如
身爲女妓或是女冠,而她們的朋友關係也不免充滿流動、不確定
性,因此,詩作酬答一方面是儘量掌握較多的對話機會,另一方面
也成爲一種社交的禮儀。

　　所以,對大多數女性而言,以詩作爲對話的工具,或許只是一
種不得不爾的選擇,女性詩人努力發揮著詩的對話功能,並不表示
詩是最好的對話媒介,相反地,女性越是以詩作爲對話工具,越是
感知到它無法完整地開展真正的對話空間。其一是回音在時空上的
延宕,說話者於對話者的一切難免出於主觀的臆想,無法具體掌握
一個共同情境;其二是對話的精神本於互動性,有恃於種種肢體
動作與語言並現,足以調節、補充、加強甚至取代語言的功能,
「文字」能夠產生的互動,相形之下是相當抽象並有著層層隔閡
的。因而當女性詩人一方面突破著語言的障礙進行著儘可能的對
話,另一方面卻總是覺知到它的不足,而期待著真正能夠實感對方

具體存在的面見與溝通，此一意向很普遍地存在於唐代女性的作品之中。

　　首先，女詩人顯示出焦慮不安的根源來自於對方的缺席，並用種種引譬連類的方式來指陳分離狀態有違自然，令人難以承受，如趙氏〈擬古〉其一：「孤鸞傷對影，寶瑟悲別鶴。君子去不還，搖心欲何託。」（卷九）是以鸞鶴作爲類比❶，寫不見對方的惶惑不安❶。郎大家宋氏〈擬晉女劉妙容宛轉歌〉：「日已暮，長簷鳥聲度。望君君不來，思君君不顧。歌宛轉，宛轉那能異宿鳥。願爲形與影，出入恆相逐。」（卷九）既以鳥的不可異宿爲類比，又直道形影相隨的心願，而中間兩聯的雙擬對更纏綿宛轉地期待對方的眷顧❶。至於在〈長相思〉中則更直接表明「不見君形影，何曾有懽悅。」（卷九）可謂道盡其中肯綮。又如步非煙〈贈趙生〉：「相思只恨難相見，相見還愁卻別君。願得化爲松上鶴，一雙飛去入行雲。」（卷十五）全詩對私通款曲的對象❷反覆以春燕、鴛鴦、松鶴爲類比表達相親的意願，然而，無論相思或相見都充滿了唯恐「不見」的焦慮。此外，劉氏婦〈明月堂〉「西山一夢何年覺，明月堂前不見人。」〈其二〉：「明月堂前人不到，庭梧一夜老秋

❶　類似的比喻尚有步非煙〈寄懷趙生詩〉「畫簷春燕須同宿，蘭浦雙鴛肯獨飛。」（卷十五）

❶　類似的形容尚有郎大家宋氏〈采桑〉：「妾思紛何極，君遊殊未返。」（卷九）

❶　在同題的第二首詩中也再伸「願爲雙黃鵠，比翼共翱翔。」之意（卷九）。

❷　步非煙原爲武公業的愛妾，與鄰趙生以詩互通款曲，後被武公業鞭笞致死。參《名媛詩歸》卷十五，頁1。

風。」（卷十四）一題二首反覆說的也是在一個曾經留下共同記憶的地點，期待著對方的身影。這些清楚覺知到對方無法在當下現身的憾恨，可謂無時無刻不牽引著女詩人的心念，劉瑤〈暗別離〉：「朱絃暗斷不見人，風動花枝月中影。青鸞脈脈西飛去，海闊天高不知處。」（卷十二）琴音斷續之間，念茲在茲的也正是對方具體可感的身形與情意，對於女詩人而言，唯有透過具體可感的真實互動，才有情意傳達的可能，所以李冶〈寄朱放〉要歸結到：「別後無限情，相逢一時說。」（卷十一）別後所蘊蓄的無限相思也只能在相逢那一刻的對話情境中才得以完全呈顯。

即或是有較多交往關係的魚玄機，在深切的情感關係中，所期待的也仍然是一種能夠面對面的互動機會，〈春情寄子安〉：

> 山路欹斜石磴危，不愁行路苦相思。冰消遠磵憐清韻，雪遠寒峰想玉姿。莫聽凡歌春病酒，休招閒客夜貪棋。如松匪石盟長在，比翼連襟會肯遲。雖恨獨行冬盡日，終期相見月圓時。別君何物堪持贈，淚落晴光一首詩。（卷十一）

詩篇寫自身冬日獨行之苦，卻不敵相思殷切的折磨，終究企盼的是能再相見，可堪持贈的是詩，只是，詩是和淚而出的。又如〈閨怨〉：

> 蘼蕪盈手泣斜暉，聞道鄰家夫婿歸。別日南鴻纔北去，今朝北雁又南歸。春來秋去相思在，秋去春來信息稀。扃閉朱門人不到，砧聲何事透羅幃。（卷十一）

在鄰家喜慶團圓的刺激下，自身認取的卻是「信息稀」與「人不到」，但隨著春來秋去，無法改變的是「相思在」的深切感知，「在」的是自己的情意，「不在」的是對方的身影，對顯出「閨怨」的根源正是對方的缺席。

　　如果說一般女性詩人都還只是含蓄地道出「不見」是憂慮的根源，「相見」是唯一解決問題之道，那麼劉采春對商人婦的描摹便更反諷地道出久別的荒謬處境，其有五首〈囉嗊曲〉茲舉四首為例：

> 不喜秦淮水，生憎江上船。載兒夫婿去，經歲又經年。〈其一〉
>
> 莫作商人婦，金釵當卜錢。朝朝江口望，錯認幾人船。〈其三〉
>
> 那年離別日，只道在桐廬。桐廬人不見，今得廣州書。〈其四〉
>
> 昨日勝今日，今年老去年。黃河清有日，白髮黑無緣。〈其五〉（卷十五）

對於商人婦而言，江水與船隻所代表的意義便是製造離別的工具，夫婿的身影隨著行船不斷地和自身拉開時空的距離，身影的記憶也逐漸趨於模糊，「錯認」是何等尷尬又是何其無奈，「金釵當卜錢」，原來，夫妻相見還得碰運氣，又是多麼令人啼笑皆非。臨行時說是去桐廬，然而，還沒見到那個從桐廬回來的人，卻得到一封廣州來的信，人們用語言、文字所交待的事還能確信不疑嗎？又怎

能代表眞正的存在呢？青春是不可逆的，一年老去一年，如何可以如此「抽象」地等待下去？㉑其實，商婦如此，農婦又何嘗不是呢？葛亞兒〈懷良人〉：「蓬鬢荊釵世所稀，布裙猶是嫁時衣。胡麻好種無人種，正是歸時不見歸。」（卷十二）唯有回復到面對面的日常關係，才能使生活回到常軌。常浩〈閨情〉：「門前昨夜信初來，見說行人卒未迴。誰家樓上吹橫笛，偏送愁聲向妾哀。」（卷十四）只是有書信，眞的是不夠的！

即或是在宮妃失寵的問題上，女詩人也認爲再好的條件也有賴於眞正的接觸互動，如劉瑗〈長門怨〉其二：

> 學畫蛾眉獨出群，當時人道便承恩。經年不見君王面，花落黃昏空掩門。（卷十四）

前二句寫的是能服眾人的出色丰姿，但儘管如此，若無緣與君王見面，都將是枉然。其又云：「淚痕不學君恩斷，拭卻千行更萬行。」（〈長門怨〉其一）更對顯出男性恩情的抽象難久與女性淚水的具體可感、源源不絕。

在親密關係中對方的「現身」實則包含了許多身心與共的具體記憶，以及由此而生的種種遐想，此時的身與心是並陳的，其親密不言而喻；相形之下，未婚男女的愛戀，礙於禮法名分，身體無法與心靈一樣親密便是哀傷焦慮的根源，即或是可見，也是枉然，如

㉑　元稹曾贈劉采春詩云：「更有惱人腸斷處，選詞能唱望夫歌。」《名媛詩歸》卷十五，頁2。可見其對商婦幽微心緒的描繪也是令異性驚歎的。

崔仲容〈贈所思〉:「所居幸接鄰,相見不相親。一似雲間月,何
殊鏡裏人。丹成空有恨,腸斷不經春。願作梁間燕,無緣變此
身。」(卷十四)表達的是對於鄰男的慕戀,相見而無由相親形成
一種折磨,雖願化作樑間的燕子永遠地守護著他,無奈還是同樣受
著難以轉化的身體限制。身體無法體現心靈的狀態當是戀愛中人最
大的煎熬,姚月華的〈怨詩效徐淑體〉將這種心情表達得最為具
體:

> ……分香兮剪髮,贈玉兮共珍。指天兮結誓,願為兮一身。
> 所遭兮多舛,玉體兮難親。……煩冤兮憑胸,何時兮可論。
> 願君兮見察,妾死兮何瞑。 (卷十)

據《名媛詩歸》所記,姚月華是一位能詩工畫的才女,在隨父旅寓
楊子江時與鄰舟書生楊達產生情愫,二人以詩畫互通款曲,此詩當
即是以楊達為對話對象,全詩頗長,主要是效東漢徐淑〈答秦嘉
詩〉,然徐秦二人本為夫妻關係,姚月華擬之,述情實更為大膽。
　　畢竟,在女性詩人的體會中,相思是身心與共的,魚玄機〈寄
國香〉:

> 旦夕醉吟身,相思又此身。雨中寄書使,窗下斷腸人。山捲
> 珠簾看,愁隨芳草新。別來清宴上,幾度落梁塵。 (卷十一)

便是最佳的註腳,日日醉吟、相思、斷腸的都是我這個身軀,當然
也都是我這顆心靈,以全身心感受到的相思當然也唯有真誠實在的

面見互動才得以慰解，這是爲什麼前舉諸例都反覆抒發著「不見」的悲懷。此外，女性詩人在訴說自己的相思時也往往有著具體的身體意象，好像只是口說的想念是沒有憑藉的、難以證明的，連權傾一時的武則天也有著這種楚楚可人的姿態，〈如意曲〉：

> 看朱成碧思紛紛，憔悴支離爲憶君。不信比來常下淚，開箱驗取石榴裙。（卷九）

開首兩句寫的是與思憶活動並起的意識迷亂與形容憔悴，下兩句則是既用淚更用裙來作爲證物。蔣蘊㉒〈贈故人〉：「昔別容如玉，今來鬢若絲。淚痕應共見，腸斷阿誰知。」（卷十）則更是從容顏、鬢髮、淚痕、腸斷共同體現所謂的「相思」；李冶著名的〈相思怨〉：

> 人道海水深，不抵相思半。海水尚有涯，相思渺無畔。攜琴上高樓，樓虛月華滿。彈得相思曲，絃腸一時斷。（卷十一）

在以海類比相思的無邊無際之時，也同時以代表情思的琴絃及身體意象柔腸來共同體現相思的深刻。雖然，不可否認的，女詩人往往重覆使用著諸如淚水、斷腸這些司空見慣的身體意象，似乎是了無新意，但是，或許就是因爲這樣不忌重覆的普遍現象，才讓我們體會到，詩畢竟是她們期待對話的憑藉，而非炫才的工具，對她們而

㉒　據《名媛詩歸》其爲蔣彥輔之孫，《全唐詩》則作薛蘊。

言，體現心靈狀態的就是如此真切的淚如雨下、腸斷如絞。再舉一個母親的例子，薛元曖妻林氏是一位丈夫早喪，獨立教養四子成人的母親，她在兒子不幸遭到貶官時，除了忠懇訓勉外，也有著這樣的自況：「腸斷腹㉓何苦，書傳寫豈能。淚添江水遠，心劇海雲蒸。」（〈送男彥輔左貶〉卷十）不但以江水綿長來烘托淚水、海雲蒸鬱來寫心之震盪，更直言腸腹之苦是筆墨語言所難窮盡的，這些都在在說明，女性詩人的情感體現總是身心並陳的，她們對於語言文字的抽象與不足似乎特別的敏感。

女性詩人對於語言文字的某種不安，尤其表現在她們巧費心思製造與詩並現的物件上，這種並現的用心既非偶然，也不該視為附加，往往就是與詩無法分開的綜合體，這最常見於女子向男子傳情上，如王福娘〈寄紅箋〉：

> 日日悲傷未有圖，懶將心事話凡夫。非同覆水應收得，只問仙郎有意無。（卷十四）

這顯然是向情郎求和的短信，以紅箋陳之自然益顯其情。又有〈擲紅巾詩〉：

> 久賦恩情欲託身，已將心事再三陳。泥蓮既沒移栽分，今日分離莫恨人。（卷十四）

㉓　案《名媛詩歸》卷十原作「復」，此依《全唐詩》作「腹」，頁8983。

這首則是表白自己不願再等待下去的心意，看起來理直氣壯，去意
已堅，但是，為什麼將詩寫在紅巾上又擲了過去？不免有著欲去還
留之態，該不會是一封最後通牒吧！如果再對照李節度使姬〈書紅
綃帕〉二首：

> 囊裏真香誰見竊，絞綃滴淚染成紅。殷勤遺下輕綃意，好與
> 情郎懷袖中。
> 金珠富貴吾家事，常渴佳期乃寂寥。偶用志誠求雅合，良媒
> 未必勝紅綃。（卷十五）

在〈其一〉中明言故意將染有淚水（當然也寫著詩）的紅綃帕遺落
給對方，讓他好自珍藏。而在〈其二〉中，更直言紅綃帕勝過良
媒，極盡明示的能事，則紅巾、紅綃的意義豈可小覷。又如步非煙
〈寄趙生蟬錦香囊〉：

> 無力嚴粧倚繡櫳，暗題蟬錦思難窮。近來贏得傷春病，柳弱
> 花欹怯曉風。（卷十五）

則是一方面寫己身之嬌病，一方面寄贈情郎蟬錦香囊，以收睹物思
人之效。至於王氏〈贈李章武〉：

> 昔辭懷後會，今別便終天。新悲與舊恨，千古閉重泉。〈其
> 二〉
> 念子還相思，見環重相憶。願君永持玩，循環無端極。〈其
> 三〉（卷十五）

則先言別離之苦，再以環相贈，寄寓相憶無終極之意。又如姚月華
〈製履贈楊達〉：

> 金刀剪紫羢，與郎作輕履。願化雙飛鳧，飛來入閨裏。（卷
> 十）

則是爲情郎製一雙輕履，暗示他可以飛來閨中相會，這麼具體的物
件，比之文字意象的效果是不是更精準呢？凡此種種無非在使抽象
的語言文字與可供實感之物並陳，擴增感官印象與想像空間，使互
動更爲活絡。

　　當然，以女性詩人的靈心善感，以及人人各異的處境，援引物
件的原因、方式，乃至於物件與語言文字的主從關係，也是差別甚
大的，薛瑗是南楚材之妻，其夫外遊，爲人所牧，並欲以女妻之，
南楚材遂有不返之意，薛瑗得悉乃作〈寫眞寄外〉：

> 欲下丹青筆，先拈寶鏡寒。已驚顏索寞，漸覺鬢凋殘。淚眼
> 描將易，愁腸寫出難。恐君渾忘卻，時展畫圖看。（卷十四）

這是一首與自畫像並陳的詩，其意在提醒對方自己的「存在」，
「畫」當然是最直接的了，只是，詩人不忘聲明，「淚眼」容易畫
出，但「愁腸」是既畫不出也寫不出的，那麼眞正的悲懷豈不比信
中、畫上所見更甚許多了！又如李冶〈結素魚貽友人〉：

> 尺素如殘雪，結爲雙鯉魚。欲知心裏事，看取腹中書。（卷
> 十一）

素魚當是詩人所結的信囊，她告訴友人，心中的秘密就藏在魚腹
中，這當然是古人魚書雁信的風習，但巧結素魚的心意，以及己之
心腹與魚之心腹的相互關涉，都更引人聯想，其實，心裡事、腹中
語，更多的應是無法放在魚腹中的，而是存在心腹中的，「看取腹
中書」便有著一語雙關的意蘊。又如長孫佐轉妻〈答外〉：

> 征人去年戍邊水，夜得邊書字盈紙。揮刀就燭裁紅綺，結作
> 同心答千里。君寄邊書書莫絕，妾答同心心自結。同心再解
> 不心離，離字頻看字愁滅。結成一衣和淚封，封書只在懷袖
> 中。莫如書固字難久，願學同心長可同。（卷十二）

詩人在繾綣情思中生發出種種細膩動人的聯類奇想，將心內的憂懼
與深情交織而出。詩的開首描寫得獲夫信後立刻以紅綺作成同心結
以贈，其速度之快及色彩的鮮艷，都是內心熱烈情感的外現，寄書
的情意固然可感，但無論怎樣珍藏都有著字跡會漶滅的擔憂，反倒
不如同心結能夠久久長長；如果，言為心聲，書信代表著夫婿的情
意，那麼，該如何使這個符徵長久存在呢？或許從這個角度言，女
性寧可信任更具體、更持久的東西❷；或者說，對於語言文字的不
安多少也顯示出對於情感關係的焦慮。

　　這種珍重實物有甚於語言文字的對話情境，尤其出現在女性與

---

❷　同樣擔心字跡終要漶滅的還有郎大家宋氏〈長相思〉：「臺上鏡文銷，袖
　　中書字滅。」因此，這也就難怪她要說「不見君形影，何曾有懽悅。」
　　（卷九）畢竟形影與書字兩者有著具體與抽象的迥然差異。

征人的關係上，如兵士妻〈戰袍詩〉：

> 沙場征戍客，寒苦若爲眠。戰袍經手作，知落阿誰邊。蓄意
> 多添線，含情更著綿。今生已過也，願結後生緣。（卷九）

關於這首詩《全唐詩》有一段本事：「開元中，賜邊軍纊衣，製自
宮人，有兵士於袍中得詩，白於帥，帥上之朝，明皇以詩遍示六
宮，一宮人自稱萬死，明皇憫之，以妻得詩者，曰：朕與爾結今生
緣。」（頁8966）宮人在不明對象的情況下，仍存著與戰士對話的
渴望，其傳情的媒介固然有賴於詩篇，但最動人處畢竟在蓄意增綿
添線的實質動作上，方使溫暖的感覺得以具現，久久不去。雖然這
種「無從選擇」、「聊勝於無」的姻緣，不無可議之處，但宮人原
來也只是搜尋著一個對話的對象，卻能如此情深意摯，其誠心善感
畢竟是不容抹煞的。又有馬眞妻的〈鎖袍詩〉：

> 玉燭製袍衣，金刀呵手裁。鎖情寄千里，鎖心終不開。（卷十）

這首詩的本事與前首類似，只是時空轉換到僖宗朝，話說神策軍馬
眞在袍絮中得到金鎖一枚、詩一首，竟然將鎖拿到市中去賣，而爲
人所告發，主將乃將此事奏聞僖宗，才促成了這段姻緣㉕。當時的
這位宮人同樣是面對不可知的對象，在製衣時貫注情意，既「鎖
情」相寄，又「鎖心」相待，甚至以「金鎖」爲憑，情深意長，卻

㉕　參閱《名媛詩歸》卷十，頁4。

差點被馬眞不經意給「出賣」了，女性的心思與男性的思維，或許眞有著相當距離吧！只是，關係既然未定，也很難苛責。

下面再看幾首征婦贈夫的作品，基於既有的夫妻恩情，關愛之情令人動容，陳玉蘭〈寄外〉：

> 夫戍邊關妾在吳，西風吹妾妾憂夫。一行書信千行淚，寒到君邊衣到無。（卷十二）

陳玉蘭是王駕之妻，在王駕戍邊時製衣並詩寄之，陳玉蘭的思情不僅具現在與書信並下的淚水，更在感受到秋風吹起時就已無限傷情，衣袍彷彿與寒風競走，深怕夫婿來不及得到禦寒的衣物，關愛之情溢於言表。又有裴羽仙〈寄征衣〉：

> 深閨乍冷開香匣，玉筋微微濕紅頰。一陣香風殺柳條，濃煙半夜成黃葉。重重白練如霜雪，獨下寒階轉淒切。祇知抱杵搗秋砧，不覺西樓已無月。時聞寒雁聲呼喚，紗窗只有燈相伴。幾展齊紈又懶裁，離腸空逐金刀斷。細想儀形執刀尺，回刀剪破澄江色。愁捻銀針信手縫，惆悵無人試寬窄。時時舉袖勻殘淚，紅箋謾有千行字。書中不盡心中事，一半殷勤托邊使。（卷十二）

裴氏這首詩刻劃裁製征衣的步驟與心緒，柔腸百折，曲盡其事，歷歷如在目前，又情寄深遠。詩的開首四句寫時序由夏轉秋的快速，「乍冷」是詩人的敏銳，也是基因於對遠人的關切，次四句則是不

辭辛勞的搗衣，再四句便是燈下裁衣，由於裁衣本身是一個仔細斟酌對方身形的過程，不免牽動起千絲萬縷的心緒，「懶裁」、「空逐」都是不勝其情。勉力爲之，便是下四句的「細想」與「愁捻」，但當衣成「無人」試時，就再也止不住潰堤的淚水，儘管也寫下了書信與征衣並寄，卻仍「一半殷勤托邊使」，原來，能夠用語言文字表達出來的關懷與牽掛是如此有限，託付邊使的除了征衣、書信，更是「多多關照」吧！儘管詩人情意深濃，無可取代，卻也深知既不能晨昏定省，夫婿所需的畢竟是更實質的照撫啊！這位裴羽仙就是前述寫〈邊將詩〉哭夫輕行被擒的裴悅之妻，兩相對照，怎不令人心酸！

下面的這首詩也是出於邊將之妻，但是其對話的對象並不是其夫，而是當今的天子，張睽妻侯氏〈繡迴文龜形詩〉：

> 睽離已是十秋強，對鏡那堪重理粧。聞雁幾回修尺素，見霜先爲製衣裳。開箱疊練時垂淚，拂杵調砧更斷腸。繡作龜形獻天子，願教征客早還鄉。（卷十）

或許所有的征婦都積累了許多說與夫婿知的話語，也年年裁製著征衣，但現實的困境卻少有或解的可能，能像侯氏向帝王陳情，尋求解決的，畢竟是少之又少。據說張睽戍邊十餘年未歸，「侯氏繡迴文作龜形，詣闕進之，帝覽詩，放睽還鄉，賜絹三百疋，以彰才美。」㉖就詩的內容看，也是一幅年年強忍哀傷趕製征衣的思婦

㉖　見《名媛詩歸》卷十，頁19。

圖，所不同的是與陳情詩並現的還有繡作龜形的迴文詩，迴文詩一向被視爲文字遊戲，它的發明就今可考者當始於晉代的蘇伯玉妻的〈盤中詩〉，後繼者則以前秦蘇蕙的〈璇璣圖詩〉爲最著名，〈盤中詩〉是因蘇伯玉使蜀，久而不歸，其妻「因作詩，寫之盤中，屈曲成文。」❷此詩之末有云：「今時人，知不足，與其書，不能讀，當從中央周四角。」❷可見其詩書於盤中的圖樣使人不易辨其次序首尾，是其逞才之處，至於其詩是否有其他的讀法，就今所傳的排列形式已不可得知❷。〈璇璣圖詩〉則是蘇蕙爲了挽回夫婿竇滔的心，「因織綿（案當作錦）迴文，五綵相宜，瑩心耀目。其錦縱廣八寸，題詩二百餘首，計八百餘言，縱橫反復，皆成章句。其文點劃無缺，才情之妙，超今邁古。」❸則此詩一方面是以其回環往復，逆順倒轉，無不可讀，而驚眾聽；另一方面，又以其織錦之精巧炫麗，令人歎爲觀止，無怪乎先有武則天爲之作〈織錦回文記〉，後又有宋朱淑眞爲之作〈璇璣圖記〉，並鑽研其之解讀原

---

❷ 見《名媛詩歸》卷二，頁 2。鍾惺將此詩歸之於漢，然逯欽立《先秦漢魏晉南北朝詩》歸之於晉，詳見晉詩卷九，頁 776。又參張明葉《中國古代婦女文學簡史》亦歸之於晉代。（遼寧：遼寧教育出版社，一九九三年）頁 81。

❷ 《先秦漢魏晉南北朝詩》頁 776。

❷ 此詩歷來頗受詩評家肯定，雖不能考知其他讀法，仍不乏以之爲迴文詩者。參張明葉《中國古代婦女文學簡史》（遼寧：遼寧教育出版社，一九九三年）頁 81-82。瑜案：迴文或可採用較寬廣的定義，指其打破習慣的文字呈顯方式，而以圖形的迂曲回環爲尚。

❸ 見《名媛詩歸》卷二引武則天〈織錦回文記〉，頁 1。

則❸。由此推知，侯氏的〈繡迴文龜形〉亦當另有相當繁複精美的作品以呈天子，不但得遂放夫還歸之願，同時還得到天子的賞賜。女性詩人這種將詩作的呈顯方式圖象化、女紅化，又使詩意的解讀相生無窮、多元並現的作法，表面上看，是逞其美才，以感他人，但其「遊戲」文字的態度，打破詩學「常規」的用心，既重視直觀之美，又強調索解之奇，更能容納多元的解讀，在在顯示出女性詩人對話策略的運用與解構詩歌語言的意圖，讓詩的呈顯方式深具女性特質，成為更貼合自身情意的符徵，以創造不同的評鑑標準。

綜上所述，女性在以語言文字尋求對話時，也同時覺知語文作為對話媒介的不足，畢竟，她們所期待的是具有互動性的對話與溝通，對話者的缺席常使期待落空，效果延宕。因而，她們既鍥而不捨地要求對話，又聲聲呼喚對方現身，更不斷製造語言文字之外，足以令人實感其存在的媒介以作為自身情意的符碼來與語文並現，或甚取而代之，唐代女性詩人游移於語言文字的態度著實耐人尋味。

結　語

唐代詩人王昌齡有一首大家耳熟能詳的〈閨怨〉詩：「閨中少婦不知愁，春日凝妝上翠樓。忽見陌頭楊柳色，悔教夫婿覓封侯。」常被認為是描寫女性情態曲盡幽微的佳作，然而，在與唐代

---

❸　見《朱淑真集注》鄭元佐注、冀勤輯校（浙江：浙江古籍出版社，一九九二年一版二刷）頁 218-219。

女性詩作對照之後，姑不論「不知愁」是否出於男性天眞的有所「不知」，一個「悔」字似乎也下得太篤定、太決斷了，我們透過唐代女詩人的自我抒寫，讀到更多的是頻頻要求對話「不願言悔」的複雜心念，也是不斷拓展對話空間彌縫語文之不足的靈心巧慧。

　　本文以「對話功能」切入唐代的女性詩作，藉以彰顯的即是女性詩人透過提問所呈現的開放性㉜，而此開放性不但是向著與其處境相互關涉的對象，同時也是向著經由語言文字理解文本的讀者。所以，本文寫作的緣起，未嘗不是被唐代女性詩作中穿透文字、對象、時空，而向我們對話的聲浪所吸引，因而自然與文本進行的一種對話，當然，這樣的對話將隨著文本的流傳與閱讀活動相生不已，永無止盡。

㉜　加達默爾曾云：「提問就是進行開放。被提問東西的開放性在於回答的不固定性。」頁 471《眞理與方法第一卷——哲學詮釋學的基本特徵》洪漢鼎譯（臺北：時報文化出版社，1993 年）

女子有行，遠父母兄弟

——清代女作家思歸詩的探討

鍾慧玲*

一、前　言

　　由於宗法制度的建立，古來婚姻即以父系爲主，女子出嫁，必須離開自己的原生家庭，由於身分的改換，環境的變動，加以諸多限制，女性往往無法返家探視，因而對本家的思念自然深切，觀諸《詩經》中即有相關的篇什，〈邶風·泉水〉毛詩序云：「泉水，衛女思歸也。嫁於諸侯，父母終，思歸寧而不得，故作是詩以自見也。」，〈衛風·竹竿〉小序亦云：「竹竿，衛女思歸也。適異國而不見答，思而能禮者也。」，二詩可說是最早的思歸詩。此二詩皆以女子的口吻吟詠思歸不得的憂傷，同樣都有「女子有行，遠父母兄弟」的悲嘆，也都同樣將自己的思念託於流水：「我思肥泉，茲之永嘆；思須與漕，我心悠悠；駕言出遊，以寫我憂。」、「淇

---

*　　東海大學中文系副教授

水悠悠,檜楫松舟;駕言出遊,以寫我憂。」,沉重的心事,悲切的呼喚,歸寧的盼望,成為女性在婚姻裏永遠的鄉愁,也成為千百年來,全體女性所共有的特殊的情感經驗。

思歸詩的題材,既非思婦詩,又非棄婦詩,後二類重在呈現以丈夫為主的離合關係,思歸詩則表現為對本家親人的關係。歷代以來,男性作家往往勇於為女性的代言人,大量的思婦詩與棄婦詩的產生尤其可見,由於這兩類詩具有浪漫與同情的想像空間,反而成了男性寄託隱喻的載體。有趣的是,女性思歸的主題顯然不被男性作家所青睞,可能是這類的題材並不符合以夫權為主的婚姻傳統,但是,亦因為如此,女性內在的聲音反而可以不受干擾,清晰的呈現出來。因此,當我們檢視此類作品時,可以看到女性真實的面貌,無須誇大點染,自然而誠摯的透露出她們對父母的依戀,以及對婚姻的態度。這些來自深層內在的聲音,純粹而珍貴,是女性集體命運的寫照,長久以來被漠視卻又真實的存在。

本文「思歸詩」的範疇,係指女子出嫁後,對本家父母親人的思念及表達亟望歸家省視的心情。本文拈用「思歸詩」一詞,除了截取毛詩序「衛女思歸」之意,並以清代女詩人作品多以「思歸」、「歸家」等用語來描述她們的思家之情;又由於此類題材頗多,於女性文學中可謂自成一類,而清代女作家作品蔚為極盛,可說是研究古代女性思想感情的最佳寶藏。因此,本文即在希望透過這些詩作尋繹出清代女性在婚姻的隙縫裡所流露的真實感情,也期望能看出女作家們為自己、也為她們的姊妹所共同勾勒的形象。

二、河廣難杭莫我過
——女性永恆的鄉愁

　　傳統婚姻的型態，乃以夫家爲依歸，〈周南·桃夭〉的「之子于歸」，〈禮運〉篇的「女有歸」，皆清楚標誌了「婦人謂嫁曰歸」、「婦人生以父母爲家，嫁以夫爲家」❶的觀念，而「既嫁從夫」、「夫者妻之天」更是鞏固了父系社會的權力結構❷。班固《白虎通》對此且有合理化的說辭：「嫁者，家也。婦人外成以適人爲家。」，又云：「禮男娶女嫁，何？陰卑不得自專，就陽而成之，故傳曰陽倡陰和，男行女隨。」❸，我國民法親屬編第 1002 條在未修訂以前亦明載：「妻以夫之住所爲住所」❹，可知自古以來，結婚一詞，雖指男女合爲夫婦，然女方須以夫家爲依止，丈夫擁有婚姻住所的指定權。既入夫家，自然要謹守家法，而「婦人既嫁不踰竟」❺，「既嫁，非有大故不得返。」❻，更限制了女性嫁

---

❶　見《公羊傳》隱公二年傳文及何休注，頁 26，《十三經注疏》本，臺北，藝文印書館，1976 年。

❷　見《儀禮》〈喪服〉，頁 359，《十三經注疏》本，臺北，藝文印書館，1976 年。

❸　見《白虎通疏證》〈嫁娶〉卷十，頁 536，臺北，中國子學名著集成編印基金會，1977 年。

❹　民國八十七年五月二十八日立法院第三屆第五會期第二十一次會議已三讀通過修正該條文。

❺　《穀梁傳》莊公二年、五年、十五年、十九年傳文，頁 46、48、53、57，《十三經注疏》本，臺北，藝文印書館，1976 年。

❻　見《公羊傳》莊公二十七年何休注，頁 105。

後的活動空間,儘管有「禮緣人情,使得歸寧」❼,但是,行動不能自主,與父母親人相處的機會減少,而關係的差等更在財產繼承權與喪服制上見出❽,此皆是不爭的事實,由此也可看出夫權為主的制度上,對女性與其本家的關係所做的削減與剝奪。

儘管制度上刻意造就了親疏遠近,可是在血緣上卻隔離不了天倫親情,在清代女作家的作品中,有關婚後思親的詩篇俯拾皆是,而由於嫁為人婦,遠離父母兄弟姊妹,除了難忍的思念外,盼望歸家的心理則是女作家們所共同流露的心聲,如清初女作家倪瑞璿〈憶母〉詩云:❾

　　　　河廣難杭莫我過,未知安否近如何。暗中時滴思親淚,只恐思兒淚更多。

詩中採用《詩經·衛風》〈河廣〉的涵意來描寫因川河阻隔,無法探視母親,末句又由思親轉出母之思女,豐富了思歸詩的情感內涵。沈蕙玉的「河廣難期一葦杭,思親凝望樹蒼茫」❿,吳蘭的

---

❼　見《詩經》〈邶風·泉水〉鄭玄箋,頁 101,《十三經注疏》本,臺北,藝文印書館,1976 年。
❽　參見陳顧遠《中國婚姻史》第五章〈婚姻效力〉,頁 173,臺北,臺灣商務印書館,1975 年。又見趙鳳喈《中國婦女在法律上之地位》第二章〈已嫁婦之地位〉,頁 69,臺北,食貨出版社,1977 年。
❾　見沈德潛《清詩別裁》卷 31,頁 175,臺灣商務印書館,1978 年。
❿　見沈蕙玉〈憶母〉詩,汪啓淑編《擷芳集》卷 21,頁 15,清乾隆間刊本。

「應憶閨中女，懷歸一惘然」❶等詩作，也都有同樣的筆法。而王嗣暉〈登浮翠閣〉詩，則從遊子登樓的心境著筆，詩云：❷

> 心事蕭條未可論，愁來風雨度晨昏。天涯尚有思親淚，日暮登樓恐斷魂。

晨昏的風雨與思親的淚水，呈現的是一個被思念所苦的靈魂。雖然「遠望可以當歸」，但是，登樓遠望恐怕更令人悲傷，這樣的寂寞心事有誰可以訴說？不忍登高，是因爲遠行天涯之際，最牽掛的是堂上老親，王嗣暉又有「莫爲悲身世，憐余有老親。酒痕和淚跡，多半洗風塵。」的詩句❸，嗣暉婚後兩個月即隨夫遠行，因此，有關旅途的傷感之作，多是因思親而來。

袁枚堂妹袁棠，浙江錢塘人，嫁揚州汪孟翊，所著《繡餘吟稿》、《盈書閣遺稿》多以家庭題材爲主，其中對本家的思念和盼歸的心情更是洋溢於字裏行間，其〈古意四首〉之二，有云：❹

> 秦淮江水闊，一望心夷猶。有母終年隔，憑書難寫愁。韶華偏易去，良會未可求。洛陽古花縣，明月古揚州。所嗟不同道，川河兩悠悠。惟有明月光，照我夢中游。

---

❶　見吳蘭〈夏日寄母〉詩，《擷芳集》卷29，頁12。

❷　見徐世昌編《清詩匯》卷192，頁35，臺北，世界書局，1961年。

❸　同前註，見〈舟中夜坐〉詩，頁34。

❹　見《盈書閣遺稿》，頁643，收入《隨園五種·三妹合稿》，臺北，廣文書局，1968年。

袁棠居揚州，與遠在洛陽的母親分隔，即使書信往來，也難解懷
思，川河悠悠，惟有夢中能飛渡往赴，與母歡聚。初爲人婦的袁
棠，因對新環境的不能適應，丈夫遠游，閨中寂寞，又不知應如何
侍奉舅姑，想起家中的慈母姊弟，往往淚落不止，其〈于歸揚州感
懷之作〉詩，共有四首：**❺**

> 不堪回憶武林春，嬌養曾爲膝下身。未解姑嫜深意處，偏郎
> 愛作遠游人。
> 綠楊堤畔行遊子，紅粉樓中冷翠帷。爲問秦淮江上月，今宵
> 照得幾人歸。
> 流光如電復端陽，把酒思親淚兩行。寄語故園諸姊弟，榴花
> 不是去時妝。
> 鶯聲燕語一番新，滿徑飛花又送春。一別故園慈母遠，綠窗
> 誰惜膝前人。

新婚的袁棠似乎並不快樂，想到自己曾是母親膝下的嬌女，如今卻
須處處曲意慎行，戰戰兢兢，今昔比較，眞有不堪回首之感。袁棠
十分懷念在家的日子，詩中屢言「嬌養曾爲膝下身」、「綠窗誰惜
膝前人」、「榴花不是去時妝」等句，皆強烈的反映出她對女兒身
分的眷戀。婚姻生活帶給了她身分的改變，就如她日後叮嚀新婚的
姪女「好攜書燈陪夜讀，莫將婦道當兒嬌」 **❻**，出嫁了，不比在家

---

❺ 見《繡餘吟稿》，頁629，收入《隨園五種·三妹合稿》。
❻ 見〈和存齋大兄送女偕婿歸吳門〉詩，《繡餘吟稿》，頁631。

可以嬌癡任性，這是每個女子當跨入媳婦的門檻時，就應該認清的事實與應有的心理準備，袁棠的話語道出了婚姻中女性角色的轉變。

事實上，從早遠以來，女子就被教導作為一個稱職的媳婦❶，乍入一個陌生的家庭，必須立即承擔繁重的義務與責任，而其心理調適的過程，卻似乎不曾受到注意。幾乎每一個女兒要出閣的時候，她曾經走過這段心路歷程的母親，都有難忍的悲傷和不捨❶；而作女兒的辭別父母，更是悲哭不止，「昔我于歸辭故鄉，別母牽衣留不得」（袁棠〈哭步蟾三兄〉）❶，「憶昔別親時，牽衣斷人腸」（劉汝藻〈思親一首寄呈大姊〉）❷，結婚即意味著跟過往的歲月作了道別的儀式，也意味著真正揮別了女兒的身分。割斷臍帶，切斷曾經乳養自己成長的地方，連根拔起的痛楚惟有此中人方能知曉，移栽的水土是否適宜這個懷著舊思的生命，也似乎不被關心，所有的教條都熱衷於關注她是否達到了標準，是否為賢妻、孝媳、良母，女兒的身分不復存在，只有在歸寧的時候才暫時恢復，也只有在回憶過往，才會想起自己曾有的羽衣，思歸便成為女兒們心中永恆的鄉愁，一支迴旋在心靈深處低吟幽唱的歌。

---

❶ 參見《禮記》〈昏義〉，頁 1002；《儀禮》〈士昏禮〉，頁 64，《十三經注疏》本，臺北，藝文印書館，1976 年。

❶ 如楊蘊輝〈送湘蘭長女赴滇爰賦二絕誌感〉詩云：「一唱驪歌淚已枯，那堪重割掌中珠。臨歧別語無多贈，婦職還期首孝姑。」，見懺庵輯《閨範詩》頁 135，臺北，廣文書局，1982 年。

❶ 見《盈書閣遺稿》，頁 640。

❷ 見《清詩匯》卷 188，頁 37。

袁棠思歸的情緒中特別呈現了她對往日生活的追戀，其五言古詩〈述懷〉一首中有詳細的描寫：㉑

> 憶我在家日，婉轉侍高堂。承歡膝下身，雁序喜成行。春華
> 當閣繡，秋雨捲簾涼。倩弟爲詩友，乞兄作平章。看花分據
> 硯，坐月共聯床。

承歡膝下，手足情深，看花坐月，聯吟品評，少女的時光快樂美好，可是無憂無慮的日子因出嫁而蒙上了淚影：

> 聞將嫁異地，低眉暗濕裳。三生緣已定，雙槳競渡江。慈母
> 情無限，鶺鴒義感傷。

袁棠拜別了母親，孤獨的遠赴揚州，面對這個陌生的還境，民情風俗與杭州迥異，即連婦女的妝扮都十分特別，詩又云：

> 平山雲疊疊，隋苑柳蒼蒼。一枝瓊花色，二分明月光。此間
> 妝束古，梳裹異吾杭。彩袖齊肩捲，花冠簇額昂。佩環蘭麝
> 膩，雲髻露油香。趨時雖未慣，隨俗聊自強。

爲了入境從俗，雖然不習慣，袁棠也勉強自己改變妝扮，除此以外，更要敬謹的侍奉舅姑：

㉑　見《盈書閣遺稿》，頁 640。

曲意柔兒女，低心事姑嫜。未遂歸寧志，終懷游女腸。年年江水綠，流夢到錢塘。

思歸的心情是因爲現實的處境而有離開出走的欲望，也因對少女時光的眷戀而有了重歸的夢想。回家，不只是意味了探視父母，重溫女兒的特權，事實上，是向母體的回歸，那是原我的呼喚，也是生命擺脫了所有的命名後，所呈現的赤裸裸的本我；因此，這也是思歸詩中何以常伴隨的是思舊情懷的原因了。袁棠的姪女出嫁了，她以過來人的口吻勸說：「莫向庭幃頻眷戀，離家風味我先嘗」❷，語氣中充滿了惆悵與了解，離家以後，即使回去，也不是來時路了，女兒的身分將逐漸模糊，乃至註銷，只有在記憶裏，或在夢裏，仍是鮮明斑爛的。

女子如若遠嫁，歸寧不易，幸運的則離母家住處不遠，如隨園女弟子席佩蘭，初嫁之時，還時常回家與母親同睡，即使如此，她還是無法克制思家的念頭，其〈將之上黨歸別慈親〉詩即云：❸

憶昔初嫁時，思親晝夜哭。一月十日歸，殷勤伴孃宿。別去咫尺間，魂夢常繞屋。……

佩蘭十五歲嫁給孫原湘，由於不能適應新的改變，無法忍受與母親分隔的事實，晝夜啼哭，她「十五年無一日離，那堪睽隔兩旬期。

---

❷　見〈和存齋大兄送女偕婿歸吳門〉詩，《繡餘吟稿》，頁 631。

❸　見席佩蘭《長眞閣集》卷 1，頁 6，清嘉慶間刊本後印本。

昨宵枕上思親淚，猶夢牽衣泣別時。」❷，一月而回家十日，可以看出佩蘭對母親的依賴；但是不久，佩蘭隨夫赴上黨，與母親眞的相隔千里，自己也有了孩子，對母親的思念依然不減，特別是重要的節日，尤其傷感黯然，其〈除夕〉詩云：❷

> 官閣沉沉更漏傳，思親此日倍淒然。夢中白髮三千里，除裏青春二十年。
> 殘酒傾來都是淚，寒燈挑盡不成眠。嬌兒婉轉頻相問，轉憶當時繞膝前。

落淚的母親讓孩子驚疑，童言稚語，繞膝相問，嬌憨的情態，使佩蘭恍惚看到了當年的自己，幼小的身影也似這般依偎在母親的身旁。遠宦阻歸，除夕的團圓，對席佩蘭而言，似乎還不能算是眞正的團圓，無法回鄉省親，才是她最大的遺憾。

比起席佩蘭來，王蘭佩就沒有那麼幸運，雖然夫家離母家不遠，可是仍然不能回家探視，其〈思親感賦〉云：❷

> ……二十詠桃天，百兩催于歸。可憐數載來，終日心神馳。
> 阿父依幕府，遠在湘水湄。阿母居陋巷，操作心力疲。井臼

---

❷ 見〈思親〉詩，《長眞閣集》卷1，頁2。
❷ 見《長眞閣集》卷1，頁9。
❷ 見潘衍桐編《兩浙輶軒續錄》卷53，頁33，清光緒十七年浙江書局刊本。

任煩勞，兒女縈遐思。纏綿手中線，寂寞門上楣。里門雖咫
尺，色笑終睽違。

蘭佩以大段的篇幅寫母親獨自支撐整個家庭的艱辛，家境不好，終
日操勞，還要牽掛子女，母家雖然近在咫尺，卻無法見到母親，蘭
佩並沒有說明原因，思親之苦不斷的啃嚙自己，甚至可以傾訴的對
象也沒有，其詩後段又云：

望雲言思親，思親當告誰。眉痕背人鎖，暗淚深宵垂。日月
何迅速，骨肉長分離。采蘭陟南陔，蘭蕊何芳菲。爲頌補笙
詩，字字傷肝脾。

眼淚暗垂，不敢讓人知曉，傳統的規範教她婚後以丈夫爲主，可是
骨肉至性卻使她無法不憂念母親，翹首盼望，難見慈顏，惟有將悲
泣苦痛寫入詩中。蘭佩著有《茂萱閣詩草》，爲婚前奉母之作；又
有《靜好樓詩草》，爲婚後所作，此書寫於嘉慶十六年至十八年。
蘭佩結婚不及二年即去世，年才二十二歲。蘭佩的思親詩充滿了抑
鬱悲憤之情，父親遠游，母親的幽怨悲苦，她能體會❷；而婚後與
母親長離，不能陪伴母親，積鬱的心事，使她甚至痛恨自己爲女兒
之身❷，年輕生命的早凋，與婚姻中的長久壓抑和思親的憂傷憔

---

❷ 王蘭佩〈侍慈親夜話〉詩有「事多失意怕回思」、「偶談瑣事愁如積」之
　句，見《兩浙輶軒續錄》卷53，頁33。
❷ 見本文五。

悴，不可說毫無關係。

此外，自幼與母親相依爲命的吳宗憲，對寡母的思念中有更多的心痛，其〈憶家母杭州〉詩云：❷

> 閒坐窗前誦蓼莪，有懷嫗母近如何。廿年冰雪歡常少，百里音書淚更多。
>
> 獨伴先靈傷淺土，誰知舊業付流波。春來每作歸寧夢，猶似牽衣膝下過。

宗憲幼年喪父，無兄無弟，境況困苦，婚後隨夫遠宦，不能終養老母，是她最大的遺憾，守寡二十多年的母親，一生苦多樂少，復又因祖母俞氏過世，尚未安葬，種種概須由母親獨力承擔❸，家中無男兒，家業亦付諸流水，想起母親的處境，宗憲自傷不能歸寧安慰母親，協助料理諸事。思歸而不得歸，只能夢裏依偎在母親膝下，《兩浙輶軒續錄》稱其詩「斐惻纏綿。蓋孝悌之思，仁義之性，時流露於行間」，雖曰如此，可是女兒徬徨悲惻，不能言說的心境又有幾人能眞正了解呢？

方蔭華《雙清閣詩》中有許多思親的作品，如「層波都化思親淚，尺素難傳寄女封」（失題）、「難釋離懷因憶母，重溫舊學試教兒」（〈春日感懷〉）、「層雲屢隔思親目，流水難興逐夢波」

---

❷　見《兩浙輶軒續錄》卷53，頁18。

❸　吳宗憲詩自註：「祖母俞安人時尚未安葬」。

(〈偶成〉)等作❸,皆流露了她思親欲歸的情感;而對兄弟姊妹的思念,也是詩作中的重要題材,其〈憶家〉詩二首,描寫家庭天倫之樂,期望能早日歸寧,其詩之二云:❸

> 小聚曾無半載留,清波分送木蘭舟。敲棋評繡無良伴,對月看花少舊儔。
> 書有長篇隨手作,詩無佳句索兄酬。但祈一棹歸寧日,骨肉團圞解別愁。

方蔭華曾經歸家省親,約住了三個月,然而別家匆匆又一年矣,心中仍時時記掛父母,值得告慰的是兄嫂盡心奉養雙親,天倫之樂自在其中;可是,自己身旁少了兄弟姊妹,生活也似乎少了很多的樂趣,其〈舟中對月憶諸姊妹〉詩有「料得故園諸女伴,中庭相對起離愁」,〈憶兄仍用前韻〉詩有云:「山隔螺痕頻有夢,江涵雁影記初分」❸,都表現了她的手足之情,她最大的盼望即是祈禱早日返家,重溫敲棋評繡、對月看花的美好時光。

除了思念雙親,手足親情可以說亦是女作家思歸的重要動力,鄭鏡蓉〈思歸憶諸弟妹兼以寫懷即用秋爽姐韻〉詩,即在敘述對弟妹的思念之情,其詩共有二首,詩云:❸

---

❸　三詩分見方蔭華《雙清閣詩》頁 1、6、13,臺北,廣文書局,1983 年。

❸　同前書,頁 3。

❸　同前書,二詩分見頁 1、3。

❸　見《擷芳集》卷 47,頁 15。

久驚同氣似參商，遠道書來篋衍藏。離恨各天渾未補，女媧
無乃太匆忙。

二豎迷藏豈有因，歸寧無計慰雙親。同懷若問年來況，百丈
愁城困此身。

鄭鏡蓉家中共有九姊妹，鏡蓉爲長女，平居之時，父親鄭方坤詩課
分題，姊妹聯吟唱酬，一門風雅，有《垂露齋聯吟集》㉟。鏡蓉出
嫁後，與家人遠隔，弟妹的來信，她視若珍寶，兩地的離恨別愁，
無以彌補；第二首詩言己因病無法歸寧探視雙親，自己的處境如困
坐愁城，鬱懷難解。鏡蓉透過對弟妹的憶念，抒發濃烈的思歸之
情，也同時烘托出了家中弟妹對大姊的想念和關懷。

　　楊鳳姝有〈代簡寄二妹并懷兩大人〉詩，以書信的方式訴說姊
妹的相思及對雙親的依戀，此一長詩開端即以大篇的筆墨追憶姊妹
共有的往日時光，詩云：㊱

聚久且相憶，刧我同懷人。經年不得晤，使我愁思盈。君不
見，碧桃花傍芙蓉渡，春風吹入秦川去。本是同枝離樹飛，
東西南北渺何處。憶昔承歡日下來，團團夜讌幾回開。隨肩
聯袂兩情厚，同胞不愧閨中友。古槐清影落屏風，鬥茗敲棋
佳興同。日麗北堂花影亂，月移南苑露華濃。拈針度繡迷清

㉟　參見梁章鉅《閩川閨秀詩話》卷二「鄭鏡蓉」條，頁 13，《香豔叢書》
　　本，上海，上海書店，1991 年。
㊱　見《撷芳集》卷 55，頁 13。

漏，剪燭分題待曉鐘。雨散星離中道隔，夢魂常繞碧雲
峰。

鳳姝細膩的描繪昔時家居情景，流露無限的眷戀情懷，姊妹同遊共
嬉，形影不離，擁有許多美好的回憶，溫馨快樂是回憶的主調；然
而婚後各自散居，姊妹聚首不易，歸寧探親也有現實條件上的困
難，其詩又云：

> 昔如待哺雛，棲息共巢中。今如辭幕燕，分飛各西東。鴻泥
> 印爪時驚異，人生聚散如萍寄。我歸海上君吳中，長使親心
> 兩地繫。曉來殘夢到嘮關，薄暮離愁托江際。祇留弱妹伴慈
> 帷，瞬息他年又異地。澣裳時擬賦歸寧，高堂無奈虛中饋。
> 春寒秋燠費周章，調護兼之兒女累。一迴延望一逡巡，往來
> 恨乏雙飛翅。……

依據詩意，知鳳姝有妹二人，家中僅留幼妹陪伴雙親，此詩不但寫
出姊妹深情，也寫出了親子之間彼此心繫牽掛的情感。鳳姝慨歎幼
妹不久亦將出嫁，雙親無人奉養，自己雖屢有歸寧的打算，但是家
務繁重，侍奉高堂，照料兒女，種種牽絆，使她一再延捱歸寧的時
間，她恨不能有雙翅膀可以自由快速的往來。鳳姝曾至杭州，與父
母會面，但是匆匆又別，心中頗感遺憾，因此，詩末「明年春日賦
歸來，輕帆早拂吳門樹」二句，又再一次為自己勾勒了歸家的美
景，就如她曾向雙親許諾：「擬將桂苑飄香後，一棹歸來奉玉

厄」❸，難以實踐的承諾，恰是女兒們婚後身不由主的境遇寫照，儘管歸家的路有多麼曲折艱難，承諾正是給自己一個盼望，而這個盼望也正凝現了女兒們永恆的望鄉身影。

思歸詩中的內容主要以思念父母爲主題，並旁及兄弟姊妹，大體上皆由孝思出發，家有兄弟者雙親尚得安養，而家無兄弟者，則是遠嫁的女兒所最心痛不捨的；思歸詩中往往涉及了對過往的回憶和對女兒身分的眷戀，這些都成爲女作家共有的情感標記，而當思歸不得時，女作家們在作品中則自有其表現的方式，夢歸的呈現、慈烏的象徵語碼以及性別的反思，皆是其中值得探討的書寫模式。

三、 夢裏還家也當歸
──尋覓失落的女兒身分

女作家對雙親的思念，除了直接的鋪寫思歸的情緒外，更多的是以夢歸家園的方式來呈現，「日有所思，夜有所夢」，夢歸的敘寫更具體化了思念的內容，也更突顯了強烈的思家情懷。

前文所引袁棠、席佩蘭、吳宗憲、方蔭華、楊鳳姝詩，皆言及夢歸家園，此外，如許孟嫻〈人日思親〉詩云：❸

> 早是春寒欲雪天，思親對影獨情牽。不知夢裏尋歸路，猶自依依到膝前。

---

❸　見〈奉懷兩大人代簡寄杭〉詩，《擷芳集》卷 55，頁 16。

❸　見《閨範詩》，頁 37。

正月初七，猶有濃厚的年節氣氛，許孟嫻思念雙親，倍覺黯然，卻不知夢裏已自動尋覓歸鄉的路，正依戀於父母的膝前。此詩末句呈現了對夢境的流連和依依不捨之情。任麗金的〈記夢〉詩，則對比出夢碎的難堪，詩云：❸

　　夢繞雙親膝，牽衣話正長。雞聲驚覺後，依舊在他鄉。

對於「一別雙親半載餘，平安只接數行書」（〈題家書後〉）的任麗金而言，平安家書並不能稍解她的思親之苦，依偎在雙親的膝下，牽衣撒嬌，重溫昔時的女兒情態，才是她所希冀的。夢中實現了這個願望，可是一聲雞鳴，又還墜落現實之中，這份渴望與失望揉雜的情緒，在女詩人的作品中可以說是共同的經驗。

　　至於劉汝藻〈思親一首寄呈大姊〉詩，長篇五古中充滿了不能膝下盡孝的遺憾，全開端即向其姊描述夢回家園的情景，有云：❹

　　秋雨兼旬久，水溢芙蓉塘。芙蓉波淼淼，別緒與之長。昨夜游九峰，嚴親勸加觴。慈幃欣促坐，笑語殊未央。醒來一嘆息，落月滿屋梁。……

夢的內容是與父母相聚，勸觴促坐，笑語晏晏，夢醒則悵惘不已，簡單的夢境涵蘊的是世間父母子女的天倫親情。張紹英亦有相似的

---

❸　見《清詩匯》卷191，頁41。
❹　見《清詩匯》卷188，頁37。

描寫，其〈夜夢還家〉詩云：❹

> 夢裏關山近，休歌行路難。五更頻涉遠，千里獨衝寒。繞膝
> 仍相聚，牽衣不盡歡。鐘聲忽驚斷，敧枕淚闌干。

夢裏回家的路是暢通無阻的，獨自冒著寒氣跋涉千里，回到家中，
與父母團聚，牽衣繞膝，又恢復了女兒的嬌態，快樂無比，可是，
好夢易醒，惟敧枕落淚，徒然增悲而已。

　　同樣是夢歸的經驗，李端臨的〈夢歸〉詩，特別強調了歸家的
速度感以及聊勝於無式的自我寬慰，詩云：❷

> 尺鯉東流雁北飛，椿萱風景話依依。八千餘里須臾到，夢裏
> 還家也當歸。

夢歸成了對現實缺憾的補償，現實的世界南北遙隔，而夢中卻能超
越時空，八千里路可以瞬息即至，見到了雙親，依依不捨。正因為
思歸不得，「夢裏還家也當歸」一句，不僅道盡了出嫁女兒的心
事，也蘊涵了太多對現實的隱忍和妥協。端臨另有〈思親〉詩，也
提及了她的夢，詩云：❸

---

❹　見《清詩匯》卷 187，頁 24。
❷　見《清詩匯》卷 191，頁 15。
❸　見《清詩匯》卷 191，頁 17。

津門月裏步籬邊，彷彿當年問寢天。昨夜夢回離別處，子規啼斷一溪煙。

當年在家侍奉雙親以及辭別父母的情景，對端臨而言是不可抹煞的記憶，而這些也都成爲她夢中不斷再現的風景，「子規」語碼的運用，更是傳遞了她內心深處聲聲「不如歸去」的悲音。

在眾多相同題材的作品中，也有描寫姊妹之情，夢中與之相會，錢蕙纕的〈夢歸晤諸妹〉，寫出了她對妹妹的掛念，詩云：**44**

萬籟聲俱寂，殘鐙不復明。江城忽已到，小妹最多情。喜極悲交集，心孤魂已驚。此時無一語，伏枕淚頻傾。

錢蕙纕夢中悲喜交集與夢醒的潸潸淚流形成了對比。而葉令嘉〈寄姊〉詩，有「兩地空煩詩代簡，三春同有夢還家」句**45**，更道盡了姊妹共有的感情，也爲天下的女子訴說了相同的際遇。

現實的處境既不可能返家探望雙親，夢裏卻能飛渡關山，與家人團聚，女作家的夢，並不是只是空說而已，她們清晰的記錄夢中的情景，描繪與家人相聚的快樂，勞蓉君的〈述夢〉詩即具體的呈現夢歸家山的內容，其詩首先從入夢寫起：**46**

---

44 見《兩浙輶軒續錄》卷52，頁48。
45 見《兩浙輶軒續錄》卷52，頁45。
46 見勞蓉君《綠雲山房詩草》卷上，頁25，收入陳錦《橘陰軒全集》，清光緒間刊本。

寂寂復寂寂，夢境去來疾。頃涉三千里，不覺關山黑。

夢中歸家的速度是快速的，是一無阻攔的，所有現實中牽絆的理由
已掃除殆盡，黑夜的恐懼亦根本不成問題，沒有任何干擾遏阻，獨
自飛越黑夜三千里地，奔赴家園，以下續寫其入門所見情景：

飄飄入庭闈，怡怡語相接。門外藤蘿紅，窗前柳條碧。

進入家門，心情的暢快舒坦即刻顯現出來，首先是言語上與家人親
密溫煦的對話，庭院中的紅蘿綠柳仍是當年熟悉的景物，家，仍然
是舊時的模樣，而鮮明的紅蘿綠柳是永不抹滅的女兒時光的記憶，
是滿溢了活潑生機與自在無憂。這是勞蓉君對家的記憶，也是一個
富有象徵意味的符號，那是她童年與少女美好純真的年華，而在夢
裏，時光並未流逝，鮮明的色彩煥現的是一個永不逝去的歲月，對
於日夜思念的家人，蓉君的描述是：

諸阮猶垂髫，二老髮增白。七載依戀思，一訴累時日。

姪兒仍年幼，而堂上二老又添白髮，七年的離別有說不完的話，蓉
君曾經「兩度裁量歸省計，五年消受別離春」、「屢卜歸期未有
期，幾經花落柳垂絲」❹，其作品有許多思親之什，她孝順父母，

---

❹ 見〈瓣香二姊自越惠書詩以報之二首〉詩，《綠雲山房詩草》卷上，頁
15。

親子關係十分緊密❹，書信的往返並不能稍減思家的情緒，見到了白髮雙親，才能真正傾瀉自己的鄉愁，這份滿足直待雞啼方知是一場夢，詩云：

> 天雞喔喔啼，瞿然秋鐙側。鄭人埋野鹿，莊生化蝴蝶。此境本人間，急追杳無跡。悔我向夢中，多費一回別。攬衣起徘徊，梅花印殘月。

夢醒後的焦急與惆悵，更映襯了對夢境的追戀，思歸不得，唯有夢歸，而夢歸又乍然幻滅，更突顯了思歸不得的悲傷，攬衣徘徊，在殘月下尋覓失落的夢，又何嘗不是世間已嫁女子的寫照。

　　張紃英也有類似的描寫，她的〈誌夢〉詩是一首五言長詩，詩中以較多的筆墨敘說她的思家之苦，其詩開端即云：❺

> 鄉關望不極，離別日已久。不盡倚閭情，空餘淚盈袖。東風滯歸鴻，離思苦相逗。颯颯北窗風，迢迢水添漏。輾轉不成眠，遙夜長如晝。

寒風吹窗，銅壺滴漏，想起終日倚閭思女的雙親，張紃英輾轉不能

---

❹　見《綠雲山房詩草》章瓊序；又見勞蓉君〈父母自都中寄賜食物有感〉、〈錦囊一襲京中二老寄予物也題詩環寄〉詩，《綠雲山房詩草》卷下，頁5、頁21。

❺　見《清詩匯》卷187，頁26。

成眠，極度的苦思，讓她在夢裏尋找到了歸鄉的路：

> 霜天鳴杜宇，淡月下窗牖。虹橋在何許，縹緲不能渡。嫦娥
> 憐寂寞。指點虛無路。朦朧雲霧起，倏忽百餘里。不聞風濤
> 聲，歸心靜如水。扶桑標旭日，浮霞散羅綺。迴看半掩扉，
> 依舊蒼篁裏。

望不到歸鄉的路，淡淡的月色下，只聽見杜鵑鳥的叫聲，這份惶惑
與悲悽，終於感動了月神嫦娥，藉著雲霧，霎時飛渡了百餘里，飛
行的過程中，此心如水，不聞風濤聲，不受任何干擾，雲霧之上看
到了東方的旭日和彤霞。張細英的夢境清楚的顯示了對時空的超
越，當阻歸的因素消失不存在時，回家就變成了輕而易舉，家，依
舊是蒼竹掩映，門扉半掩，似是隨時等待遠歸的人，進了家門，是
動人的場景：

> 繡闥尚依稀，屏開篆縷微。簾櫳鸚鵡報，阿弟笑牽衣。連袂
> 趨瑤砌，承歡出錦幃。芻尼晨報喜，鐙蕊夜懸輝。寒梅香乍
> 坼，話雨西窗夕。新茗瀹龍團，瓊芝泛蒼柏。日暖畫堂前，
> 飛觴醉綺筵。椿萱同介壽，姊妹各披箋。酒酣攜紫佩，飛花
> 點衣袂。散步下階墀，風細鳥聲碎。草色漾新痕，松風拂深
> 翠。流連心神怡，此樂不可再。

大段的鋪寫，細節的敘說，張細英的夢不但清晰，而且是有順序的
進展，家中的陳設依舊如昔，「繡闥」、「屏風」、「篆煙」、

「簾櫳」、「鸚鵡」，構成的是一個女性的空間，寧謐隱微而又透著清芬，回到了家，不如說是又回到了自我內在的空間，在子婦無私蓄，無私器的傳統裏❺，女性內在的空間是狹小促迫的，張絪英的喜悅毋寧是回到了曾經擁有的自由與適意，卸除了人妻、人媳、人母的角色後，恢復了女兒的身分，單純而又任縱，親情足以包容一切，此段描寫充滿了喜氣，「瑤砌」、「錦帷」、「燈蕊」、「梅香」、「新茗」、「瓊芝」、「畫堂」、「綺筵」……等詞，勾畫了一幅滿溢幸福溫馨的天倫圖，阿弟牽衣，帶領姊姊拜見雙親；華筵祝壽，姊妹各騁詩才，酒酣之際，飛花點衣，樂在其中。絪英心境的悠然特別可從「散步下階墀，風細鳥聲碎」、「草色漾新痕，松風拂深翠」看出，周遭的景物是明媚怡人的，風細鳥鳴，草色新綠，這是春天，色彩是明亮的，聲音是悅耳的，觸覺是溫暖的，絪英夢中的家園是永恆的春天，是她內心中永遠的圖象，是她生命中美麗的符號。值得注意的是，現實的環境是霜天淡月，北風敲窗的冬季，夢裏卻是活潑明豔的春天，強烈的對比，更烘托了夢的虛幻與荒謬，以及夢醒之後，重新墜入現實的悲哀與殘酷：

> 雲煙倏渺渺，驚雷墮天表。肅然動魂魄，曙色橫窗曉。鄉國杳何之，悵冷殘鐙小。似聞慈母語，絮絮猶未了。

徜徉在美好溫馨的氛圍中，驚雷忽動，乍然夢醒，但見曙色橫窗，帳冷鐙殘，夢境已杳，而耳邊猶有母親的殷殷叮嚀，回到現實，女

---

❺　參見《禮記》〈內則〉，頁522。

兒的身分再度失落，包圍自己的仍是無盡的清冷與寥落，「帳冷殘
鐙小」雖是夢醒後所面對的景物，又何嘗不是細英的現實生活處境
的象徵，生命的燭火已燃燒殆盡，疲憊的身心無處安歇，「帳冷」
與「繡闥」、「錦帷」，「殘鐙小」與「鐙蕊夜懸輝」形成強烈的
對比，黯淡幽微與亮麗華彩是細英眞實生活與幻夢場景，也是現在
與過去映現的光影。夢，是虛幻的，卻也是最眞實的。

綜合以上所述，女作家的夢歸詩固然符合了佛洛伊德所謂「夢
的本質是願望的達成」⑤，但是，有幾項特徵仍然值得注意，一是
「牽衣」、「繞膝」等類似的詞語在詩中不斷的出現，此不僅與前
節思親的內容互爲呼應，更可說是思歸詩中重要的符號。佛洛伊德
曾提出夢的「後退現象」，以爲是夢者童年和表達方式的復活⑤，
而「牽衣」、「繞膝」正是退回到童年時代，這個影像的出現，代
表了女作家對美好童年的眷戀，更確切的說，它是女兒身分的象
徵。容格（Carl G. Jung）指出在睡夢或幻想之中，才可以化解「成
人的我」與「童年的我」的矛盾和衝突，而童年代表了「完整自
我」的概念與形象⑤，在現實成人的世界裏，女性面臨的是「百歲
毀譽關阿母，一時賢否定諸親」⑤、「羹湯洗手調，終歲懼毀

---

⑤ 見佛洛伊德《夢的解析》第三章，頁 60，賴其萬、符傳孝譯，臺北，志
　文出版社，1976 年。

⑤ 同前書，第七章，頁 457。

⑤ 參見陳玉玲《尋找歷史中缺席的女性：女性自傳的主體性研究》第二章，
　嘉義，南華管理學院，1998。

⑤ 見李含章〈送三女令昭于歸邱太史庭隆〉詩，《兩浙輶軒續錄》卷 52，
　頁 30。

訾」❺的壓力環境，而夢歸使她擺脫了嚴苛的現實環境，回到了沒有拘束、容許犯錯的童年，那是女作家們內心深處的自我，是個仍然幼小的身影，是父母親的女兒，繞著父母的身邊，小手牽著大人的衣裳，這個拒絕長大的孩子時常浮現出來，成爲女作家記憶與夢裏共有的形象。

其次，夢歸詩中，對夢境的描摹通常是色彩華美，溫馨明麗的，特別是著眼在家人的團聚時光，與夢醒的世界形成了強烈的對比。女作家筆下的現實世界是寒冷灰暗，孤單寥落的，滿懷的思念無人傾訴，欲歸的行動又不能自我作主，這個是她亟於逃離的地方，而夢裏歸家正是回到心靈的故鄉，夢，與過去的記憶相連，父母的懷抱，手足的溫情，還有自我的安頓，都在其中。這個故鄉是她重構自我的地方，是「落英繽紛，芳草鮮美」的桃花源，但是，幻滅是必然的，而在不斷的重構與幻滅之間，原鄉的呼喚卻是永恆的，不管是歸或不歸，它永遠是女兒們內心深處溫柔的天籟。

夢歸詩中還有一項值得玩味的地方，夢裏獨自返家，可說是女作家作品中所共有的特徵，丈夫通常是不在夢境之中，這項缺席是否也反映了某種意義？就文化層面而言，妻子須以夫家爲主，「出嫁從夫」的觀念早已根深蒂固，是社會的制度，也是文化的一部分。歸寧時，丈夫不必往隨，在以父權夫權爲主的社會裏，女婿對妻子的父母沒有定省的義務，因此，丈夫不必同隨歸寧是可以理解的。

另外，就心理層面而言，丈夫的缺席是她遁往女兒身分的必要

---

❺　見袁綬〈夜讀示兩兒〉詩，《清詩匯》卷187，頁14。

條件，丈夫的存在只會提醒她妻子的身分，而純粹的回歸，必須徹底擺脫這些羈絆。因此，檢視女詩人的作品時，描寫夢歸的情景時，不但丈夫是缺席的，即連孩子也罕見出現，卸除這些背負，歸家的道路才能快速無阻，因此，排除了現實中所有阻撓的因素，歸家變成一項不可思議的旅程。飛行的奇妙，伴隨著速度感與暢快感，是象徵了擺脫妻媳母的桎梏，重返女兒身的自由；也象徵了沒有恐懼，唯我存在的獨立與快樂，而這樣的旅程亦可視為女性內在的遊歷，是朝向自我的回歸，因此，如果說夢是一種潛意識，這樣的夢可說是女性的集體潛意識。

總之，婚姻對女性而言，不僅是她失落了自己的姓氏而已，更重要的是她與自己的過去形成一個大的斷裂，割捨父母兄弟姊妹，割捨作女兒時擁有的特權，現實生活中已難再返回舊日的時空，而夢，使時空再現，當然，那個稱作夫君的男子，那個改變了她身分，重新為她命名的男子不會出現，她在夢裏便永遠是父母身旁愛嬌的女兒。

四、感此慈烏坐無語──孝思主題的書寫

思親詩中，除了對親人的思念外，最常伴隨的是未能反哺盡孝的遺憾，遠別父母，侍奉舅姑，而自己的生身父母卻無法照拂，女兒心中最大的衝突與矛盾往往在此，也因此引發了一些質疑和反思❺❼。在慚愧不孝的自陳中，又多以慈烏作對比，如鄭業娣的〈思

---

❺❼　見本文五。

親不寐口占一絕〉詩❸，即云：

思親眠不得，起坐夜三更。月照一庭白，慈烏故故鳴。

此詩以慈烏悲鳴來對應自己的思親之苦，黃履平妻李氏的〈思親〉詩，則藉著慈烏直接斥責自己的不孝，詩云：❸

秋風拂檻氣蕭森，兀坐紅窗思轉深，烏鳥尚然知反哺，吾生卻愧不如禽。

由於對婚姻本質的無能透視，女性對自己的不孝轉而有更多的譴責，因此，作品中有不少相關的著墨。

「慈烏」二字，在中國文學的語言中已有其特定的內涵，代表孝順反哺之意，特別是白居易的〈慈烏夜啼〉一詩，流傳廣遠，影響亦深。今由清代女作家的作品中可以看出此一語碼的運用，李國梅〈初夏憶母〉詩，有「梁燕引雛返，慈烏歸故枝。感彼禽鳥情，悽然觸我思」的句子❻，即以慈烏歸林觸發自己未能歸家事母的悲傷；漢陽劉廷璣之女劉氏〈寄兄〉詩中，有「雲迷烏斷哺，風急雁分飛。堂上慈顏隔，庭前花萼稀」數句❻，則以慈烏斷哺比擬與母

---

❸　見《清詩匯》卷191，頁24。

❸　見《清詩匯》卷184，頁44。

❻　見李國梅《林下風清集》，頁乙9，收入蔡殿齊輯《國朝閨閣詩鈔》，清道光二十四年琅嬛別館刊本。

❻　見《擷芳集》卷28，頁15。

親的遠隔；王瑤芬隨夫遠宦滇南，辭別雙親，亦有「遠別更增多病
慮，將行先繫盼歸心。烏猶反哺憑誰省，蟬只吞聲共我吟」的詩
句⑫；又如談印梅〈母病〉詩有云：「摩天寡鵠惟留影，入夜慈烏
尚有聲。生受劬勞何以報，老當愁病若為情。」⑬，印梅因寡母病
重，方得歸寧奉母，想到慈烏尚知孝親，自愧不能報答母恩。張紹
英〈留別弟妹〉詩有云：「嗟余獨遠行，何日重牽衣。舉頭見明
月，啞啞慈烏啼。」⑭，紹英歸寧後，又將離去，臨行之際，倍覺
傷痛，月夜烏啼的景象，其象徵意義更大於實質意義，遠行難歸，
不能膝前盡孝的嗟歎，正是紹英心底的啞啞哀音。

　　至於直接描寫烏鴉群集的真實情景，而後發抒思親之情，譴責
自己不孝的詩作，有楊淑貞的〈聞鴉喧憶親述懷〉詩，此詩先描繪
群烏老者愛憐，幼者扶持的慈孝情狀，進而感愧己之不如：⑮

　　　　一烏樹頭集，群烏共喧呼。老者似愛憐，雛者如持扶。老雛
　　　　同依依，孝哉至性俱。物情尚如此，嗟我何其殊。

目睹群烏相親相依，至情流露，楊淑貞想起當年辭家遠嫁時，雙親
悲泣淚盡的情景：

---

⑫　見王瑤芬〈辛卯仲春將隨夫子之官滇南，適家大人自金陵來烏戌話別感舊
　　思鄉賦呈四律，並寄天涯諸姊妹以當面談〉詩其三，《寫韻樓詩鈔》頁
　　6，清同治十年京江権署重刊本。
⑬　見《閨範詩》，頁40。
⑭　見張紹英《澹菊軒詩稿》，頁壬7，收入《國朝閨閣詩鈔》。
⑮　見《擷芳集》卷10，頁12。

憶我將字日，親悲淚欲枯。一旦遠分離，千里阻程途。荒城
魚雁杳，生我卻如無。恨我不爲男，背親來事姑。

千里阻歸，家書杳杳，拋棄生養自己的雙親，遠至他鄉侍奉公婆，
楊淑貞爲天下的女兒道出了沉痛的心聲，以下她再進一步敘寫她的
思念：

十五年瞬耳，親容今何如。親容日益衰，親年日加諸。親容
與親年，追思忽嗟吁。感此物爭鳴，誠哉不如烏。三復蓼莪
詩，歎息欲廢書。

與父母睽隔十五年，想像中雙親應已年邁體衰，而己猶不得歸，看
到庭中慈烏，徒然欷歔不已。事親與事姑之間，對女子而言，似乎
一直難以取得平衡點，後者當然是惟一的選擇，懷著思念的悲傷，
楊淑貞這個難圓的心願，恐怕也是所有女性的遺憾了。

　　錢淑生，湖南寧鄉人，嫁至湘陰，其〈憶母〉詩有「頻將思母
淚，早暮灑江陰」之句❻，可見其思母心切；錢淑生又有〈慈烏
曲〉一首，此長篇五古主要在寫慈烏的天倫之情：❼

慈烏啞啞枝上啼，乳烏拍拍高復低。乳烏飛起慈烏喜，乳烏
墮地慈烏止。烏飛烏止各有心，團團且繞棲巢林。一烏遠出

❻　見《清詩匯》卷191，頁32。
❼　同前註，頁31。

> 銜蟲歹，一烏守巢護烏子。何時乳烏毛羽成，反哺酬恩見物
> 情。

錢淑生看到慈烏耐心教導小烏，並且盡心地照顧守護，群烏繞巢棲林，家的凝聚力使錢淑生心有戚戚焉，日後小烏長成，也必會反哺報親，慈烏如此，而人卻難與之比，此詩後段發抒了深沉的概歎：

> 人生撫兒亦如此，撫兒望兒良有以。哀哀惟我獨虛生，累親
> 無計徒吞聲。感此慈烏坐無語，心酸骨折淚如雨。

世間父母撫育子女，亦皆提攜捧負，慈愛有加，期望孩子有成，也能反哺盡孝，錢淑生想到自己身受親恩，卻無以回報，她細心的描繪了慈烏親子圖，而對此亦惟有痛徹心肺，淚落如雨了。

「思親容易侍親難」，反哺之恩不能報，曾懿道出了出嫁女子的悲哀⑱，也是思歸詩中再三吟詠的主題。鄧瑜的詩中即曾慚愧自己不能效法自誓不嫁的北宮女，而與父母輕易別離，徒自傷歎，其〈戊辰九月將從楚游留呈兩大人兼別弟妹〉詩，五首之二云：⑲

> 北宮有奇女，不嫁能安貧。甘心粥釵珥，守貞奉老親。有志
> 我不逮，俯仰愧此身。但覺秋風惡，吹我如輕塵。悠悠遠別

---

⑱　見曾懿〈旋閩別親〉詩，《古歡室詩詞集》卷 2《影鸞集》，頁 4，清光緒二十九年刊本。

⑲　見《清詩匯》卷 190，頁 29。

離，世事難由人。

女子如欲終身奉養雙親，惟一的選擇似乎就是不嫁，北宮女的拒絕婚姻，可以說是對婚姻制度的抗議，生活雖然窮苦，卻得以終身侍奉父母，北宮女的作爲僅能說是少數的特例❼。在婚姻憑父母之命，媒妁之言的時代，女性沒有婚姻的自主能力，一切順隨安排，即使有養親不嫁的心志，恐亦難以遂願。鄧瑜以秋風中的輕塵形容自己，遠別雙親，世事不由人，藉著北宮女的故事以及自己的處境，互爲強烈的對立，呈現出遠古以來女性共有的命運，也彰顯出了婚姻制度的缺憾與不公。

　　值得深思的是，思歸詩中所呈現的反哺之恩未報的遺憾，實不可單純的視爲女性孝思的自然流露。事實上，其中的自我譴責，透露了文化深層的內涵，女性面臨的是一個龐大而不可撼動的社會機制，而婚姻帶給她的意義是在生活空間的巨大轉換、新親屬關係的因應以及新角色的扮演。表面上，脫離了原生家庭之後，她對雙親的義務與責任似乎也相對減少，但是，就天倫至性而言，情感的負荷卻加重，現實中女性的感受向被漠視，思歸詩對慈烏的再三感歎致意，其中是否也傳遞出對傳統婚姻的質疑，當然，這樣的質疑其實是非常微弱的，必須小心掩飾，並以罪己的方式出現。

---

❼　參見《戰國策校注》卷四〈齊策〉，頁 104，《四部叢刊正編》本，臺北，臺灣商務印書館，1979 年。

五、恨我不為男──性別的反思與質疑

　　由於不能反哺盡孝，侍奉雙親，思歸詩中還透露了一些值得注意的訊息，亦即作品中往往流露了「恨不為男」的悲慨，如楊淑貞〈聞鴉喧憶親述懷〉詩，描寫她見到庭鴉喧囂的情景，想及自己出嫁時母親「悲淚欲枯」的傷心，而「一旦遠分離，千里阻程途」，母女更是相見無期，詩中有云：**⑦**

　　　　荒城魚雁杳，生我都如無。恨我不為男，背親來事姑。……

《禮記》〈內則〉有言：「婦事舅姑，如事父母」，對女性而言，「事舅姑」與「孝父母」二者不可兼得，前者乃因婚姻關係所須承擔的責任，後者則是因天倫骨肉所應盡的反哺之恩，女性並沒有選擇的自由，她必須忍心捨棄後者，由兄弟盡孝，李毓清的〈婦誡〉詩中有云：**⑫**

　　　　出嫁事舅姑，恩義同父母。云何事人親，因我為人婦。天合
　　　　使之然，順逆視所受。……

李毓清的誡詞是父權觀念的重申，她強調女子「事人親」的原因是因為「為人婦」，天經地義的大道理，沒有迴旋的空間，當然也不

---

⑦　見《清詩匯》卷184，頁44。

⑫　見李毓清《一桂軒詩鈔》，頁丙39，收入《國朝閨閣詩鈔》。

容質疑，女性惟應馴服依順，因此，楊淑貞在詩末充滿了自責和感嘆❼，而她最大的憾恨則是自己的性別。如果自己是個男兒，所有的問題就不存在，淑貞無能從制度反思質疑，只有在痛苦的指陳中隱約浮現對性別差異的不平，這是思親懷歸中迸發出來的悲音，而將問題的癥結全面集中在女性身分的原罪上。

　　身爲女兒身，面對孝養雙親的問題時，常常充滿了無力感，這是女作家普遍流露的心結，王蘭佩的〈思親感賦〉即有悲痛的呼號：❼

　　　　生男勿云喜，生女誠可悲。游子志四方，嫁女離庭帷。時懷
　　　　堂上親，焉得相追隨。我生非不辰，所誤因蛾眉。……

詩中有大段的描述她對母親的憂思，不能奉養仍然辛苦操勞，窮居陋巷的母親，她歸咎於自己的性別，女性婚後就註定了「骨肉長分離」，則生女何用？母親年邁時，女兒反而不能隨侍身旁，蘭佩的感嘆悲憤，在張紈英的作品中得到相同的回應，其〈送孟緹姊之京師〉詩中有「親鬢日以衰，女髮日以新。顧此遲暮年，曾不侍晨昏」的傷感，詩末則引發了「生女誠無益，涕泣亦何云」❼的無限悲恨，紈英此詩贈給即將隨夫遠赴京師的大姊張綼英，雙親年老，

---

❼　參見本文四。

❼　見《兩浙輶軒續錄》卷53，頁33。

❼　見張紈英《鄰雲友月之居詩初稿》卷1，頁6，清道光間烏程范氏叢刻本。

不能晨昏定省，臨行之際，姊妹徒然相對涕泣。紈英的感慨，直陳
生女無用，否定自我性別的價值，固然呼應了傳統的社會心理，又
何嘗不是真實的反映了女性切身的痛苦經驗。

丁采芝在接到家書時，賦詩呈母，也表達了她身爲女兒的慚
愧，〈奉母氏書附示近稿敬賦二律呈訓〉詩，其一有云：**⑦**

> 挑燈底事不成歡，句句思家一例看。妹到東都經歲別，姊歸
> 西粵尺書難。仗兄侍奉年猶壯，幸弟支持意藉寬。自愧羅衣
> 身是女，報親無計祝親安。

詩中歷數姊妹各在西東，惟有倚仗兄弟孝養老親，生養之恩未報，
丁采芝的自慚不安，其實是對性別的自我貶抑，這種貶抑也普遍的
在女作家的作品中出現。

孫蘭韞的〈憶母行〉，同樣地抒發了她的無奈，詩云：**⑦**

> 遊子遊子歸故鄉，青春舞綵娛高堂。我亦天涯有親者，欲歸
> 未歸心徬徨。……伯兄近喜得微祿，板輿奉親得意悅。次兄
> 純孝出天性，溫清承歡未離側。惟予隨宦路三千，蹉跎數載
> 違顏色。昨朝有客從南來，傳說庭闈鬢如雪。幾度親衣夢裏
> 牽，心欲奮飛身未得。女兒女兒殊可憐，南望頻教淚沾臆。

---

⑦ 見《閨範詩》，頁93。
⑦ 見《閨範詩》，頁62。

孫蘭韞此詩對比了男子與女子的差異，男子遠遊歸來，可以綵衣娛親，孝事父母，而女子卻只能「欲歸未得心徬徨」。蘭韞早年喪父，母親含辛茹苦撫養子女成人，此詩慶幸兄長能以微祿事親盡孝，而自己隨夫遠宦，數載不見慈顏，又聽說母親髮白如雪，心中雖百般牽掛憂思，卻無能為力，面對種種困境限制，蘭韞最後的結語是「女兒女兒殊可憐」，轉而對女兒身分的椎心悲呼，悲呼其實是再次俯首認同「男尊女卑」、「出嫁從夫」的傳統，雖然蘭韞亦為天下女子一掬傷心之淚，感歎彼此相同的處境， 而「女兒女兒」的再三嗟歎，正是從性別上見出了男女不同的境遇，龐大的社會機制，女兒們無能抗拒，只能含淚順服，讓自己的孝思與想念不斷的被碾壓。

事姑與事親的兩難，使女作家意識到女兒與男兒的差異，金宣哲的〈思親〉詩中，以大篇的筆墨敘寫父母對她的教養之恩，對映出婚後無法盡孝的悲哀，詩末更有進一步的指控，詩云：❼⑧

> ……好風西北來，百里雲漫漫。親舍在其下，舉首不得攀。
> 生身為女子，骨肉何能完？非無孝養理，難作家庭看。伸箋
> 寫綢繆，欲泣聲復吞。

金宣哲的指控充滿了激動與悲憤之情，她無法理解何以身為既嫁女子，天倫團圞就注定成為一個難圓的夢。張印〈除夕感懷〉詩中也有類似的悲歡，她追憶往年曾在除夕邀母圍爐歡聚，傍晚時分，母

---

❼⑧　見《擷芳集》卷 24，頁 19。

親始離去，而今身在遠方，無法奉母，引為遺憾，張印感傷「當時
兩家儼如一，今日一身難化兩」，又悲歎自己「身為既嫁女，骨肉
安得長為歡」⑲，同樣在母家與婆家之間，她的選擇只能是後者，
張印在闔家團圓的除夕之夜，想到家鄉的老母，即使「鬱鬱摧心
肝」，也只能「蕭然忍對殘冬雪」，骨肉連心的痛楚惟有默默承
受，張印與她的母親都必須認命於這個事實，所有的女性都必須學
習將這份痛楚放在巨大的沉默之中，一代一代的女兒們與母親們重
覆著同樣的道路，而認命，是唯一能支撐自己的理由。

席佩蘭婚後不久，父親過世，佩蘭奔喪哭父，有「慟絕真何
益，傷心且自慚。痛誰能慰母，恨己不為男」、「我愧非男兒，門
戶不能當」的詩句⑳，為人子女而不能盡孝，席佩蘭的悲痛是雙重
的，只因為是既嫁之女，她對這個遽遭打擊的母家便無法承當照顧
之責，臨別時，勉勵年幼的弟妹，她特別對兩個妹妹殷殷叮嚀，抒
發了她心中的苦楚：「我恨歸來暫，人生大節難。他時知我苦，不
得膝前歡」㉑，數語道盡了女性共同面臨的難題與處境。

佩蘭因居處離母家尚近，仍能時常歸家探視母親，但是，不
久，須與夫婿孫原湘往上黨，此行路途遙遠，只可靠書信往返，拜
別母親時，母女淚落如傾，其〈將之上黨歸別慈親〉詩云：㉒

---

⑲　見《清詩匯》卷 188，頁 67。
⑳　見〈哭父〉、〈勗弟〉二詩，《長真閣集》卷1，頁4。
㉑　見〈臨別勉兩妹〉詩，《長真閣集》卷1，頁4。
㉒　見《長真閣集》卷1，頁6。

……當茲臨別時，淚與珠成斛。此行不得已，夫命難違俗。
況侍姑同行，兩孝無全局。再拜告母言，思兒毋戚戚。……

侍姑與侍母的無法兩全，婚姻使她注定屬於孫家的媳婦，她要侍奉
婆婆和丈夫，自己的娘親卻不能反哺，佩蘭點出了「兩孝無全局」
的無奈，她「恨己不爲男」的悲憤也成爲永遠的彌天之恨。

　　同樣的面對履踐婦職與承歡膝下的無以兩全，鄧瑜在〈戊辰九
月將從楚游留呈兩大人兼別弟妹〉中也有內心的告白，其五首之三
云：⑧

　　　　小別已難堪，況復有遠行。從茲遠父母，衛女同傷情。我意
　　　　誠惻惻，大義豈不明。此身不自主，萬感中懷生。天心無兩
　　　　全，垂袖重吞聲。

鄧瑜將隨夫遠行，此去一別，歸期難卜，她感傷「罔極恩未酬，立
世將何爲」⑧，而在「我意」與「大義」之間，她必須與自我斷
裂，去屈從父權社會的指導原則。因此，「此身不自主」是她審視
自我時所發現的「他者」，此身原不是由自己主宰；而「天心無兩
全」，是她透徹的認知到她不可能拂逆「大義」，可是，萬感生
懷，垂袖吞聲的情狀，卻成爲她透露內心語言的一組符號。對以男
性爲主的外在世界，女性是不容許發聲的，而男性社會的絕對價

---

⑧　　見《清詩匯》卷190，頁29。
⑧　　同前引詩，五首之四。

值，她當然也不可置疑，通往外在世界的路既是封閉的，內心世界則可以風生濤湧，自成格局。由於長久以來遭受漠視與壓抑，女性也學習以沉默的方式呈現㉟，沉默恰是一另種語言的方式，鄧瑜的垂袖吞聲毋寧是具有深意的。

出嫁從夫是女子的宿命，陳玉秀的〈憶家〉詩即是書寫了這分感歎，詩云：㊱

> 離情若白雲，日日向南飛。南飛不可見，此願遂終違。父母
> 在高堂，兄弟相因依。迢迢隔遠方，念我何時歸。北風折枯
> 楊，颯颯入羅帷。羅帷舉刀尺，製爲夫子裳。薄言酌樽酒，
> 聊以殺寒感。嫁女原從夫，其又奚以悲。

全詩並敘思親與事夫，形成二元對立的矛盾與荒謬，玉秀歸寧探視高堂父母的心願始終無法實現，而寒風吹起，自己卻又忙著爲丈夫裁製寒衣，整治薄酒。由思親轉而寫事夫，而以「嫁女原從夫，其又奚以悲」作結，前後的對照，映襯出玉秀的悲傷無奈，嫁女從夫是不可改變的傳統，可是卻無法成爲說服自己不傷感的理由，雖然無法深究父權社會的結構，但是玉秀從骨肉天性的情感經驗上去反詰，卻對映出了婚姻傳統的不合情理。

方靜更從憶舊中敘寫姊妹之情，並進而點出婚姻是天倫歡聚不

㉟　參見伊蘭‧修華特（Elaine Showalter）〈荒野中的女性主義批評〉，張小虹譯，中外文學 14 卷 10 期，頁 77，1986 年 3 月。

㊱　見丁申、丁丙編《國朝杭郡詩三輯》卷 96，頁 26，清光緒十九年刊本。

可再得的重要關鍵，〈憶舊柬諸姊妹三首〉其一云：**❻❼**

> 少小隨肩長各方，兒時勝事尚難忘。碧紗窗擁書千卷，沉水
> 煙籠被一床。春到樓頭人共繡，詩聯花底句生香。閒來笑語
> 雙親側，誰解桃夭惹恨長。

姊妹昔日同窗共榻，繡花聯詩，又時常依偎父母身旁，閒坐笑語，
溫馨美好的畫面卻因各自結婚離去而煙消雲散。方靜對往日充滿了
懷念，結語「誰解桃夭惹恨長」一句，有無盡的惆悵與遺憾，也直
指出問題的核心。婚姻不僅改變了女性原有的生活型態，更重新界
定她人際組合的關係，方靜對婚姻的反思，在第二首詩中有更明確
的揭露，姊妹們曾在歸寧時有過短暫的相聚，詩末「竹屋松窗姜被
暖，絕勝昧旦雞鳴時」二句，大膽對比了姊妹情誼與夫妻情誼，也
宣告了她對賢婦角色的倦怠與叛離，這樣的聲音無疑是對傳統婦道
的背叛，而值得深思的是，這個發自生命經驗的真實聲音，惟有透
過寫給姊妹的書信中方能毫無顧忌的釋放出來，因為，只有她的姊
妹們──那些有著相同處境的女人，才能真正傾聽和了解。

　　除了直接由生活的切身經驗去陳述，女作家也有以詠物的筆法
來象徵女子的處境，表達女性對命運的傷慟，勞蓉君的〈初至唐昌
作柳絮吟呈越中老母〉一詩，即是以柳絮的飄蕩象徵女子沒有自主
性的一生，並顯示女兒與母親註定分離的殘酷現實，詩云：**❻❽**

---

❻❼　見《擷芳集》卷25，頁11。

❻❽　見《綠雲山房詩草》卷上，頁1。

> 君不見，灞橋之上楊柳枝，蕩搖飛絮含丰姿。可憐三月化萍
> 梗，正是垂楊頭白時。臨流相送悄無語，忍使萍花自飛舞。
> 白門倚望空惘然，淚灑千絲萬絲雨。此花本是楊枝生，高飛
> 低舞何輕盈。夕陽芳樹東流水，無奈春風欲送行。

「垂楊頭白」、「萍花自飛」隱喻白髮年邁的老母與長成出閣的女
兒，倚門灑淚的母親雖有萬般不捨，也只能忍心目送女兒的遠去，
勞蓉君的感慨在下段有深刻的鋪寫：

> 青眼依依識行路，猶逐西風向東顧。天生弱質有所歸，未許
> 本根久依附。只宜歸處便爲家，徒羨園中千樹花。花落猶在
> 花開處，飛絮茫茫天一涯。

隨風飛逐的柳絮，註定遠颺，雖然徬徨回顧，卻不能自主，比起園
中的花樹，花落尚能依附本根，柳絮的命運則是可悲的，茫茫天
涯，風吹處即是所歸處。勞蓉君以柳絮自比，抒發出自己的悲歎，
也爲世間女子道出了共有的命運，嫁雞隨雞，遠離父母，原來長養
自己的地方是再也回不去了，刻骨銘心的思念，成爲女性集體的悲
情，此詩結語寫出了女兒的祝禱和期盼：

> 看他漂泊今何在，近是比鄰遠絕塞。回思去國夢魂中，相思
> 未了三生債。但得楊枝老未衰，春風安穩護樓臺。明年海燕
> 雙飛日，銜取萍花枝上來。

女子出嫁，幸運的尚能鄰近娘家，不幸的則遠度塞外，蓉君爲浙江山陰人，夫婿爲山東鹽運使陳錦，隨夫遠宦，飽嘗思家之苦，因此，集中多思親之作，她切身的感受到因婚姻而帶來的生離之痛，也感受到女性在婚姻中的附屬地位，「未許本根久依附」，「只宜歸處便爲家」二句，勾勒出女性與本家和夫家的關係，婚姻才是她真正的依歸。女性與母家的關係可以說是情深緣淺，勞蓉君以「柳絮」比喻女性，是真正透視了女性的宿命，「天生弱質」說明了女性卑弱的氣質，沒有主導自我的權利和能力，也無以作任何的抗拒，她不能拒絕離開母家，也不能在婆家孝養自己的母親。從母家到夫家，臍帶被迫剪斷，身與心的漂泊才正要開始，她必須學會去適應並完全認同一個新的家庭。蓉君此詩鮮明的傳達了女性被安排擺佈的弱勢處境，這首呈給母親的詩，流露了母女憶念的親情，也流露出同爲女人俯首命運的無奈和悲愴，蓉君揭示出她個人出嫁隨夫的心境體認和情感上的缺憾，事實上，同時也對婚姻制度的不合情理作了委婉的控訴。

這份女兒的心思細膩幽微，在男性社會中註定被漠視，即使注意到了，也會被冠以「至孝」的美名所模糊⑧，蓉君的聲音是所有女性共同的心聲，千年以前或千年以後，只要制度不獲改善，這個聲音便永遠存在。

西方女性主義批評家在深入探討女作家的內心時，常看到的是「憤怒和自我的懷疑」，她們並認爲「統一組合女性創作的便是壓

───────────

⑧ 見《綠雲山房詩草》卷首，章瓊序云：「女史性至孝，故集中多思親之什」。

抑的心理，女性生存於父權制下的心理。」⑩，在思歸詩中，女作家們因思歸不得，轉而對女性身分產生了貶抑和憎惡。整個社會的傳統逼使女性放棄自我，矮化自我，除了怨憤身爲女兒身外，就是悲歡命運，「柳絮」的比擬，可以說是貼切的描繪出女性在生活場景中的眞實面貌。而當女作家以負面的、厭棄的態度來看待自身時，也正是呼應了父權社會的女性觀。這樣自虐自嘲的方式，其實是隱含了憤怒、抗拒、疏離和詰問，因爲，不論在人生或歷史的舞臺上，她的悲情即在她注定扮演了一個被任意支配而又無以掙脫的角色。

六、結　語

　　清代女作家的思歸詩清楚標誌了女性在婚姻中的附屬地位，女性在新的環境中，扮演了多重的角色，當她依照男性世界爲她訂定的規範從事時，她必須捨棄她內在的自我。而辭家遠嫁，意味著不再能依偎父母膝下，也意味著告別了女兒的身分。因此，思念父母，盼望歸家，形成了思歸詩的主調；而夢歸的方式，更豐富了女性思歸的情感內涵，其孝思的書寫模式，以及性別上的反思與質疑，也都反映出女作家們共同的現實處境與情感經驗。

---

⑩　見 Judith Kegan Gardiner：〈心智母親：心理分析和女權主義〉，頁 107 收入 Gayle Greene & Coppelia Kahn 編《女性主義文學批評》（Make a Difference：Feminist Literary Criticism）第五章，陳引馳譯，臺北，駱駝出版社，1995。

　　排除於文學經典的主流之外，女作家以不受男性作家青睞的題
材，專注而眞實的書寫自身的經驗，既符合男性社會的道德標準，
又巧妙的流瀉出自我的渴欲。吉伯特（Sandra M. Gilbert）和古芭
（Susan Gubar）等學者，在論及女性文學傳統時，認爲「女作家都
以一種集體性的姊妹般的共同方式對社會現實作出反應」❾，思歸
詩是女作家人生過程的自我書寫，表現了一致的主題和形象，可以
置諸女性文學傳統的脈絡中，它不但揭示了父權文化的偏見及獨
斷，更可以引發我們省思這個根深柢固的文化現象並作顚覆與重構
的可能。

---

❾　同前書，第三章，Nelly Furman：〈語言的策略：超越性別規範〉，頁
53。

婦女評點《牡丹亭》：《吳吳山三婦合評牡丹亭還魂記》與《才子牡丹亭》析論

華 瑋*

一、引 言

　　評點是中國古典文學（包括戲曲）批評的一種重要形式。「評」是評論、評注、評析，「點」是圈點。文學評點的形成受到古代的經學、訓詁句讀之學、詩文選本注本、詩話等多種學術因素的影響。它的淵源，最早始於漢代的章句點勘，但它作爲一種自覺的批評方式，要到宋代才眞正形成。❶評點擴展至戲曲領域，約在明代嘉靖、隆慶年間，當時著名文學家如王世貞、徐渭和李卓吾等

---

*　　中央研究院中國文哲研究所籌備處

❶　　參見吳承學：〈評點之興——文學評點的形成和南宋的詩文評點〉，《文學評論》1995 年 1 期（1995 年 1 月），頁 24-33。

評點元人名著雜劇《西廂記》，便是其中顯例。❷至萬曆年間，戲曲評點伴隨著戲曲的廣爲流行而臻於大盛（據統計，此時的《西廂記》評點本就有近十五種）。❸由明入清，凡有新劇問世，幾乎就立即有評家爲之批點。❹當時作爲閱讀商品流傳之劇本，其正文往往附有眉批、夾批、序跋、題詞等，或幫助讀者辨識字音字義、熟悉曲律、理解典故，或引導讀者抉發題旨、掌握文理、欣賞妙文；❺批者多爲知名文人或書坊主人（後者有時亦僞托前者之名）。在這樣的文化環境影響下，雅好文墨的明清婦女，亦以她們自己的方式參與了戲曲評點的工作：在閱讀劇本時，記錄下自己的心得感想，有時亦在劇本上「密圈旁注」。❻她們的批本泰半湮沒不存，至今流傳者僅有數種，其中《吳吳山三婦合評牡丹亭還魂記》（以下簡稱《三婦評本》）與《才子牡丹亭》（亦名《箋注牡

---

❷ 參見譚帆：〈論《西廂記》的評點系統〉，《戲劇藝術》總第 43 期（1988 年第 3 期），頁 134-46。

❸ 同前註，頁 136。

❹ 比如說，現傳標明爲玉茗堂（湯顯祖）批評的戲曲達十三種之多（多爲僞托）；標明「李卓吾先生批評」的劇本，除《西廂》之外，尚有《琵琶記》、《荊釵記》、《金印記》、《浣紗記》、《紅拂記》、《玉簪記》等十四種。參見吳新雷：〈明清劇壇評點之學的源流〉，《藝術百家》（1987 年 4 月），頁 47-53。

❺ 以戲曲評點的經典──出版於清順治十三年（1656）之金（聖嘆）批《西廂》爲例，其中就包括了〈序〉、〈讀法〉、各卷總評、回評以及曲文夾批等內容，詳見張國光校注：《金聖嘆批本西廂記》（上海：上海古籍出版社，1986 年）

❻ 如俞娘，相關記載見〔明〕張大復《梅花草堂筆談》（長沙：岳麓書社，1991 年），頁 208-209。

丹亭》）二種，今日在臺灣雖十分罕見，卻在《牡丹亭》批評歷史
上頗爲重要。筆者因撰此文，析論二部批本之內容特點，探討婦女
在閱讀《牡丹亭》時有無特殊的角度？二部批本間有無傳承的軌
跡？它們在《牡丹亭》的批評歷史上有何貢獻？期能開拓湯顯祖
（1550-1616）與《牡丹亭》研究、戲曲評點研究，同時彰顯清初
女性書寫之多重面相及風格內涵。

　　晚明戲曲家湯顯祖之傳奇鉅作《牡丹亭還魂記》付刻於萬曆二
十六年（1598）。❼該劇敘述宋朝南安太守之女杜麗娘於春日遊園
後感傷成夢，夢與一俊雅書生在牡丹亭幽會，夢後相思，一病而
亡。死後三年，杜女之魂得與夢裡書生柳夢梅相見，在其協助下還
魂復生，與之成婚，並與父母團圓。這個長達五十五齣的才子佳人
婚戀故事宣揚「情至」，❽以清麗的辭藻，刻畫深閨少女的感情與
精神世界，栩栩如生，細膩動人。據湯氏同時代人沈德符（1578-
1642）道：「湯義仍《牡丹亭夢》一出，家傳戶頌，幾令《西廂》
減價。」❾清初女性文學家林以寧（1655-?）亦云：「書初出時，
文人學士，案頭無不置一冊。」❿根據當代學者統計，《牡丹亭》

---

❼　見徐朔方：《湯顯祖年譜》（上海：上海古籍出版社，1980 年），頁
　　138；黃芝岡：《湯顯祖編年評傳》（北京：中國戲劇出版社，1992
　　年），頁225。

❽　見湯顯祖〈牡丹亭題詞〉：「生而不可與死，死而不可復生者，皆非情之
　　至者」；另可參拙著：〈世間只有情難訴——試論湯顯祖的情觀與他劇作
　　的關係〉，《大陸雜誌》，第86卷第6期（1993年6月），頁32-40。

❾　（明）沈德符：《萬曆野獲編》，卷25〈詞曲〉，收於《元明史料筆記
　　叢刊》（北京：中華書局，1997年），中冊，頁643。

❿　《三婦評本·題序》（清芬閣同治庚午重刊本），頁1b。

的明清刻本多達二十四種，另有兩種刊行於乾隆年間，只錄曲文不載賓白的全本曲譜。⑪以上種種可以說明：該劇在明清兩代流傳深廣，無論案頭場上，莫不風靡。

　　《牡丹亭》受明清婦女讀者愛好的程度，及其對婦女的影響，遠非一般明清傳奇可比。⑫當時婦女常將刺繡花樣夾入該書之內，於做女紅時，趁便閱讀。⑬明清兩代婦女對該劇的強烈反應，可由諸多的婦女軼聞得知大概。其中包括某內江女子暨一揚州女子金鳳鈿自願委身於作者、女伶商小玲演出〈尋夢〉時死於臺上、而二女並坐讀《還魂記》亦俱得疾死，以及俞娘和小青讀劇後的自傷自憐。⑭這些事實或傳聞，與後出的曹雪芹筆下的林黛玉因聽唱《牡

---

⑪　參見毛效同編：《湯顯祖研究資料彙編》（上海：上海古籍出版社，1986年），下冊，頁 1421-1424。

⑫　參見徐扶明編著，《牡丹亭研究資料考釋》（上海：上海古籍出版社，1987 年），第四編〈影響〉；Dorothy Ko, *Teachers of the Inner Chambers: Women and Culture in Seventeenth-Century China* (Stanford: Stanford University Press, 1994), pp. 68-112.

⑬　《才子牡丹亭·批才子牡丹亭序》：「崔浩所云：閨人筐篋中物。蓋閨人必有石榴新樣，即無不用一書為夾袋者；剪樣之餘，即無不願看《牡丹亭》者」，頁 1a。

⑭　二女得疾的記載，見（清）史震林，《西青散記》（臺北：廣文書局，1982 年），卷 2，頁 63。其餘參見《牡丹亭研究資料考釋》，頁 213-18。據明人張大復《梅花草堂筆談》的記載：「俞娘，麗人也。行三。幼宛慧，體弱，常不勝衣，迎風輒頓。十三，疽苦左脅。彌連數月，小差而神愈不支，媚婉之容，愈不可偪視。年十七天。當俞娘之在床褥也，好觀文史，父憐而授之，且讀且疏，多父所未解。一日，授《還魂記》，凝睇良久，情色黯然曰：『書以達意，古來作者多不盡意而出，如「生不可

丹亭·驚夢》曲文：「只爲你如花美眷，似水流年」而「不覺心動
神馳，眼中落淚」，⑮同樣地凸顯出明清婦女心折於《牡丹亭》，
並在情感上高度認同該劇女主角杜麗娘的文化現象。這種文化現
象，或可從《牡丹亭》的題旨得到解釋。在這部著重描寫並肯定女
性追求愛情與婚姻自主的劇作裡，湯顯祖藉由杜女的戲劇行動，具
體呈現「情」不知所起，一往而深，死生不渝，不可論「理」而終
能勝「理」的力量。在女性對自身情欲缺乏自主權的歷史情境中，
杜麗娘做了一個情欲自主的夢，⑯當她夢醒，尋夢不成時發出悲愴
的呼喊：「這般花花草草由人戀，生生死死隨人願，便酸酸楚楚無
人怨」，⑰此情此景想必曾在無數未婚或已婚的婦女心頭產生共
鳴。不少明清婦女，正由於對此劇之欣賞既殊，感觸又深，而寫下

死，死不可生，皆非情之至」，斯眞達意之作矣。』飽研丹砂，密圈旁
注，往往自寫所見，出人意表。如〈感夢〉一齣注云：『吾每喜睡，睡必
有夢，夢則耳目未經涉，皆能及之，杜女故〔固〕先我著鞭耶？』如斯俊
語，絡繹連篇……」俞娘之後，揚州女子小青評跋《牡丹亭》的故事，更
是傳聞一時。據支如增〈小青傳〉，小青自幼擅長文墨，十六歲嫁與杭州
某生爲妾。生之婦奇妒，小青悒鬱寡歡，婚後二年即病亡。小青讀《牡丹
亭》，嘗嘆曰：「人間亦有癡於我，豈獨傷心是小青！」〔清〕楊恩壽
《詞餘叢話》亦載：「《小青傳》云：『姬有《牡丹亭》評跋，妒婦燬
之。今但傳「挑燈閒看《牡丹亭》」之句耳。』」（《中國古典戲曲論著
集成》，北京：中國戲劇出版社，1959 年，第 9 冊，頁 274）

⑮ 《紅樓夢》第二十三回〈西廂記妙詞通戲語，牡丹亭艷曲警芳心〉，《紅
樓夢（三家評本）》（上海：上海古籍出版社，1988 年），上冊，頁
359-360。

⑯ 見第十齣〈驚夢〉。

⑰ 見第十二齣〈尋夢〉。

評跋。❶也許誠如清初女詩人李淑所說：「自有臨川此記，閨人評
跋，不知凡幾，大都如風花波月，飄泊無存。」❶至今流傳下來的
《牡丹亭》婦女評點的完整材料，目前所知，僅有清康熙甲戌
（1694）刻成之《吳吳山三婦合評牡丹亭還魂記》，❷以及成書於
雍正年間（1723-1735）題「笠閣漁翁」（即吳震生，1695-1769）
刻、「阿傍」（即吳妻程瓊）批之《才子牡丹亭》二種。❶

二、《三婦評本》之批語內容及其特色

　　《三婦評本》是清初浙江錢塘著名文學家吳人（字舒鳧，因所
居曰吳山草堂，又字吳山）的先後三個「妻子」，亦即已聘將婚而
歿的陳同（?-1665）、正室談則（?-1675）與續絃錢宜（1671-?）
共同完成的。❷陳同所評點的《牡丹亭還魂記》上卷，在她死後，

---

❶　如明代有俞娘、小青、葉小鸞、黃淑素；清代有吳人的「三婦」（陳同、
　　談則與錢宜），以及林以寧、李淑、顧姒、洪之則、程瓊、浦映綠等。

❶　李淑以俞娘為例，指出「俞娘之注牡丹亭也，當時多知之者，其本竟泅沒
　　不傳。」見《吳吳山三婦合評牡丹亭還魂記·跋》，頁1b。

❷　此本刻成時間，見該本所附之錢宜〈還魂記紀事〉，頁1a。

❷　有關此書之成書年代與作者考証，請參看拙著：〈《才子牡丹亭》作者考
　　述──兼及〈笠閣批評舊戲目〉的作者問題〉，《中國文哲研究集刊》第
　　13期，頁1-36。

❷　三人的生卒年，據錢宜：《三婦評本·還魂記序》，頁4a。有關《三婦評
　　本》作者問題的討論，請參拙著：〈性別與戲曲批評──試論明清婦女之
　　劇評特色〉，《中國文哲研究集刊》，第9期（1996年9月），頁197-
　　198。

由其乳孃轉交吳人。吳人稍後娶談則爲妻。談氏喜好文墨，因見陳
同所評，愛翫不釋，每以下卷闕逸爲憾。後吳人購得與陳女評本出
同一書板之《牡丹亭》一部，談氏遂於閒暇時仿陳同意，補評下
卷，並將陳女所評合鈔入該本之內，藉以自娛。㉓談氏婚後三年而
逝，十餘年後吳人繼娶錢宜。錢氏讀陳、談評本時，偶爾也寫下自
己的看法，並對吳人表示願賣金釧爲刻書之資，因此促成《三婦評
本》的出版。㉔

　　此評本除《牡丹亭》全劇之正文，加上各齣之眉批及偶然出現
之吳人夾批外，另有〈總目〉、〈題序〉、〈序〉、〈原序〉、
〈目錄〉、〈色目〉、〈附錄〉、〈或問〉、〈紀事〉、〈像〉、
〈題跋〉等內容。㉕正文分上、下卷，上卷計三十一齣，署「黃山
陳同次令評點、古蕩錢宜在中參評」；下卷計二十四齣，署「清溪
談則守中評點、古蕩錢宜在中參評」。全書批語依其性質，可大略
分爲人物心理分析、主題「情」的闡發、情節結構安排、與曲文賓
白之語言藝術等四大類。當然，有些批語涉及的不止一類，而是同
時與二、三類相關，但爲分析清楚起見，暫且作此區分。以下依次
舉例說明之：

　　㈠就人物心理分析而言，批者（尤其是陳同）體貼入微，筆觸

㉓　吳人：《三婦評本·還魂記序》，頁 1a-1b。
㉔　見吳人及錢宜在〈還魂記序〉中所言。
㉕　此書筆者在上海圖書館所見有五部，屬二種版本系統，一爲康熙三十三年
　　懷德堂刻本，一爲同治九年清芬閣重刻本；內容均相同。此外，在中國藝
　　術研究院戲曲研究所圖書館，筆者還看到過另一種疑爲康熙年鐫，印刷極
　　爲精良之版本（署「夢園」刻）。

細膩，能在劇中人的一言一行甚或裝扮之種種細節上，顯凸個別心理。僅以女主角杜麗娘爲例，〈驚夢〉齣，她春夢乍醒時節，母親驟然來到，她驚覺時不禁錯呼母親爲「奶奶」；當母親問她爲何晝寢，她亦直言不諱，解釋自己剛從花園遊玩回來，不覺困倦。陳同批曰：

> 麗娘當稱「母親」而云「奶奶到此」，寫其猝然驚覺，出神失口光景。直說遊園，亦是一時失驚，不及措思語。（〈驚夢〉，上30b）**㉖**

此批文之後另有錢宜批語：

> 稱「奶奶」是對春香語。驚魂驟醒，怪其不通報也。（〈驚夢〉，上30b）

錢宜顯然是在讀到陳同的批語時有不同的看法，才寫上自己的解讀的。比較起來，錢氏的解釋過份板滯，遠不及陳女更能掌握麗娘當時之錯亂心理；畢竟麗娘所夢非比尋常，猝然驚覺時，當下的反應不可能如此迅速回到現實。**㉗**

㉖ 「上30b」意謂《三婦評本》上卷，頁30b。下皆同。

㉗ 筆者注意到如今崑劇演〈驚夢〉，已無「奶奶到此」的道白。又，承王安祈教授提醒，杜麗娘在遊園時唱【皀羅袍】，曲中夾白，即有「恁般景致，我老爺和奶奶再不提起」一句，此處「奶奶」即指母親。雖然如此，筆者仍以爲陳同對「奶奶到此」的解釋勝過錢宜一籌。

對從裝扮上闡析人物心理，陳同也難得地頗爲留意。如〈尋夢〉齣敘寫麗娘春夢後重回園內尋訪舊夢痕跡，陳指出：

> 前次遊園，濃粧豔飾；今番尋夢，草草梳頭，極有神理。
> （〈尋夢〉，上 33b）

此批係針對麗娘對婢女春香所唱曲文：「梳洗了纔勻面，照臺兒未收展」而發。麗娘昨日遊園是細細梳妝，「豔晶晶花簪八寶塡」，此回心境落寞，由草草地對鏡整粧，可見其端倪。而當麗娘在園內尋夢無著，感傷流淚：

> 咳！尋來尋去，都不見了。牡丹亭、芍藥欄，怎生這般淒涼
> 冷落，杳無人跡，好不傷心也。（淚介）【玉交枝】是這等
> 荒涼地面，（陳同眉批：此即昨日「觀之不足」者，何至荒涼若此！總
> 爲尋不出可人，則亭臺花鳥，止成冷落耳。）沒多半亭臺靠邊，好是
> 咱瞇睄色眼尋難見。明放著白日青天，猛教人抓不到魂夢
> 前。霎時間有如活現，打方旋再得俄延，呀！（陳同眉批：
> 「呀」字妙，乃寫出驚意。）是這答兒壓黃金釧區。（陳同眉批：
> 「壓黃金釧區」，癡人謂柳郎太猛矣。豈知杜有無限推卻，柳有無限強
> 就，俱於「壓」字中寫出，與《西廂記》「檀口搵香腮」，皆別有神
> 解。）（〈尋夢〉，上 36a）

牡丹亭、芍藥欄是昨日她與夢裡書生歡會之地，今日人影不見，「抓不到魂夢前」，淒涼傷心之餘，卻禁不住再次重溫夢中情景。

從此段曲文的批語，我們可以清楚地看出，陳同彷彿一方面化身成
了麗娘，體驗著麗娘的情感，感受著她的「千金風範」與情色想
像；另一方面又變成了作者的化身，爲讀者解說一字一句之用意苦
心，以免爲「癡人」誤解。陳同之解讀不僅把握了麗娘的精神世
界，而且還「常能從一般人覺察不到處，體會作者的苦心孤詣。」
㉘她這類的眉批除了〈驚夢〉、〈尋夢〉外，在〈寫眞〉和〈幽
媾〉中也有許多。如在〈寫眞〉這齣戲裡，麗娘爲己作畫留眞一
節，陳同就能充分體會她的「自負自惜」心理而評之曰：㉙

　　　　遊園時好處恨無人見，寫眞時美貌恐有誰知，一種深情。
　　　　（〈寫眞〉，上 40b）

　　　〈幽媾〉齣中，對已爲鬼魂的麗娘其薦寢時又羞又悲又懼又盼
又矜莊之複雜心理，陳同也能從劇本之曲文（唱辭）及科介（舞臺
動作）解析得相當深刻。例如當麗娘前往柳生書房，她自敘心境
云：「怕的是粉冷香銷泣絳紗，又到的高唐館玩月華。猛回頭羞颯
鬢兒鬟，自擎拏。」這最後一句，陳同解釋說：「千金小姐，踽踽
涼涼來尋幽會，其舉止羞澀乃爾。」（上 93a）當麗娘來至書齋門
外，正欲「敲彈翠竹窗櫳下，試展相魂去近他」，卻悲從中來，劇

㉘　見趙山林：《中國戲劇學通論》（合肥：安徽教育出版社，1995 年），
　　頁 883。

㉙　「自負自惜」爲近人楊古醞批語，寫在上海圖書館藏同治九年清芬閣重刊
　　之《三婦評本》上。

本裡在「試展相魂」前有「（且悲介）」的動作說明，陳同批云：
「『展相魂』而近前，豔極矣。觀其『悲介』，仍是千金小姐身
分。」（上 93b）在柳生聽見敲竹聲而開門後，「生急掩門」，而
「且斂衽整容見介」，此處陳同指出：「『急掩門』有惟恐失之、
畏人知之二意；『整容』而見，仍是小姐腔範。」（上 94a）而當
柳生得知麗娘來意，喜不自勝：「笑咖咖，吟哈哈，風月無加。把
他豔軟香嬌做意兒耍，下的虧他，便虧他則半霎。」（上 95b）陳
同由「下的（忍得）虧他」二語來解釋麗娘此刻穩重端莊而非輕佻
的心境舉止：

> 〈尋夢〉則杜云：「做意周旋」，此則柳云：「做意兒
> 耍」。一忍耐，一溫存，各盡其致。又以「下的虧他」二語
> 作調笑，正映出小姐莊凝也。（上 95b）

由以上諸例可以見出陳同的批評往往細膩準確兼有層次，她善於由
劇中之曲文、賓白、科介甚至裝扮出發，解讀人物，特別是女性心
理。上引之〈尋夢〉與〈幽媾〉批語亦且證明了《三婦評本》在分
析麗娘情色心理上，頗有可觀。筆者以為此點是全書最引人入勝之
處。

　　㈡就主題「情」的闡發而言，三婦一方面著力批出麗娘與柳生
之「情癡」、「志誠」以解析《牡丹亭》中「情」的意涵，另一方
面亦將「情」的討論引申出去，由「情」思「悟」，顯示出重情而
不溺於情的比較複雜深刻的觀點。以下先按劇中前後順序，列出與
「情」之意涵相關的幾則批語。首先，關於柳夢梅自報家門時，言

及做夢改名一事，批者指出柳、杜二人「以夢爲眞」之「癡」：

> 柳生此夢，麗娘不知也；後麗娘之夢，柳生不知也。各自有
> 情，各自做夢，各不自以爲夢，各遂得眞。偶爾一夢，改名
> 換字，生出無數癡情，柳生已先于夢中著意矣。錢曰：柳因
> 夢改名，杜因夢感病，皆以夢爲眞也。（〈言懷〉，上 2b）

後來柳生在杜麗娘埋葬所在，拾得她自繪的春容，愛慕不已，朝夕
玩之叫之。陳同評論及此，也同樣強調「癡」的觀點：

> 人知夢是幻境，不知畫境尤幻。夢則無影之形，畫則無形之
> 影。麗娘夢裡覓歡，春卿畫中索配，自是千古一對癡人；然
> 不以爲幻，幻便成眞。（〈玩眞〉，上 83a-b）

「有情人」能超越現實去「做夢」，以幻爲眞，但這種「癡」只是
心理態度，它還不夠，「有情人」還必須進而能「尋」、退而能
「守」：

> 「尋」字是篤於情者之所爲，後〈冥判〉：「隨風跟尋」，
> 正了此「尋夢」之案。（〈尋夢〉，上 33b）
> 麗娘以「守梅根」自矢，老判又教以「守破棺星」，柳生亦
> 「守閒燈火」以待之。「守」者，「情」之根也。（〈冥
> 判〉，上 78a）
> 「情」之所鍾，要會「尋」又要會「守」，柳、杜得力，皆

在此二字。（〈回生〉，下 15a）

對自己心愛的對象，批者談則還強調要「認真」付出，不疑不駭不悔：

> 「為柳郎」三字認得真，故為「情至」。（〈冥誓〉，下 1b）
> 此記奇不在麗娘，反在柳生。天下情痴女子，如麗娘之夢而死者不乏，但不復活耳。若柳生者，臥麗娘於紙上而玩之叫之拜之，既與情鬼魂交，以為有精有血而不疑，又謀諸石姑開棺負尸而不駭，及走淮陽道上，苦認婦翁，喫盡痛棒而不悔，斯洵奇也。（〈硬拷〉，下 78b）

總括而言，三婦之評是對湯顯祖《牡丹亭還魂記·題辭》中所云：「如麗娘者，乃可謂之有情人耳，情不知所起，一往而深，生者可以死，死者可以生；生而不可與死，死而不可復生，非情之至也」[30]所作的具體闡明。無論是言能「癡」、會「尋」、會「守」、還是「認真」付出，她們強調的都是對「情」生死與之的執著，這確實是抓住了湯氏原著的精神。值得注意的是，顯祖〈題辭〉僅只論述杜麗娘如何為「有情人」，未及柳生；反觀三婦卻對柳夢梅的鍾情特別留意。如陳同評夢梅自敘「驚春誰似我」曰：「獨任驚春，

---

[30] 《三婦評本·牡丹亭還魂記題辭》，頁 1a。其中有一二字與今日通行之徐朔方、楊笑梅校注《牡丹亭》本不同。

鍾情特甚,宜爲麗娘戀戀」;❸談則對柳生自稱「恨孤單飄零歲月,但尋常稔色誰沾藉!」,也特別表示讚許:

> 「稔色誰沾藉」,柳非虛語。觀其一得畫圖,便以全力注之,韶陽小姑饒有風情,對之屹然不動。志誠如是,宜其感及幽冥。(〈冥誓〉,下 3b)

「畫圖」指的是麗娘自繪之寫眞,「韶陽小姑」是與柳生同樣借住在梅花庵觀的年輕女道士。談則認爲柳生情有獨鍾,因此應該獲得麗娘的回報。上段所引之末則批語:「此記奇不在麗娘,反在柳生」云云,也再次清楚地顯示,她對男子癡心志誠的表現,讚賞驚嘆不置。

〈冥誓〉齣尚有另一則眉批表達了對男子在感情上專一志誠的要求。此齣演述柳生與身爲鬼魂的麗娘在書齋幽會已有一段時日,杜女決心將眞實身分告訴柳生,促使柳生立誓助其還魂。兩人對話中,柳生問及麗娘喜歡嫁與甚樣人家?麗娘答以「但得個秀才郎情傾意愜」,柳生於是自稱「小生到是個有情的」。讀到這裡,談則批道:「驟遇嬌娃,夢中人、畫中人一齊忘卻,安得言有情也?後來相府桃刁一頓,庶定償此。」(下 3a)「夢中人」指的是柳生在本劇第二齣自述夢到梅花樹下站著一位美人,她說與他有姻緣之分,就因此夢,柳生改名爲「夢梅」。「畫中人」指的是畫裡的麗娘,柳生自拾得麗娘春容後,朝夕把玩,叫之、拜之,早思暮想。

---

❸ 〈拾畫〉,上 78b。

然而當麗娘其魂來訪柳生後，他從未問過她是否就是畫中人，顯然後者已因新嬌娃的出現而立即從他心上消逝得無影無蹤。談則認爲柳生見異思遷，一旦遇上自媒而來的麗娘，就忘記了先前夢到的美人，又忘卻了拾得的畫中佳麗，故質疑他「安得言有情也？」後來柳生爲報知杜父有關麗娘還魂事，曾被杜父誤指爲掘墳賊而受笞，談氏以爲這是「懲罰」當時他忘卻舊愛的不忠。㉜

顯然，在柳郎身上寄託著三婦對男性鍾情的理想與要求；「有情人」杜麗娘須得有個「有情人」柳夢梅爲配，方爲圓滿。㉝對柳生之情的解析與重視，可謂《三婦評本》論「情」的一個重要特點，展現出女性特殊的閱讀角度。

三婦由「情」思「悟」，書中首尾頗爲一貫，散見於對「情」的禮讚中。如陳同云：

㉜ 晚明戲曲家馮夢龍在改編《牡丹亭》成《風流夢》時，也注意到柳生的「薄倖」。馮批云：「原本幽媾之後，更不提起眞容，殊爲薄倖」，他因而將原作此處之曲文賓白改動如下：「我自春容到手，睡夢關心。一遇了夜來的美人，便疏了畫中的姐姐，我好薄情也。趁此美人未來，展玩一番，以遣寂寞（作掛畫者介）呀，奇怪，【仙呂入雙調·忒忒令】覷春容，微攢著翠蛾，莫非眞撚酸，暗中愁鎖？唉，小娘子不要著惱，誰教你不肯下來，你若肯來攀話，少不得同行同坐。咦，小娘子，不是小生誇嘴，俺夜來的美人，也不輸與你，看來姊妹不爭錯，目同清，眉同秀，身段同嬝娜。」我們若分析這段曲文，可見馮夢龍雖知應爲柳生辯解其「薄倖」，但又以美人自己不現身爲由，爲他開脫，反而坐實了他的「薄倖」。馮氏的批改，實與談則對男子專一志誠的要求有極大的差距。見馮夢龍編：《墨憨齋定本傳奇》（合肥：黃山書社，1992 年），下冊，《風流夢·石姑阻懽》，頁 536 上。

㉝ 見〈冥誓〉批語：「柳生自云一味志誠，應與志誠姐姐作配。」（下 2a）

　　「情」不獨兒女也，惟兒女之情最難告人，故千古忘情人必
于此處看破。然看破而至于相負，則又不及情矣。……世境
本空，凡事多從愛起，如麗娘因遊春而感夢，因夢而寫眞，
而死而復生，許多公案皆愛踏春陽之一念誤之也。（〈標
目〉，上 1a-1b）

陳同關於情的論述，可能是受到了魏晉新道家的影響。《世說新
語·傷逝》篇記敘了竹林七賢王戎在哀悼幼子早夭時的話語：「聖
人忘情，最下不及情，情之所鍾，正在我輩。」陳同「忘情」和
「不及情」的區分，正是從王戎這段著名的話語中轉借過來的。
「忘情」全不同於「無情」，「忘情」是以情應物而不累於物，
「無情」是惟恐情累於物而不復以情應物。❸❹作爲鍾情之輩，陳同
當然不贊成「無情」，也不贊成把兒女之情「看破而至於相負」的
「不及情」。她所嚮往的，毋寧是把男女之情「看破」又不「至於
相負」的「忘情」境界。換句話說，她贊成男女各因情之所鍾，愛
其所當愛，戀其所當戀，但在愛戀之中，又不至陷於過份的痴纏迷
執而無由證會空境。

----

❸❹　有關這一點，王弼在與何晏的論辯中曾有清晰的分疏：《三國志·魏志·
　　鍾會傳》注引何劭〈王弼傳〉說：「何晏以爲聖人無喜怒哀樂，其論甚
　　精，鍾會等述之。弼與不同，以爲聖人茂於人者神明也，同於人者五情
　　也。神明茂，故能體沖和以通無；五情同，故不能無哀樂以應物。然則聖
　　人之情應物而無累於物者也。今以其無累，便謂不復應物，失之多矣。」
　　引自孔繁著：《魏晉玄談》（遼寧：遼寧教育出版社，1992 年），頁
　　52。

談則也從釋氏的觀點，強調對男女情執實有破除的必要：

> 〈幽媾〉云：「完其前夢」，此云：「夢境重開」，總爲一
> 「情」字不斷。凡人日在情中，即日在夢中，二語足盡姻緣
> 幻影。（〈婚走〉，下 15b）
>
> 〈魂遊〉所云：「生生死死爲情多」，即無生債也。（〈婚
> 走〉，下 20a）
>
> 好處一驚，兒女增癡，道人生悟。（〈如杭〉，下 24b）

以情爲「夢」，以情爲「幻」，以情爲「債」，並以不能破情執者
爲「癡」，以能破情執者爲「悟」，這還不夠，爲了讓世間男女能
由「癡」轉「悟」，談則還特別引入了佛家的「無生」概念。按照
釋氏勝意，所謂「無生」者，即斷盡三界煩惱，出離生死苦海，永
住涅槃極樂之謂也。若要悟得「無生」，則必先破除情執，若情執
不斷，則「無生」亦無緣證得，是以情執實爲「無生」之障，破除
情執遂成證入「無生」所須先償之債矣。無獨有偶的是，錢宜也以
「無生債」以明世間男女必須破情執：

> 無情則無生，情根不斷是無生債也。（〈婚走〉，下 20a）
>
> 兒女情長，人所易溺，死而復生，不可有二。世不乏有情
> 人，顛倒因緣，流浪生死，爲此一念，不得生天，請勇猛懺
> 悔則個。（〈圓駕〉，下 96b）

我們可以說，三婦對「情」的闡發，不以道德觀念或理學思想爲出

發，重點並不在於「情」與「性」或「理」的對立，或兩者之間的統一（如湯氏〈題辭〉所云：「第云理之所必無，安知情之所必有耶！」）。反倒是「情」與道家「忘情」的對立、「情」為「無明」（痴愚無智慧）與「無生債」的釋氏觀點，為她們所不能釋懷。從上引之批語可見，三婦一方面從個人之感受經驗出發，對杜柳二人情癡、情真、情至表達出憧憬、理解與讚賞，一方面又隱約透露出恐溺於情無法自拔，而欲解脫於情的矛盾心理。雖然她們對「情」的解析不能算很深入，但是我們從中可以看到女性對「情」的感性體悟，應是與男性如吳吳山由孔門經典論「情」，以將「情」正當化的理性取徑有所不同的。㉟

㈢就情節結構之安排論，《三婦評本》對《牡丹亭》劇中之關目佈置、齣與齣間之前後照應、人物出場之意義等，也有些精闢的見解。例如陳同指出〈悵眺〉「此折止為〔夢梅〕香山干謁作引」（上 13b）；〈勸農〉：「公〔杜寶〕出，止為麗娘放心遊園之

㉟　試比較吳吳山在《三婦評本·還魂記或問》中所云：「或問：『若士復羅念菴云：「師言性，弟子言情。」而還魂記用顧況「世間只有情難說」之句，其說可得聞乎？』曰：『人受天地之中以生，所謂「性」也，「性」發為「情」，而或過焉，則為「欲」。《書》曰：「生民有欲」是也。流連放蕩，人所易溺。〈宛丘〉之詩，以歌舞為有情。「情」也而「欲」矣，故《傳》曰：「男女飲食，人之大欲存焉。」至浮屠氏以知識愛戀為有情，晉人所云：「未免有情」，類乎斯旨。而後之言情者，大率以男女愛戀當之矣。夫孔聖嘗以好色比德，《詩》道性情，〈國風〉好色，兒女情長之說，未可非也。若士言情，以為情見于人倫，倫始于夫婦，麗娘一夢所感，而矢以為夫，之死靡忒，則亦情之正也。』」（〈或問〉，4b-5a）

地」。〈閨塾〉齣春香小解回來，告訴麗娘府內原來有座大花園，批云：

> 此段大有關目，非科諢也。蓋春香不瞧園，麗娘何由遊春？
> 不遊春，那得感夢？一部情緣，隱隱從微處逗起。（〈閨
> 塾〉，上 16a）

「從微處逗起」似亦可用來形容陳同自己之批評特色。於〈寫真〉折，她提醒此齣之情節安排，不僅緊扣人物性格與全劇主題，尚且引出許多下文，在結構上十分關鍵：

> 麗娘千古情癡，惟在留真一節，若無，此後無可衍矣。
> （〈寫真〉，上 40b）

這些批語都十分準確。於〈驚夢〉齣，陳同批道：「花神爲〈冥判〉折伏案」（上 28b），她提醒我們花神這個角色於此時出場的意義；〈冥判〉齣花神將再度上場爲杜柳之夢中情緣辯護，他與地獄胡判官的言語交鋒，促成胡判釋放麗娘，並任其魂遊與柳生幽媾，而後始有還魂之事。〈冥判〉一如〈驚夢〉，乃《牡丹亭》全劇情節發展上之重大轉捩點，而花神恰爲其中之一重要角色。在〈冥判〉齣裡，陳同再次細心地指出：「花神前領柳生入夢，今領麗娘回園，關目極妙。」（上 78a-b）

　　〈圓駕〉是《牡丹亭》全劇情節發展總收束的最末一齣，談則點明此齣與〈冥判〉「是關目陰陽遙對處」（下 86b）。她對此劇

結尾，杜寶與柳生衝突不下，只得由皇帝下詔作合的構思頗爲欣賞，認爲是清新不落俗套且符合人物性格的處理手法。批云：

> 無數層波疊嶂，以一詔爲結斷，莫敢或違。設使水玉早自怡然，則杜公爲狀元動也，柳生爲平章屈也，一世俗情事矣。必如此而杜之執古、柳之不屈，始兩得之。（〈圓駕〉，下96a）

對夢梅之友韓子才的出現，談則亦頗稱許：「結出韓生，關目不漏」（下 96a）；對麗娘於此齣賓白裡提起後花園，也以爲是照應周全，她批道：「遊園是第一關目，故結處提清。」（下 94a）錢宜的批語則提示：此齣之情節安排具有戲劇性，不像一般傳奇草草收場：

> 傳奇收場多是了結前案，此獨夫妻父女各不識認，另起無限端倪，始以一詔結之，可無強弩之誚。（〈圓駕〉，下88a）

以上的這些評論，對我們瞭解湯氏編劇的苦心頗具意義。

　　㈣就曲文賓白之語言藝術而言，批者時就一字一詞，時就一節一段分析《牡丹亭》的寫法；注重文理文義，能在細微末小、不爲人注意處，體會作者苦心，此爲《三婦評本》之一大特色，如以下〈尋夢〉齣中麗娘與其婢女春香所唱之曲：

　　【川撥掉〔棹〕】（貼）你遊花苑，怎靠著梅樹偎？（旦）

一時間望，一時間望眼連天，忽忽地傷心自憐。（淚介）
（合）知怎生情悵然？知怎生淚暗懸？（〈尋夢〉，上37a）

陳同眉批：「合句同而意別。在春香則摹揣不著之詞，在麗娘則追
思無措之意也。」她所指係「知怎生情悵然？知怎生淚暗懸？」二
句，是麗娘與春香合唱的曲文，文字雖同，但因人物之心境不同而
意義有別，她閱讀文本不可謂不細膩。

　　陳同亦且指出麗娘「驚夢」後常提「夢」字：

　　自〈驚夢〉後，麗娘三見。此云：「夢回人杳」，〈診祟〉
　　折云：「夢初回」，〈悼殤〉折云：「怕成秋夢」，開口總
　　不放過「夢」字。（〈寫眞〉，上39b）

她也注意到在〈寫眞〉這齣戲裡，作者先讓春香勸慰小姐莫再愁
煩，然後引出麗娘自繪春容。其批：「微微從春香口中，惜其消
瘦，引出寫眞。偏是小姐不知自瘦，若自謂瘦損，一向寬解去了，
那得情至！」（上40b）顯示出她仔細玩味此書，連小節也不放過
的特點。而對於麗娘爲己寫眞時的繪畫步驟，她特別作了詳細的說
明。說明之間，彷彿自己就是作者，就是麗娘：

　　（旦泣介）杜麗娘二八春容，怎生便是杜麗娘自手生描也
　　呵。（陳同眉批：因傷憔悴，自寫春容，對此丹青，那不墮淚，故不遽爾
　　捉筆，先自歎惜一番。）【普天樂】這些時（陳同眉批：「這些時」
　　三字緊照驚夢到今，莫作閒襯字看過。）把少年人如花貌，不多時

憔悴了。不因他福分難消，可甚的紅顏易老？（陳同眉批：分明自己生受，反說他人難消，是極痛惜之語。）……【雁過聲】（照鏡嘆介）輕綃，把鏡兒擘掠。筆花尖淡掃輕描。影兒呵，和你細評度：你腮斗兒恁喜謔，則待注櫻桃，染柳條，渲雲鬟，煙靄飄蕭；眉梢青未了，箇中人全在秋波妙，可可的淡春山鈿翠小。（陳同眉批：先展綃，次對鏡，次執筆，淡掃乎？輕描乎？措思不定。復與鏡影評度，然後先畫鼻准〔準〕，畫鼻故見腮斗也。次櫻唇，次柳眼，次雲鬟，次眉黛，最後點睛，秋波欲動，又加眉間翠鈿粧飾。徘徊宛轉，次第如見。）（〈寫眞〉·上41a）

類似以上之段落寫法解析，在石道姑引用〈千字文〉自報家門的長段賓白中，同樣可以見到。㊱論者如臧晉叔或以此段爲可厭而將之從原本刪去，竊以爲此段滑稽突梯，語言絕妙，陳同將該段文字解說得頗見層次，作者或可引爲知音。

談則對湯顯祖的用字遣辭也多留意讚美，但批語以綜論性質居多。例如〈婚走〉齣中，麗娘、夢梅與石道姑三人於倉皇間安排逃離南安，批云：「此段寫得匆急入妙。」（下19a）在〈僕偵〉齣裡，夢梅老僕郭橐駝（淨扮）爲尋主人來到南安，巧遇身披夢梅衣

㊱　請看陳同批語：「一部千字文，隨手拈來，分爲十段。或笑或謔，忽惱忽悟，眞不從天降，不從地出，令人叫絕。第一段敍緣起之由，第二段敍生相之異，第三段敍說親之始，第四段敍出嫁之時，第五段敍合婚之夕，第六段敍居家之苦，第七段敍定情之變，第八段敍娶妾之故，第九段敍出家之由，第十段敍府牌之來。以前九段敍次出身，莫不曲折如意，此忽轉入正意，尤見巧思。」（〈道覡〉，上48a-51b）

服的癩頭黿（丑扮），二人拌嘴，談則評曰：「賓白皆有科段，鬥筍亦佳，若老駝、小癩作莊語相見，豈非笨伯！」（下 27b）她所標出的這兩段賓白，的確意趣天成，語言佳妙，在戲臺上應能產生良好的喜劇效果。

錢宜則從〈尋夢〉齣裡麗娘所唱【川撥棹】三曲中之曲文：「一時間望，一時間望眼連天」、「我待要折，我待要折的那柳枝兒問天，我如今悔，我如今悔不與題箋」、「難道我再，難道我再到這庭園」，看出其句法之特殊，因而提醒讀者：

> 三曲皆有半斷句，非欲說不說也，是嗟嘆不足，故重言之。
> （〈尋夢〉，上 27a）

對於〈閨塾〉齣中春香（貼扮）與師父陳最良（末扮）鬥口，製造喜劇效果，錢氏說明：「《琵琶》末多謔語，《拜月》貼有諧言，或疑此二色非花面而作諢，正不知古法也。」（上 14b）而對於他們倆一唱一白的應答，錢宜亦點出：「挑白生出好辭，後〈冥判〉贊筆、數花，都是此法。」❸（上 16b）由以上所舉諸例可見，無論是同樣語言出自不同人物口中的不同意義、用字的重覆、某類詞

---

❸　由一位人物的道白中，引出接續的另一人物的曲辭，這是錢宜所謂「挑白生出好辭」。她舉的例子是〈閨塾〉裡麗娘老師陳最良（末扮）與春香（貼扮）以下的這段或說或唱的應答：「（末白）古人讀書，有囊螢的，趁月亮的。（貼唱）待映月，耀蟾蜍眼花；待囊螢，把蟲蟻兒活支殺。（末白）懸梁、刺骨呢？（貼唱）比似你懸了梁，損頭髮；刺了股，添疤納，有甚光華！」

語的特殊使用、半斷句的語法、末與貼的作諢、賓白引出曲文的巧思，還是段落的寫法等，《三婦評本》均作出了細緻的闡明或精確的評論。

除此之外，《三婦評本》還首度標出《牡丹亭》各齣下場詩「集唐」的作者。有些批語也還特別指出他本《牡丹亭》之文字謬誤，並藉此彰顯湯顯祖語言藝術之高妙。舉例來說，〈尋夢〉的【豆葉黃】曲，描寫杜麗娘回憶夢中與柳生幽歡，她由夢中驚醒時情景：「忑一片撒花心的紅影兒，弔將來半天」，陳同眉批：「撒花紅影掩映，夢情麗語也，俗本作『紅葉』，謬甚」，雖是一字之差，卻將麗娘夢境的迷離光景，表現的活靈活現。㊳

三、《才子牡丹亭》對《三婦評本》之繼承與開展

《三婦評本》出版後約三、四十年，即清雍正年間（1723-1735），另一部由婦女參與主要評點工作的《牡丹亭》評注本《才子牡丹亭》完成了。批者署名「阿傍」，據筆者考定，其真實身分為程瓊，係該書刻者笠閣漁翁吳震生的妻子，而此書應是以她的

㊳ 今日常見之《湯顯祖集·牡丹亭》中，此處仍作「紅葉」。見《湯顯祖集》（上海：人民出版社，1973 年），冊 3，頁 1858。又，新出之徐朔方箋校：《湯顯祖全集》（北京：北京古籍出版社，1999 年），已將「紅葉」改爲「紅影」（冊 3，頁 2106），採用了《三婦評本》的修訂。

《繡牡丹》手稿為藍本，加上其夫之批注與附錄後合編成書的。❸
夫婦合著出版戲曲評本——恰好又是同一劇——於此又增一例。

　　《才子牡丹亭》除雍正刻本外，另有乾隆二十七年（1762）刻
本；乾隆本雖扉頁作《箋注牡丹亭》，然與雍正本係同一書版。此
書為兩層樓本，似明清坊間通行之「高頭講章」，上欄特長，首載
阿傍〈批才子牡丹亭序〉，後有「笠閣漁翁曰」一段文字，引《西
遊記》以證《牡丹亭》之「色情」喻意由此觸發。❹緊接著的依次
是批者對《牡丹亭·作者原序》與該劇各齣曲文賓白的字辭釋義
（多聯繫男女二根，如釋「柳」為男根，釋「牡丹」為女根）、成
句或段落的詮解與評論，以及關於小說戲曲及小曲之附錄數種（包
括〈「補註」則〉、〈南柯夢附証〉、〈四聲猿附証〉、〈西廂並
附証（與毛大可批本參看更明）〉、〈水滸並附正〉、〈笠閣批評
舊戲目〉及〈南都耍曲秦炙賤〉）。在此書下欄則首載笠閣漁翁
〈刻才子牡丹亭序〉，其次是〈作者原序〉與《牡丹亭》一劇之正
文。就明清通行之戲曲評本而言，《才子牡丹亭》十分特殊，因為

---

❸ 有關此書之版本、內容與作者生平，請詳拙著：〈《才子牡丹亭》作者考
　述——兼及〈笠閣批評舊戲目〉的作者問題〉。

❹ 「笠閣漁翁曰：『余觀《西遊記》內有正陽門、後宰門、謹身殿、光祿
　寺、司禮太監、錦衣校尉、五城兵馬等字，則知亦明人所作。觀《牡丹
　亭》喻意，一一由此觸發，又知作於萬曆以前。《西遊》欲壞色情，玉茗
　特言色情難壞……。』見《才子牡丹亭·批才子牡丹亭序籤》，頁 1b
　上。《才子牡丹亭》上下二欄所載，時不相屬，如下欄是第十二齣〈尋
　夢〉之正文，同頁上欄仍為第十齣〈驚夢〉之批語，故以下凡涉及此書引
　文，均將儘量依其內容而標明出處，如《才子牡丹亭·尋夢》等，而頁數
　皆指全書之頁數，並於數字後加「上」、「下」以明其上、下欄之位置。

此書在劇本外之批語及附錄，內容五花八門，又往往援據經典，涵蓋面遍及詩、詞、曲、小說、歷史、理學、佛老、醫學、風俗、制度各方面（略似百科全書），且數量龐大，都約三十萬言，遠遠超出《牡丹亭》正文，頗有喧賓奪主之勢，與一般常見之戲曲評本迥異。

程瓊讀過《三婦評本》，其批《牡丹亭》成《繡牡丹》亦顯係受到《三婦評本》的啟發。她對三婦既有讚賞也有批評：讚賞她們深知《牡丹亭》乃空前之作，卻批評她們評點此劇太過簡略，未能將其「暗意」、「寓言」發揚透徹。❹儘管如此，在《才子牡丹亭》中仍可發現提到三婦及《三婦評本》的例子，❷可見婦女對評點《牡丹亭》之傳統承繼的文化現象。

《才子牡丹亭》對《三婦評本》的繼承與開展，主要可從兩大方面來論，其一是牡丹亭文本的方面，其二是闡發《牡丹亭》主題「情」的方面。首就《牡丹亭》文本而言，《才子牡丹亭》經筆者查對，是以《三婦評本》為底本的。《三婦評本》在《牡丹亭》文本上的特色，諸如：曲文之正字、襯字不分大小，一律大書；下場

---

❹ 根據〔清〕史震林《西青散記》（臺北：廣文書局，1982 年）的記載：「〔程瓊〕嘆世人批書，非啐嗼，則隔搔。即貫華知耐菴未至。錢塘三婦知開闢數千年，始有《牡丹亭》，顧其所批，略於《左繡》。試味玉茗『通仙鐵笛海雲孤』一絕，應思寓言既多，暗意不少，須教節節靈通。自批一本，出文長、季重、眉公知解之外，題曰：《繡牡丹》。」（頁 176-177）

❷ 如《才子牡丹亭・尋夢》批語：「《三婦》陳批：『與《西廂》「檀口搵香腮」，俱別有神解。』」（頁 58b 上）

詩「集唐」均標出作者姓名，但不注爨色；❹〈詰病〉齣增下場
詩；〈婚走〉齣刪舟子「秋菊春花」一歌；〈淮警〉、〈禦淮〉二
齣刪「箭坊」、「鎮城」二諢；〈鬧殤〉、〈僕貞〉之齣名改作
〈悼殤〉、〈僕偵〉等，在《才子牡丹亭》一書中亦為如此。但
《才子牡丹亭》與《三婦評本》也有相異之處，例如刪除杜麗娘於
〈驚夢〉齣中自道春情的一段賓白共四十餘字；❹〈尋夢〉齣「紅
影」仍作「紅葉」；且《牡丹亭》正文概無圈點。上述種種及其他
《三婦評本》中標明之相關細節，為求清楚起見，特列表如下：

---

❹ 早於《三婦評本》之明萬曆刻本《牡丹亭還魂記》在許多齣的落場詩部分
皆注明爨色，例如第九齣〈肅苑〉：「貼東郊風物正薰馨，丑應喜山家接
女星。貼莫遣兒童觸紅粉，丑便教鶯語太丁寧。」在《三婦評本》則作：
「東郊風物正薰馨崔日用，應喜山家接女星陳陶。莫遣兒童觸紅粉韋應
物，便教鶯語太丁寧杜甫。」

❹ 參見〔清〕史震林《西青散記》，頁177，及拙著：〈《才子牡丹亭》作
者考述〉，頁15-16。

	萬曆刻本[45]	《三婦評本》	《才子牡丹亭》	徐朔方校注本[46]
延師(5)，【瑣南枝】[47]	年將半	年過半[48]	年過半	年將半
驚夢(10)，昔日…秦晉[49]	有	有	刪	有
驚夢(10)，下場詩末句[50]	回首東風一斷腸	牽引東風一斷腸[51]	牽引東風一斷腸	回首東風一斷腸
尋夢(12)，【豆葉黃】	紅葉	紅影	紅葉	紅葉
詰病(16)，下場詩「集唐」	無	有[52]	有[53]	無
診祟(18)，【金索掛梧桐】[54]	爲甚傷憔悴	有甚傷焦瘁[55]	有甚傷瘁	爲甚傷憔悴
鬧殤(20)，齣名	作〈鬧殤〉	作〈悼殤〉	作〈悼殤〉	作〈鬧殤〉
繕備(31)，下場詩	夾城雲煖下霓旄，千里崤函一夢勞。不意新城連嶂起，夜來沖斗氣何高。	夾城雲煖下霓旄，千里崤函一夢勞。日落城南戰未息，青驄玉勒逞英豪。	夾城雲煖下霓旄杜牧，千里崤函一夢勞譚用之。不意新城連障起錢起，夜來沖斗氣何高譚用之。	夾城雲煖下霓旄杜牧，千里崤函一夢勞譚用之。不意新城連嶂起錢起，夜來沖斗氣何高譚用之。
婚走(36)，【不是路】[56]	無閑會	無閒謂[57]	無閒會	無閒會
婚走(36)，舟子歌「秋菊春花」[58]	有	刪	刪	有
淮警(38)，「箭坊」之譚[59]	有	刪	刪	有
僕貞(40)，齣名	作〈僕貞〉	作〈僕偵〉	作〈僕偵〉	作〈僕偵〉
移鎮(42)，【不是路】[60]	你還走旱途	還須走岸途[61]	還須走岸途	你還走旱途
禦淮(43)，「鎖城」之譚[62]	有	刪	刪	有

---

[45] 筆者所見爲上海圖書館所藏善本，題〔明〕湯顯祖撰、〔清〕佚名批：《牡丹亭還魂記》二卷二冊，附圖。

[46] 徐朔方、楊笑梅校注：《牡丹亭》（香港：中華書局，1978年）。

[47] 萬曆刻本：「我年將半，性喜書，牙籤插架三萬餘……」（原本無頁數）。《三婦評本》於此曲有批云：「錢曰：『杜詩：「年過半百不稱意」，此剪裁用之。坊刻作「將半」，便不成語，且與前白「年過五旬」不合。』」（上卷，頁9b-10a）

[48] 《三婦評本》批語：「錢曰：『杜詩：「年過半百不稱意」，此剪裁用之。坊刻作「將半」，便不成語，且與前白「年過五旬」不合。』」（上卷，頁9b-10a）

由上表可見，除了麗娘之賓白、「紅葉」、「無閒會」，及〈繕備〉齣下場詩於《才子牡丹亭》之文字與《三婦評本》有出入且註

---

(49) 萬曆刻本：「昔日韓夫人得遇于郎，張生偶逢崔氏，曾有《題紅記》、《崔徽傳》二書。此佳人才子，前以密約偷期，後皆得成秦晉。」

(50) 萬曆刻本：「春望逍遙出畫堂，間梅遮柳不勝芳；可知劉阮逢人處，回首東風一斷腸。」

(51) 《三婦評本》批語：「末句坊刻作『回首東風一斷腸』，與『間梅遮柳』句，同出〈昭諫〉一詩。竊意臨川當不爾潦草，後見玉茗元本，果然。」（上卷，頁31a）

(52) 《三婦評本》：「柳起東風惹病身李紳，舉家相對卻沾巾劉長卿，偏依仙法多求藥張藉，會見蓬山不死人項斯。」（上卷，頁47b）

(53) 詩同《三婦評本》。

(54) 萬曆刻本：「他人才忒整齊，脈息恁微細。小小香閨，爲甚傷憔悴……」

(55) 《三婦評本》批語：「錢曰：『「有甚傷焦瘁」，直言其有何憂傷，亦如杜老云：「知道箇甚麼也」。坊刻作「爲甚傷憔悴」，是猜疑語，不合；且與首曲「爲甚輕憔悴」犯重矣。』」（上卷，頁55a）

(56) 萬曆刻本：「〔陳最良〕……明午整個小盒，同柳兄往墳上隨喜去，暫告辭了。〔唱〕無閑會，今朝有約明朝在，酒滴青娥墓上回……」

(57) 《三婦評本》批云：「錢曰：『此「隨喜」字，亦爲墳在梅花觀中也；「無閒謂」言別無閒說，惟約看墳耳，他本作「會」，誤。』」（下卷，頁18a）

(58) 萬曆刻本：「不論秋菊和那春子箇花，箇箇能噇空肚子茶。無事莫教頻入子庫，一名閑物他也要些子些。」

(59) 萬曆刻本：「（淨扮李全）……請出賤房計議，中軍快請。（眾叫介）大王叫箭坊。（老旦扮軍人持箭上）箭坊俱已造完。（淨笑惱介）狗才怎麼說？（老旦）大王說請出箭坊計議。（淨）胡說！俺自請楊娘娘，是你箭坊？（老旦）楊娘娘是大王箭坊，小的也是箭坊。」（《三婦評本》將畫線部分改作：「不免請出娘娘計議，中軍快請。」下卷，頁22b）

(60) 萬曆刻本：「（末扮報子跑馬上）……怎支吾？星飛調度憑安撫。則怕這水路裡耽延，你還走旱途……」

(61) 《三婦評本》批語：「錢曰：『「水」與「岸」對，唐人每用之，如：「水多菰米岸莓苔」是也。俗本作「旱」，誤。』」（下卷，頁36a）

(62) 萬曆刻本：「（丑）敢問何謂鎖城？是裡面鎖？外面鎖？外面鎖，鎖住了溜金王，裡面鎖，連下官都鎖住了。」（《三婦評本》將畫線部分刪去）

出作者外，餘皆相同；《才子牡丹亭》在《牡丹亭》正文上因襲《三婦評本》的痕跡可謂十分明顯。同時，《才子牡丹亭》因為刪除了湯顯祖襲自話本〈杜麗娘慕色還魂〉之一段麗娘自道思春、言語淺露的賓白；又補上了〈繕備〉齣下場詩「集唐」的作者，使得前後體例一致，我們還可以進一步說，《才子牡丹亭》在因襲《三婦評本》之《牡丹亭》正文時亦有所超越。

其次就《牡丹亭》主題「情」的闡析而言，《才子牡丹亭》批者鑽研更深、想像亦奇，批注之際有將《牡丹亭》「文本情色化」的趨勢。」《才子牡丹亭》雖以程瓊的《繡牡丹》為藍本，但畢竟是由程瓊與其夫吳震生所合撰，而我們在事實上亦無法把全書每一條批文均加以考訂，以釐清其批者身分。儘管如此，由全書處處流露出對情色的同情、理解、重視和嘆賞的筆觸看來，情色論述又確實是一條貫穿全書的主要線索，而批者對情色的看法，有著高度的一致性。職是之故，我們在下文中討論《才子牡丹亭》中的批文時，一律以「批者」名其作者，而不再細分屬「吳」屬「程」。

此書之《牡丹亭》各齣批文大略可分為釋義與詮解兩大部分，前者係曲文中之字義或詞義的解說，後者是成句或段落的詮釋，而「文本情色化」的特點在這兩部分都顯而易見。釋義部分，如第二齣〈言懷〉生角柳夢梅上場之曲：

> 【真珠簾】（生上）河東舊族，柳氏名門最。論星宿，連張帶鬼。幾葉到寒儒，受雨打風吹。漫說書中能富貴，顏如玉和黃金那里。貧薄把人灰。且養就這浩然之氣。

此係柳生自敘其出身背景及目前之家庭景況，但在《才子牡丹亭》批者眼中，就有了不同意義：

> 楊「柳」倒看乃似男根，出陶穀《清異錄》。柳頗似比邱頭，俗名漏春和尚。「星」喻垂星；「鬼」喻獰狀；「幾葉」喻人皆從葉中出也；「雨打」喻女根于男；「風吹」喻男根于女。有人在樓下，論男根，或曰筋，或曰氣。王陽明在樓上曰「氣」，的是；是此「養氣」二字出處。又元人有「養三寸元陽氣」語。「浩然之氣」，元曲已見。(63)

諸如此類「聯繫男女二根」之釋義方式，全書從頭到尾頗爲一貫。批者有意系統地將各齣曲文賓白包括下場詩中之一字一詞，凡能引起男女二根聯想的，均一律註出，並置於每齣批文之開端，使此部分猶如「牡丹亭情色辭典」。

至於詮解部分，《才子牡丹亭》批者將《牡丹亭》「文本情色化」的解讀方式，主要表現在以下三個方面：㈠全劇主題之闡析；㈡劇名、劇中主角姓名與主要情節之象徵意義的詮釋；㈢劇中次要人物與情節所展現之主題意義的解析。以下逐一說明之：

㈠有關《牡丹亭》主題，相對於《三婦評本》所強調的情癡志誠、對愛戀對象死守認眞的心理態度，《才子牡丹亭》極力闡發的則是「色情難壞」，禮教「賢文」不能禁殺的思想觀點。此書批者以「色情」二字釋《牡丹亭》之「情」，而所謂「色情」，頗似今

---

(63) 《才子牡丹亭·言懷》批語，頁4a上。

日所云之「情色」，指的是「色」（好相；美色）、「情」（愛戀），以及因美色而產生的愛戀心理和行為（包括「性」）。㉔批者論說《牡丹亭》標舉「色情難壞」之旨：

> 此書大指，大概言：色情一事，若非陽法謂辱，則陰譴亦不必及，而歸其罪於天公開花。天公既開花，則其不罪若輩可知。如外國之俗，嫁娶各別，不聞陰間有罰也。但無色可好，無情可感，而蠢動如畜，以辱人名者，則有譴耳。色至十分，未有淺「情」者。色情難壞一句，亦要合離看。因色生情，因情見色，其難壞，一也。……佛教全在去妄，而若士獨言色情是真……㉕

「色情難壞」緣自《牡丹亭》第三十九齣〈如杭〉，具見於杜麗娘回生後對柳生解釋自己如何為情而死，為情而生的一句曲文。㉖「色情難壞」是言「色」與「情」的難以棄絕、難以磨滅，而此難捨難分，卻正是人生的真實（批者謂：「若士獨言色情是真」）。

㉔ 程瓊曾以四句釋《牡丹亭》「色情難壞」之意：「何自有情因色有，何緣造色為情生。如環情色成千古，黯黯熒熒畫不成。」見《西青散記》，頁180。

㉕ 《才子牡丹亭·作者原序》批語，頁1a-1b。

㉖ 此曲名【江兒水】，曲文如下：「偶和你後花園曾夢來，擎一朵柳絲兒要俺把詩篇賽。奴正題詠間，便和你牡丹亭上去了。（生笑介）可好呢！（旦笑介）咳，正好中間，落花驚醒。此後神情不定，一病奄奄。這是聰明反被聰明帶，真誠不得真誠在，冤親做下這冤親債。一點色情難壞。再世為人，話做了兩頭分拍。」（《才子牡丹亭·如杭》，頁179b-180a下）

正由於「色情」是人生的至眞至實，眞正的「色情」的愛慕者和實行者，不僅合情、合理，而且合法，無論在生前和死後，都不應受到世間法和出世間法的責罰。批者的觀點，顯然是繼承了湯顯祖「情深且眞」的觀點，又加以發明。[67]誠然，《牡丹亭》摹寫「有情人」杜麗娘如何在禮教森嚴的管束下「慕色而亡」，又因爲「一點色情難壞，再世爲人」，程瓊與吳震生將它作一部「色情書」解讀，發前人所未發，不可謂不獨到。

《才子牡丹亭》將「色」與「情」並舉，主要是因爲批者特重「色」於人心的作用。批者在詮釋「色情難壞」一語時，嘗云：

> 「色」者，物之善攻，而「情」者，心之善取也。但使混沌之心不鑿，皆可勉其所未至。無奈「色」者，鑿彼混沌者也。[68]

批者不僅明確指出「色」是人們情欲觸發的原因，而且強調人緣色造情，由不得己。[69]（正如前面引文所云：「歸其罪於天公開

---

[67] 有關湯氏對情的看法，請詳拙著：〈世間只有情難訴——試論湯顯祖的情觀與他劇作的關係〉，頁32-37。

[68] 《才子牡丹亭・如杭》批語，頁152b上。

[69] 批者分析「因色生情」的道理：「『色情難壞』者，因彼有『色』，而致吾『情』，如願將身作錦鞋，必不肯爲無『色』之人作鞋也。又見有『色』之人，則必欲其致『情』於我，又欲極用吾『情』以侵爲諂，致其必致情於我……，但有奇『色』，即動奇情，又何知男女哉！」（《才子牡丹亭・如杭》批語，頁152b上。）

花」），而宣揚禮教，禁錮人性之道德教條（「賢文」）不僅不能阻絕人們心性中對於情色之執著想慕，徒然有違於天理自然，「把人禁殺」而已。

《才子牡丹亭》批者還強調「才」與情色的關連。《牡丹亭·冥誓》中，柳生曾問麗娘「因何錯愛小生至此？」麗娘答以「愛的你一品人才」，針對此，談則批云：「愛才絕非俗見。」錢宜補充說：「情善則才善，孟子辯之。蓋才人即是情人，無情者不可稱才也。」（下 3a）談、錢二人均指出女子憐才，是因爲「才」與「情」的相關性。《才子牡丹亭》批者對此看法亦同，然有所超越，而「於才、色之事入微」。❼⓪批者說明「才」、「色」、「情」三者間有相生相成、錯綜複雜的關係：

> 無「才」者雖有「情」，不能引之使長，濬之使深，是「才」者「情」之華，亦情之丹也。有「色」無「情」，則「色」死；有「色」無「才」，則「色」止，是「情」者「色」之焰，「才」者「色」之神也。……亦不必作詩寫字而後爲「才」也，但能深知「色」觸之妙好，以巧思極「情」致，不以雜惡事間之、雜惡念敗之、雜惡態亂之，即「才」也。❼①

很明顯，引文中的「才」，並不是一般所言「作詩寫字」的

---

❼⓪　見笠閣漁翁：《才子牡丹亭·刻才子牡丹亭序》，頁 2a。
❼①　《才子牡丹亭·如杭》批語，頁 154a 上。

「才」，而是指一種既能弘大和深化「審美」的自覺，又能引導和保障整個審美斷得以順利完成的能力。「情」與「才」屬於審美的主體，「色」則屬於審美的客體。沒有了審美的客體，主體的「情」與「才」便沒有了掛搭附繫處；沒有了審美的主體，客體的「色」也就沒有了呈現和顯發的機會。美必須在審美的活動中，亦即在審美的主體和客體的相互融攝和相互補充中，才能存在和發展。引文中的「情」、「才」、「色」，正是處於這種主客的相互融攝和相互補充的審美關係之中：「情」顯現了「色」的光采，「才」又發揚了「色」的精神。

對於「才」的意涵，《才子牡丹亭》批者除了予以美學上的意義之外，亦直言不諱地以之與情色生活相連結。批者認為，作為才子佳人戲曲之《牡丹亭》展現了女子「憐才」即「慕色」的道理：「他書必飾以愛才，《牡丹亭》則直言慕色。蓋女子之愛才，實因其才解為歡，解作錐心情語，而身居人上，特餘念也。」（〈冥判〉，108a 上）。而對於禁錮情色之禮教賢文，亦即「情」的對立面，批者亦屢屢加以批判，如曰：「今入世者嗔喜笑罵，總屬不真，只禁此真情相屬之相思，是不禁人假而禁人真也。」（〈閨塾〉，23b 上）有鑒於此批本對「情」與「色」、「才」間關連性的反覆推求，及其對禮教過份禁錮情色的批判，我們認為《才子牡丹亭》在闡發《牡丹亭》「情」的主題上，較《三婦評本》更為透徹深入。

㈡有關《牡丹亭還魂記》之劇名意義，批者指出：

> 《還魂記》者，譏婦人于此一事，為死去還魂之事也。又喻

事過便如夢境，而彼痴想至死，死魂如復遇此，彼又即想回生，爲不可思議業力。業因緣結聚此境，可爲痛哭，又可爲大笑也。(72)

簡而言之，批者強調的還是「色情難壞」一句。而關於此劇主角姓名與主要情節「驚夢」、「尋夢」和「回生」之象徵意義，批云：

「杜麗娘」三字，從陰麗華之名觸得，即花娘也。肚中有花，豈不「麗」乎！又「肚裡娘」也，知好色，則慕肚裡花，甚于慕其母，豈非肚裡娘乎？……不如是解，則杜柳二人，只是恒沙世界中一男一女，既如是解，則杜柳二人，乃合百千萬億身而爲一身，舉天地之大，古今之遠，史冊所□，記載之外，一切風情公案，無不捺入此一傳中。其言「驚夢」，喻所遇雖極嫪戀，事過便難憶持，只是一夢境耳。其言「尋夢」，則喻世人于此一事，至再至三，殊未肯已者，無非欲尋前此之樂境。其言「回生」，喻思之不得，形萎必灰，宛然是一死人。然形骸固未嘗壞，二根豈能廢之？較作只爲才子佳人打合解者，其意趣之深淺，寧復可以道里計也。(73)

其名此生以「柳」，從浩然「春情多艷逸，春意倍相思，愁

(72) 《才子牡丹亭·標目》批語，頁 1a 上。

(73) 《才子牡丹亭·訓女》批語，頁 9a 上-9b 上。

心極楊柳，一動亂如絲」得來。(74)

「柳」也者，天地之柔情也。縱遠飄空，一根萬緒，化爲飛絮，尚遍房櫳。凡好色至極之人，無不帶女人情性，是女人轉世者。(75)

從以上引文可見，批者是將《牡丹亭》裡裡外外都當作一部情色書來解讀的。柳生與杜麗娘，不僅僅是兩個特定的角色，而是春情勃發之一切男女的象徵；他倆之姓名即意涵情色（在書中之釋義部分，批者即明白標示：「柳」喻「男根」，「梅」喻「精」，「牡丹」喻「女根」(76)），而與二人相關之〈驚夢〉、〈尋夢〉、〈回生〉等情節，其齣名正同「還魂」之劇名，亦暗示情色於人生難以滅絕之事實。《三婦評本》雖已指出：「此書前後以花樹作連綴，故先以〔郭〕橐駝種樹引起。」（〈言懷〉，上 2a）、「打桃條仍在花樹上生發」（〈硬拷〉，下 79b）、「想起花柳之情，可釋桃條之怨。」（〈硬拷〉，下 82a），然其中似只有「花柳之情」與《才子牡丹亭》批者解釋杜柳情緣的方式相通，是以後書之暢言情色雖有受到前書啓發之可能，然絕大多數仍應歸於程瓊與吳震生的思路與發明。

㈢《牡丹亭》劇中次要人物，如石道姑、李全夫婦、金主完顏

---

(74) 《才子牡丹亭·言懷》批語，頁 4a 上。

(75) 《才子牡丹亭·尋夢》批語，頁 59b 上。

(76) 「牡丹」喻「女根」的說法，讓我們不由得想起《西廂記·酬簡》中之「露滴牡丹開」一句。

亮及與他們相關的情節之象徵意義，《才子牡丹亭》批者依舊緊扣著「色情」的題旨加以解釋：

言女不傷春，除非使之盡石。(77)

惟意此一部色情書，故特用完顏亮色魔王，而猶以爲未足也。須于中間再加一夫號「鐵槍」之「牝賊」。(78)

今日特爲花娘作傳，豈可蜂王不到？一部色情書，故寫當色魔王時，豈特地請出他來證明色情之難壞？謂即如此人媟嫭大化，縱心大倫，棄禮急情，悉皆憑「天」作孽，益信前責天公造出花樣之不謬耶！(79)

石道姑因爲是石女，婚後不久其夫納妾，她出家進了道觀，後來受杜麗娘父親委託，負責照顧麗娘埋葬之地。她的滅絕情色，還有道理可講，而麗娘不同，既然「一生愛好（美）是天然」，又要她勉強人爲地禁錮情欲的生發，實非合情合理。批者之「言女不傷春，除非使之盡石」，點出了石道姑這個角色在《牡丹亭》中所具有的陪襯與凸顯「女性情欲」主題的作用。至於同樣是劇中次要角色的李全夫婦，他們受金主完顏亮之命，騷擾淮揚，促使杜麗娘父母離開南安，而後始有麗娘與柳生幽媾、還魂、尋親等情事。《才子牡丹亭》批者不可能不知道這些人物在推動《牡丹亭》情節上的意

(77) 《才子牡丹亭·道覡》批語，頁 78a 上。
(78) 《才子牡丹亭·牝賊》批語，頁 87b 上。
(79) 《才子牡丹亭·虜謀》批語，頁 71a 上。

義，卻從全劇「色情難壞」這一主題的角度，闡述湯顯祖創造這些人物之主要用心，乃在於彰顯情色於人心之重要作用：在劇中，完顏亮是爲了西湖「美」景才進軍南宋，而李全則是因爲害怕金人奪走愛妻（上引文中之「牝賊」）才決定歸降的。

馮夢龍在刪改《牡丹亭》爲《風流夢》時，曾於其〈總評〉說道：「凡傳奇最忌支離。一貼旦而又翻小姑姑，不贅甚乎！今改春香出家，即以代小姑姑，且爲認眞容張本，省卻葛藤幾許。又李全原非正戲，借作線索，又添金主，不更贅乎，去之良是。」(80)由此可見不同批者對《牡丹亭》之不同閱讀。湯顯祖曾寫信與友人，表示自己對別人刪改己作極爲不滿：「不佞《牡丹亭記》，大受呂玉繩改竄，云便吳歌。不佞啞然笑曰：『昔有人嫌摩詰之冬景芭蕉，割蕉加梅，冬則冬矣，然非王摩詰冬景也。』其中駘蕩淫夷，轉在筆墨之外耳。」(81)《才子牡丹亭》批者對湯氏原作，具有同情的理解，不似馮夢龍爲演出考量加以刪改，反倒能在「色情難壞」之主題觀照下，發前人所未發，開抉次要人物如李全夫婦、石道姑、完顏亮等於劇中情節之外的主題意義。換言之，《牡丹亭》劇中無論主角、副角，其戲劇行動或人生選擇，均與「情色」脫不了干係；藉由這樣的角色與情節設計，湯顯祖得以強化他所要表現的主題。由於這些次要人物與情節，皆非湯氏劇作本事（話本〈杜麗娘慕色還魂〉）所固有，而係湯氏無中生有之創作，想必有其思考理路，

---

(80) 〔明〕馮夢龍編：《墨憨齋定本傳奇·風流夢總評》，頁 503 下。

(81) 〔明〕湯顯祖：《玉茗堂尺牘》，卷 4，〈答凌初成〉，見徐朔方箋校：《湯顯祖全集》，第 2 冊，頁 1442。

《才子牡丹亭》批者之主題式解說，竊以爲頗爲可取。

綜上所述，《才子牡丹亭》將《牡丹亭》文本進行了「情色化」的批注解析。書中之字詞釋義是如此，段落詮解也是如此。此一批本對「情」的重視，是對《三婦評本》的繼承與發揚，但是與三婦對「情」之表述側重於精神與心理的層面相較，《才子牡丹亭》批者對「情」之闡析，因爲明顯地包括了身體與生理的層面而更加完全，也因爲批文數量的眾多而更加深入透徹。唯一的缺點是在此書之字詞注釋部分。批者顯然爲求全書各齣之體例一致，往往斷章取義，將《牡丹亭》劇中無關情色而與政治、社會相關之齣目內容，亦徹底情色化；解釋有過份拘泥牽強之失。

四、《三婦評本》與《才子牡丹亭》在《牡丹亭》批評歷史上之意義

《三婦評本》在《牡丹亭》批評歷史上之意義不容忽視。它首先爲我們保存了湯氏原著之「意趣神色」，且由於此本之廣爲流傳，而間接遏阻了改編本大行之勢。在此書出版前，《牡丹亭》流傳的情況，根據當時女詩人顧姒的說法是：「經諸家改竄，以就聲律，遂致元文剝落，一不幸也；又經陋人批點，全失作者情致，二不幸也。」(82)戲曲評點和批改常密不可分。以《牡丹亭》爲例，明

(82) 《三婦評本·還魂記跋》，頁 2a-2b。

末臧晉叔改本(83)與馮夢龍改本，都是既包含對湯氏原文的評注，又包含對它的大幅刪改的。(84)但《三婦評本》不同，它較好地保留了湯氏原文，校訂了錯字，尚且爲各齣之落場詩「集唐」注出了作者。此本盛名遠播，在康熙年間即多次刷印，影響的讀者爲數眾多，包括程瓊與吳震生在內，而經由他倆合作，於雍正年間刻成之《才子牡丹亭》，想必亦有助於湯氏原著之流傳。誠如吳震生在〈刻才子牡丹亭序〉中所言：

> 我一貧士，則何爲而刻之也？起於憤乎世之無知改作者。嘗見有妄男子，將《玉茗四夢》盡行刪改，以便演唱，齣齣批註其上，覺原本頗多贅言，且于調有出入，又精繡其版，以悅眾目，遂使普天下耳食庸人，只知刪本，而不復問原本。豈知爾於《四夢》，一字不解其意，故敢如此。爾果小有聰明，何不另自成書，而必妄改古人耶？夫《四夢》，才子之書，非優師作也。才子則豈以曲調之小誤論也！(85)

---

(83) 名爲《新編繡像還魂記》（明末吳郡書業堂梓行），臧序作於萬曆戊午即46年，公元1618年。

(84) 比方說，臧氏有眉批：「第十六有石姑〈道覡〉折，全用一篇〈千字文〉，尤可厭，並刪」（上卷，頁34b）。馮氏〈風流夢總評〉云：「兩夢不約而符，所以爲奇。原本生出場，便道破因夢改名，至三四折後，旦始入夢，二夢懸截，索然無味。今以改名緊隨旦夢之後，方見情緣之感。」（頁503下）

(85) 《才子牡丹亭・刻才子牡丹亭序》，頁1b下。

《才子牡丹亭》據說乾隆時曾遭禁燬，因此有關此本於當時之傳播與影響很難估計。其後，乾隆末年冰絲館在重刻《牡丹亭》時亦云：

> 是劇刻本極多，其師心改竄，自陷於庸妄如臧晉叔輩，著壇已明斥之矣。近世又有三婦評本，識陋學膚，妄自矜詡，具眼者諒能別白。但其中校訂字句紕繆處固多，可採處亦或間有，是編於可採處必加纂錄，且爲標出簡端……(86)集唐詩注出作者姓名，三婦本頗爲有功，今採補之。(87)

冰絲館對三婦之批評：「識陋學膚」，誠屬過苛，但從上引〈凡例〉中亦可見《三婦評本》在傳播湯氏《牡丹亭》原著、影響讀者接受上之歷史意義。

《三婦評本》與《才子牡丹亭》若合併來看，在闡析男女情色心理，尤其是女性觀照的這一方面，於《牡丹亭》批評歷史上，可謂意義最爲重大。二書不論曲律，「於曲中毫無關涉」(88)，卻能抓緊此劇「情」的主題，抉發幽微，與其他《牡丹亭》批本於此處之

---

(86) 冰絲館云：「偵」諸本俱誤「貞」，今從三婦本改訂。（重刻清暉閣批點牡丹亭，冰絲館乾隆乙巳年刊本，頁 30b）

(87) 《重刻清暉閣批點牡丹亭·凡例》，冰絲館乾隆乙巳年（1785）刊本，頁 1a-1b。

(88) 據徐扶明：《牡丹亭研究資料考釋》，吳梅曾評《三婦評本》：「細讀數過，所評僅文律上有中綮語，於曲中毫無關涉，無怪冰絲本時加譏諷也。論玉茗此劇者，當以鈕少雅格正本爲最，而葉懷庭譜尚稱妥善，臧晉叔改本亦遠勝碩園。乃此書獨享盛名，亦奇耳。」（頁 369-70）

簡略，不可同日而語。如〈驚夢〉中的【山坡羊】曲係麗娘自敘思春慕色之情，其辭云：

> 沒亂裡春情難遣，驀地裡懷人幽怨。則爲俺生小嬋娟，揀名門一例裡神仙眷。甚良緣，把青春拋的遠！俺的睡情誰見？則索因循靦腆。想幽夢誰邊，和春光暗流轉？遷延，這衷懷那處言？淹煎，潑殘生，除問天！(89)

《才子牡丹亭》批者論曰：

> 「沒亂裡」以下共十四句，只是「賢文禁殺」之註，又即「天壤王郎」一句。獨於古往今來之中，寫出聰明男女急色實情。夫爲父之心，想到蟠桃養熟，竟恣他人饕殄，豈不極惱、極羞，況未經大熟，可即供其蹂躪！無如女兒之心則恨不得即早領略，蓋花蕊將開不自由之血氣如此耳。親見數歲童子大有聰明者，偎依諸婦膝邊，恨不己物立時長大，倍其丈夫，盡力事之，足見色情只分蠢慧，不容以年論也。(90)

由早慧童子對男女之事的先知先覺，批者藉以證明少男少女對情欲生活的思慕，乃發端於生命本能的不容已。男女慕色正如春暖花開一樣的天經地義，是任何人都不應加以禁殺，而事實上也無法禁殺得了的。對於遊走在禮教與情欲邊緣的杜麗娘，對於她在「懷春」

---

(89) 《才子牡丹亭·驚夢》，頁 39b 下。

(90) 《才子牡丹亭·驚夢》批語，頁 45a 上。

時的矛盾、踟躕和幽怨，批者不僅充分理解，而且還感同身受。對禁殺人性的「賢文」，批者的反感，更是溢於言表。《三婦評本》中雖然沒有像上引《才子牡丹亭》批語般大膽對抗父權與禮教的言論，但是對於具有「千金風範」的麗娘因何慕色而自媒自婚的心理，亦如前所述，闡析得頗爲準確細緻。

《三婦評本》與《才子牡丹亭》，還不同於片斷的、有關明清婦女閱讀《牡丹亭》的傳聞，而是爲我們提供了具體且完整的、婦女如何欣賞接受《牡丹亭》的實例。二書不僅有助於我們進一步理解此部劃時代名劇在當時之所以動人（尤其對於女性）的力量，同時，由於批者的特殊閱讀角度，亦有助於我們更全面地理解《牡丹亭》的形形色色。經由此二部批本的評注，《牡丹亭》之題旨與文義，甚至許多文本內細微末節的意義，皆得以凸顯出來。我們可以說，有了這兩部批本的解析導引，我們對《牡丹亭》之思想內涵與藝術成就的領悟都獲得了很大程度的提高。二書在《牡丹亭》批評歷史上之意義，絕對不下於王思任於晚明天啓年間所完成之〈批點玉茗堂牡丹亭敘〉。

五、結　語

〈還魂記跋〉裡說：「著書不能流傳，歐陽公所謂如穠花好鳥之過耳目，深可惋惜。」(91)此處所謂「著書」，其實指的是閨人評

(91) 見李淑〈還魂記跋〉上之眉批，頁 1b-2a。按：此批雖未署名，然依筆者判斷，大抵爲錢宜所書。

跋《牡丹亭》之作，語言中間透露出婦女評點戲曲的心理動機。錢宜在〈還魂記序〉裡也說道：「夫子嘗以《牡丹亭》引證風雅，人多傳誦。談姊鈔本采入，不復標明，今加『吳曰』別之。予偶有質疑，間注數語，亦稱『錢曰』。不欲以蕭艾云云，亂二姊之蕙心蘭語也。」雖然說的是客氣話，但從中亦可聽出當時婦女對「作者權」（authorship）的重視。她們將戲曲批評的文字視爲可以留名傳世之作，在批語中寄託自己的思想情感，(92)也在閱讀評點的活動中，爲己身與原作者、自己的世界與作品的世界、以及今日的存在與未來的想像，找到了一種有意義的聯繫方式。(93)程瓊在〈批才子牡丹亭序〉裡就明白表示：「凡人著書，必有本願……我恨形壽易盡，不能與後來閨秀少作周旋」，鑒於婦女愛讀《牡丹亭》，因批注此劇，「借《牡丹亭》上方，合中國所有之子、史、百家、詩詞、小說，爲糜以餉之」，以此批完成與後世閨秀連結的欲望。反

---

(92) 如吳人在〈還魂記序〉說道：「同所評點《牡丹亭還魂記》上卷，密行細字，塗改略多，紙光冏冏，若有淚跡。評語亦癡亦黠，亦玄亦禪，即其神解，可自爲書，不必作者之意果然也。」

(93) 關於男性和女性在如何理解自己，及與他人關係上面的差異，當代心理學家 Jean Baker Miller, Nancy Chodorow, Carol Gilligan 以爲，男性是藉由個別化（individuation）及與他人的區隔（separation）來完成自我定義，而女性則自我界線較有彈性，她們定義與體驗自己的方式是經由與他人的關係與聯繫。男性重視自主，而女性則重視關係。她們最關心的是，在與他人的交往中，如何協調相對抗的需求，使關係得以維持。詳見“Toward a Feminist Theory of Reading,” Elizabeth A. Flynn and Patrocinio P. Schweickart, eds., *Gender and Reading* (Baltimore and London: the Johns Hopkins University Press, 1986), pp.54-55.

觀男性因其所能掌握之文化資源與所能參與的文化生產途徑，遠遠超出女性，應該較不可能將戲曲評點賦予如此高的、似與己身生命相關、可以藉之留名傳世之重要性。

從《三婦評本》與《才子牡丹亭》之例，我們不僅見到清代婦女在《牡丹亭》評點上的具體成就與貢獻，亦且見到女性在中國戲曲評點史暨中國文學批評史上不可磨滅的努力與成績。從陳同、談則、錢宜到程瓊，這幾位婦女從事批評的個人動機與文化環境，或有所不同，然而她們筆下卻透露出一致的女性特殊的閱讀角度，諸如對男性鍾情志誠的嚮往要求，(94)以及對女性心理，如母親疼惜子女與閨秀憐才慕色的反覆玩味。(95)她們的批語往往也顯示出女性細膩而感性的解讀方式。除這些相同處之外，《三婦評本》與《才子牡丹亭》亦各有其特色：如果說前者著重於解析《牡丹亭》文本之

---

(94) 當代戲曲學者葉長海也指出《三婦評本》：「可能是由於評論者係婦女，故而特別注意對男子的觀察，並通過對劇中一個痴心男子的評論，寄托她們對男子忠於情愛的期望。正是在她們對柳生過份讚美的字裡行間，我們可以看出封建社會裡沒有地位的婦女內心的隱痛。」見《中國戲劇學史稿》（板橋：駱駝出版社，1987年），下冊，頁387。

(95) 閨秀憐才慕色的部分已如上述。母親心理的部分，可由以下批語略見一斑。《三婦評本》：「夫人答語甚緩，直寫出阿母嬌惜女兒，又欲其知書，又憐其讀書，許多委曲心事。」（〈訓女〉，上4a）；「錢曰：『三復「世間只有娘憐女」句，與《詩》「無母何恃」，同增罔極之痛。』」（〈詰病〉，上47b）；《才子牡丹亭》：「『遶娘前笑眼歡容』與『每日遶娘身有百十遭』，玉茗眞才子也！蓋有男女之樂，全在此二句。而有才貌好男女之樂，尤在此二句也，否則與無男女者何異。」（〈悼殤〉，96b上）

藝術性，那麼，後者就以闡釋《牡丹亭》文本之思想性見長。程瓊的例子令我們瞭解到清初婦女學識淵博的一面，以及婦女不只是自娛，同時也是具有社會目的的文學批評活動，如拓展女性知識、引發男女正視女性之情色需求等等。

　　「書尚評點，以能通作者之意，開覽者之心也。」⑯清初女性之文心慧性並非像一般人所以爲的，只表現在抒情詩詞的創作上，而是跨入了文學批評的領域，《三婦評本》與《才子牡丹亭》即爲其中顯例。由陳同到程瓊，由前者之「偶有意會，輒濡毫疏注數言，多釭夏簟，聊遣餘閒，非必求合古人也」，到後者自覺地爲閨人批注她們所愛讀之劇本，「率夜一折，分五色書之……燈昏據案，神悴欲眠則已」，女性對自己在文學欣賞與文化傳播上所能扮演的角色，可謂愈來愈有自覺，也愈來愈有自信。⑰雖然今日《才子牡丹亭》鮮有人知，鮮有人論，但與著名的《吳吳山三婦合評牡丹亭還魂記》，同樣代表著中國戲曲評點史上難得的成就，也展現出清初女性書寫之多重面相及風格內涵。

---

⑯　《忠義水滸全書·發凡》（明萬曆39年袁無涯刊本）

⑰　程氏自名其批爲「繡《牡丹》」正表現出這樣的自覺與自信。她在〈批才子牡丹亭序〉裡說道：「作者當年『鴛鴦繡出從君看』，批者今日『又把金針度與人』矣。」「繡《牡丹》」之「繡」，即有「金針度人」，闡發《牡丹亭》微言大義之意。

女子弄文誠可罪
——試析女性書寫意識中之自覺與矛盾

許麗芳*

一、前　言

傳統對於書寫之認知向有其特定之價值展現，亦爲歷代文人遵循或追求之依據。❶大致而言，書寫活動實爲傳統文人自我生命之呈現與完成，書寫本身往往具有個人才情與道德學養等不同之思考層面，亦因而呈現書寫意識中獨有之對立思考與反省。❷傳統價值觀之論述多集中於男性書寫者之評價或認知，事實上，相較於一般士人對於從事書寫活動之認知與自我約束，傳統之女性書寫者則另具有不同之書寫認知與個人之自省批判，其人不僅受限於傳統之道

---

* 　彰化師範大學國文系助理教授

❶　如司馬遷之〈太史公自序〉及〈報任安書等〉中對於其書寫背景或認知之
　　文字可謂其中典型，亦爲歷代文人書寫或批評之主要依據。

❷　傳統文人有其表現之動機，然相對於固有之道德風教取向，個人炫才似有
　　所不容，如而後世延續此一價值標準，往往因而凸顯文人對於書寫之焦慮。

德標準與價值觀，加之性別與地位之相對差異，對於書寫之認知實較男性書寫者更爲複雜與多元。❸書寫有其一定程度之虛實性，自序或作品中文字亦未必完全呈現眞實人事，然無論虛實，書寫者之意見或思考往往亦可得見，本文即以此一思考基點，藉由分析歷代對女性書寫活動之認知、女性自身之書寫自覺及實際作品表現，以期對於傳統女性對於書寫活動之意識與反省。

二、書寫價值之道德詮釋

書寫活動於傳統中往往未具獨立價值，而與書寫者個人之修身有所關聯，且終歸於道德之詮釋範圍，男性書寫者之衡量標準如是，歷代學者對於女性書寫行爲之解釋，則更凸顯此一傾向，如漢劉向《列女傳》卷二周南之妻之頌：「周南之妻，夫出治士。維戒無怠，勉爲父母。凡事遠周，爲親之在。作詩魴魚，以敕君子。」

---

❸ 大致而言，明清之後由於社經因素及私人出版事業之發展，間接直接促進女性之從事書寫活動，進而對傳統女性應有之職責與規範重新加以定義及釐清，即就某一程度言，書寫亦爲女性之合理職司範圍，其間女性參與出版或編輯，或開館授業，或賓客交游，如沈宜修之編輯《伊人思》；蘇婉蘭之「組紃之餘，兼課女弟子，資其脮脩以佐晨夕」與王端淑之「與四方名流相倡和，對客揮毫，同堂角塵，所不吝也。」凡此皆得以獲致當世之接受，參見據施淑儀《清代閨閣詩人徵略》（北京：中國書店，1990）及 Dorothy Ko, *Teachers of the Inner Chambers : Women and Culture in Seventeenth-Century China*, Stanford UP, 1994。然即便時代與觀念之轉變致使男女職司與定位之界限不再鮮明可辨，女子於取得相對較大之書寫機會之際，其人之理念仍有所保留，而未能全然獨立或新創，加之固有之性別分野，其間之自覺自省亦更形複雜。

以爲其人能「匡夫」，卷三針對許穆夫人事蹟之頌：「衛女未嫁，謀許與齊。女諷母曰許不能救，女作載馳。」乃所謂「君子善其慈惠而遠識也。」卷四召南申女之頌云：「召南申女，貞一修容。夫禮不備，終不肯從。要以必死，遂至獄訟。作詩明意，後世稱通。」以爲其「得婦道之宜」，是作詩以明志，其中所謂「匡夫」、「明意」、「遠識」皆爲對既有禮教之堅持，亦爲強調之重點，寫作僅爲一表達方式而非最終目的，自亦不具獨立地位。

至唐辛文房《唐才子傳》卷二〈李季蘭〉文末之論亦對女性之從事書寫有所批評，其言云：

> 詩云：「關雎樂得淑女，以配君子，憂在進賢，不淫其色。哀窈窕，思賢才，而無傷善（害）之心焉。」故古詩之道，各存六義，然終歸於正，不離乎雅。是有昔賢婦人，散情文墨，斑斑簡牘，概而論之。後來班姬傷秋扇以暫恩；謝娥詠絮雪而同素，大家七誡，執者修省；蔡琰胡笳，聞而心折，率以明白之操，徽美之誠，欲見於悠遠，寓文以宣情；含毫而見志，豈泛濫之故，使人擊節霑灑，彈指追念，良有謂焉。噫！筆墨固非女子之事，亦在用之如何耳。苟天之可逃，禮不必備，則詞爲自獻之具，詩有妒情之作，衣服酒食，無閑淨之容，鉛華膏澤，多鮮飾之態，故不相宜矣。是播惡於眾，何關雎之義哉？❹

---

❹　辛文房，《唐才子傳》（臺北：金楓出版社，1987），頁52。

主要亦著眼於文字所呈現之內在人格，而非表現形式之才情強
調。❺亦強調書寫內容之正當性乃書寫行為合理化之依據。至明鍾
惺《名媛詩歸·序》❻亦有類似認知，其言云：

> 夫詩之道，亦多端矣。而吾必取于清。尚嘗序友夏《簡遠堂
> 集》曰：「詩，清物也，其體好逸，勞則否；其地喜淨，穢
> 則否。其境取幽，雜則否。然之數者，本有克勝女子者
> 也。」蓋女子不習軸僕輿馬之務，縛苔芳樹，養絪董香，與
> 為恬雅。男子猶藉四方之遊，親知四方。……而婦人則不爾
> 也，衾枕間有鄉縣，夢魂間有關塞，惟清故也。清則
> 慧，……嗟夫！男子之巧，迥不及婦人矣，其于詩賦，又起
> 數數也哉？然此非予之言也，劉彥和之言也，彥和云：「四
> 言正體，雅潤為本，五言流調，清麗居宗。」今人工於格
> 套，丐人殘膏，清麗一道，頓弁失之，纈衣反得之。嗚呼！
> 梅岑水月妝，肯學邯鄲步。蓋病近日之學詩者，不肯質近自

---

❺ 又如《醒世恆言·李玉英獄中訴冤》，文中提及李玉英所作〈別燕〉、
〈送春〉二詩，主要訴求點為對家庭破碎及手足四散之感嘆。故事情節並
未特別凸顯其詩作之表現，而僅視為一情節發展之轉折，即玉英因此含冤
下獄。可見 Ann Waltner, "Writing Her Way Out of Trouble : Li Yuying in
History and Fiction", Ellen Widmer and Kang-I Sun Chang ed., *Writing Women
in Late Imperial China*, Stanford UP 1997, pp.221-241。無論李玉英之含冤或
得以清白，雖皆藉其之書寫，然關鍵實皆為一道德訴求，是以藉由故事之
敘述與安排策略或亦提供有關女性書寫之另一考量。

❻ 四庫總目提要以為「書首有書坊識語，稱名媛詩未經刊行，特覓秘本精刻
詳訂云云。核其所言，其不出惺手明甚。」

然，而取妍反拙。故青蓮乃一發於素足之女，爲其天然絕去雕飾，則夫名媛之集，不有禆哉？或曰坊于淫，或不盡出於典則，不見衛莊姜、班婕好，豈不丹華而靡曼乎？❼

其中雖亦不免以詩教做爲判斷依據，觀點有其限制，然對於女性之書寫才情與特質實有具體認識，某一程度強調女性書寫之獨立定位，而不僅限於道德考量，較之前述二例，批評方向與認知具有明顯差異與發展。

至於女性針對自身書寫行爲之認知，亦有類似考量與發展，如班昭〈東征賦〉：「小人性之懷土兮，自書傳而有焉。」表明其寫作動機，其文末亂曰：

> 君子之思，必成文兮，盍各言志，慕古人兮。先君行止，則有作兮，誰其不敏，敢不法兮。貴賤貧富，不可求兮。正身履道，以俟時兮。修短之運，愚智同兮。靖恭委命，唯吉凶兮。敬慎無怠，思謙約兮。清靜少欲，師公綽兮。

即女性書寫者之自我陳述亦有類似說解與聯結，如清代陳芸自序《小黛軒論詩詩》所云：

> 嗟夫！婦女有才，原非易事，以幽閒貞靜之忱，寫溫柔敦厚

❼ 胡文楷，《歷代婦女著作考》（上海：上海古籍出版社，1985），附錄二，頁883。

之語，葩經以二南爲首，所以重國風也。惜後世選詩諸家，不知聖人刪詩體制，往往弗錄閨秀之作。❽

又惲珠於其《閨秀正始集》弁言中陳述其編詩之基本態度：

> 昔孔子刪詩，不廢閨房之作，後世鄉先生每謂婦人女子職司酒漿縫紉而已，不知周禮九嬪掌婦學之法，婦德之下，繼以婦言，言固非辭章之謂，要不離乎辭章者近是。則女子學詩，庸何傷乎？……（余）乃不揣固陋，自加點定，凡篆刻雲霞，寄懷風月，而義不合於雅教者，雖美弗錄，是卷所存，僅得其半，是集名曰《正始》，體裁不一，性情各正，雪豔冰清，琴和玉潤，庶無慚女史之箴，有合風人之旨爾。❾

此類說法固然肯定女子之書寫活動，然明顯皆以風教或結合婦德以爲準則，並視爲書寫合理化之主要依據。主要著眼點仍不離既有之女性書寫價值觀，即女性雖得以從事書寫行爲，卻未必具有獨立抒發個人情致之地位。

三、書寫行爲之自覺反省

另一方面，女性書寫者於歷代之承襲與發展中，亦逐漸於道德

---

❽　胡文楷，《歷代婦女著作考》，卷十五，頁 581。
❾　胡文楷，卷十六，頁 631。

風教注重之外，同時呈現因書寫活動而形成之自我反省與審視，及個人遭遇對書寫活動之影響，如吳綃《嘯雪庵詩集初集》自序云：

> 余自稚歲，僻於吟事，學蔡女之琴書，借甄家之筆硯，緗素維心、丹黃在手二十餘年，冬之夜，夏之日，驩虞愁病，無不於此發之。竊以韓英之才，不如左嬪；徐淑之句，亞於班姬，假使菲薄生於上葉，傳禮經、續漢史，則余病未能，一吟一詠，亦有微長，未必謝於昔人也。邇年覽《墉城仙錄》，見諸仙女羽中舉之事，又讀陶〈隱居〉、〈眞誥〉；誦〈九華〉、〈安妃〉之言，文章豔逸，鄙心慕之，雖遊神州之五岳，泛溟海之三山，非女子之事，然睹煙霄眄日月不覺遠也，草衣蔬食聊寄吾志云爾。❿

又如顧若璞序錢鳳綸《古香樓集》云：

> 溯余往昔自少至老，稱未亡人者六十年，險艱荼苦，罔不備嘗。若余之遇，可謂窮矣。然而間事詩書，或逆境紛來，悲憤填膺，輒投筆而起。詩以窮工，亦以窮廢，今婦所遭幸不至是，坎坷幽憂，足以堅其志，芸編緗帙，足以竟其學，有窮之益，而無窮之損，其在斯乎？⓫

❿ 胡文楷，卷五，頁 106。

⓫ 胡文楷，卷十九，頁 758。

又顧長卿《鈔韻軒詩稿》自序亦云：

> 昌黎云：「物不平則鳴」，又云：「將窮餓其身，愁思其心
> 腸，而使自鳴其不幸。」凡以論能鳴於詩者也。若余則不
> 然，益困頓無聊之境，借以自娛外，每囑存稿，余頗以爲
> 非，竊恐率爾塗鴉，反資談柄焉。今春外遠館螯峰，余閉門
> 課子，繡倦炊閒，偶檢舊筍，得昔年詠句約百首，并近作，
> 挑燈手錄，原知篇不成篇，句不成句，豈曰鳴其不平、鳴其
> 不幸耶？亦第抒寫性情，工拙誠所弗計，庶幾當窮餓其身，
> 愁思其心腸之會，憑禿管爲解嘲而已。⑫

此類文字呈現書寫活動向有之困頓背景，或個人對於書寫之謙遜態
度，皆呈現抒展自我懷抱之期許。對個人遭遇或書寫表現既有所反
省及自期，自是對個人遭遇或書寫表現有所反省及自期，而超越以
往之道德關懷，逐漸著眼於個人人生發展或定位，反映一定程度之
自我省視與關注。

　　傳統價值與自我肯定等書寫價值觀有其互動且對立之相關，若
干女性書寫者亦對二者加以融合，如《五十萬卷樓藏書目錄初編》
略引田藝蘅自序《詩女史》云：

> 遠稽太古，近閱明時，乾坤異成，男女適敵。雖內外各正，
> 職有攸司。而言德交修，材無偏廢，男子之以文著者，固力

---

⑫　胡文楷，卷二十，頁 809。

行之緒葦,女子之以文鳴者,誠在中之閨秀,成周而降,代
不乏人,曾何顯晦之頓殊,良自采觀之既闕也。夫宮詞閨
詠,皆得列於葩經;俚語淫風,猶不刪於麟筆。蓋美惡自
辨,則勸懲攸存,非惟多考皇猷,抑亦用裨陰教,其功茂
矣,豈小補哉?⓭

其中既肯定男女情各得有相對之價值與定位,亦肯定女子書寫之必
要,然顯然其價值之所在仍在於既有大傳統之標準,另一方面言,
此類說法實亦呈現女性書寫者刻意以主流傳統為依歸,即所謂風教
功能之注重,此類追求或可視為女性書寫者之自期自信,而超越僅
以注重婚姻家庭之書寫原則。

　　社會價值與自我定位對書寫活動及文字特質亦有影響⓮,得以
超越既有限制,不同於官宦閨秀之書寫意識與實際表現,所謂歌妓
或女冠者之作品往往呈現相對較多之自我抒懷成分,如魚玄機〈留
別廣陵故人〉:「無才多病分龍鍾,不料虛名達九重。仰愧彈冠上
華髮,多慚拂鏡理衰容。」及薛濤〈寄舊詩與微之〉:「詩篇調態
人皆有,細膩風光我獨知。月下詠光憐暗澹,雨朝題柳為欹垂。長
教碧玉藏深處,總向紅箋寫自隨,老大不能收拾得,與君開似教男

⓭　胡文楷,附錄二,頁 876。

⓮　相關討論如 Kang-I Sun Chang, "Ming and Qing Anthologies of Women's
　　Poetry and Their Selection Strategies", Ellen Widmer and Kang-I Sun Chang
　　ed., pp.147-170。

兒。」❺詩中具有女性對書寫之少有自信,其人之身分往往給予書寫之自由空間,亦成為書寫者背景與自我文字表徵之特殊關連。又如梁小玉《古今女史》自序云:

> 批風抹月,鼎呂屬於騷壇,哀正鍼邪,刀球歸於椽筆。余女子也,僭定石渠,無逃越俎,纂修彤管,或免曠官,二十一史有全書,而女史闕焉。掛一漏百,拾大遺纖,飄零紙上之芳魂,冷落閨中之玉牒,是以旁摭群書,釐為八史。……嘻!世有知我者,其目余為女董狐!❻

皆得以超越既有限制而抒發個人抱負期許,相對於前述以家庭與個人關係或責任為書寫基礎之現象,其高度自由不受約束自由之表現形成另一書寫特質。

四、書寫心理之矛盾特質

傳統女性藉由書寫而得以省視更多之自我,然受限於現實責任與道德要求,書寫活動往往具有業餘特質,此與男性書寫者從事書寫之背景有所差異,❼不同於男性書寫者之背景,女性書寫者從事

書寫活動之有其主客觀限制，如駱綺蘭序《聽秋館閨中同人集》
云：

> 女子之詩，其工也，難於男子。閨秀之名，其傳也，亦難於
> 才士，何也？身在深閨，見聞絕少，既無朋友講習，以淪其
> 性靈，又無山川登覽，以發其才藻，非有賢父兄爲之溯源
> 流、分正僞，不能卒其業也。迨于歸後，操井臼、事舅姑，
> 米鹽瑣屑，又往往無暇爲之。才士取青紫、登科第，角逐詞
> 場，交游日廣，又有當代名公巨卿，從而揄揚之，其名益赫
> 然照人耳目，至閨秀幸而配風雅之士，相爲倡和，自必愛惜
> 而流傳之，不至泯滅。或所遇非人，且不解咿唔爲何事，將
> 以詩稿覆醯甕矣。閨秀之傳，難乎不難？⓮

此一說法超越以往所謂爲文非女子之事之限制，而意識到男女因性
別與社會期待之差異，對於書寫活動之參與乃至寫作成就之高低皆
有所影響，基本上可視爲對男女書寫者之處境與機會作一客觀比
較。然女性書寫者之寫作背景或時機實不免有其隨機特質，即往往
須於日常生活之設限或作息之空隙中完成書寫活動，如查昌鸝《學
繡樓名媛詩選》自序云：

會事功成敗之壓力，其挫折來源則來自家庭婚姻之變故，即使人生過程順
利，其人之書寫亦往往於生活作息片段中方能爲之。

⓮　胡文楷，附錄二，頁 939。

> 余自垂髫，承母氏命，從伯兄介弅先生受業。……至聲韻之
> 學，往往見獵心喜，然不敏未嘗能作，且比非女子之事，輒
> 不敢爲。偶有小詠，即焚棄之，不復存稿。即歸靜軒夫子，
> 閨門之內，賞奇析疑，唱隨十有六年矣。不幸遘稱未亡，痛
> 悼之餘，復以米鹽瑣碎，不復留意吟詠。年來婚嫁漸畢，高
> 堂侍奉之外，含飴弄孫，間以其暇，繙閱歷代名家詩，以及
> 閨秀諸稿，意有所得，寢食幾廢。

又如彈詞作家邱心如〈筆生花〉第一回序：

> 深閨靜處樂陶然，又值三春景物妍。花氣襲人侵薄袂，苔痕
> 分影照疏簾。清晝永，蕙風暄，最好光陰是幼年。堂上椿萱
> 欣具慶，室中姑娘少猜嫌。未知世態辛酸味，祇有天生文墨
> 緣。喜讀父書翻古史，更從母教嗜閑篇。大都綺閣吟香集，
> 亦見騷壇唾錦聯。

第二回序：

> 連日陰陰雨乍收，碧梧翠竹兩修修，芰荷已盡看無暑，桂魄
> 初圓及半秋。少小年華情自適，清涼天氣興偏優。蟲聲入戶
> 人初睡，月影橫窗夜更幽。獨坐黃昏無所事，前文接續句重
> 搜。

第五回序：

一輪皓月照明窗,三伏炎炎晝漏長。粉牆邊,幾樹芭蕉搖翠
影,瑤階下,數叢茉莉送清香。熱蒸蒸,頻揮紈扇愁當午,
閑悄悄,倦臥湘筠愛趁涼。這幾天,暫歇女紅親筆硯,消永
晝,披箋再續舊詞章。

內容亦往往反映當時生活片段,女性之書寫題材往往不離生活瑣
事,或對生活現實作一記錄⑲,如〈筆生花〉第六回:「多病慵懶
閒寶鏡,療貧無計質金釵。」、「雖則教,良人幼習儒生業,怎奈
是,學淺才疏事不諧。到而今,潦倒平生徒碌碌,止落得,牛衣對
泣歎聲偕。」第二十九回自序:

此集寫來言瑣瑣,今宵擱筆要收場。本已教千頭萬緒心如
結,更又此,第一明珠驚痘殤。正痛這,落落一春含淚過,
偏值爾,炎炎三伏困人長。嘆日少,事何忙,婚嫁催人累阿
娘。檢疊女兒箱篋畢,時光早看九秋霜。正翻舊卷思增續,
不道親兄又病亡。看了他,四壁空存良可嘆,雙孤無恃更堪
傷。情關天性悲難已,力費經營願莫償,爲此心煩重掩卷,

---

⑲ 若干男性書寫者之作品亦有日常瑣事之敘述記錄,如歸有光等散文可見,
然相對較少,且此類文章之取向,往往爲對特定人事之追念,或個人閒居
心態,值得注意的是,此多爲男性書寫者處於人生逆勢或沉潛時之作,與
女性之書寫背景不同。可參閱拙作,〈生命歷程與創作情調的暫時轉
折──劉夢得〈竹枝詞〉的再探討〉《大陸雜誌》89:3,(1994,9)與
〈書寫態度與生命情態之展現與追求──試析王禹偁〈黃岡竹樓記〉與歸
有光〈項脊軒志〉之異同〉,《東師語文學刊》11,(1998,6)。

得逢閒日再評量。

此一現象自是書寫者本身之生活背景所致，同時讀者亦得以理解作者之某一生活片段。⑳另一方面，亦得視爲女性書寫者受限於傳統影響而做之反應，即視寫作爲一遣興消閒之活動，並非其人生責任之主要範圍。是以對題材之取捨未必有宏觀或全面要求或期許，亦因此而致讀者得以更加切近其人當時人生轉折與經歷反省，而呈現相對較多某種層面之自我。

相對於書寫中反映現實之無奈與困頓，亦有女性書書寫者藉由文字展現個人理想與自信，如《小說考證》卷七引程蕙瑛自題鳳雙飛後寄楊香畹云：

> 半生心跡向誰論？願借霜毫說與君。未必笑啼皆中節，敢言怒罵亦成文。驚天事業三秋夢，動地悲歡一片雲，開卷但供知己玩，任教俗輩耳無聞。

其〈鳳雙飛〉後亦云：

> 莫須有，想當然，從來無謊不瞞天。文詞大抵無憑據，海市

---

⑳ 如胡曉真，〈女作家與傳世欲望——清代女性彈詞小說中的自傳性問題〉，《語文、情性、義理——中國文學的多層面探討國際學術會議論文集》，一九九六年四月。文中即探討女性於其作品中對於現實生活之書寫與自我於現實中之重塑。

蜃樓盡妄談。譬若東坡好説鬼，諸公妄聽莫拘牽。意中人物
心中事，游戲文章聊寓言。㉑

又如陳端生未成《再生緣》而卒，其後三卷係由梁德繩繼成。㉒是
以對書中人物之評價亦有差距，亦顯見不同作者不同之價值觀，同
爲女性書寫者，亦皆俱出名門，然二人性格則驕激謙和有別，亦反
映某種程度差異之書寫態度。㉓陳、梁二人分別於卷十七與卷二十
中有其自序，端生於卷十七之序曰：

> 搔首呼天欲問天，問天天道可能還。盡嘗世上酸辛味，追憶
> 閨中幼稚年。姐妹聯珠吟詠的，恰當分韻課詩篇。隔牆紅杏
> 飛晴雪，映榻高槐覆晚煙。午繡倦來猶整線，春茗飲罷更添
> 泉。地連東海潮來近，原在蓬山快欲仙。空中樓閣千層現，
> 島外帆檣數點連。侍父宦游游且壯，蒙親垂愛愛偏拳。風前

㉑　蔣瑞藻，《彙印小説考證》（臺北：臺灣商務印書館，1975）卷七，頁
　　163 及譚正璧，頁 348。

㉒　據葉德均〈再生緣續作者許宗彦梁德繩夫婦年譜〉，收於《戲曲小説叢
　　考》（臺北：文史哲，1989）下册，《再生緣》後三卷爲許氏夫婦續成。
　　對於續作之卷次與時代有詳細考證，德繩之祖詩正，東閣大學士，謚文
　　莊，父敦書，字沖泉，工部侍郎。德繩與端生同爲閨秀才女，但二人性情
　　觀念有別。

㉓　值得注意的是，端生雖具進步思想，然受限於當時環境，某些理念仍不脱
　　既有窠臼，如卷八麗君因任考官而由榜文中誤會燕玉果下嫁崔拳鳳，而有
　　怨恨嘆息：「不出秋闈暗嘆嗟，何期劉女屬崔家。于歸别姓慚風化，背卻
　　盟言負少華。全不想，名望已同今石價。全不想，于歸要主玉無瑕。如今
　　有嫁崔拳鳳，爲什麼，品性全無這等差。」

柳絮才難及，盤上椒花頌未便。管窺敢親千古事，毫端戲寫
再生緣。

楚生於卷二十之序則有不同風貌：

年來病骨可支撐，兩卷新詞草讀成。胡亂想來胡亂寫，也無
次序也無文。怎同嘎玉敲金調，聊作巴辭里句聽。偏遇知音
頻賞鑒，欲求廿卷囑嗃嗃。無可奈何重握管，枯腸搜索續前
情。笑予暗作氤氳使，鵲橋早架渡雙星。既已于飛諧鳳侶，
又何妨，乃夢熊羆呈趾振。嗟我年近將花甲，二十年來未抱
孫。霜此解頭圍吉兆，虛文紙上亦歡欣。一枝彩筆天花墜，
弦外餘音盡還明。

楚生與端生二人才性與自期明顯有別，端生自負其才，亦有其自
信；楚生謙遜自持，以世俗價值為其目標。由於對自身期許與理念
不同，二人對《再生緣》之寫作亦有不同態度，一為「管窺敢親千
古事，毫端戲寫再生緣」，一為「無可奈何重握管，枯腸搜索續前
情」，端生才情灑落，楚生則自覺未迨，二者書寫意識人物評價之
鮮明對比實分別呈現女性書寫者對於自我表現與價值約束之相對與
矛盾。㉔

㉔　對書中人物之評價亦有差別，楚生以為不妒忌方為美德，而於卷二十藉皇
甫敬評燕玉「玲瓏幸喜多忠厚，略有三分妒忌心。這點小疵磨琢去，何愁
日後不收成」，言下之意以為妒忌並非美德，且將影響子嗣生育，而養育
子女又為楚生所著重，與其自序相互呼應。楚生並以蘇映雪為理想之代

雖受限於傳統限制，歷代女性書寫者之書寫自覺時有呈現，如鮑令暉之〈擬青青河畔草〉、〈擬客從遠方來〉及鄭元端之〈題望夫石〉、〈詠扇〉、〈詠鏡〉、〈題山水障歌〉及〈題秋胡戲妻卷〉等㉕，其所謂「擬」、「題」及「詠」等實亦反映寫作之自覺，其中又以朱淑眞之表現更明顯，固然，除期許個人寫作才華外，介於其間之反省自亦不可免，如〈自責〉：「女子弄文誠可欺，那堪詠月更吟風，磨穿鐵硯非吾事，繡折金鍼卻有功。悶無消遣只看詩，又見詩中話別離。添得情懷轉蕭索，始知怜俐不如癡。」詩作中屢提及寫作一事，雖有矛盾，然書寫似爲其人生活作息之主要關注點之一，其〈暮春〉中「情知廢事因詩句，氣習難降

表，藉皇甫敬之言「他是天眞爛漫人，毫無半點來裝飾。賢良溫厚性和平，他身自有天然福。所以他，昔年絕處又逢生」來稱讚映雪，由此亦見楚生之理念，以爲淡泊自持、不與人爭將有鴻福，而福份之有無又向爲婦女所關切。楚生所著重爲世俗之幸福觀，對於端生所嚮往之麗君形象未必能接受，以爲「閨閣耽誤通文墨，自慚才學遜於人。習成驕傲凌天子，目無姑母亂胡行。媳婦們，你是個，博古通今敦大體，寬洪度量有才情。我所嫌者心太硬，處事毫無閨閣形」，端生筆下之麗君意氣風發，氣宇飛揚，實踐了當時女子難以完成之理想。其與天子、父兄及夫婿之相處模式本爲端生著墨重點，然楚生卻對此種分際顛倒不以爲然，以爲麗君太過高傲，而無婦女應有之柔順形象。理念不同致人物評價有所差異外，端生因表現出對事業婚姻之取捨反省，是以其對麗君最終之抉擇或有其他安排，未必即如目前三女一夫之大團圓結局。然因後三卷由楚生完成，對於端生之思慮，亦無法獲致明確解答。可見拙作，〈試論《再生緣》之書寫特徵與相關意涵〉，《中山人文學報》5，（1997.1）。

㉕　可見趙世杰、朱錫綸輯評，《歷代女子詩集》卷二。

筆硯緣」❷與蒲映綠《繡香小集》自序「柳絮風多，敢望謝庭之
句，眉山木老，浪傳蘇妹之名。然而日暖晝長，燕翻鶯舞，頗弄文
墨，不敢告人，近因雲孫北首燕路，寂寂家居，偶編舊句，復輯新
篇，珍珠一載，羞居崇嘏之家，象管數言，或玷徐陵之道。」❷或
可總結女性對於書寫活動之矛盾態度。

　　女性對其個人書寫之認識有所擴大延伸，亦對自我投注較大之
關注，而未侷限於單純之道德或風教觀點，其間雖不離以瑣碎事物
做為書寫題材，然亦顯見其人對於書寫活動之創新認知與價值定
位，其中甚而呈現對於知音之期待，或對自我才華之自信。對於自
我實現既有所期許，而面對社會認同與傳統價值，其人對於書寫行
為亦不免有所猶豫，而此實為女性書寫者所表現之明顯矛盾與遲
疑。

四、結　語

　　傳統書寫之價值依據往往來自於書寫者對外在環境之關懷與貢

---

❷　如據《歷代女子詩集》之卷五〈觀雪偶成〉之「憑欄觀雪獨徘徊，欲賦慚
　　無詠絮才」、卷七〈初冬書懷〉之「題詩欲遣悶，對景倍悲傷。」及卷
　　八，其〈立春〉之「從此對花並對景，盡拘風月入詩懷。」〈新春〉之
　　「聊把新詩記風景，休嗟萬事轉頭空。」〈除夜〉之「桃符自寫新聯句，
　　玉律誰吹定等減。且是作詩人未老，換年添歲莫相催。」〈早春喜晴即
　　事〉之「詩書遣興消長日，景物牽情入苦吟。」等皆呈現其人對於書寫活
　　動之關注。

❷　胡文楷，卷十三，頁485。

獻，至於個人懷抱，則往往較爲忽略，甚而形成書寫者本身之自我約束與焦慮來源。就女性之書寫行爲而言，無論何種書寫表現，藉由語言文字之表達陳述，其中即具有女性之自我完成與自我省察之目的，相較於男性書寫者之意識，女性書寫者往往另有自我懷疑之矛盾或焦慮，即書寫活動似與個人應有之修爲有所衝突，而此亦形成女性於書寫或動所呈現之特質。

於女性書寫過程中，實際之寫作活動亦往往與日常生活作息或相關人事要求中有所衝突，是以寫作時間往往零碎片段，與男性之全然投入甚而以爲畢生志業所寄有所差異。所面對之現象或取捨與男性亦有所異同，雖面對相同之傳統觀念與價值，然自我於傳統之定位中則有分歧，不同性別致使焦慮亦有不同，女性書寫者之特有矛盾即所謂「才」與「不才」之掙扎，主要來自道德規範而形成自責或內疚。至於男性，其之所以避免露才揚己，亦在於道德價值之判斷，主要爲對全體環境之負責，而非僅限於家族。另一方面，男性重視其人自我道德與學識成就之提昇，避免道德缺失之譏而刻意收斂文字表現，然至少無懼於書寫活動。至女性則未能肯定其於書寫活動中之表現，對於自我之評價則不同於男性，往往有刻意壓抑與自我否定參與書寫活動之傾向。

傳統上無論男女書寫者之於書寫活動皆有其掙扎矛盾，男性書寫者之避免表現自我；在於認同大環境， 而女性書寫者之隱藏自我，則往往順服於範圍較小之家族，是男女皆有炫才之懼與自我約束，主要關鍵在於自我與全體之互動，以一介個人面對龐大之書寫傳統，歷代書寫者往往置自我於一渺小謙遜之境，男性書寫者所思考者爲個人人生價值是否得以展現，是否符合既有之價值主流；至

女性則著重於個人參與書寫活動之合理性有所反省與遲疑，而衡量標準自是傳統價值觀與一般世俗概念，傳統之於女性書寫者之影響，既因而對書寫力量之肯定，亦同時形成自我定位之矛盾遲疑。是以於女性書寫意識之文字中，往往可見其人對於自我之批判，此與男性書寫者以人生價值為衡量標準之書寫態度明顯有異。範圍各有差異，然認知與焦慮則有一定之類似性，由之影響女性對於其從事寫作之認識；既希冀有所傳世，亦不免受限於傳統壓力或自我否定，

　　然無論是個人自覺或時代演進，或基於何種背景動機，女性書寫者之於書寫實有其表現欲望，是以文字書寫有其不得不然之處，藉由書寫，女性得以反省自身，且以一種不同於男性書寫者之標準加以看待㉘，不同性別面對固有之文化背景與價值判斷，所衍生之反應與實際表現亦有異同，可確認的是，因傳統之影響實有其長遠力量，於歷代傳承累積下得以不斷擴充壯大，即使屬於邊緣定位之女性書寫活動，亦受特有傳統之強大影響，因傳統價值所形成之疑慮與不安，對照於自我實現之自覺自省，其人於書寫表現過程中屢有不安與疑慮之特徵於焉形成，而為明顯且特有之書寫意識。

㉘　語言文字或知識本身對於社會秩序或權力而言有其中心重要性，而女性一旦從事書寫活動，明顯運用語言文字之力量，此舉顯然與其既有之社會地位甚或其本身自我定位有所衝突，是以作品中往往可見自我之不安與焦慮，另一方面，亦有女性書寫者則表現強烈之自信，然於實際作品內容之安排或書寫背景之陳述上，則又不免陷入傳統之設限中，形成另一種形式之對立。

參考書目

Dorothy Ko, Teachers of the Inner Chambers：Women and Culture in Seventeenth-Century China, Stanford UP, 1994。

Ellen Widmer and Kang-I Sun Chang ed., Writing Women in Late Imperial China，Stanford UP 1997。

施淑儀：《清代閨閣詩人徵略》，北京：中國書店，1990。

胡文楷：《歷代婦女著作考》，上海：上海古籍出版社，1985。

陳寅恪：《再生緣與陳寅恪論再生緣》，臺北：鼎文書局，1975。

楊蔭深：《中國俗文學概論‧中國歌謠》臺北：世界書局，1991。

葉德均：《戲曲小說叢考》，臺北：文史哲出版社，1989。

趙世杰、朱錫綸編輯：《歷代女子詩集》，臺北：廣文書局，1981。

劉向：《繪圖古列女傳》，臺北：廣文書局，1978。

鄭振鐸：《中國俗文學史》臺北：世界書局，1980。

譚正璧：《中國婦女文學生活》，臺北：河洛出版社，1977。

期刊論文

胡曉眞：〈女作家與傳世欲望——清代女性彈詞小說中的自傳性問題〉，《語文、情性、義理——中國文學的多層面探討國際學術會議論文集》，一九九六年四月。

劉詠聰：〈「女子弄文誠可罪」——古代女性對於文藝創作的罪咎心理〉《女性與歷史——中國傳統觀念新探》，香港教育圖書公司，1993，頁105-112。

參考書目

Dorothy Ko, *Teachers of the Inner Chambers: Women and Culture in Seventeenth-Century China*, Stanford UP, 1994.

Ellen Widmer and Kang-i Sun Chang, ed. *Writing Women in Late Imperial China*, Stanford UP, 1997.

林海音的女性小說與
臺灣文學史

應鳳凰*

一、前　言

　　林海音長久的寫作歷史，以及多年的編輯與出版經歷，使她在臺灣文壇具有相當高的知名度。比較於同時代其他作家，她對戰後臺灣文學發展也有較大影響力。可惜的是，臺灣目前出版的幾本文學史書裏，林海音所佔的篇幅極小，與她的成就貢獻完全不成比例，此其一。

　　其二，這兩年臺灣文學研究蓬勃發展，在學術討論會不斷召開之際，同樣的，林海音的相關研究論文也極少：不論是女性文學相關的議題，還是針對林海音產量最豐的「五十年代」文學時期的討論，都少有學者把研究的焦距移到林海音身上。

　　就上述現況作為研究背景與動機，本文將內容歸納成兩大重

*　　德州大學東亞系助理講師

點:一是討論林海音的小說特色,尤其她在女性議題方面的特殊表現。其二是她在臺灣戰後「文化生產」領域所扮演的角色:從五十年代主編聯合報副刊,到後來自己創辦〈純文學〉月刊及出版社,針對她編輯工作的具體成績,探討國民黨文學體制下,媒體主編與戰後文學傳統的互動關係。論者無不強調,五十年代是一個黨國機器掌控一切的威權時代,在如此封閉的政治文化背景之下,重要媒體(如報紙副刊)與「主導文化」的關係,比之其它年代,更爲密切也更形複雜。但我們從歷史回顧的角度來看,也更容易分辨主編這一「角色」功能,及其推動文學發展的潛力與重要性。

換句話說,林海音在戰後臺灣文學史的地位,不僅可以從小說創作的成就加以考量,還可以另外從她在「文化生產領域」所扮演的角色加以分析。事實上,這兩方面的討論,都牽涉到她作爲「女作家」或「女主編」的性別角色。舉例來說,目前爲止的臺灣文學史書,概以「臺灣意識」爲中心議題:雖然以描述臺灣文學流變爲內容,目的卻在建構臺灣主體性,明顯可列入「國家論述」的一環,因此而不能有多少篇幅留給這類比較上「視野狹窄」的,非政治性的,諸如林海音的女性小說,也不是難以理解的。

父親是臺灣苗栗人,卻從小在北平長大的林海音,本名林含英,一九一八年出生。直到去年的一九九八,正好八十歲整。她是一九四八年帶著幼子丈夫,從大陸北平回到海島臺灣的──方當三十年華的林海音,此時已成家立業──不但早已從堅毅的少女,成爲能幹的少婦,更在北平世界新聞學校畢業之後,在主婦角色以外,還當過北平的報社女記者、圖書館員等職業。

但林海音一生眞正的文學事業,卻是到了臺灣之後才展開的。

「文學事業」包括她所嗜好的文學創作，以及成為終身職業的編輯與出版。先說後者：她在臺灣的五十年文學生涯中，一直沒有離開編輯桌的職業——從主編聯合報副刊十年（1953 到 1963），又創辦《純文學》月刊（1967 起五年，共出 62 期），到單獨主持「純文學出版社」（1969 到 1996）——她作為一連串文學生產事業的「掌門人」，不論編報紙副刊、文學雜誌，還是編文學書，經營出版社，樣樣做得有聲有色；兼顧了文學的純粹性重要性，也都辦得風風光光，為文壇培植不少後進，稱得上是一位敬業且傑出之女性編輯者兼出版家。這樣的終身職業，不可免的，與五十年來臺灣文壇的作家與作品、文學生產與消費，發生密切關係。

再說她的創作生涯：五十年如一日，林海音於編輯專業之外，也從未中斷她的創作。事實上，她的創作才華，起步得比她的編輯事業更早，尤其小說創作，豐收期集中在五十年代末及六十年代，也就是差不多在主編聯合副刊那個最早的「編輯階段」。她的第一本書《冬青樹》出版於 1955 年底，直到 1967 年創辦《純文學》月刊，她便很少再寫小說了，轉而寫散文及回憶性文字，包括兒童文學。而這短短十二年的「小說創作巔峰期」，身兼家庭主婦的林海音，在編輯職業之外，竟擠出時間寫了四部長篇小說：《曉雲》《城南舊事》《春風》《孟珠的旅程》，還另出版三本短篇小說集：《綠藻與鹹蛋》《婚姻的故事》與《燭芯》，總計是二十六個短篇加四部長篇（參考附錄一），產量十分可觀。

本文即以林海音文學事業的兩大內容——創作與編輯，作為兩個重點分別加以討論，既強調這兩樣成果與社會背景的互動關係，也探索其與臺灣文學傳統的連繫。因創作部份只集中討論小說，並

不及於散文，就林海音整個文學歷程來看，時間的跨度不得不縮小在前述「盛產期」的五十至六十年代。而這個時期又與林海音的「聯副主編」時代重疊，因此本文所含蓋的時間與社會背景，也要聚焦在這個國民黨剛剛播遷到臺灣的，最前面的兩個十年。

二、林海音的女性小說

林海音著名小說《城南舊事》初版於 1960 年 7 月（臺中光啓出版社），這部作品無論就藝術形式或主題內容，在戰後臺灣文學歷史既富代表性，於作者個人尤具里程碑的意義，是討論林海音小說最好的切入點。小說以民國十幾年（即二十年代）北京城爲時空背景，以小女孩英子（作者小名）一對童稚眼睛看世界的第一人稱敘述觀點，單就其外在的文學形式看，即頗有創意：它既像散文又是小說，或也可說是「介於二者之間」。又如齊邦媛在書序說的：既可以是長篇小說，也可以獨立爲短篇故事，編目錄的人面對這樣一本書，很要費一番苦心加以歸類。

從其回憶「舊事」，自敘童年生活的性質筆觸來看，多少具有散文的形式風格，但林海音也不反對別人將其列爲「自傳體的小說」❶。事實上，除了前後各加上總結性文字，以爲小說框架，整部作品由四段故事組成，每段皆有集中的情節與人物——林海音最初發表時，這些短篇確曾在不同時間，不同雜誌上刊出：例如其中

---

❶　林海音：〈城南舊事重排前言〉，《城南舊事》（臺北：純文學出版社，1983 年）。

的〈蘭姨娘〉即先登在 1957 年底的《自由中國》半月刊,〈我們
看海去〉則先發表在 1959 年 4 月夏濟安主編的《文學雜誌》。

《城南舊事》與回憶文學

但《城南舊事》作爲一部長篇小說,形式卻是非常完整的:不
僅敘述觀點從頭到尾全由英子一個人的角度加以貫串,而且「時
間、空間、人物的造型、敘述的風格全都有連貫性」❷(頁 2),
看得出作者當初是先搭好一部長篇的架構,再逐步完成的。光以北
京一地爲小說場景並非它成爲長篇的重要因素;例如白先勇
(1937~)的《臺北人》❸,雖以「臺北」爲全書統一的地理場
景,但每個短篇都有獨立的主角主題與敘述手法,便明顯是短篇小
說的結構與設計。

當然,這部小說的成功,不會光是形式,而必然有相稱的主題
內容。《城南舊事》後來由中國大陸改編拍成電影(上海電影製片
廠,1982),且連續得獎❹,愈增加原著的知名度。如此「名
著」,文學史編寫時無法不提到它,也出現了各方對這本書主題的
不同詮釋。舉最明顯的例子:因《城》書完成於五十年代,一些文
學史,便將它納入社會環境,與同時期作品潮流一起考量。五十年
代臺灣文壇盛產的作品,一是反共文學或戰鬥文學,二是思鄉懷舊

---

❷　齊邦媛:〈超越悲歡的童年〉,《城南舊事》重排新版書序。

❸　白先勇:《臺北人》,(臺北:晨鐘出版社 1971 年初版,爾雅出版社
　　1983 年再版)。

❹　《城南舊事》電影導演吳貽弓因該片得中國電影金雞獎最佳導演。又獲海
　　外第二屆馬尼拉國際電影節金鷹獎。

的「回憶文學」或「鄉愁文學」。依《城南舊事》的題材與故事背景，評論家們不加思索，就將其歸入「回憶文學」一類，例如王晉民《臺灣當代文學》，就直接把《城》書歸爲「純粹的回憶文學、思鄉文學」❺，屬懷鄉文學的第一類。黃重添也如此分類，認定它是臺灣「常見的文學品種」，『回憶文學如屬於小說的，亦可稱之爲「鄉愁小說」』。❻

　　兩岸史書對這一文類有完全不同的詮釋。在彼岸學者看來，「懷鄉文學」印證了臺灣是中國不可分割的一部分，是「鮮明地表現了（臺灣）作者對祖國與民族的感情」❼。在此岸，葉石濤則有相反的評論，他在《臺灣文學史綱》裏，對這四個字的定義是這樣的：

　　　　像這樣的懷舊，把白日夢當做生活現實中所產生的文學，乃
　　　　壓根兒跟此地民眾扯不上關係的懷鄉文學。……儘管臺灣民
　　　　眾毫無困難和阻礙地接受懷鄉文學的那濃厚鄉愁，但這和本
　　　　地民眾現實上的困苦生活脫節，讀起來好像是別的國度裏的
　　　　風花雪月了。❽

在如此渾沌不清的評論情境下，本文因此要強調《城南舊事》的兩

---

❺　王晉民：《臺灣當代文學》（廣西人民出版社，1986 年），頁 40。
❻　黃重添：〈故園在他們夢裏重現〉，《臺灣長篇小說論》（福建：海峽文
　　藝出版社，1990 年），頁 128
❼　王晉民：《臺灣當代文學》，頁 91。
❽　葉石濤：《臺灣文學史綱》（高雄：文學界雜誌社，1987 年），頁 89。

大特色：其一，它儘管形式上可能被列入各種類別，但內容主題上卻不宜歸入「回憶文學」一類，更不是什麼「懷鄉文學」。其二，它是五十年代一部披露女性經驗與困境的女性文學，以其藝術的開創性和主題的代表性，有資格讓今後的文學史家再評析本時期文學作品時，注意或創立這樣一個新文類。

　　前面已提到，林海音是臺灣苗栗人，和 1949 年其他來臺的大陸人不同，許多北方人只是隨著大軍逃難，她則是「回到自己的家鄉」。作家鍾理和（1915~1960）也曾寫過描述北京大雜院生活的小說《夾竹桃》❾，這些作品皆屬臺灣作家的「中國經驗」，下文當再論及。很明顯的，小說《城南舊事》的城，只是一個特定的地理環境，或故事背景，做爲襯托主題之用，可以發生在任何地點，任何城市，主題並無不同。讀過這部小說的人都看得出來，其實小說裏的「中國符號」極爲薄弱，而以女性爲主的「性別符號」則十分強烈，是典型由一個女作家寫的「一群女人的故事」，也是一部從女性的眼睛出發，特別看得見女人種種桎梏的長篇小說。

英子的觀點

　　歷來評論《城》書的文章，無不稱贊它「從一個小孩眼睛看世界」的「敘述觀點」。例如齊邦媛的評論兼書序即提到：故事發展循著英子的觀點轉變，而英子「原是個懵懂好奇的旁觀者，觀看著

---

❾　鍾理和：《夾竹桃》（北平：馬德增書店，1945 年初版），1976 年臺北再版時收入《鍾理和全集》。

成人世界的悲歡離合」❿。是的，書中的四段，從「惠安館」，
「我們看海去」「蘭姨娘」，到「驢打滾兒」，各段自成情節，也
各有一個中心人物，他們圍繞在英子生活的四周，加起來便是從她
眼睛看到的成人世界。

我們甚至還可追溯到約四十年前，高陽（許晏駢 1926~1992）
寫的第一篇評論。他也認為這個特色是全書最大成功。以高陽本人
對寫作技巧的熟捻，很知道這方面的困難，因為作家「模擬孩子的
身份來寫小說」，常出現「大人說孩子話，往往變成孩子說大人
話，七八歲的孩子的嘴臉，似乎比哲學家更智慧」，而林海音卻能
嚴守分際，以優越的技巧，避免了「這種毛病」⓫。

本文同樣推崇這個「敘述觀點」的與眾不同，但認為還可以延
伸。小說固然是從一個七歲到十三歲小孩「好奇的眼睛」看世界，
但英子更是個「女」孩，她具有一雙專屬於女性的，敏於同情的眼
睛，特別能看見那些掙扎在性別壓迫中難以翻身的女人。《城南舊
事》四段中，女性故事佔了三大段，三段中又正好包括了老中青三
代不幸女人的三種典型。追尋她們不幸的源頭，無不直接來自男
人：「惠安館」的女主角所以瘋了，是因為使她懷孕的男人：一個
從外地來北京讀書的大學生，被家裏召回後從此渺無音訊。「驢打
滾兒」裏的宋媽，則是那位定期從鄉下來拿錢的丈夫——他在家鄉
賭博，導至幼兒溺斃；他甚至把初生的女兒，隨手送與路人，而這

---

❿　齊邦媛：〈超越悲歡的童年〉，頁3。

⓫　高陽（許晏駢）：〈《城南舊事》的特色〉，《文星雜誌》42 期，1961
　　年 4 月，頁35。

一切都瞞著在城裏辛苦工作的宋媽。

當然，這些女人的桎梏，不單純來自性別；是性別之上，還加了經濟的、社會的、封建的因素。作者曾透過英子天真的語氣問宋媽：爲什麼你單身從鄉下到城裏來幫人工作？爲什麼放著自己的子女不照顧，卻來照看英子和英子的弟弟？宋媽這時的回答，其實只說了部份原因：丈夫『沒出息，動不動就打我，我一狠心就出來當奶媽自己賺錢！』（頁 197）但我們從故事邏輯看得清楚，更大原因是：貧窮的農村婦女，如果丈夫缺生產力，她不得不出外工作，以換取一對子女的起碼生活費用。

第三段的「蘭姨娘」又是另一個例子。她是爲了哥哥的病，三歲就被賣到北京的蘇州姑娘。上二十歲的青春年華，即「從良」當了六十八歲有錢男人的姨太太。小小的英子對蘭姨娘有無比的同情，她聽完她自述後的反應是：

> 一個人怎麼能沒有媽？三歲就沒了媽，我也要哭了。(頁174)

《城》書裏經常描述「女人與生養」，可以說這部小說另一主題就在探討母女關係。比如導致「惠安館」女主角秀貞發瘋的真正原因，不光是男人的一去不回，重要導火線是她生產之際，父母代她將初生兒「處理」掉了——他們趁著天沒亮將嬰兒包裹起來丟在城門底下。在那樣一個保守的，善良的北京社會，單純的秀貞，『打這兒就瘋了！可憐她爹媽，這輩子就生下這麼個姑娘』❷。這是英

---

❷　林海音：《城南舊事》，頁 48。

子聽到街坊間的對話。書中的宋媽、秀貞，一老一少兩位母親，都在辛苦生產之後，不明不白遺失了親生女兒。

英子聽了旁人的故事，忍不住回家確認自己的身分：她問母親自己是不是她「親生的」。確定之後，又加問一句：『那麼你怎麼生的我？』這件事她早就想問了。

> 「怎麼生的呀，嗯——」媽想了想笑了，胳膊抬起來，指著胳肢窩說：「從這裏掉出來的。」說完，她就和宋媽大笑起來。（頁67）

這段對話洋溢一片天眞的童趣，表面上看去是兩個大人對一個小女孩的輕鬆玩笑，然而從英子的角度，卻是嚴肅的，對「生之奧秘」的探索，所以「這件事她早就想問了」。

就像秀貞的突然喪失心智，得了瘋病一樣，「母親的角色」有許多無法理解的奧秘。而「母親的角色」除了生育，還有養育。最後一段「驢打滾兒」的宋媽，她因爲照顧英子的弟弟久了，當奶媽的，已經比生母還更疼愛這個一手帶大的小孩，她像親生骨肉一般捨不得與孩子分開，即使自己家中連遭變故。

外鄉人眼裏的北京城

馬森曾在一篇短評裏，拿《城南舊事》的林海音，與專寫北京市井人物知名的三十年代小說家，老舍（舒慶春，1899~1966）的風格相比，有這樣的結論：

老舍對北平所知之深、所見之廣，恐怕沒有一個別的作家可以與他相比了。

但是他偏偏沒有看到林海音所看的，沒有寫到林海音所寫的。❸

此一評論與比較都是很細膩的觀察。此處要補充的，是林海音所以能看到老舍看不到的北平，不只像馬森所說，是她小說通過「小女孩」的眼光，而老舍通過「成人」的眼光。更大的原由，恐怕還在他們的性別：一個是男作家，另一個是女性作家。前面已提到，《城》書作者有一雙特屬於女性的敏銳眼睛，她所看到的性別壓迫，她所聽到這樣桎梏下的女性呻吟，是一般成長在父權社會的男性作家體會不到的。

　　《城南舊事》裏英子的角度，除了是女性的眼睛，一般不常提到的，還有一對「臺灣人」的眼睛。小說裏愛說話的英子，取笑她母親說不好北京話：

　　　　媽，……二十，不是二俗；二十一，不是二俗錄一；（頁88）

從語言口音的不諧調，最能顯出英子一家是「外地人」的旁觀者角色。所以英子再三提到，爸爸把「惠安館」說成「飛安館」，媽媽

---

❸　馬森：〈一個失去的時代〉，《燦爛的星空：現當代小說的主潮》（臺北：聯合文學出版社，1997年），頁150。

則說成「灰娃館」，似乎有意強調他們家口音龐雜：她有一個閩南人的母親，一個說客家話的父親。

小說開頭，作者是這樣介紹母親出場的：

> 這是我們在北京過的第一個冬天。媽媽還說不好北京話，……媽不會說「買一斤豬肉，不要太肥」。她說：「買一斤租漏，不要太回」。（頁36）

善於說話的英子，聽覺也比一般人敏銳，小說起始，敘述者就用上述幾句傳神的閩南腔，來達到她們家原是「外鄉人」的最佳效果。父親愛說客家話，他教訓英子的口頭語是『做唔得』，向太太表示自己毫不在乎，什麼都不怕，脫口就是『驚麼該』（頁 164）。作者更愛利用小說主人公的生活細節，處處呈現英子一家人的臺灣背景，如英子會唱爸爸幼時教的客家情歌，如『我想起媽媽說過，我們是從很遠很遠的家鄉來的，那裏是個島，四面都是水，…』（頁51）

英子個性與當地孩子也有些不同，例如別人都怕胡同裏的瘋子秀貞，唯獨她不怕；她也不認為秀貞得了什麼瘋病，最初只當是玩「過家家兒」：共同想像一個虛構人物，是多麼好玩的遊戲。英子天生有一種見義勇為的霸氣，也是同齡小女孩中少有的，所以街坊罵她是「小南蠻子兒」。而這類評語，英子聽了立刻找到很好的對比：『就像爸爸常用看不起的口氣對媽說「他們這些北仔鬼」是一樣的吧！』。（頁44）

她看著宋媽跟人打招呼，想起：『爸爸說北京人一天到晚閑著

沒有事，不管什麼時候見面都要問吃了沒有』。（頁 40）從字面看，這是英子從爸爸那兒借來的意見，但也可以是作者本人從一個「非北京人」的角度，對當地人長久觀察之後的評語。林海音與老舍的不同，除了性別，應該還有外鄉人看北京，與土生土長者看北京的不同。

其他長篇小說

除了《城》書，作者另有三部長篇小說：之前的一本《曉雲》（1959），七年後又連續出版《春風》與《孟珠的旅程》（1967），無不同樣以女性角色為小說世界中心，女性做第一人稱敘述觀點。當然，這三部小說的主人翁——家庭教師「曉雲」，《春風》裏的女校長「呂靜文」，以及女歌手「孟珠」，都早已不是小女孩，而是離鄉背井從大陸流徙到臺灣的女性知識分子，在這裏經歷她們挫折的愛情與婚姻。

三部長篇，若從題材看，都是外遇故事，都是女性在錯綜的「婚姻」與「愛情」間翻滾掙扎，總也解不出答案的複雜三角習題。例如文弱而早熟的曉雲，就是道地的「第三者」，她愛上任家教那一家的男主人，女主人而且是權勢在握，極精明老練的富商之女。

另一部《春風》，女校長辦學有成，化雨無數，卻不免在婚姻上力不從心，致使文弱的丈夫於中部另築愛巢，且養大一個乖巧伶俐的小女兒。最後一部，歌女「孟珠」在結婚前夕，發現勤勉忠厚的未婚夫，竟是自己一心栽培供其上大學的妹妹，多年來傾心的情人。

　　這類「外遇」故事，或稱作「文藝愛情小說」，若置於戰後臺灣文學傳統來看，才眞叫「常見的文學品種」，五十年來不但產量多，而且印數龐大。換句話說，就文類而言，這類小說並無任何特殊之處。林海音小說特別引起我們注意的地方，是她善於從女性觀點處理題材的一貫作風——她不但在描寫兩性關係時，總能看到女性的弱勢與困境，並且在呈現這些困境的同時，常常能用女性關係，如母女之間或姐妹親情加以對照。看得出來，林海音在面對性別議題時，是很有女性自覺的，這是她和戰後其他女作家最大不同的地方。

　　例如她描寫「第三者」曉雲時，除了外遇故事本身，更費了許多筆墨交代曉雲的身世背景。如此一來，小說便從臺灣「此時此地」的五十年代社會，延伸到曉雲母親一代在大陸的婚姻故事。甚至可以說，這部小說眞正重點，是要描寫這對在臺灣相依爲命「孤兒寡母」兩代女性所遭遇的不幸婚姻。

　　曉雲母親在北京才進大學一年級，就因愛上她的文學教授而不顧一切嫁給他（足見是夠前進的五四新女性）。七七事變的突發，讓這位教授有機會丟下老家妻小，帶著愛人遠走高飛。這種「第三者型」的婚姻當然是不幸的，「沒有名份」的慘痛經驗不只上一代忍受，還禍延至下一代。例如已經換到臺灣的時空背景，正室的女兒仍理直氣壯來搶佔財產與撫恤金，曉雲從小既缺乏父愛，在親朋之間尤其沒有地位。

　　兩代婚姻皆不幸，巧合的地方是，母女儘管處在不同「時空背景」，兩人對感情的信仰模式倒是一致：都信仰「愛情至上」，所以也都在婚姻路上跌得頭破血流。

　　女性對愛情的執著是先天的還是後天的？曉雲念小學時，走在路上當眾被一個高班同學「重重地向地下唾了一口」。因爲她是小太太的女兒。這個「呸的一聲」，堪稱是生動而傳神的象徵性動作，象徵著中國傳統封建「遺毒」，不只毒害幼小心靈，還帶給女性一生難以治愈的創傷羞辱。作者仿佛有意借這個動作的蠻橫意象，代替曉雲，也代替所有無辜受歧視的女性，提出她的疑問——女性的「賤骨頭」必定是與生俱來的嗎？從這類角度來閱讀外遇故事，就不會站在一般人或男性中心的「道德譴責觀點」，而能同時思考女性的愛情觀，以及整個社會傳統禮教特別加給女性的不公平待遇。

　　《春風》簡單的說，是一部女性教育家辦學成功的故事，描述這位有愛心也有能力的校長，如何一步一步建立起她的理想與事業；丈夫有「外室」多年，她竟完全不知情。這是與《曉雲》完全不同模式的外遇故事，唯一相同的是，作者敏於從女性思考的「角度」：爲什麼男性兼顧「事業與婚姻」是那麼輕而易舉，而女性卻總像魚與熊掌那麼困難？

短篇小說〈玫瑰〉與〈春酒〉

　　以上只涵蓋了林海音的四部長篇。如果把她的二十六個短篇加進來一起討論，即收在較早的《綠藻與鹹蛋》，後來文星書店出的小開本《婚姻的故事》和《燭芯》，則前述的主題與女性思考角度依然適用。自其藝術表現較成功的幾篇來看，精短的小說形式，揮灑起來反更輕便順手，所發揮的批判鋒芒也更銳利。

　　像收在《綠》書裏的〈玫瑰〉：這兩個字，是一個被綠燈戶收

養的小女孩名字。小說敘述者，是與她師生關係極好的小學老師。通篇就是女老師眼中，一個勤學溫婉小女生一步一步「預備」及當了酒女後的短短生命歷程。明顯的，小說批判箭頭指向臺灣的養女制度。從一個懷抱教育理想者的敘述角度，尤突顯個別人物對一個大制度的無可奈何；師生兩人對命定之未來雖有默契，可憐「老師角色」能做的實在太有限了。篇末，當老師展讀來信，感同身受酒女玫瑰的痛苦時，有這樣的反省：『我有些後悔給了她太多的書讀，使她對於是非的辨別太清楚』（頁96），既是對那催殘女性制度的無能為力，本身也是教育理想性虛幻性的反諷。

就批判的銳利性來看，同書中還有一篇〈春酒〉尤值得一提。短短三千字不到的小說，真就是寫一位家庭主婦（敘述者），參加了一餐春節家宴之所見所聞。一群養尊處優的遺老官太太們，你一句我一句，爭著埋怨眼前生活之不便，大家沉醉在反攻大陸便可如何如何的美夢中：

> 等到反攻大陸，就都有辦法了，……臺灣這點點人，大陸不夠分的！（頁39）

於是互相封官加爵，作著種種打算。篇尾是敘述者一個人在回程的暗巷中忍不住一陣嘔吐，以讓心中的齷齪「傾吐為快」作結。主題清楚地，也直接了當地，批判了當時大陸人普遍的「過客心態」。

注意這篇小說發表的時間是 1953 年 3 月。一般總認為臺灣文壇「批判過客心態」，是七十年代鄉土文學興起以後的跡象。當然也有例外，在美國教書的劉紹銘就把〈春酒〉選入他編的英文版

《香火相傳：1926 年以後的臺灣小說》❶（1983），這是美國第一本「臺灣小說選」英文教本，收有戰前到戰後從賴和、楊逵以降的十七家作品。我們不知道主編是根據它的「主題」，還是根據這篇小說代表的「年代」入選（因它排在戰後第二篇，緊跟著鍾理和的〈貧賤夫妻〉，兩篇都發表於五十年代）。

〈春酒〉描寫的，當然是五十年代社會普遍的現象，但如果說它「代表」戰後初期臺灣文壇的「作品」，可說選得極沒有代表性。目前幾本臺灣文學史，喜歡強調五十年代作品全是「離地生長」，與腳下這塊土地沒有關係的反共文學或懷鄉文學。這種貼以政治標籤的「文學史現象」，較為合理的解釋是：五十年代的「英子」太少，難以引起論者注意；要不就是英子太「女性」，進不了以國家論述之文學史書所關心的範圍。劉紹銘的「慧眼」在於他看到〈春酒〉的批判性是別具「臺灣個性」的，是臺灣這塊土地的產物，也是前面提到，英子有一雙臺灣人的眼睛。

外來的大陸人，這時候確有可能腳根還沒站穩，一定也有本地作家對這類心態深感不滿的，然而光復未久日文即全面禁止的臺灣文壇，多少日據以來的本土作家正苦於失去語言，失去表達的聲音。如此說來，林海音這類數量雖少，但代表多數人聲音的批判小說，豈不該更受到史家的注意。

像鍾理和一樣，林海音也是因早年特殊的中國生活經驗，才使

---

❶ 原書名：《The Unbroken Chain: An Anthology of Taiwan Fiction since 1926》, Bloomington: University of Indiana Press, 1983. 中文版由臺北：時報出版公司印行，書名《英武故里》。

她比同時代的省籍作家更早掌握熟練的白話文寫作能力。文學史書論及戰後臺灣作家時，常把鍾理和、鍾肇政、陳火泉、葉石濤等，歸入所謂「戰後第一代」，而這樣分類是以「語言」作標準的（他們因戰後才開始學中文故又稱為「跨越語言的一代」）。此時我們也看到論者在「標籤」作家的時候，經常出現的漏洞：例如六歲即被父親從日本帶到北平生活的林海音，因為沒有類似「跨越語言」的問題，似乎被排除在這些類別之外了。

〈殉〉〈燭〉〈金鯉魚的百褶裙〉

　　林海音最膾炙人口的幾個短篇小說皆以民初中國女性與婚姻為描寫對象。〈殉〉發表最早，刊在 1957 年初《自由中國》半月刊，寫一個書香門第的五四女性，如何從履約「沖喜」，新婦即成寡婦，然後度過漫長寂寞的一生。她用精緻的刺繡工夫排遣時間，但她也是人，有著常人的七情六慾，禁不住自己悄悄愛上英挺的小叔。諷刺的是，外面那瞬息萬變的「民國新時代」與她一生的寂寥、封閉正好成了強烈對比。

　　〈燭〉也寫大戶人家一個賢惠太太的一生。為了不辜負「賢惠」的美名，她不敢反對丈夫納妾，只好裝成癱瘓，以消極懲罰丈夫的變心與侍妾的得寵。以後的一生，就從假癱變成真癱，半生歲月都消磨在狹小的床褥，常年陪她的是一截灰暗的蠟燭。

　　〈金鯉魚的百褶裙〉裏的「金鯉魚」，跟「蘭姨娘」、「玫瑰」一樣，都是從小買來的。只不過金鯉魚「肚子爭氣」而最有福氣，生兒子之後得到老爺和太太的寵愛。無奈她一生無論花多大力氣都跳不脫「姨太太」的次等名位，不但兒子的婚禮穿不上百褶

裙，死後連棺材都不能從正門走出去。當兒子的在出殯那天，不平的大喊：『我可以走大門，那麼就讓我媽連著我走一回大門吧！就這麼一回！』聲音發自那樣悲戚的場面，但覺力透紙背，像是嘶聲力竭爲天下所有翻不了身的女性而吶喊。

這三篇都是民國時代，也是林海音自己婆婆那一代的婚姻故事，正是英子眼中所見，女人專有的悲慘世界——無論當男人的「二」太太，像金鯉魚；或〈燭〉裏有身分的「大」太太；甚至終身守寡，當「沒有男人」的寂寞太太，一律被捆綁在枷鎖般的婚姻制度下，沒有一個能從沉重的封建陰影裏脫身。如果前面的〈春酒〉等篇，屬於英子的臺灣眼睛，那麼這一批婚姻故事，就是英子特有的「女性眼睛」。批判傳統封建制度的小說，自三十年代以降，早已不計其數，而林海音所著力批判的中國傳統，則指向特別不利於女性的那個部份。這一類小說，表現出明顯的女性意識，已經爲戰後臺灣文學傳統，建立起具有文本意義的女性美學。

三、突破性的編輯角色

出現在各種資料上的林海音簡介，必定提到她早期編副刊的經歷。活躍於六、七十年代文壇小說作家，自鍾肇政、黃春明、七等生、林懷民以下，許多人在文章裏回憶他們投稿初期與老編「林先生」的關係⓯。比較詳細的林海音小傳，也常加上她栽培提拔了許

⓯　一部份回憶老編的文章收在林海音的《剪影話文壇》，純文學出版社，
　　1984 年

多新銳作家，「對臺灣文學的發展有相當的貢獻」云云。

事實上，她在編輯桌上的成就，包括因而對戰後文學發展的具體影響，並沒有真正受到目前文學研究者的重視。前面提到林海音的「聯副主編時期」是從 1953 到 1963 年，時間差不多橫跨國民黨剛落腳臺灣的第一個十年。這個時期臺灣文壇整個情況，葉石濤在他的史綱裏一段概括，有扼要的說明：

> 從一九五○年代到一九六○年代的十年間，臺灣文學完全由來臺大陸作家所控制，臺灣作家的作品既少水準又不高……。這固然是省籍作家，面對了語文轉換的艱辛不容易運用中文寫作有關，但四十年代到五十年代的政治彈壓，也造成了省籍作家的畏縮和退避，……。（大陸）來臺的第一代作家包辦了作家、讀者及評論，在出版界樹立了清一色的需給體制，不容外人插進。（頁86）

這段敘述給戰後初期的臺灣文壇提供了清楚的背景資料，更扼要點出省籍作家一時沉寂的兩大原因：一是語言轉換，一是二二八的傷痕，針對他們面臨的困境，這是當時普遍的實況。但這段話應分成兩部份來看，即前半段是因，後半段是果；換句話說，是國家語言政策造成省籍作家的「失聲」在先，才有出版界「清一色」於後。

然而，至少有兩個例子可以說明或證明，林海音主持的編輯臺，曾為這個「不容外人插進」的出版界，開了一道出入口。首先，根據她為聯副三十年大系寫的主編回憶錄，提到她在「本省作者尚不多」的戰後初期，先後刊登「施翠峰、廖清秀、鍾肇政、文

心」等人的文章——熟悉五十年代文學史的人都知道，這批作家，正是前面提到被稱作跨越語言的「戰後第一代」臺灣作家，也是省籍文人自己刻鋼板印行同仁刊物《文友通訊》九位成員中的四位。林還提到當時一位作者，『常常寄來雋永的散文⋯⋯文字也是從日文跳過來的，尚不能達到流暢的地步，但是我很喜歡，總是細心的把文字整理好給他發表』❿（頁96）

不只她本人，九十年代研究論文也作了相同的陳述。清華大學李麗玲在研究五十年代臺灣文壇及臺籍作家困境時，談到作家與國家文藝體制的關係，有這樣的敘述：

> 真正接納較多臺籍小説家作品的，則為林海音，她是五十年代與臺籍小説家關係最密切、最具影響力的重要編輯。從最早的施翠峰到文心一系列的散文，後期鍾肇政、鍾理和的小説，幾乎以「聯副」做為主要發表場域。⓱

鍾理和知音者

另一件則是再三被引述的，主編者林海音與投稿者鍾理和的關係。鍾理和去世於1960年。看同文這段回憶：

---

❿ 林海音：〈流水十年間——主編聯副雜憶〉，《風雲三十年——聯副三十年文學大系史料卷》（臺北：聯合報社，1982年），頁96。
⓱ 李麗玲：《五十年代國家文藝體制下臺籍作家的處境及其創作初探》，國立清華大學文學研究所碩士論文，1995年。

> 四月十四日，鍾理和的第一篇小說〈蒼蠅〉出現在聯副上，
> 第二篇〈做田〉發表在同月十八日上，從此奠定了他向「聯
> 副」投稿的基礎，從這時到（民國）四十九年八月三日去
> 世，鍾理和一生的著作，可以說是百分之九十在聯副發表。
> （頁105）

我們從鍾理和日記，從五十年代流通在小小圈子的《文友通訊》上
知道，鍾理和以及一群「文友」當時都是「退稿專家」，鍾備受文
友贊美的小說稿，也遭到同樣「到處被退的厄運」❶（鍾肇政
語）。

不只如此，鍾去世時手中修改的中篇小說《雨》，林海音隨即
從 1960 年 9 月起開始在副刊連載。爲完成死者的心願，她更運用
出版界的良好關係，在省籍作家出書極困難的年代，設法籌款付
印，出版了鍾理和在臺灣最早的兩部單行本《雨》（1960）及《笠
山農場》（1961）。

鍾理和文學自七十年代以後，不斷提升知名度，也隨鄉土文學
興起而逐步經典化，至今已是臺灣文學遺產中耀眼的瑰寶。事實
上，他產量最豐的十年創作期，正好集中在戰後初期五十年代，如
果當時文壇或出版界，眞是像葉石濤說的，「不容外人插進」，是
一個密不透風的「清一色需給體制」，也許今天就沒有了呈現南臺
灣鮮麗色彩的鍾理和文學。

---

❶ 鍾肇政：〈也算足跡〉，重刊全部 [文友通訊] 引言，刊《文學界》第五
集，1983 年春季號，頁122。

　　猜測葉石濤的意思，是在說當時國民黨的文藝政策，或「國家文藝體制」——黨機器整個「包辦」文壇運作，黨中央既有反共政策，各媒體主編也大都來自黨政軍相關背景。其實聯合報副刊在當時文壇，不是讀者最多的，排在林海音前面的，至少還有五家大有影響力的副刊和身兼作家的主編：像中央日報副刊（耿修業、孫如陵），新生報副刊（馮放民、姚朋），公論報副刊（王聿均），民族晚報副刊（孫陵），中華日報副刊（林適存），更有不計其數的文藝雜誌、文學性出版社。這麼「蓬勃」的臺灣文壇，鍾理和生前竟沒有出書的機會，只留在遺囑上，成為未了心願。他的遺作是這樣出版的，是林海音「五十、一百的，捐來了幾千元款子」[19]，等收到預約的錢，才把印書欠款還清——無怪乎張良澤在《鍾理和全集》總序的一個標題上，稱林海音是「鍾理和的知音者」[20]。

　　報紙副刊讀者群龐大，比較其他文化生產機構，它的影響力是相對深遠。在國家機器掌控文化生產與消費的時代，正如一篇論國民黨文藝運動文中說的：副刊始終是推動文藝政策的「一個主力」[21]。如果站在主導文化的角度看林海音，她並不是孜孜配合文藝政策的「聽話」主編；而「提拔新銳」的另一面，就是她「膽子大」，什麼稿子都敢登，這類態度在封閉的文化社會，堪稱帶著叛

[19]　林海音：〈一些回憶〉，收入《鍾理和全集》第八卷，張良澤編，（臺北：遠行出版社，1976年），頁214。

[20]　張良澤：〈總序〉，《鍾理和全集》共八卷，（臺北：遠行出版社，1976年），頁8。

[21]　尹雪曼：〈論中國國民黨的文藝運動〉，《中國新文學史論》（臺北：中央文物供應社，1983年），頁237。

逆性，隨時有下臺的危險。果然在 1963 年刊了一篇出問題的文字，遂鞠躬下臺㉒。

　　我們從回顧歷史的後見之明，感興趣的是，在這密不透風的文藝體制下，爲什麼是林海音，而不是其他任何人，打破這個「清一色需給體制」。前面列有至少七位副刊主編，他們都在同一國家文藝政策下，扮演同樣文化生產角色。是什麼樣的主客觀條件，造成他們坐同樣的編輯桌，卻產生不相同的影響效應？林海音與其他主編者的年齡層、教育背景，甚至寫作資歷，差別其實都不很大；立即看得到的差異只有兩個，其一，她是唯一的女性；其二，她是唯一臺籍的副刊主編。

四、結　論

　　半個世紀之後，我們討論林海音在臺灣文學史的地位，必須把她的文學事業，放在五、六十年代文壇背景一起考量。就創作來看，在一個文藝政策高懸的時代，她不追隨主流，不寫反共文藝，卻另闢蹊徑，在女性小說上表現不凡，以之豐富了臺灣小說傳統。編輯角色方面，她有耐心更有膽識，提拔新銳，突破五十年代國家文藝體制的密閉封口，以後的歷史證明，她的工作對戰後文學發展

㉒　收在《臺灣文學家辭典》（廣西教育出版社，1991 年）及《臺灣新文學辭典》（四川人民出版社，1989 年）裏的林海音辭條，同爲王晉民所撰寫，文中提到林海音編副刊時，『刊登了一首名叫〈船〉的詩』，臺灣當局認爲有影射嫌疑，爲此而下臺。

有明顯影響。

　　林海音在「創作」與「編輯」兩方面皆有突破，因而文學史上顯得突出。這兩樣突出，不但讓我們看到臺灣戰後初期，整個文壇背景的窒息沉悶，更由此顯現五十年代在目前「文學史書寫」的荒涼。換句話說，林海音的個案研究，也給當前文學史書寫，提供一個突破的契機。例如，眼下以「臺灣意識」建構的臺灣文學史，其作爲「國家論述」的一環，明顯忽略「女性論述」，應可激發新一代研究者，注意女性文學傳統建構的迫切性。

　　可不可以用「女性意識」建構臺灣文學史？答案是，如果論資格，至少不會輸給目前的「臺灣意識」。一些評論家在論及早期女作家作品時，喜歡說她們的題材狹窄，輕視她們的「不管國家興亡」。這些觀念，就像當前的文學史書寫，當然是男性中心社會的產物。事實上女性人口佔全人類的半數，若討論題材範圍寬窄，「女性論述」的關懷面，要比「國家論述」大得多。何況今天的「國家論述」還只限於臺灣意識的範圍，從人數看更小得不成比例。

　　林海音研究提供文學史家的第二個思考角度，是文化生產角色的未受到重視。目前文學史書寫的不足之一，與前述強烈意識形態相關，在其因此而明顯忽略文學作品的周邊文化，例如承載文學的報刊媒體、文藝政策、文學獎項、文學教育等，亦即未能注意文學的生產與消費，文學史只是羅列國家大事之後再排列文學作品，未能留意到一整個文學社會的構成，或「文學」的文化。

　　當然，文學史書寫，或文學論述，不可避免，都需要一種史觀，一種理論，或懷抱一定的意識形態。劉綬松在《中國新文學史

初稿》的緒論中干脆直接表明：『在任何時代被寫下來的歷史書籍都是階級鬥爭的產物，都是爲某一階級的經濟利益和政治利益服務的』（1956，北京：作家出版社）。

把「文學史寫作」當作工具，把文學當作思想或社會材料處理的缺點，美國學者 Warren 等人在同年出版的《文學理論》（Theory of Literature）中早已提出批評：『大多數的文學史如果不是社會史，便是用文學作說明的思想史』㉓，這裏文學成了附庸，只是解釋理論的材料或表達意識形態的工具，這樣的文學史，多少喪失了以文學爲中心的主體性。西方形式主義文學風行之後，不少史家提出文學史寫作應著重文學發展的自律性，亦即文學形式的自我生成與自我轉變。正如針對臺灣文學史寫作的意識形態掛帥，評論家施淑也曾提出應『把文學作爲藝術的歷史來加以「單純」的處理』㉔的觀點。

當我們說「文學史」的時候，是指文學的內容還是形式的歷史？可不可能兩者兼顧？目前兩岸合起來計算，已有十幾種《臺灣文學史》，多半的作法，是在每一章節或年代之下，羅列一大批作品或作家的名字，然後給予印象式的評價。嚴格來說，這只是整理過的資料集或批評集，不能算是具有時間意義的文學「史」。另一方面，文學史單純著眼於「文學發展的自律性」固然照顧了文學的

㉓　Rene Wellek & Austin Warren: Theory of Literature. New York: Harcourt Brace Jovanovich, Inc., 1956

㉔　施淑：〈走出「臺灣文學」定位的雜音〉，《兩岸文學論集》（臺北：新地文學出版社，1997 年），頁 299。

主體性，然而，文學並非憑空產生，不可能脫離社會而單獨存在：我們看任何時代的文學，不論西方的浪漫或寫實，不論中國的文學革命或革命文學，甚至最近幾年的現代或後現代，文學無不是那個時代社會或文化的產物，有其一定的生產環境與條件，最明顯的例子，就是在五十年代臺灣大量出現的「反共小說」及「懷鄉散文」——這樣的文類絕不可能在同時代的大陸產生。

從傅柯的理論，我們也知道，所有用文字書寫的歷史都是建構出來的，並不存在一個絕對客觀、自明的文學歷史在什麼地方等我們去發現。文學史既不是與社會無關的，「真空」的文本文學史，也不能不依賴代表性作家與作品而憑空論述。近年文化研究興起之際，我們看得出這類研究的一個共同興趣：他們對文化產品的歷史與社會背景（context）饒有興趣。他們假定，這些背景是可以闡釋的，也具有確定意義。同樣的，文學既是文化產品，書寫文學歷史的時候，自不能忽略文本與文學社會的互動關係，亦即文學及其生產者消費者的關係。

舉目前文學史綱〈五十年代的臺灣文學〉一章為例。在進入文學作品的介紹以前，先羅列大量國際與臺灣社會重大事件，如某年某月韓戰爆發、第七艦隊協防臺灣、何時三七五減租、耕者有其田條例等等，這邊「事件的羅列」與下一節「作家與作品的羅列」成了有趣的對照，讀者卻看不出這兩組之間的互動關係。另一個較小的例子是，裏頭用了幾行介紹五十年代頗受重視的《自由中國》雜誌，卻完全不提它的文學欄，也不提主編文學欄的小說家聶華苓。

同樣的，只用六行介紹林海音，比陳紀瀅、紀弦的都短，完全不能表現她在文壇的重要性或影響力。林海音和聶華苓的例子，正

好提醒我們文學史書寫，除了羅列作品之外，還有更大的馳騁空間。文本之外，不能忽略文學機構與文化生產的角色。例如作為臺灣「戰後文學史第一章」的五十年代，如果數量龐大的「反共文學」實在乏善可陳，何以不注意其他文類；如果多半的男作家都在戰鬥文藝，何不留心女作家的非戰鬥文學。一部更周延的臺灣文學史，無論記錄哪個年代，應該包括文學副刊或雜誌主編、文學出版社及其主持人。林海音的例子，提供我們思考結合文本研究與文化研究的可行性與必要性。

附錄：林海音小説作品書目

(1) 綠藻和鹹蛋（短篇）臺北：文華出版社，1957 年
　　臺北：學生書局，1961 年
　　臺北：純文學出版社，1980 年

(2) 曉雲（長篇）臺北：紅藍出版社，1959 年
　　臺北：純文學出版社，1967 年

(3) 城南舊事（長篇）臺中：光啓出版社，1960 年
　　臺北：純文學出版社，1969 年
　　臺北：爾雅出版社，1983 年（與純文學同版發行）

(4) 婚姻的故事（短篇）臺北：文星書店，1963 年（小開本）
　　臺北：愛眉文藝出版社，1970 年（小開本）
　　臺北：純文學出版社，1981 年

(5) 燭芯（短篇）臺北：文星書店，1965 年（小開本）
　　臺北：愛眉文藝出版社，1971 年（小開本）
　　臺北：純文學出版社，1981 年

(6) 春風麗日（長篇）香港：正文出版社，1967 年
　　（春風）臺北：純文學出版社，1971 年(更改書名及修正內容)

(7) 孟珠的旅程（長篇）臺北：純文學月刊社，1967 年(小開本)

憂鬱的寓言者

──論知青小説《沉雪》的政治倒錯

施　淑*

> 莫斯科，落滿了厚厚的白雪，
>
> 紅場上，刮起了刺骨的寒風。
>
> 風啊雪啊，黯淡了克里姆林宮的紅星。
>
> 小卡嘉小卡嘉小卡嘉──
>
> 你在風雪裡走路，路這樣黑，天這樣冷……
>
> ──蘇聯歌謠

一、

　　一九九七年天津作家李晶、李盈合著的《沉雪》得了聯合報長篇小說獎，隨即引起大陸文壇的注意和討論。就寫作和發表時間來看，這部以文革時期知識青年上山下鄉經驗爲主題的作品，可說具有階段性總結的意義，因爲一九九八年是毛澤東頒佈「知識青年到

---

*　淡江大學中國文學系教授

農村去，接受貧下中農的再教育」的最高指示，造成總計約一千五百萬知青上山下鄉的三十週年紀念，距知青離開山林野地，重返城市就學就業也大約二十年。但這部小說之引發大陸批評界的注目，並不在它所含帶的歷史座標的意義，而是它的敘述方式和敘述意識。幾乎所有評論者都著重提出，這是一部站在民間立場的、「個人化敘述」的小說，性質上有別於一般知青作品之以集體意識或國家話語爲表現的「宏大敘述」。❶

從八十年代中期知青文學問世到《沉雪》發表爲止，十餘年間，知青小說雖因社會生活和思潮變化而有不同的面貌，但自傳性、政治批判、群體代言人及群體言說等傾向，一直是這個文類的主要表徵。較早的代表性作品如〈這是一片神奇的土地〉、〈今夜有暴風雪〉（梁曉聲）、〈蹉跎歲月〉（葉辛）、〈大莽林〉（孔捷生）、〈本次列車終點〉（王安憶）、〈北方的河〉（張承志）、《血色黃昏》（老鬼）等等，雖然各自由青春無悔或蹉跎歲月的角度，記述和反思上山下鄉經驗，探索知青的存在和價值，以及他們與農牧民的關係，但意識上，這些帶有濃厚自傳性質的小說，卻總有揮之不去的「我們」的、「一代人」的故事的意味。其間雖有《血色黃昏》裡的個人主義的反抗與掙扎，但這一切只不過爲朝向集體的認可與接納，因此自我與歷史現實的矛盾對立，仍需在理想主義與英雄主義的高亢情緒裡，取得文革受難者的普遍價值

---

❶ 牛玉秋〈《沉雪》與個人化敘述〉，《小說評論》1999 年第 1 期，陝西省作家協會發行。〈疼痛的激情——《沉雪》研討會發言紀要〉，中國作家協會《小說選刊·長篇小說增刊》，1998.12，北京。

與意義。

　　八十年代末到九十年代初，在商品大潮與一九九三年因毛澤東百年誕辰而來的「毛澤東熱」之間，出現了所謂「知青文化熱」，不同於前述的理想主義和英雄主義式的高亢或幻滅，知青文學成了大陸消費文化的文化消費項目之一。當毛澤東熱使一度被人們視為愚昧與極權產物的毛主席像章、紅寶書（《毛主席語錄》）、袖珍本《毛選》四卷合訂本，成了有價值的個人收藏品，並且重新製作、銷售，文革中發行的「文革票」，也在集郵界一炒再炒，成為價值連城的珍品，文革時的各類油印小報更是奇貨可居。❷一九八七到八八年，為紀念知青返城十年，以北京知青為首發起知青集會活動，徵集知青文物，在中國歷史博物館舉辦「黑土地回顧展」，出版《黑土地影集》。這個以北大荒下放生活為主題的展覽，帶動了一些以地域色彩為標榜的紀實作品的生產，如《北大荒風雲錄》（黑龍江），《草原啟示錄》（內蒙），《知青檔案》（四川），以及匯集大江南北上山下鄉經歷的《知青小說》。一九九五年春節，北京工人體育場舉辦「老三屆文藝匯演」，這場由北京「北大荒知青聯誼會」等舉辦的大型活動，發售門票，並由電視實況轉播，一時之間，「知青時尚」成了尖端的社會時尚。就在這個時段，著名的知青作家梁曉聲的〈這是一片神奇的土地〉、〈今夜有暴風雪〉、〈雪城〉、〈年輪〉等小說被拍成電視劇，北京的繁華地段出現了名為「黑土地」、「向陽屯」、「老插酒家」等酒店、

---

❷　戴錦華：〈救贖與消費——從毛澤東熱到九十年代文化描述〉，見《身份認同與公共文化》，頁249-264，牛津大學出版社，香港，1997。

飯莊，成為文革知青與後知青懷舊、尋夢、復現青春記憶的去處。就像透過機械生產大量生產的新毛裝、草綠色軍大衣引領青年的服裝時尚，上述以地域色彩標榜，並不一定出自知青作家的回憶性文章，也以「原生態紀實文本」的身分，管領風騷，不斷複製「原畫重現」的文革知青經驗與記憶。❸

　　以上知青文學的發展背景，使得由李晶、李盈這對孿生姐妹以她們的共同記憶編織而成的《沉雪》，有著別開生面的意義。

　　根据小說實際執筆者李晶的自述，她會在知青上山下鄉運動三十週年前夕，懷著絕大的「疼痛感」重述她下放黑龍江生產建設兵團七年的歲月，是因為：

> 我想到時間、對抗，我想到我能通過這次創作來對抗時間。我想，我們都在老下去，每一分鐘都不會再來。但是，在整個生命流程當中，最關鍵的那幾年應該最具有文學性的。短短的七年，在人生中，是刺激性最大的。作為弱者，作為絕對的弱者，在那種巨大的、昏暗的、高壓的天地當中，內在的抵觸，必定是最強烈的。❹

　　她又提到，小說寫到一半，她拒絕朋友為電視記錄片重返北大

---

❸ 詳見《北京文學》1998 年第 6 期「中國知青專號」，梁曉聲：〈我看知青〉，徐友漁：〈知青經歷和下鄉運動〉等文。

❹ 見〈疼痛的激情——《沉雪》研討會發言紀要〉李晶的發言，同註❶，《小說選刊‧長篇小說增刊》，頁 206-207。這篇記錄又發表於 1998 年天津作家協會《創作通訊》，文字略有出入。以下凡引用此文，不另加註。

荒的邀約，因爲她覺得恐懼，她「只能在記憶中去回想它，絕對不能親眼看它還剩下什麼」：

> 我是要非常純淨的自我空間，才能夠寫下去。……就是因爲覺得攝影機非常像坦克，它要把你的記憶全部打碎。我不要那種紀實的分明，我就是要眞正創作的境地。……我覺得就是這種挑戰性的寫作，我才能找到興奮點，我才能消解今天我在這個物質社會中感到的那種困倦。

這些表白，讓人依稀看到普魯斯特《往事追憶》的影子，而小說扉頁的題詞正是普魯斯特的一段話：「我們冷靜地在生活中進行這種對照，恰恰就是因爲，我們目前的現狀就是冷漠和遺忘」。這個爲抗拒冷漠遺忘的現在，爲消解在物質社會中的困倦而存在的寫作，根本上是帶有自我救贖的性質的，帶有從時間中搶救不可復返的生命情境的慾望。但不同於普魯斯特之以柏格森式的「非意願記憶（memoire involontaire）」重現逝水年華，《沉雪》是以創傷的形態來回溯記憶，因爲對作者來說，下放七年的經驗是最刺激、最強烈的記憶，而「最強烈的記憶，像一種創傷」。❺這種純屬個人的創傷經驗，自然對立於記錄片、紀實報導，抗拒被主流意識或國

---

❺　李晶：〈遺忘的一種形式——關於《沉雪》〉，見《沉雪》，頁ii，聯經出版公司，臺北，1998。《沉雪》有兩個版本，一個是爲參加聯合報徵文獎，受字數限制的修改本，由臺北聯經出版。另一個是北京作家出版社1998 年出版的未修改本。本文以下引用的小說文本，如屬聯經版，只標明頁次，不另加註。

家話語操縱的宏大敘述，它是私秘性的「看不見的收藏」。在一篇題為〈看不見的收藏〉的短文中，作者提到九十年代初北大荒回顧展時，有人建議她把「自己的那份歷史」貢獻進去，她拒絕，因為「我不知道該怎樣當眾講述那段風雪歷史。它們已屬於歷史了，沈在我個人的腦中。所以，便有一種強烈的內在性。似乎這只該是我個人的一份財產。」❻

從這份帶著私有財產印記的創傷性記憶出發，《沉雪》以弱小而耽於落後的敘述者孫小嬰的視角，道出與一般知青小說大致相同的一些內容：苦重、重複的體力勞役，殘酷的大自然，來自大江南北的知青間的愛恨情仇，會說故事的善良的貧下中農，生產建設兵團的鐵血紀律及領導，還有少不了的毛語錄、血統論、思想匯報、自我檢討等等。在這中間，把整個敘事結構貫串起來的是被作者細緻處理著的孫小嬰和隊友舒迪之間的同性戀情節。對於小說中出現的這同性戀問題，聯合報文學獎評審會議時曾引起頗多討論。❼大

---

❻　李晶：〈看不見的收藏〉，《太原日報·文藝副刊》，1996.4.8，山西，太原。

❼　評審之一的袁瓊瓊認為：《沉雪》中的同性戀情節太美好，主角孫小嬰是一個和自己所處環境完全沒有辦法相融、需要保護、但又沒有辦法接受太強悍的東西的女同性戀，她只能接受帶點英氣的、男性化的女性。舒迪比較像一個在環境左右下被迫採取接受同性戀以解決自己生理需求的角色，舒迪是被孫小嬰誘惑的，因為孫小嬰實在太柔弱，使得她心理的男性部份不由自主的出現。張大春認為：主人翁孫小嬰有一個很一貫的主題是她一直離開群體很遠，甚至也脫離了異性戀霸權文化這個東西，但連這個部分她都很搖擺，因為她也並不就是一個同性戀者，有點像是我們說的那種囚禁之後的同性戀者。陳映真：《沉雪》似乎不適合用臺灣一般同性戀的題

陸方面，有的評論者就因這個與一般知青小說異質性的主題的存在，把《沉雪》歸入情色小說的行列。❽然而從整個小說的意義構成來看，應該正是這表面上看來異質性的、糾結的同性戀情慾，使這部呈現文革十年間被毛澤東思想封鎖起來的所謂「廣闊天地，大有作爲」的知青歷史小說，取得了深刻的政治寓言的意義。

二、

　　在階級血統決定一切的文革極左路線時代，《沉雪》的敘述者孫小嬰從插隊北大荒生產建設兵團之前，就注定是個難以翻身的異類，首先他必得背負否定家世，拒絕自己的歷史的罪惡。在報名插隊時，孫小嬰利用自挾家庭檔案到報名站聽候政治審查的機會，把一大卷子父親生前的親筆反省，「很難懂的文字，很嚇人的紅章，一系列令人可怖的東西」，全數投入家裡「那隻燒過不知多少本書的爐子」：

　　　　就這樣，我對父親的歷史，永遠拒絕了，是用我自己的手。
　　（《沉雪》，頁38）

材來看。參見聯合報文學獎決審記錄，《向時間下戰帖》，頁 160-163，
聯經出版社，臺北，1998。

❽　黃集偉：〈告別，蒼涼的大唱〉，《作家文摘》第 303 期，1998.11.11，
　　北京。

而他心中拒絕不了的文革前去世的父親的歷史是：年輕時留日，曾擔任過偽政權的駐日領事，曾想方設法投奔解放區，解放後捐獻家產，退入書齋。她私秘收藏的父親的形象是：

> 父親一生博學清高，不愛錢財，不迷仕途，努力忠於個人志向，但因政治頭腦淺薄輕易上到賊船，使得個人歷史難以澄清，導致滿腹才學無從施展。雖然解放後被派任大學教授，實際精力多用於無盡無休地做檢省，最終因為精神上無法擺脫頻繁的政治審查而鬱鬱離世。（頁 37）

孫小嬰的隊友舒迪方面則是：「出身不好，算小業主，公私合營以後他家吃社會主義利息，到文革揪牛鬼蛇神的時候，父親遭了挨鬥，挨鬥的第二天人就頂不住，自殺了，喝的車間裡現成的電鍍液。人搭到醫院時，因為沒有革命群眾證明，醫生遲遲不過來管。他眼看著父親一口口噴血，直噴到他的手上，臉上。後來不噴了，頭一歪，死在他懷裡」。（頁 71）

在極左路線下，兩個不同父親的共同缺少正當性的死亡，是孫小嬰和舒迪訂交的秘密信物，也是她們必得分擔的罪惡。忘卻父親，否定他們的歷史，雖使孫小嬰覺得「這是一個特利可恥的行為」，但排除這創傷的記憶，解消這個在極權主義的公共空間裡「不可說」的父親的形象，對他們來說卻有創世紀式的合理性和正當性，因為插隊北大荒，「就是想叫自己清清爽爽，走一條生存的新路，像毛主席說的，放下包袱，輕裝前進。」（頁 38）

遵照毛主席的指示，無父的孫小嬰和舒迪踏上了應許之地的北

大荒，在那裡，重新做人的他們，在進入新人類的烏托邦，獲得她們的自我存在意義之前，必須通過烏托邦幻想的守護神的毛澤東思想的驗證，試煉和驗證的方式除了是作爲新生命的受洗儀式的政治學習，思想匯報，就是作爲毛語錄的物質化存在的體力勞動。小說以絕大的篇幅描述孫小嬰、舒迪和她們的伙伴，在磚瓦廠，在石灰窯，在馬號，在生長蘆葦的如海的沼澤地，在堅硬殘酷的岩壁，在冰天雪地的凍土，周而復始，無休無止地進行各樣的勞動。二十年過去的現在，當毛澤東神話消失，這些重複的勞動，這些失去意義的苦難，可能轉變成黑色幽默的效果❾，但對於小說中的孫小嬰、舒迪以及文革中整整的一代人，這西希弗斯式的勞動，對他們來說，卻是班雅明（Walter Benjamin）所說的事件與意義，精神與對象分離的衰敗破碎的寓言世界。

在《德國哀劇的起源》（The Origin of German Tragic Drama）中，班雅明指出十七世紀的德國巴洛克哀劇（Trauerspiel）作品，總是把人的歷史看做編年，看做機運之輪的無盡的轉動，把人生視爲世界舞臺上循環往復的來來去去。在巴洛克作家的筆下，信仰或信念與作品已經分裂開來，傳統的悲劇衝突在此成爲一系列空洞的、絕少意義的行爲，世界於是成爲一個沒有靈魂的軀體，一個過度外化卻失去任何效用的外殼。班雅明認爲，這個失去整體性的衰敗空洞的世界，就是寓言的情境，在那裡，事件本身不再具有自己的意義，但也正因爲如此，它可以置換、衍異出多重的意義。因爲作爲一種藝術方法，寓言這種文類總是使作品的主題或寓意關涉到

---

❾　同註❼，評審之一吳潛誠的發言。

某種或某些外在於作品的、彼此獨立的、互不依賴的對象，從而產生出多重的含義。上述的觀念，班雅明在論波特萊爾的一些著作裡，又加以闡釋和運用，在這些著作中，寓言的概念被確立爲某一特定時代的感知形式和它的內在經驗的基本準則，也就是說它是特定的歷史條件下的人的表達和感知的規範。根據他的看法，十七世紀德國巴洛克哀劇的時代，十九世紀末波特萊爾生活的大巴黎，或處於機械複製的現代社會，面對的就這樣一個形式與內容、意義與事物分離的寓言世界。❿

班雅明的寓言理論，近來有研究者運用於有關法西斯主義與同性戀情慾的探討。在較早的研究中，因德國威瑪政權和納粹特務組織風暴縱隊（SA Sturmabteilung）內部層出不窮的醜聞，法西斯與同性戀經常被等同視之。一般的看法大都把同性戀視爲法西斯的罪魁禍首，而非它的犧牲者。之所以如此，有的由心理學的角度切入，認爲原因在人的自戀本質，男性崇拜，施虐受虐狂（Sadomasochism）等等，有的由社會條件入手，認爲是父權制的憎惡女人的意識形態使然，或資本主義父權意識形態的潛在危機，因爲它逸越了異性戀的規範。

對於以上的看法，赫威特（Andrew Hewitt）提出不同的見解，在《政治的倒錯（Political Inversions）》一書中，他認爲要探討同

---

❿ Andrew Hewitt：Political Inversions：Homosexuality, Fascism, and the Modern Imaginary, pp.16-17, 274-278, StanfordUniversity Press, Stanford, 1996。張旭東：〈寓言批評——本雅明《論波特萊爾》中的主題與形式〉，見《幻想的秩序》，頁76-78，牛津大學出版社，香港，1997。

性戀與法西斯的關係，應該由二者的結構上的因素入手。他根據佛
洛伊德對於哀悼與憂鬱的心理分析，指出「哀悼（mourning）」起
於人失去所愛的事物，一旦事過境遷，哀悼之情自然而止，「憂鬱
（melancholia）」則是一種「失去了失去（a loss of loss）」的狀
態，它只是潛意識地感覺到失去了什麼，但並不確知失去的是什
麼。佛洛伊德認為，哀悼之時，世界會變得貧乏空虛，憂鬱中，貧
乏空虛的則是自我本身。⑪根據這觀點，赫威特分析說，這種失去
了失去的憂鬱情境，本質上是「無可名狀的
（unrepresentable）」，也是超越語言表達的「不可言說
（unspeakable）」，而這正是法西斯與同性戀的結構上的特徵，阿
多諾、賴希（Wilhelm Reich）等人的相關研究著作，即曾以無可名
狀和不可言說的現象來指稱法西斯主義的特質。其次，赫威特根據
班雅明〈德國法西斯主義理論（Theories of German Fascism）〉中
提出的法西斯是「政治的美學化（the aestheticization of
politics）」，加以分析說，所謂政治的美學化，意謂著法西斯是一
種修辭形式，是一套表現系統，而它的核心即是寓言式的轉換，因
為如前文所述，寓言的功能和運作方式，是使作品的主題或寓意關
涉到某種或某些外在於作品的對象，從而產生多重的含義。赫威特
認為這正是法西斯主義的表現機制，因為只有透過這樣的修辭，處
於失去了失去的憂鬱心靈才可以藉著自我否定找到自己存在的意
義，才可以使那無可名狀、不可言說的法西斯狂熱找到必要的表現

---

⑪ Sigmund Freud : mourning and melancholia, in Collected Papers, vol.4, pp.152-
156, Basic Books, N.Y., 1959.

形式，在這種情況下，同性戀情慾於是成了法西斯的最適當的修辭模式，甚至是除此而外，不做他想的表演工具，因爲在異性戀的歷史情境下，因同性恐懼（homophobia）和自我憎惡而產生的同性戀，也只能通過自我否定來取得意義。在這個意義下，赫威特指出，如果說納粹法西斯是神話的神話，那麼同性戀就是寓言的寓言，而這也是爲什麼二者一直有著糾纏不清的關係的原因所在。⓬

以上所論，應可幫助我們了解《沉雪》這部小說的同性戀現象，了解它之以同性戀情慾貫串知青下放的這一重大歷史主題的深刻的思想意義。透過在強制性的勞動和性別認同中掙扎著的舒迪和孫小嬰，我們看到在那高舉「三忠於」、「四無限」⓭之類的領袖崇拜的歷史時刻，在所謂「抬頭望見北斗星，心中想念毛主席」的情感戒嚴狀態下，特別是在血統—階級決定論的政治恐怖裡，以「我們學會的第一首歌是東方紅，我們學會的第一句話是毛主席萬歲」爲通行令，來斬斷和否定自己的歷史，證明自己的政治正確的下放知青們，他們的性別、價值認同危機，他們的倒錯的身分政治，或失去了主體意識的無政府主義的性革命。這一切，在小說的人物描寫和情景的處理上都有相應的表現。

⓬　同註⓾，以上所論見該書「The Construction of Homo-Fascism」，pp.1-37

⓭　三忠於：忠於毛主席，忠於毛澤東思想，忠於毛主席的革命路線。四無限：無限熱愛毛主席，無限信仰毛主席，無限崇拜毛主席，無限忠於毛主席。

三、

因爲出身紅五類，父親是大軍區政委的林沂蒙，「生來就體會到優越，連身體都長得矯健」，在校時是文宣隊隊員，到北大荒後，政治學習，唱毛澤東詩詞歌曲、樣板戲、長征組歌是她全部的文化活動。「她沒有憂愁的時候，片刻也沒有，她對憂愁毫無概念」，平素和人談心的口頭禪是：「你要學會吃苦，學會樂於吃苦！」（頁56）而且果眞以身作則。就是這個正面，因此只能是片面的人物，爲了「向毛主席保證」創造奇蹟，冬至日，不接受當地人的經驗和警告，堅持出工，暴風雪中差點讓隊友們送命。

林沂蒙的對立面的葉丹嬈，似乎只因爲是反動資本家後代的緣故，「美得不合時代，美得有些淒茫」。（頁53）

> 她是那麼好看，卻好似完全不把這好看當回事兒，反而有一種因此上對不住人的歉意。永遠是強笑，抱歉的強笑。似乎，來到這世界上，她早早就對不起了所有的人。在宿舍裡，她從不照鏡子，不抹香脂，兩條小辮閃電一般編得飛快，省下時間，默不吱聲地爲大家打水洗衣裳。（頁39）
> 她是那麼鄙視自己。那麼執著地「忘我改進」，簡直使勞動成爲一種懲罰，一種暴力，勞動被可怕地推向極至，變得殘忍——一種絕對的精神上的虐待，是通過肉體的受苦。……她所有的表現都在昭示著身心的破損。（頁40）

至於舒迪，這個有甚於因正面而片面的林沂蒙，或因忘我改造

而身心破損的葉丹嬈的舊社會小業主的女兒，就像解放後她那「吃社會主義利息」的父親之爲經濟的贅瘤，她整個人，裡裡外外，已經破產成一個「假小子」。她用男人那種大格子手絹，嗓音粗粗的，像是被砂輪打磨過，喜歡跟人掰手腕子比力氣，笑起來摻著男人才有的一種嘯音。她說她「膀大腰圓，想落後也不行」，她說她「眞想是個男生」，她說她「是抓革命促生產的主力軍」，於是從一個連隊被調到另一個連隊，從一種苦役更換到另一種苦役，永遠是「和善寬厚的樣子好像一個萬家奴」。就是這個想落後也不行的假小子舒迪，當她用她的磨盤樣的後背，步履蹣跚地扛重活，使孫小嬰想起高爾基《童年》裡那個替人做幫工，扛一隻巨大的十字架上墓地，被活活砸死的伊凡的影子。（頁 96）

一八四八年巴黎無產階級的二月革命時，受聖西門的烏托邦社會主義思想影響的巴黎知識女性，曾組織一支婦女大軍，它的公告上說：「我們把自己稱爲維蘇威（Vesuviennes），以之標示革命的火山在每一個屬於我們這組織的婦女身上噴發著。」❹一百五十年前的巴黎革命女性，仍堅持以法文陰性的維蘇威火山「Vesuviennes」作爲身分認同的標幟，而舒迪，這個極權主義之下的「假小子」，這個感覺「世界越黑，世界越美」的法西斯同性戀者，在小說接近終了，面對她的寓言式的幻影世界，終於得出一個肯定的結論：「什麼是眞實？什麼是造假？」（頁 216）

與舒迪同樣承擔那寓言式的幻影世界的孫小嬰，這個被作者的

---

❹　轉引自 Walter Benjamin：Charles Baudelaire：A Lyric Poet in the Era of High Capitalism, p.94, Verso Edition , N.Y., 1989。

敘事意識（narrative consciousness）認同了的小說敘述者，是舒迪的黑暗感覺的分享者，也是《沉雪》的創傷記憶的見證者。因為自覺「天生的碎亂，天生的慢」，這個相信自己無可救藥的弱小者，不只一次表白，可能的話，她要永遠做個弱者，因為這是她的真實，她的本性。雖然在集體、在勞動的命令下，她曾討厭自己的白，希望自己一身皮變得又黑又厚，最好像穿山甲，但是到了小說終了時，她的告白仍是：

> 畏懼艱苦，畏懼勞動，這仍是屬於我這個人的永遠的真實，
> 是本性，或者說，「烙印」。（頁264）

帶著這個她無力、也拒絕解釋的生命烙印，當自稱「要落後也不行」的舒迪，逐步走上她的無力哀悼之後的憂鬱世界，自覺或不自覺地以否定自己的性別，拒絕自己的歷史，來取得文革知青上山下鄉的歷史寓言的認可時，也曾經在爐火裡燒掉自己的家史的孫小嬰，正是因為這樣的烙印，在她與舒迪共同試探的迷離的性別疆域裡，不時走著她的「多餘的人」的道路。小說寫道：

> 精神有些混亂，感覺著現實的反面，竟至於從黑沉沉的夜中嗅得一種氣息，這是我本來的氣息，我是如此熟悉它。熟悉它柔軟、脆弱的內質，這內質，其實多麼親切、溫馨，多麼好……（頁252）
> 真實的我，已經分離，分離成一條卑微的小人魚，待天完全亮起來時，它便迅速遁形，化作一隻冰涼的鹹水泡沫……

（頁 253）

> 像一個乘船的遇難者，我覺得四面翻滾著深黑的漩渦。我精
> 神惶亂、錯亂，切齒地發恨，恨那些壓迫我、殘害我的難與
> 苦；我看清自己永遠也不能夠征服它們，我相信，這個正在
> 改變著我的世界，從根本上，是要消滅我。（頁 252）

這些比較頻繁而集中地出現在小說的後半部的，從粗礪的勞動
縫隙間發出的聲音，無疑是一種反叛，反叛那重複的體力勞動下，
生命與意義的背離。馬克思曾說機器生產中，「不是工人使用勞動
工具，是勞動工具使用工人」，在機器旁邊，工人學會調整自己的
活動，「以便與那自動化的統一性與不停息的運動保持一致」。班
雅明引述這些話來說明賭桌旁的賭徒，說明被生產帶的生產節奏決
定了的人的生命節奏的荒謬性，因為它只是單調的、毫不相關的重
複，沒有過去，沒有未來，「像柏格森所想像的那種人一樣，他們
徹底消滅了自己的記憶。」⑮生產帶上的生產勞動與毛語錄的物質
化存在的上山下鄉，何其相似。

三十年前，在北大荒，在那消滅了個人記憶和歷史的勞動改造
中，孫小嬰慨嘆：「生命，那絕對的，僅有一次的生命，就將這樣
一天一天白白地過去了……漫漫雪路延長著惆悵，彷彿看清了辛勞
而又貧乏的一生的盡頭，我感到可怕。」（頁 164）三十年後，當
同樣的，像日曆般往復來回的同質性的、空洞的時間，再度占領中
國的商品社會，在與它同步存在的同質性的、空洞的生活裡，帶著

---

⑮　同上註，「Some Motifs in Baudelaire」，第 8、9 節，pp.131-135。

創傷記憶的作者李晶，經驗到了另一形式的冷漠和遺忘。就像她在小說序言裡引昆德拉說的：「回憶，不是對遺忘的否定。回憶是遺忘的一種形式。」她的這部小說，或許也該是對於「不可言說」的文革，對於知青上山下鄉的寓言世界的，魯迅式的「爲了忘卻的紀念」。

「她」的故事：平路小說中的
女性·歷史·書寫

梅家玲[*]

　　放眼現今臺灣文壇，平路無疑是女作家群中十分特殊的一位。
她崛起於八〇年代中期，在多數女性作家著力於微觀閨閣情事，張
致兩性關係之際，卻以〈玉米田之死〉、〈臺灣奇蹟〉等思辨家國
政治的小說，迭獲大獎，別樹一幟於閨秀文學之外。她對人生萬象
充滿好奇與存疑，對書寫本身更有著不能自已的執著迷戀，落實在
小說創作上，於是形成了題材形式的不斷實驗翻新。無論是小小說
還是中長篇，是寫實還是科幻後設，她就題材拓展、形式創新方面
的種種努力，固然一直有目共睹，卻由於關懷面駁雜，不主一格，
兼以書寫取向重思理，好議論，每使讀者忽略了她女性作家的身
份，以及小說中（有別於一般「典型」）的女性特質。不過，近年
裡，她不僅在文化評論方面屢就女性議題抒論，《行道天涯》、
《百齡箋》、《巫婆的七味湯》等作陸續問世，更凸顯了身為
「女」作家的強勢創作姿態。其中，以民國史上傳奇女性——章亞

---

*　　臺灣大學中文系教授

若、宋慶齡、宋美齡——爲題材的系列創作，尤在彰顯其個人於女性議題方面的獨特觀照時，爲「女性」、「歷史」、「書寫」間的互動糾葛，演義出多方面的思辨可能。正是如此，十餘年來，她由家國歷史而性別政治的書寫徑路，不僅見證並參與了臺灣政經社會文學文化發展的曲折進程，也體現出本土女性書寫超越於一般理論之外的活力與潛力，值得重視。因此，以下論析將依循她創作的先後次第，就所關懷的三個不同面向，檢視其遞變之跡，以及彼此間的相互辯證。分別是：

一、女性與鄉土想像及性別化國家主體的糾葛；

二、創造，抑或被創造？書寫，抑或被書寫？

三、微觀歷史：從「她」的故事到「他」的故事。

其中，第一部分係由早先的鄉愁故事，討論她對傳統男性中心的鄉土想像及國家認同問題的反思；二、三部分則探討她如何經由男女兩性於創造／書寫問題上的頡頏交鋒，進而以「她」的故事（her-story）拆解並改寫（意圖定於一尊的）「他」的故事（HIS-story）❶的思辨進程，及敘事策略。

---

❶　與「他」的故事相對，所謂「她」的故事，當不限於以女性爲主體人物的記述，而是從女性觀點出發的歷史觀照。後文將論及的「殘缺瑣屑」、「周流不息」，以及種種偏重個人身體欲望愛情死亡的論述，皆當涵括於內。

一、女性與鄉土想像及
性別化國家主體的糾葛

　　無可否認的，家國歷史，一直是平路小說的關懷重點。由於早年身在海外，心繫臺灣，故土鄉愁，遂成爲彼時小說中縈迴不去的主旋律。在《五印封緘》一書所收的專訪中，她曾坦言：

> 我的作品中由於都有一部分的自我，因此可能有相通的基調。人類與土地家國、歷史傳統的纏綿糾葛，是我從事創作的主要題材❷。

　　饒是如此，她的鄉愁故事，怕不早已暗蘊了耐人尋味的女性主義層面？無獨有偶地，〈十二月八日槍響時〉、〈玉米田之死〉和〈在巨星的年代裡〉中的男性人物，一皆身在海外，心繫故園。他們家有（西化的）悍妻，琴瑟不諧，兼以事業不盡如意，在追尋個人生存意義時，其處境與處於認同危機中的（男性）家國，原本若合符節。在此，女性一方面是現實生活中頻頻挫折爲夫者男性雄風的妻，是代表了異國文化社會的壓力來源；但另一方面，其所蘊含的母性特質，卻又同時是故園鄉土的隱喻，是海外游子思之念之的愛欲對象。從男主角們（對女性與鄉土想像、性別化國家主體）或屈從、或頡抗的依違掙扎之中，正可見出國家意識、男性主體與男

---

❷ 見林慧峰，〈訪平路札記麝宏志的評論〉，收入平路，《五印封緘》（臺北：圓神出版社，1988），頁 9-16。

性雄風之間交互作用的關係：它們互為饋補，卻也互相耗損。這種
政治與欲力的循環消耗，所見證的，正是性別化國家主體的命運：
傳統以男性為中心的個人認同追尋與家國意識，終不免於幻滅與死
亡❸。其間的辯證進程，正可由這三篇小說循序見之。

〈十二月八日槍響時〉是平路初試啼聲之作，處理上猶嫌淺
露，向來論者不多，但它對此一議題的素樸思考，卻頗堪注意。小
說主角莫阿坪，是一華裔越南人，越南淪陷後，他隻身非法入境，
流亡來美，與異文化格格不入之際，故園風情總也伴隨著他的前妻
阿湄，不時在心頭閃現：

> 風永遠軟軟的拂過，像是阿湄的手，樹叢底下，他愛把阿湄
> 的手揣在懷裡細細搓揉……那軟軟的風繼續拂過湖水……岸
> 上的廟宇傳來風鈴的響聲，掉進水裡：晃啷晃啷、晃啷晃
> 啷……那時候，他是一個倜儻的青年，身材在自己同胞間不
> 高不矮，臉上也沒有疙疙瘩瘩的皺皮……（〈十二月八日槍響
> 時〉，《玉米田之死》，臺北：聯經，1985，頁 138）

但與此同時，由於天生矮小猥瑣，儒弱無能，「可憐在西方人
的標準裡只是一個孩子，一個發育不全、口齒不清、在童裝部裡買
衣服的孩子」(156)，迫於生活現實，他為了需要合法身分，「需要
一個喘口氣的床位，一塊避風雪的地方」(146)，娶了為前夫所遺棄

---

❸ 這一點，王德威在〈一九八○年代初期的臺灣小說〉中曾約略提及，但未
詳論。見《如何現代，怎樣文學》（臺北：麥田，1998），頁 411。

的、已有三個孩子的南歐裔美籍女人蒂娜——雖然他「剛開始就沒
有當蒂娜是女人，更別說是自己的女人」，但「好像只要殷勤的挽
住那個白種女人，他便與一群一群街上游走的越南人畫清了界線」
(153)。因此，縱使齊「大」非偶，床笫間每每供需失衡，力難從
心❹，他還是「寧願蒂娜是一個母系社會的大頭頭，自己便可以永
遠棲息在她柔軟的膝蓋上，不必付出什麼，便過那最容易的日
子」。而且，他「一定要告訴別人，他有一個白人老婆，儘管她胖
得不成形狀，但她的血統是對的」(137)。

關於這一心態，他自己其實也很清楚：

> 他對女人豈不就是他對美國態度的一種反映：他需要美國
> （他也需要女人），美國是他的衣食父母（女人當初也
> 是），但他心裡又實在恨美國對他家鄉的始亂終棄（女人雖
> 然始終跟他在一起，但那也許比一走了之更糟糕）！(147)

顯而易見地，對處於國家認同危機中的莫阿坪而言，那溫柔婉
約的前妻，已成為鄉土想像中替代性的「戀物」對象，是僵固凝止
的、召喚愛欲想望的一幀幀心頭舊照；現實中強悍的異國後妻，則
在不斷挑釁他男性意識與國家認同的同時，成為引發一切被虐自憐
情緒的焦慮源頭。經由她的逼視，男性的國家身分，遂無可避免地

---

❹ 「當他在她肥碩胸部頻頻喘氣的時候，她便撫著他那搐動的肩，打氣地
說：『再一次吧！再一次就好了！孩子，我的乖孩子！』」，《玉米田之
死》，頁141。

落入了（被「始亂終棄」的）女性位置；生活上的多方仰恃倚賴，
卻又使他自甘成為女人的「孩子」。以致於，每當他跌入溫情與苦
痛兼具的昔日舊夢之中，不可自拔時，

> 搖醒他的，都是一隻肥腴的手臂，貼過來還有濃濃的體臭。
> 在那腥腥膻膻的騷味底下，阿坪倏地覺得安全。他總是狠命
> 抓住那厚實的肩膀，將額頭靠過去，眼眶裡湧出感激的
> 淚⋯⋯（159）

此一互動關係，正所以迫使他在男性／女性／嬰兒的位置中不
斷游竄轉換，流離失所。依違其間，棄絕、否認（disavow）己身
所從出的生父（祖國越南），逕自走上「漫長曲折，不准回頭的逃
亡路」(156)，自是其不得不然的選擇；而意欲與反核戰人士抗衡，
期待十二月八日槍響時在華盛頓紀念碑前壯烈成仁，讓「自己能與
這偉大的歷史事件連在一起，那麼他就不再矮小、不再懦弱、也不
再無能」，成為「勇敢的美國公民」(161)，終究也只能是現實生活
中可笑可鄙的幻夢一場。

莫阿坪的悲喜故事，已初步展演了女性在傳統男性中心的「鄉
土想像」與「性別化國家主體」議題中的複雜性格，以及顛覆、瓦
解男性（家國）主體意識的潛能。歷經徒然的狂想與掙扎，阿坪終
以苟且屈從，無言地宣告男性主體意識的幻滅。然而，海外遊子心
之所繫的臺灣，畢竟不同於已淪亡的越南——越南是回不去了，但
臺灣呢？她隨時等待遊子回歸的土地，她的女性，或母性特質，又
將怎樣左右男性（家國）主體的形塑？

　　如前所述，〈玉米田之死〉與〈在巨星的年代裡〉的男主角，同樣是婚姻及事業生活中的雙重受挫者。他們個個在工作上有志難伸，卻都娶了能幹強勢、擅於主控生活中大小事務的華籍妻子。相對於妻子們對臺灣毫無感情，只想留在美國落地生根，丈夫們對臺灣土地的苦戀之情，遂每每成爲左右夫妻勃谿，甚且是個人生死存亡的關鍵：陳溪山因教孩子認方塊字、講臺灣話而備受妻子奚落；一意追尋記憶中的臺灣甘蔗田，卻不免離奇死亡於美國的玉米田中。在陳身上看到自己影子的「我」，因選擇內調返臺，與妻子美雲宣告仳離。至於那個在〈在巨星的年代裡〉，受囑要爲「巨星」寫傳記的敘事者，更是因情牽鄉土，在妻子面前雄風盡失：

> 「來啊！你上來；有種，就爬過來！」妻挑釁著，她斜睨的眼睛微微上挑，眼裡也有鬱鬱的恨。
>
> ──鄉土──什麼是鄉土呢？
>
> 我漠然看著她，漠然看著她柔膩的肌膚，看著那半個晃動的、或許意在挑逗的屁股，我遠遠地像看一臺戲！
>
> 叼上根煙從床鋪站起，我便接著妻那怨毒的目光……
>
> 去，回去，妻說，你可以回去。她跳下床，回身猛力地帶上房門。
>
> 於是，我只能對著馬桶，站出最後一個兀然的姿勢！（〈在巨星的年代裡〉，《禁書啓示錄》，臺北：麥田，1997，頁 86-87）

　　正是這些情節，使得它在凸顯爲夫者「愛臺灣」之心的表象下，隱藏了另一重愛欲的置換機制：愛美國的強勢妻子與無所施展

的異國事業，成爲挫折男性雄風與男性（家國）意識的一體兩面；在異國被壓抑的、被迫落入女性位置的男性（家國）主體意識，於是轉往想像中的故園鄉土去尋求重建的可能；然而鄉土可望而不可即，自必反過來深化了焦慮，並加速男性主體意識的崩解失落。甚且，即或是歸鄉夢償，也必得以犧牲婚姻爲代價；此時，無所施展的男性雄風與男性意識，又將如何尋找出路？臺灣，抑是美國？所關涉的，遂不只是個人婚姻事業抉擇的兩難，也是性別化國家主體建構／解構過程中的進退維谷，是政治與欲力相互消耗／饋補的循環。陳溪山魂斷異鄉，促成了「我」的毅然返臺，男性主體，看似死而後生，但返臺後的生活，果然盡如人意麼？且不說若干年後，「我」或又將再度返美，爲美國的「臺灣奇蹟」作出見證，即或是身在臺北，死亡幻滅的陰影，依然長相左右。試看〈玉米田之死〉一開始，「我」在臺北雨天裡的所見所感：

> 電視天線架成的十字架，一根根在灰色的水泥臺上嶙峋交錯，像是一處廢棄的墳場……屋內空氣裡澎湃著的，仍是單身漢房間特有的齟齬與凌亂……一刹時，我不禁回憶起當年那棟綠蔭裡的向陽洋房，以及房裡有女主人的日子（啊！那是一種多單純的秩序！）於是，年前那由於拋棄婚姻、事業而引起的罪惡感，又像夢魘一樣，對我兜頭兜臉籠罩下來……（《玉米田之死》，頁3-4）

「我」是真正回歸了，但原先魂縈夢繫的故鄉，爲什麼只落得猶如「墳場」一般，引發的反是拋棄婚姻與事業的「罪惡」與「夢

魘」？而對「綠蔭裡的向陽洋房」及其中「女主人」的憶念，豈不
正是政治與愛欲交互作用下，循環不已的另一輪迴起點？

　　更有進者，如果說，前述文本中的「悍妻們」，皆是透過己身
的「在場」，頻頻剝解傳統以男性爲中心的（家國）主體意識的虛
妄；那麼，〈在巨星的年代裡〉的劉瓊月，則是以她自始至終的
「缺席」，嘲諷了男性假女性以虛構「鄉土想像」、「國家形象」
的一廂情願。經由「我」與海外名醫赫醫師的對談，我們得知劉原
爲一本土臺語片小演員，由於有赫爲她做顧問、有計劃地打知名度
及提升形象，星運遂扶搖直上，成爲臺灣票房、演技均受肯定的當
紅女星。然而赫意猶未盡，他還打算藉由「我」的捉刀，爲劉寫出
動人傳記，塑造「巨星」形象，激厲民氣。赫的理由是：

　　「我想，我們國家需要的是溫和與理性，一種溫和的形象、
　　一名懇切的巨星，象徵我們國家從幾乎不可能的困境裡站立
　　起來。反敗爲勝，正是近年來我們國家的走向……」
　　「巨星的年代來臨了，同時，又因爲這位巨星這麼質樸、這
　　麼善良、這麼富於親和性，所以她象徵的，正是我們社會漸
　　漸進入民主的氣質……」
　　「事實上，她象徵的是一個奇蹟，我們國家的奇蹟……」
　　（《禁書啓示錄》，臺北：麥田，1997，頁75）
　　「我們阿月代表的是民氣、是社會的希望，一位樸實的巨
　　星、一份平凡中的偉大，在我眼中，民主就是這樣，法治也
　　是這樣，我們奇蹟式的經濟成果更是這樣。寫出來，感動的
　　是參與其中的社會大眾……」（81）

可是事實上，「劉巨星」從來就不是個有親和力的人，赫也曾承認：她對人不假辭色，「從來不諂媚、不討好」，「對誰都是冷冷的」；「她真的就是一個冷漠的人，我不曾見過的冷」(96)。對於這樣一個女人，赫醫師何以要煞費苦心地找人為她撰寫傳記，塑造親和形象？

——是因為他的戀母情結麼？（身為名醫的赫，在夢見自己身罹絕症後，驚惶不已，醒來第一件事，便是「從床上爬起來，趕快撥越洋電話找阿月」，「聽見阿月的聲音，我就放心了」(92)）

——是因為他的愛國情操麼？（赫說：「我有興趣的是為國家做些事，平實的、理性的、漸進的、溫和的……」(68)；「利用？說起利用，我是利用她的，利用她聚集民氣、利用她讓社會充滿愛心、利用她誘導大家更愛鄉土……」(93)）

還是，意欲「創造（虛構？）」鄉土想像，投射男性主體虛幻的自戀情懷？試看他最後對「我」的告白：

> 「其實我這一生，只配在體制內做一點小小的改革。嘿嘿，就像我跟你說過，我這一輩子，永遠是鬧不起家庭革命的人，但體制底下，我不甘心。……」
>
> 「也許，就因為不甘心吧！我相信形象是創造出來的，而親和力也是，」
>
> 「把最沒有親和力的人，塑造成親和力的象徵。換句話說，我可以創造形象，我可以重新創造一個女人！」
>
> 「我可以創造一份鄉土的感情！」(96-97)

創造形象、創造女人、創造鄉土感情——就在赫醫師喋喋不休的「創造」聲中，「真正」的女人劉瓊月，早已在女人／鄉土／國家形象連串的置換位移中，被吞噬不存。取而代之的，卻是符碼化的空洞能指，是男性虛構想像中的鄉土感情與國家形象——而這些，又都不過是「鬧不起家庭革命」的、被壓抑了的男性欲望蜃影。

不僅於此，赫醫師亟亟欲以「傳記」為巨星「創造」形象一事，實已觸及到性別議題中的另一重點：男性的「創造」與「書寫」神話。女性主義學者們早已指出：我們的文化深深根植於各種男性本位的創造神話裡；如基督教就建立在上帝——父親的權力基礎之上，「是他從『無』中創造出自然萬物」。而女性作為文化的產物，「她」是一個藝術品，「但從來不曾是一個雕塑師」❺。落實到書寫方面，則

> 陰莖之筆在處女膜之紙上書寫的模式參與了源遠流長的傳統的創造。這個傳統規定了男性作為作家在創作中是主體，是基本的一方；而女性作為他的被動的創造物——一種缺乏自主能力的次等客體，常常被強加以相互矛盾的含義，卻從來沒有意義。（《當代女性主義文學批評》，頁165）

---

❺ 參見蘇珊·格巴（Susan Gubar），〈"空白之頁"與女性創造力問題〉，收入張京媛編，《當代女性主義文學批評》（北京：北京大學，1992），頁161-187。

〈在巨星的年代裡〉固已揭露出此一神話的虛妄，但翻轉改寫長久以來女性「被創造」的宿命，又將如何成爲可能？緣於早先海外遊子身分使然，在〈十二月八日槍響時〉以降的系列創作中，平路已對傳統以男性爲中心的鄉土想像及國家認同問題提出深刻質疑，這當是她以女性立場思辨性別議題的暖身之作。此後，〈人工智慧紀事〉、《捕諜人》、《行道天涯》、〈百齡箋〉等小說，更是循由不同徑路，不斷對「創造」、「書寫」等相關議題作出辯證。

二、創造，抑或被創造？
書寫，抑或被書寫？

〈人工智慧紀事〉是一標準科幻小說，內容敘述男科學家創造女機器人，賦予她種種「人」的特質，而後相互愛戀，不可自拔。不料女機器人的情性智慧與日俱增，反覺得創造她的男人可有可無，並自行幻想創造另一愛人，終至將愛戀她、糾纏她的男人殺死，身陷囹圄。兩性交鋒之餘，也質詰了自上帝以降的男性本位創造神話。《捕諜人》則爲平路與男作家張系國接力合寫的後設小說，表面上寫的是追查中共間諜金無怠死因的經過，實際上，平路所關切的毋寧是：「（女作家）怎樣才能從派定的角色中顛覆出來，創造一個勢均力敵的局面？」(60)兩作的策略固然有所出入，但經由男女兩性的頡頏，讓女性自原先「被派定」的角色中顛覆翻轉，從而辯證創造／被創造、書寫／被書寫間的糾葛，卻是在各有千秋之餘，具有一定的內在聯繫。

　　本來，從「性別」與「欲望」觀點著眼，由「女性」與「機器人」兩種不同質性所結合成的「女機器人」，其實已蘊含著不少弔詭。往往，學者們感興趣的是：究竟，「她」僅是一般的戀物客體？抑是被已經戀物化了的女人？「她」被創造後，會因為「非生物性」而得以免除男性（面對真正女性時）的閹割焦慮？抑或正因女性被完全科技／機器化，反而「菲勒斯」特質（phallic qualities）益增，以致更深化了男性的焦慮❻？在〈人工智慧紀事〉中，平路安排女機器人對男科學家指控歷歷（「你對我的愛情，有不少程度上是在──自瀆」；「你只愛自己，愛戀那酷似你自己的部分」(196)）；讓「他」面對「她」時既愛戀又焦慮，最後竟死於女機器人之手，似乎亦是由心理分析中的愛欲機制著眼，演義其具有顛覆性的、大快（女）人心的「性別政治」。然而不宜忽略的是，在此之外，女機器人另被賦予了演出「人類集體進化史」的使命，因此別有天地。小說一開始，作者即明白表示：

　　　　歷史真相如何，請參閱這一卷最高機密檔案。（《禁書啟示
　　　　錄》，頁 175）

　　而後，女機器人「認知一號」在讀取男科學家 H 為她設計的「童年」時，更是如此自白：

---

❻　對於「機器人」與欲望論述的相關討論，參見 Thomas Foster, "The Sex Appeal of the Inorganic," in Robert Newman ed., *Centuries' Ends, Narrative Means* (Stanford University Press, 1996), pp.276-301。

對往事，我從無知到有知：或許在我身上，正上演一遭人類
的集體進化史。潛意識裡，我曾經沒有感覺，沒有形狀，也
沒有性別……後來經歷了從草履蟲到哺乳動物的演變過程，
再由人類的胚胎發展至混沌初開的嬰兒，然後漸漸意識到自
我，甚至意識到自己的性別。以 H 準備要一鳴驚人的理論
來解釋，人的「存在」不過是一種意識，這祛除神秘化的過
程，其實是 H 最自傲的發明。按照 H 的理論建構「人工智
慧」（不用說，建構出來的結果就是在下——「我」！），
H 認為更有助解答人類的智慧之謎。（185）

以是，男科學家創造女機器人的歷程，未嘗不是喻託著自上帝
以來的創造神話傳統：

「所以，你孜孜於創造，想要藉著我人工的智慧，馳騁你無
垠的想像力。就像在〈創世紀〉裡，亞當與夏娃所實現的，
無非是上帝的夢境……」（191）

在女機器人的解讀下，H（Human？）所以要創造女機器人，
其肇因，乃在於「知覺到無以跨越的鴻溝，悵嘆著無以滿足的愛
欲」，意識到自己「是被造物主遺棄了的『人』」(191)。目的，原
在於「為了脫出無以逃遁的命運」。也正是在這一層面上，當女機
器人一方面睿智地指出 H 的盲點，另一方面，又自行幻想創造一理
想戀人 L，並將 H 殺死，這情節，其實已將性別議題帶入人文世界
中創造與模擬、背叛與屈從的系列論辯之中；而它最大的弔詭便

是：

　　如果說，H 對女機器人的「創造」，是爲了「擁有一個夢境」，是「對眞實人生的背叛」，而「人的智慧也是對上帝的褻瀆」(198)；那麼，當女機器人「逐日感到 H 可有可無，我很清楚這場戀愛彷彿一個人在談似的，不過是我本身的投射罷了」；當「她」幻想自己是 L 的造物主，意識到「我的快慰已經大半來自於創造」，「我變造了千萬個童年，重寫千萬種智慧，而我自己，在不同的排列組合中，也幻作千萬人的面貌」(194-195)；最後卻終於明白：「我所驗證的，不過是 H 的夢想成眞；對人類的模擬中，我終於無望地也成爲人類的一員」(200)，她的所思所爲，便也同樣複製了 H 的「造人」工程。據此，則「創造」的根源，豈不正是始自於「模擬」？而「背叛」的本身，又何嘗不隱藏著另一形式的「屈從」？就此看來，自上帝以降，男女兩性於創造／被創造的主導權爭奪戰，似乎已陷入一延宕無解的封閉循環之中。而它引發的質疑，往往是：「女人造的男人，會比男人造的女人更理想麼？」❼

　　正是如此，「L」，這個被女機器人所「創造」的戀人角色，便成爲是否能讓女性掙脫複製男性創造神話困境的關鍵──L 會是什麼樣的「人」呢？一定非得是「男」人嗎？倘若「H」可以是「Human」的縮寫，那麼，「L」是否就是「Literature」───一切文學的簡稱？女性能擁有自己的文學麼？箇中曲折，或可由小說結尾處的文字，略窺一二：

---

❼　見王德威，〈想像臺灣的方法──平路的小說實驗〉，《禁書啓示錄》，頁 23。

「梔子花的芬芳中，我記起葉慈的詩句：MIRE and BLOOD,
ALL were complexities……」(200)

　　「塵泥與血淚，『人』是一個複合物……」，女機器人經由文
學而認識人、成為人，及其對文學的癡迷，在這從容就義前的最後
自白中，宛然可見。那攀升的欲望，下沈的泥沼；那人生中不可跨
越的鴻溝、無能滿足的情愛，以及注定是擦肩而過的緣會，是否也
將會因文學而昇華，而超越？葉慈的詩，浸潤了女機器人的生命歷
程，然而，那畢竟仍是出自於男性作家之手。如是，則在男性的文
學世界之外，女性又將如何書寫自己的「人」生？革命尚未成功，
（女）同志仍須努力。女機器人的「L」容或胎死腹中，但「她」
的故事完而未完，若干年後，未盡的（文學）志業，卻要由《捕諜
人》中的「女作家」繼續實踐。

　　很顯然地，〈人工智慧紀事〉關乎兩性創造權爭奪戰的科幻想
像，在《捕諜人》裡已一一落實為男女作家書寫往來中的頡頏交
鋒。而當「造人」的實驗轉化為「造文」的操演後，原先「女人造
的男人，會比男人造的女人更理想麼？」的疑問，或許也將改為：
「女人所書寫的人生，或歷史，會與男人的不同麼？」從這一角度
切入，此一文本遂於後設、書信等顯而易見的形式特色之外❽，彰

---

❽　學者對於該書的討論，多偏重於就其後設手法、書信形式方面著眼。如楊
　　照，〈「後設」的道德教訓——評平路、張系國的《捕諜人》〉，即專論
　　其後設特色，收入氏著《文學的原像》（臺北：聯合文學，1995），頁
　　112-117。胡錦媛，〈多層折疊反轉的書信——《捕諜人》〉，則重在演
　　述其書信契約理論，兼及真實與虛構、男性與女性、讀者與作者間相互辯

顯出性別政治方面的意義。

女性主義學者西蘇（Helene Cixous）曾指出：「整個寫作史幾乎都同理性歷史混淆不清，它既是其結果，同時又是其支持者和特殊的托詞之一。它是菲勒斯中心主義傳統的歷史：自我愛慕、自我刺激，自鳴得意」。因此，女性

> 必須寫她自己，因爲這是開創一種新的反叛的寫作，當她的解放之時到來時，這寫作將使她實現她歷史上必不可少的決裂與變革。❾

這對《捕諜人》中的「女作家（平路？）」而言，顯然體驗獨深吧？自從她同意與「男作家（張系國？）」採一人輪流寫一章的方式，接力合寫中共間諜金無怠離奇死亡的終始本末後，男作家即派定：「我就從金無怠的角度寫，妳從金妻的角度寫。男自寫男，女自寫女」(6)。但事實上，男女兩作家一路寫來，「陰」錯「陽」差，由平路所主導的女作家，在在顛覆了由男作家所指派的角色定位，最後，不僅剝解了男性歷史書寫的虛妄，更使一直自以爲主動選擇題材與操控遊戲規則的男作家，焦慮地懷疑自己活在女作家用

證等問題。收入鍾慧玲編，《女性主義與中國文學》（臺北：里仁，1997），頁421-437。
❾ 參見西蘇，〈美杜莎的笑聲〉，收入《當代女性主義文學批評》，頁188-211。

文字所創造的世界之中❿。箇中曲折，一方面見諸二人對眞實與虛構、瑣屑與完整的辯難過程；另方面，也呈顯於其對時間／敘述的不同態度。於是，無論是書信、傳眞的往來對話，抑是整體的敘述策略，在在充溢著男女作家於性別政治上的針鋒相對。

首先，在眞實與虛構的辯難方面，小說一開始，男作家即藉由個人信件表明欲採訪金妻，以追查金無怠死因眞相，並「根據金無怠的遭遇寫部小說」(1)。女作家則認爲「沒有什麼是眞實的，一步步追尋下去，到了遊戲的極致，只是建造一個自己的世界，在裡面欲罷不能」(25)。然而隨著小說寫作的開展，男作家竟完全捨金無怠的遭遇而不顧，只是逕自杜撰了另一個「董世傑」的故事。眞正鍥而不捨地查閱資料，拼湊線索，試圖逼近眞相的，反倒是那原來沈浸於文學世界，一意想像「死亡幽光裡的複葉玫瑰」的女作家(29)。爲此，在第四章裡，女作家即曾對男作家明白表示：

> 你曾經立志追索一個眞實的故事，現在你於虛設的情節中左右逢源。而我，從來對眞實沒有興趣，甚至並不相信有眞實

❿ 第十章〈男作家致女作家的信〉中，曾如此寫道：「如果竟是你先看到那充斥虛空而又空無所有的波，那麼我就是生活在──你所創造的世界裡！這個念頭令我不寒而慄，我突然想起你不經意在電話裡說過的一句話：『是我選擇了你合作，不是你選擇了我合作。』太可怕了！我一直以爲是我選擇小說題材，然後邀請你提供線索，所以遊戲必然會依照我的規則進行。但仔細回想起來，是你邀請我寫小說，我才欣然同意。那麼，有沒有可能是你計誘我進入你創造的世界裡？……這竟會是你的世界嗎？我竟會是另外一位作者所創造的世界裡的人物？我同意合寫這本小說，難道也在你算計之中？」(204)

的存在；如今，當我在燈下拼湊可能的線索，許多時候，我
都覺得正在一步步接近眞相……而我，自然是彼時唯一捕捉
到眞相的那個人！（《捕諜人》，臺北：洪範，1992，頁58-59)

　　究竟，造成如此結果的原因何在呢？書信往還獨具的「折疊反
轉」現象，及其間自然產生的相互辯證，固是原因之一❶，但男作
家意欲藉虛構的故事以「創造歷史」、建構「愛國者神話」，更是
癥結所在。在男性邏輯裡，非但「虛構的故事，自有其眞實的存在
意義」(88)，努力創造完整的結構，「高大豐滿的英雄形象」，更
是其重要目標（「即使卡繆、沙特、葛萊姆葛林，不也依舊寫著形
形色色的英雄人物？並沒有人指責他們浪漫啊！」男作家如是說。
(184)）；面對女作家的質難，男作家遂以此理所當然地辯解：

> 歷史就是偏見……董世傑是我的偏見，我認爲他才是眞正的
> 金無怠，但我並不在乎讀者知道這是我的偏見。我創造了他
> 的歷史。(136)
> 我並不是不同情金無怠，但我同情的層次不一樣，是屬於你
> 認爲虛幻的層次，你所謂的「愛國者神話」。其實這並不是
> 神話。對你也許是神話，對金無怠和董世傑，卻是再眞實不
> 過的信念。(137-138)

---

❶　意即「寄信人以反轉的方式自收信人那兒接收自己的訊息」，而訊息經過
　　折疊反轉後，送以差異的變貌回到原寄件人處。參見胡錦媛，〈多層折疊
　　反轉的書信──《捕諜人》〉。

　　然而，曾深入追索真相，探訪金妻的女作家卻認為：與其一味誇大虛幻浪漫的歷史想像，毋寧著重小人物——尤其是小人物身邊的女人——瑣屑卻平實生命歷程。在她看來，不論男作家「把各種空戰海戰間諜大戰寫得多麼精采，那畢竟是小說家的魔術，這片刻，我眼前卻是這個女人一步一個腳印走過來的人生」(74)。而英雄嚮往，正是「男性中心」的自戀表現，循此寫就的「歷史」，更是「罪惡的總和」：

　　　　你這麼做，不免讓我記起中國傳統書生的虛矯。各種為天地立心、為生民立命的想像，對應於真實的人生，這一類的幻覺不過是投射本身自戀的情懷。(108)
　　　　前面的章節裡，你已經多少顯露出這種男性中心的 hypocrisy（「偽善」）！……以致小人物一點也不浪漫的生涯，竟然成為你贗造歷史的腳本。因此，你小說中的故事，就像我們讀過在各種威權下編纂的歷史，比起小人物在冥想中騙騙自己的「陰謀」，這份 HIS-story，才是所謂罪惡的總和吧！(111)

　　那麼，面對此一虛矯而罪惡的男性歷史（觀），女作家該如何應對？除卻書信傳真中可見的唇槍舌劍外，女作家以「殘缺瑣屑」解構「完整自足」，以「周流不息」取代「僵固終結」的敘述策略，其實更值得注意。

　　仔細檢視，《捕諜人》一開始，由男作家負責撰寫的單數章次，便與女作家撰寫的雙數章次大有差異。在單數章次中，書信傳

真的份量，明顯少於「本事」——亦即其孜孜「創造」的董世傑故事。此故事始於第一章董世傑與安伯樂的間諜業務，歷經起伏轉折，至第九章董安二人先後亡故而告終，結構完整自足。相對地，雙數章次則除了二、四兩章尚有標以「紀錄」、「場景」的段落，算是聊備一格地「正式」書寫了原先約定的間諜故事，其餘章次，根本完全由書信和傳真所構成。所謂的間諜小說，便隨著女作家的多方明查暗訪，瑣屑地插敘在各封或抒情、或論辯的書信傳真之中，凌散而曖昧。箇中差異，正可由女作家致男作家的最後一封信中見之：

> 我寧可繼續玩拼圖遊戲，也不企盼由我的目光造就一片新天新地。換句話說，我從來不妄想當創造者，我甚至不認為小說家是創造者……至於你，始終未脫自己是創造者的影像，也只有自以為是萬能的造物主，才會有是誰創造了誰或者造物主天外有天的疑慮。我呈現的至多是殘缺不全的問題，你企圖提供的則是圓滿自足的答案……我們的宇宙已經分岔成不同的世界！(207)

印證於二人對小說結局的處理，明顯可見的是：男作家在〈結語〉中依然堅持：

> 在不同的世界裡，我創造了你，你創造了我。在不同的世界裡，董世傑和金無怠各自以不同的方式辯明他們的存在。但在平行線的窮盡處，所有的世界均將合而為一。

所有的文章渾成一體……「年壽有時而盡，榮樂止乎其身，
二者必至之常期，未若文章之無窮。」我親愛的朋友，這將
是我們唯一的救贖。

【全文完】(210)

然而女作家隨即在〈尾聲〉──也就是《捕諜人》真正最後的
結尾處，嚴正指出：

不，SK，最後一頁你又錯了。在你貿然寫下【全文完】的
字樣之前，我們始終沒有找出真正的答案。正好像我倆充滿
齟齬與扞格的世界已經乖違開來，生者與死者也不可能擁
抱，因為其中相隔的原是幽冥，那是無明的永夜。……
「終點又是我的起點。」
這是艾略特的詩句。漫漫長夜裡，我自己將努力地、不懈地
寫下去！

【待續】(211-212)

讓穿插於書信傳真中的、零散瑣細的、「女人一步一腳印走過
來的人生」，對照「本事」中體系完整的、虛幻浪漫的、蓄意「創
造」出來的男性間諜故事，正是以「殘缺瑣屑」解構「完整自
足」；在男作家自作主張的「全文完」之後，猶得以「待續」開啟
無盡的發展可能，所體現的，亦無非是在時間／敘事策略的運用
上，以（女性的）「周流不息」取代（男性的）「僵固終結」。不
僅於此，對照小說情節看來，其中所有的男性間諜皆不免一死，反

倒是「我們的女主角倒好端端地活了下來」(108)，而且還「打起了精神，替男性中心的社會在一樁一件地料理後事呢」(110)，這，豈不也是以「待續」取代「全文完」的另一形式？

更耐人尋味的是，如果《捕諜人》男女作家接力寫作的分工，確實是依循「男先女後（男主女從？）」，「男單女雙」的原則，那麼，作為全書結尾的第十章，便必然出自女作家之手。如是，則該章題為〈男作家致女作家的信〉及〈男作家的結語〉的部分，實際上就並非真正男作家的表白，反是來自女作家的代言。此一現象，莫不是意味女性在長久「被書寫」之後，終於開發出「書寫」自己，以及男性，的潛力與實力？

從〈人工智慧紀事〉男女兩性為爭奪「創造」權而陷入封閉循環，到《捕諜人》「從來不妄想當創造者」，只是「努力地、不懈地寫下去」；從女機器人「對人類的模擬中，終於無望地也成為人類的一員」，到女作家捨（男性提供的）「圓滿自足」而取（女性呈現的）「殘缺不全」，終至與男性中心的社會分道揚鑣，一路行來，平路所展現的，正是女性思辨創造／書寫問題的曲折歷程。——「怎樣才能從派定的角色中顛覆出來，創造一個勢均力敵的局面？」作為後設小說的作者，平路堪稱已成功地在男性世界之外另闢蹊徑，別顯洞天。但作為一個堅持「待續」精神的女作家，她的企圖心自然不止於此。基於對家國歷史的一貫關懷，如何在現實世界的男性大歷史之外，別顯出女性的歷史觀照，遂成為她「待續」的內容。也因此，我們看到了《行道天涯》和〈百齡箋〉。

三、微觀歷史：從「他」的故事
到「她」的故事

　　以民國史上的傳奇姐妹宋慶齡、宋美齡姐妹爲觀點人物，施施
然切入官方版歷史論述，《行道天涯》和〈百齡箋〉擺明了正是要
凸顯女性的歷史觀照。依違於歷史／小說／虛構之間，該怎樣才能
從「他」的故事走向「她」的故事？承續《捕諜人》以「殘缺瑣
屑」解構「完整自足」，以「待續」取代「全文完」的敘事策略，
平路這回不僅要從「他」所依恃的文字紀錄照片影像下手，實際拆
解「各種威權下編纂的歷史」，更要著眼於以女性爲主體的欲望論
述，讓男性政治神話中種種「高大豐滿的英雄形象」，在女性的情
愛欲望與敘述欲望中，銷蝕瓦解。以是，縱使睽隔兩岸，政治立場
迥異，宋氏姐妹於書寫「她」的故事時，卻是殊途同歸，並呈現了
極其微妙的對話關係。

　　首先看《行道天涯》。該書宣稱是「孫中山與宋慶齡的革命與
愛情故事」，然其整體敘事架構，實以《捕諜人》爲藍本而另有開
拓。承續《捕諜人》女作家終能分身爲男作家代言的書寫策略，平
路於是再度仿演了先前男女分章接力的敘述模式：全書六十二節
中，五十節以前，一皆以單數節次記述中山先生自粵北上——生命
中最後的一段死亡之旅，多數文詞密實，段落綿長，順時線性的敘
述中頻頻佐以新聞電訊，照片史料；雙數節次則描繪孫夫人宋慶齡
一生的大小事蹟，分段錯落，一任片斷飄忽的回憶躍動流盪，而個
人身體情欲的顯隱輾轉，尤爲敘述重點。其「秩序」與「無秩序」
及「完整自足」與「瑣屑殘缺」間的映照，依稀可見。然而隨著敘

事開展，原先的分野已漸次模糊，五十一節以後，單雙數節次的敘述次第更不似先前涇渭分明。孫中山、宋慶齡，還有那夫人收養的情人女兒珍珍，不同的敘事聲音，錯雜於全書結束前的十二小節之中，交響出革命／愛情／死亡的多音複奏。最後，當孫、宋二人終歸老死，年輕的珍珍卻正要披上婚紗，嫁爲人婦──「終點又是起點」，這會是另一段愛情／死亡故事的開始麼？

基本上，此一時間／敘述模式，實接近於法國女性主義學者克莉絲蒂娃（Julia Kristeva）所說的「象徵態」（陽性、後伊底帕斯期、象徵秩序）與「符號態」（陰性、前伊底帕斯期、混亂無秩序）二者由對立進而交錯互動的歷程，女性敘述的優游自得，已暗蘊其中⓬。然而「歷史」原是一歷時性的論述形式。所涉及者，不僅是浸滲於敘述中的時間觀念，更包括記憶的形塑模式，論述觀點

⓬ 根據克莉絲蒂娃（Julia Kristeva）的說法：前伊底帕斯期的時間是循環往復式的、是不朽的、永恆的，而象徵秩序時間則是歷史時間──直挺挺向一目標而去、線性的、序列式的時間。此一時間同時也是語言時間，它往往止於自身的阻礙──死亡。因此，線性、理性、客觀且具備一般性文法的寫作乃是受到局限、壓抑了的一種寫作方式，而強調節奏、聲音、色彩且准許文詞構成方式及文法「出格」的寫作，則基本上是一種不受局限、壓抑的寫作方式。唯有能體察「符號態（the "semiotic"）」及「象徵態（the "Symbolic"）」間交錯互動關係，掌握「混亂無秩序」及「秩序」間不斷交互擺盪、來往衝激之現象者，才能真正解放並優游自得。參見 Julia Kristeva, "Women's Time," Alice Jardine and Harry Blake, trans., *Signs: Journal of Women in Culture and Society 7*, no. 1(1981): pp. 13-35；"The Novel as Ploylogue," in *Desire in Language*, pp.159-209，以及 Rosemarie Tong 原著，刁筱華譯，《女性主義思潮》（臺北：時報，1996），頁405-412。

與材料的斟酌取捨。民國初成，國事如麻，各路人馬雜遝，每一事件現象或派系爭鬥，都可能被誇張、扭曲爲建構國家歷史論述的「岐始點」（bifurcation），也都可能被湮沒於紛云倥傯的各類報導與記憶形式之中❸。當時資料記錄之各說各話，眞相與敘述間之撲朔迷離，實與官方造神版歷史論述的定於一尊，大相逕庭。「女作家」經由對間諜金無怠死因調查過程的一番歷練，自是深諳箇中玄機。於是，雜陳各不同記述版本以拆解大歷史迷思，演示文字／影像／想像間的多重曖昧，以質疑照片史料的寫眞存證功能，遂成爲《行道天涯》以「殘缺瑣屑」解構「完整自足」的另一實踐形式。

綜觀整部《行道天涯》，其敘事幾乎自始至終皆與昔日報紙新聞史料相片相表裡。弔詭的是，一切原爲紀實寫眞的憑證，竟也成爲瓦解（大）歷史眞相的利器。且不說全書正是「從一張甲板上的照片開始上溯」(3)，史料見證與文學想像的辯證，已盡在其中。對孫文的描述，也是藉由當時〈文匯報〉、天津報紙上的文字發端❹。頻頻出入於種種中外報刊電訊宣言及不同個人的回憶紀錄之間，女作家要告訴我們的，無非是歷史的隨機偶然、眞相的曖昧閃

---

❸ 有關清末民初國家歷史論述建構中的種種分岐現象，及對其間「分岐的線性歷史」（bifurcating linear history）相關問題的討論，請參見 Prasenjit Duara, *Rescuing History from the Nation : Question Narratives of Modern China* (Chicago : U. of Chicago Press, 1995)。

❹ 「當地〈文匯報〉的記者寫道：『孫氏近來老境愈增，與民國十年見彼時判若兩人，髮更灰白，容貌亦不若往日煥發。』」《行道天涯》（臺北：聯合文學，1995），頁 3。

燦——「國父」的尊榮，何曾是理所當然⑮？臨終遺言，究竟是
「和平奮鬥救中國」，抑或是「同志們，繼續我的主義，以俄為
師」(231)？孫文逝世後的報紙報導，尤其驗證了「歷史正以某種即
興的方式在進行」：

> 當時北方報紙上，除了國民黨的訃告外，有關先生逝世的消
> 息其實不多。主要的理由是先生並不受北方輿論重視，人們
> 把他看成不肯服輸的黃昏老人，最多興起一陣失敗英雄的惆
> 悵。先生斷氣同一日報紙上，除了照例有小兒迷路、小偷被
> 偷、車夫納妾、少婦忤逆、妓館減價、犬竟產豬……的各種
> 軼聞，倒詳細刊登了班禪抵京第一天的大菜單，早茶就有麥
> 皮粥、火腿炸魚、牛肉扒等等。……直到先生逝世第三日，
> 報上總算出現了段執政以中山首創共和、有功民國，決定頒
> 給治喪費六萬元的報導。……至於同一版的報紙有關先生的
> 篇幅中，最大的廣告是「仁丹」總行刊登的悼詞，……那一
> 顆顆小小銀白色口服錠當年能治百病，甚至包括性病。盒子
> 的商標上是先生親書的「博愛」二字，細字則印著「仁丹」
> 是淋病梅毒的斷根新藥。（《行道天涯》，臺北：聯合文學，1995，
> 頁232）

---

⑮　「外國報紙上叫這些軍閥『Warlords』，割據的藩鎮，與日本歷史上的幕
　　府將軍沒有什麼不同，而他最痛心的就是愈來愈多的人把他看成這些人中
　　的一個！上海《申報》還客氣地稱他們為孫中山夫婦，至於別地方的報
　　紙，稱他為孫氏、叫他粵孫，『粵孫』最多與東北的『奉張』並列，只是
　　一個地方政府的領袖」。（《行道天涯》，頁41）

　　至於照片，除卻它悼亡召魂的美學意義外**⑯**，蘇珊·宋妲
（Susan Sontag）也曾指出：照片中的現實是被重新界定的──做
一種展覽的項目，做爲供作審察的記錄。因此，照片給我們一種欺
騙形式的擁有──關於「過去」、「現在」以及「未來」。尤其在
中國，「拍照永遠是一種儀式，永遠涉及『姿勢』以及必要的『允
許』」**⑰**。從小說中，我們看到的，正是照片如何召喚著各種不同
方式的記憶與想像，以及影像姿勢背後的虛枉：珍珍看著「媽太
太」與鄧演達的照片，想像關於她傳聞中的韻事(49)；孫文「不忘
在黨證上放置自己的照片──成爲鐵證如山」(121)；老去的宋慶齡
看著孫文的照片，「覺得恍如隔世──當年她愛這個人嗎？」
(154)；當然還有，爲了拍宣傳照片，一直認爲自己不是一般人的
她，卻硬要作爲「佯裝的農婦」(99)；甚至葬禮中，要讓「一班不
相干的小學生圍著她，行舉手禮。鎂光燈一閃一閃，小學生還要擠
出兩行眼淚，跟媽太太道別」(57)。

　　文字資料既不可憑，影像照片亦不可恃，那麼，「歷史」還能
剩下些什麼呢？透過宋慶齡的凝視，「婚禮那晚，換上和式睡衣的
孫文頓時比白天矮了半截，突然顯老的多。領口肌膚鬆垮垮的，臉
面上，黑疣與肝斑都更清楚了」(148)；鴛鴦枕套上的硬稠顆粒，竟
是來自丈夫的鼻孔；死亡前臭臭的口涎，死魚般的眼睛，一碰就要

---

⑯　參見羅蘭·巴特（Roland Barthes）著，許綺玲譯，《明室：攝影札記》
　　（臺北：臺灣攝影，1997）；蘇珊·宋妲（Susan Sontag）著，黃翰荻
　　譯，《論攝影》（臺北：唐山，1997）。

⑰　見蘇珊·宋妲〈影像世界〉，《論攝影》，頁 201-232。

碎成灰屑的男人身體(66-67)，……在在披露著與常人一無二致的衰朽垂死，病弱凡庸。在宋美齡有意作弄下，盛裝出席開羅會議的蔣介石，也不過是個不通英文的老粗，難掩侷促不安(188-189)。管他國父還是總統，孫中山還是蔣介石，官方造神版中種種「高大豐滿的英雄形象」，至此一一走下神壇，沒入庸碌眾生。各種威權下編纂的「他」的故事，終告分崩離析；然而與此同時，「她」的故事，則早已一逕伴隨著身體感官的震顫、情愛欲望的流淌、敘述聲音的釋放，翩然登場。

　　對女性身體情欲的大量鋪敘，是《行道天涯》顯而易見的特色。全書一開始，與孫文死亡之旅相對應的，就是珍珍臆想中「媽太太」泡在澡缸裡的軀體：垂在胸前的奶子，像一對滴溜下來的瓠瓜，即使年紀已經八十歲，她依然有十分女性的身體，肩膀柔軟地下垂，從脖頸到腰間，畫出一個優美的弧形。……(37)爾後，她在浴缸中凝視自己逐漸老去身體的鏡頭，亦隨著飄忽的回憶片斷，不時閃現⓲。一生之中，她年輕時面對的是孫文老病羸弱的身體，中年以後，耽戀的是與小情人 S 身體的相互碰觸⓳。即或是面臨死

⓲　　如：有一次作夢，「她的浴室便浮動著一種不尋常的旖旎：盆裡是溫暖的水，S 為她搓背，她全身放鬆地臥在盆裡」(126)。王府的夏日炎炎，電風扇運作不過來，她只好又泡進搪瓷的浴缸裡——水紋中，她望望自己恥骨的下方，泛著那種激不起任何欲望的鴿灰，她說不出地嫌惡自己這一具漲大的身體。(131)

⓳　　文中與此相關的文字頗多，如：S 為她洗頭髮，她喜歡 S 彈性的指頭觸摸她的頭皮，S 的手，強壯有力，那是一雙年輕男人動作後微微滲出汗味的手。她也喜愛梳頭的感覺，她的頭髮長到腰際，髮絲細而且軟，很容易打結。S 拿一把玳瑁殼的篦子，徐徐滑過她鬆散開的頭髮。一早一晚，那是

亡，憶起的也是「一生中唯一的妊娠，接著就失去了未成形的胎兒，那樣的痛彷彿源自身體裡面最深的一點，然後放射狀地散播開來」，以及，「S 的手指觸摸到她身體帶來的快感」。(110-111)

正是這身體的震顫，感官的悸動，訴說著情愛欲望的流淌，見證著孫文後半生的顛躓流徙、陳炯明的叛變，和那企盼與所愛長相廝守卻不可得，終要屈服於政權體制的艱難心事。「政治是虛擲了精力的迷航」(131)，即或如此，宋慶齡還是得「身」不由己地，「年年被四個大漢抬下樓，一路抬進禮堂，在行禮如儀的紀念會裡唸講稿」(205)。

也就是在這一層面，《行道天涯》和〈百齡箋〉才真正顯現出「姐妹篇」的對話意義，並衍生更進一步的相互辯證：同屬男性民國史上的「未亡人」⑳，同樣輾轉於家國人生公私領域，也同樣柔情似水，滿懷愛欲心事，做姐姐的有口難言，每每絕望地甘於「不可能留下任何文字」(200)，也「從來沒擔心過歷史會怎麼樣寫她」(206)。唯一能做的，只是以身體感官的震顫，幽微地「體」現被長久壓抑的女性情欲，艱難地見證國父的死亡之旅，共產社會的人世浮沈。然而，做妹妹的，卻要讓敘述欲望化作千言萬語，一筆一畫

如同儀式一般慎重的事。(62)她愈來愈貪戀的是 S 的那雙手，S 的順服，S 的卑屈，愈來愈黯淡的光線下，她不肯睡下，她不捨地望著她生命中最後的男人。(90)

⑳ 「未亡人」同樣是《捕諜人》中男女作家爭辯交鋒的話題。女作家以為此一稱謂乃是男性中心的思維表現（死了丈夫的女人，大概只應該氣息奄奄，忍辱偷生偷偷活下去）但「事實上卻正好相反，通常都是女性打起了精神，替男性中心的社會在一椿一件地料理後事呢！」《捕諜人》，頁110。

銘記女性爲家國時代發言作證的始末，向自由世界不斷昭告那迴盪
於宗教愛情政治社會各場域中的女性聲音。百齡華誕前夕，宋美齡
猶自幽幽伏案寫信如故，只因爲她深信：「信的意義尤其在留下紀
錄，證明她曾經說過」；「許多信都是要留作研究民國史的檔案」
(156-157)，「她以爲自己在對歷史負責，她可是要對得起歷史」
(187)。

是的，爲了要對得起「歷史」，宋美齡不停地給不同的對象寫
信，不停地到各個地方演說。「不說，但我們偏偏要說」，她在無
遠弗屆的信裡作丈夫的代言人，在媒體大眾前替丈夫亟亟辯護(184-
185)。她的勇氣讓丈夫在西安蒙難時想起「女子護衛男子」的經句
(191)，甚至於，丈夫病勢垂危之際，爲了能夠給全國軍民一張安定
民心士氣的「照片」（！），她奮力搬演出如下情節：

　　她指揮侍衛替丈夫穿上長袍馬褂，再抱到椅子上扶正，但是
那隻肌肉萎縮的右手很容易露出破綻，一不小心就從沙發扶
手上向下滑。有人七嘴八舌出主意，索性用透明膠帶將手腕
固定在扶手上，大概就掉不下來了。
　　侍衛拿膠帶來，幾番猶豫不敢下手，倒是她急不過，自己動
手繫起來，繫得很緊，深怕瘦得皮包骨的手腕還會滑動。
　　老先生翻翻眼皮，她看見泡在淚水中的眼眸，好像苦苦地告
饒，那必然是世界上最哀傷的一對眼睛。那瞬間，對於一個
久病臥床的老人，她知道是顧不得那麼多了，她也頗爲詫
異，怎麼會這樣地狠心（自己究竟用了多大的力量？），但
她某種生命的強度，總讓她在最緊要的時刻冷酷起來。那時

候已經機不可失，即使最短暫的一瞥，足以使人們相信他還在那裡，「你說我是王，我爲此而生」，全國人民沒有比現在更需要一張照片，一張照片就能夠支撐人民度過難關……

（《百齡箋》，臺北：聯合文學，頁189-190）

至此，我們驚異地發現：曾在《行道天涯》中被一再解構的史料與照片，竟然在〈百齡箋〉中借（女）屍而還魂，再度成爲建構家國歷史的依據。只是，這樣的「歷史」，眞會是「她」的故事麼？汲汲於書寫家國歷史的同時，「她」會不會重蹈了女機器人的覆轍——「從對人類（HIS-story）的模擬中，我終於無望地也成爲人類（HIS-story）的一員」？

平路小說的思辨性格，由此可見。而這也促使我們注意同樣貫串於《行道天涯》與〈百齡箋〉中的另一主題：愛情與死亡。《行道天涯》裡的孫文，病危時回憶中閃現的每每是平生辜負的眾女子，終於明白的是「唯一能拯救自己的只有愛情，然而辛酸的是，他卻不曾愛上任何女人」，「覺悟到夫妻間的恩義還是牽扯他的力量，想著年輕的妻子他破天荒感到了不忍以及不捨」(161)；浮沈於情天欲海，宋慶齡從來不信永生，因爲她相信「有可能超越死亡的只有愛情」(176)。〈百齡箋〉中，百齡老夫人滿懷死亡將臨的孤寂感，看著枯乾的、寫過千百封書信的手，不禁好笑起來。因爲，居然要花一百年的時間，她才終於體悟到：

在這個冰冷的人世間，除了丈夫的恩寵，任何人對她的生活原來毫無裨益！(195)

　　對基進的女性主義者而言，這樣的結論恐怕是令人大失所望的：怎麼繞了一大圈，又回到老掉牙的愛情與死亡神話裡去了？但對以文學志業，將寫作當作一生要走的路的平路來說，這卻未嘗不是以迴旋迂曲的方式，與先前一再思辨的議題對話，並藉由自己女性、自由聲音的釋放，爲「她」的故事尋找另一出路❹——歷史當然不只是「他」的故事，當歲月流逝，記憶漫漶；當「他」歷經挫敗，走向死亡，唯「她」能以優游旁觀的位置，洞見愛情、生命與死亡的本質。是這樣的觀照，銷蝕了「高大豐滿的英雄形象」，迴避了男女兩性因競相爭鋒而陷於封閉循環；也是這樣的觀照，「她」的故事一樣可以閱讀天下，書寫家國，並終因不忘微觀內省，任情適性，別出於「他」的故事之外。

　　從對女性與鄉土想像、性別化國家主體糾葛的反思，到男女兩性於創造／書寫議題的論辨，以迄於如何由「他」的故事走向「她」的故事，女性／歷史／書寫議題在平路的經營下，已展現出多方嘗試與深度思辨的可觀成果。她的書寫觀點與策略雖未必人人同意，不過，「終點又是起點」，「待續」猶有無限可能，其創作中所蘊含的活力潛力與熱忱，正是當代臺灣女性書寫極爲可貴的資產。

---

❹　平路曾在接受李瑞騰專訪時表示：「在《行道天涯》裡我聽到較多自己女性、自由的聲音，我的下一部小說，是非常自我，有很多女性，也是我自己的聲音」。見〈在時代的脈動裡開創人文的空間——李瑞騰專訪平路〉，《文訊雜誌》，1996 年 8 月。

張愛玲的世紀末愛情

劉亮雅*

　　儘管已辭世三年，臺灣的張愛玲熱並未稍歇，說明了張愛玲持久的魅力。此魅力除了緣於她凝鍊、細緻、多變的筆法，也與她的女性身分，成長於華洋、新舊雜燴的上海，以及戰亂的背景息息相關。陳芳明說得好：「無論是從後殖民論述的觀點，或是從女性主義的角度，都可以強烈感受到她作品裡的生動力量。那種蓬勃的生命力，正是傳統儒家思想、傲慢的民族主義，或是霸權的殖民主義所一貫忽視的」（65）。我認為張愛玲獨具的女性與後殖民視野結合了她的美學成就，使她成為二十世紀最重要的華文作家之一。她的小說幽深複雜、細膩中顯現恢宏批判，因而歷久彌新、耐人咀嚼。

　　張愛玲的小說流露出一種世紀末情懷，在某方面依然契合了我們所處身的社會。這裡說的世紀末，指的並非一個分割時間的標籤，而是源自西方十九世紀末的一種大論述開始崩解，使得保守人士擔憂世界末日將至之感，這其中新女性與頹廢男所代表的性別跨

---

*　臺大外文系

界，尤其引發了強烈焦慮。而在新女性與頹廢男這方，則帶著反體制的挑釁（Showalter 1-16）。我認為張愛玲的許多小說中，捕捉到了二十世紀初在戰亂頻仍、西潮衝擊下大中國父權封建勢力開始瓦解中的「惘惘的威脅」。她筆下的愛情常常對映著這樣的時代氛圍。這些愛情中的男女往往也有性別跨界的現象，雖然他們不盡符合西方頹廢男、新女性的定義。而在反體制的同時，他們的權力位置並不相同，這即是張愛玲對中國世紀末性別跨界的深層思考，也是本文所想要探索的。

　　華洋雜處、新舊並陳的上海對於張愛玲的美學與視野產生極大影響，使她既吸納也批判了五四運動。她喜愛上海人的世故練達、自嘲嘲人、由疲乏而產生的放任。「上海人是傳統的中國人加上近代高壓生活的磨練。新舊文化種種畸形產物的交流，結果也許是不甚健康的，但是這裡有一種奇異的智慧」（《流言》56）。上海人的「壞」因此是不幼稚（《流言》57）。許多人喜歡談張愛玲受海派文學影響，然而她對西方文學的涉獵其實也很廣。在雜文中她常比較中西文化。她曾建議以洋人看京戲的眼光看中國的一切：「多數的年輕人愛中國而不知道他們所愛的究竟是一些什麼東西。無條件的愛是可欽佩的——唯一的危險就是：遲早理想要撞著了現實，每每使他們倒抽一口涼氣」（《流言》107）。透過洋人觀光的去熟悉化（de-familiarization）過程，「有了驚訝與眩異，才有明瞭」，看出中國的「紛紜，刺眼，神祕，滑稽」（《流言》107）。也許並非偶然，張愛玲的許多主人翁有留洋、華僑、甚至洋人、混血背景。米晶堯、佟振保留學，王嬌蕊、范柳原是華僑，喬琪喬是多國混血兒，哥兒達先生是美國人，〈第二爐香〉更全以

外國人爲主角。因此許多篇故事處理華洋文化交會所帶來的複雜省思，呈現文化與文化間來回往復的凝視、剝視，並且除了種族外，還牽涉了性別、階級與新舊的關係。像〈桂花蒸 阿小悲秋〉和〈第一爐香〉便是特別鮮明的例子。張愛玲的女性意識和陰性美學也就在這中西、新舊文化交鋒交融，以及戰火的催化下，孕育而生。探討張愛玲的世紀末愛情及她對性別跨界的探索勢必須對這繁複的視野有些瞭解。

一、頹廢與世紀末愛情

> 我甚至只是寫些男女間的小事情，我的作品裡沒有戰爭，也沒有革命。我以爲人在戀愛的時候，是比在戰爭或革命的時候更素樸，也更放恣的。——〈自己的文章〉
>
> 人生的所謂「生趣」，全在那些不相干的事。——〈燼餘錄〉

　　歐陸十九世紀末的性別跨界有其特殊背景。十九世紀時歐陸中產階級霸權已然確立，一夫一妻制成爲準範。然而強迫性的婚姻制仍牢不可破，性愛唯有在異性戀婚姻內才具合法性，再加上男外女內、男陽剛女陰柔之僵化性別角色，每每造成束縛。十九世紀末新女性遂抗拒婚姻，追求知性及感情獨立。而頹廢男則反對維多利亞刻板的性道德，挖掘雙重自我，浸淫於藝術及感官。蕭娃特（Elaine Showalter）指出，十九世紀末的頹廢一方面是中產階級對任何在其眼裡不自然、做作、變態之事物的貶稱，從新藝術到同性戀都可包含在內。另方面，它又是橫跨歐洲的後達爾文（post-

Darwinian）美學運動，刻意反生殖、反自然、反基督教、反愛情，拒絕一切自然、生物面，偏好精緻、新奇、稀罕的藝術、藝術品、感官、想像的內在生活（Showalter 170）。簡單說，就是為藝術而藝術，為了追求新鮮、稀罕的官能刺激，而有各種戀物、對身體的探索，甚至吸毒、雜交，從而叛離傳統性／別觀。

　　而二十世紀初中國的脈絡卻不一樣。中產階級尚未成形，宗法社會男尊女卑、媒妁婚姻、傳宗接代、階級嚴明的觀念依舊為虐，其不自由的程度遠高於當時的歐陸。辛亥革命後，五四時期知識份子發揚革命精神，開始引進自由戀愛以及一夫一妻的觀念。在宗法社會不容婚姻自由的束縛下，愛情格外是人性的申張。於是相對於當時歐陸頹廢男的反愛情，中國知識份子反而嚮往愛情，張愛玲便嘆息中國有愛情荒（《續集》73）。也就是說傳統中國男人（尤其士商階層的），因著他們優越的社會地位，並沒有性壓抑的問題；唯有女人飽受性壓抑之苦。但不論男女皆難以覓得愛情。固然媒妁婚姻也可能產生愛情，但對張愛玲而言，「先有性再有愛，缺少緊張懸疑、憧憬與神秘感，就不是戀愛」（《續集》60）。平實的愛情不能吸引張愛玲，她感興趣的毋寧是談戀愛時的微妙互動，自我與他者不斷剝視到最素樸的原質。然而肯定愛情並不意謂張愛玲相信愛情神話以及一對一的絕對性。反之，她的小說顯現對天長地久愛情的懷疑，對介乎愛情與色慾間的調情之著迷，以及對非一對一關係的高度興趣。

　　另一方面，張愛玲的不少女人似乎由於受限於私領域，而比男人更加渴望愛情。但五四運動基本上還是男性知識份子主導的反傳統、反封建父權之文化運動，對女性地位的提升依然有限（林芳玫

92）。在此情況下，女性對愛的渴望反而可能使其受困，像〈第一爐香〉中的葛薇龍、《半生緣》裡顧曼楨都是顯著的例子。如果說女性主體乃是張愛玲小說的關注，那麼也就難怪張愛玲對於夾處於新舊之間女人的命運，抱以悲觀。

　　張愛玲筆下也有一種世紀末的頹靡，但其意義卻不盡同於男性主導的歐陸「世紀末」頹廢。首先，張愛玲鮮少觸及男同性戀。其次，在張愛玲的小說中，玩家型的男人固然不少，然除了〈第一爐香〉中的喬琪喬外，唯美背德的魅惑與挑釁之力道降低了。男人的放浪若非被女性主角旁觀，就是被置於故事背景，為其渴望揚棄的生涯（雖然他未必能做到）。男人反而常在戀愛時才顯得唯美，例如佟振保迷眩於王嬌蕊的落髮與嬌嗔，范柳原神馳於白流蘇的「中國女人」風韻。而小說中的女性人物及隱形的女性敘述聲音則充滿頹廢耽美的想像。❶像王嬌蕊、白流蘇、曹七巧均既唯美又背德（尤其就她們違反當時對女性的性規範而言）。張愛玲的頹廢因此突顯了女性主體及女性情慾，更特別的是，又同時肯定愛情、以愛情為焦點，遂彷彿是挪用歐陸十九世紀末的頹廢，從而提出屬於女性的觀點。

　　另一方面，張愛玲可能比歐陸十九世紀末作家更為頹廢。後者書寫時期，帝國主義正盛，至少歐陸本土未披戰火（參看

---

❶　請參看周蕾頁 167-72，215-28 及孟悅、戴錦華頁 321-90。但我認為孟悅、戴錦華說「張愛玲的世界是一個正在死亡的國度，充滿了死亡的氣息……一個為色彩所窒息的、充滿幽閉恐懼的世界」(323) 則僅觀察到了張愛玲的一面。

Showalter 4-5），然而張愛玲寫作時的中國，卻是烽火連年、動盪詭譎的時代。❷張愛玲刻意以華靡的文字經營男女關係，將戰爭、政治等大論述邊緣化，卻又對之有所影射、批判，因而顯現出一種極具顛覆性的瑣碎政治。在〈自己的文章〉中她寫道：「和戀愛的放恣相比，戰爭是被驅使的，而革命則有時候多少有點強迫自己。真的革命與革命的戰爭，在情調上我想應當和戀愛是近親，和戀愛一樣是放恣的滲透於人生的全面，而對於自己是和諧」（《流言》20）。也就是說，在張愛玲唯美、看似「有所耽溺、流連忘返」（《流言》21）的文字裡蘊含了一種深刻的女性觀點的革命。透過對戀愛的放恣之刻畫，她探討性別意識上內在革命的可能及阻礙，而她暗示，唯有此一內在革命方能滲透於人生的全面。

耽美在某個意義上乃是中國有閒的仕紳階級固有的，這即是張愛玲注意到的，古中國衣衫上過分注意細節，堆砌了繁褥、毫無意義的點綴物，「這樣不停地另生枝節，放恣，不講理，在不相干的事物上浪費了精力，正是中國有閒階級一貫的態度。惟有世上最清閒的國家裡最閒的人，方才能領略到這些細節的妙處。製造一百種相仿而不犯重的圖案，固然需要藝術與時間；欣賞它，也同樣地煩難」（《流言》70）。不相干、無意義的東西傳統上屬於「陰性」的範疇，也與傳統女性及紈褲子弟的生活息息相關。這段話顯現張愛玲對古中國「陰性」美感既批判也眷戀，也緊扣著張愛玲的陰性美學，映照出張愛玲矛盾複雜的藝術靈視。在〈更衣記〉中她既耽愛陰性美學，又微帶批評。她研究清朝到民國女子服裝的變化多

---

❷　張愛玲崛起於 1940 年代汪精衛偽政府時期的上海。

端，對於男子服裝上相對的單調深感束縛厭煩，但她又警醒地批
道：「時裝的日新月異並不一定表現活潑的精神與新穎的思想。恰
巧相反。它可以代表呆滯；由於其他活動範圍內的失敗，所有的創
造力都流入衣服的區域裡去」（《流言》72）。

　　張愛玲的陰性美學與女性意識隱隱然對強調進步的五四文學有
所批評。周蕾發現，張愛玲著重細節與感性的敘事手法「破壞了中
國現代主義在『內心主體性』和『新國家』之間試圖建立的身分。
在意識形態上，她的女性角色令這個身分的進步性修辭顯得滑稽可
笑」（228）。❸除了眷戀陰性美學外，張愛玲常以滄桑與荒涼為
其小說之基調。她描繪新舊交替的時代，舊勢力雖在瓦解之中，但
餘毒猶在，於是即連看似新的事物，其中也潛藏著舊的敗壞，例如
〈紅玫瑰與白玫瑰〉中佟振保這個留過洋的「新中國男人」，依然
懷抱男性沙文意識。《半生緣》裡顧曼楨是個可愛可敬的新女性，
但乖違的命運和腐舊的環境終於使她枯槁自棄。這樣灰黯的基調迥
異於五四文學所倡揚的新中國「革命」、「進步」的精神，但也燭
照了五四精神隱涵的性別問題。

　　張愛玲筆下的男女或多或少泥足於舊有的意識形態。然而就宗
法社會的準範而言，她的許多男女亦多多少少逾越了傳統男尊女
卑，男陽剛主控、女陰柔順從的僵化兩性二分觀念。以我們今日角

---

❸　但這並不表示五四運動不重要。在一篇追憶胡適的文章裡，張愛玲這樣寫
　　道：「我想只要有心理學家榮（Jung）所謂民族回憶這樣東西，像五四這
　　樣的經驗是忘不了的，無論湮沒多久也還是在思想背景裡」（《張看》
　　148）。

度，大體上他們皆陰陽同體。但放在當時舊社會轉型的背景下，他們背離性別準範的部份卻往往造成不安，遂可以權宜地以陰性男人、陽性女人名之。張愛玲典型的陰性男人性格較爲溫柔陰鬱，他們（曾經）身分地位不明、低微，或無所事事、沒出息，因而喪失傳統男人的絕對優勢。他們常狂嫖濫賭，身邊不乏女人。他們的放浪在某方面是反宗法社會的，卻弔詭地成爲男權的延伸。相對的，張愛玲典型的陽性女人則強悍、自我，情慾上較爲主動。於是基於傳統男尊女卑的觀念，陽性女人便引發威脅感，而陰性男人則令人鄙視。因此要談張愛玲所勾勒的世紀末愛情，不能不一起談她對宗法社會的批判，以及華洋雜處帶來的文化衝擊與矛盾。

二、反體制的世紀末愛情

> 柳原看著她道：「這堵牆，不知爲什麼使我想起地老天荒那一類的話。……有一天，我們的文明整個的毀掉了，什麼都完了——燒完了、炸完了、坍完了，也許還剩下這堵牆。流蘇，如果我們那時候在這牆根底下遇見了……流蘇，也許你會對我有一點眞心，也許我會對你有一點眞心。」——〈傾城之戀〉

張愛玲營造的世紀末愛情場景是：香港的一堵「冷而粗糙，死的顏色」的牆激發了范柳原的末世想像（208），他對著這想像中的斷壁立下愛的盟誓，而故事的發展恰恰讓戰爭成就了范柳原與白流蘇的愛情。這似乎是勃朗寧（Robert Browning）名詩〈廢墟裡的

愛情〉（"Love Among the Ruins"）之翻版，烽火激發人藉愛取暖，
以愛對抗戰爭、重塑文明，不同在於：張愛玲將之移至中國的脈
絡。就故事的發展而言，此斷壁既可象徵戰火摧殘下僅剩的文明，
也可代表傾頹中的中國舊社會。於是戰爭既帶來了末日感，又是新
價值誕生的契機。這多少有啓示錄（apocalypse）的味道。若不是
戰爭來了，白流蘇不過是范柳原的情婦，在地位上始終不牢靠。另
一方面，就算結了婚，也難保范柳原不繼續徵逐女人。然而，較諸
傳統婚姻，他倆的關係還是不尋常的。在宗法社會下，他們都是名
份不夠的邊緣人。白流蘇出生於封閉保守家庭，離婚後蟄居娘家，
備受奚落；范柳原則是有錢華僑流落在英國的私生子，吃了不少苦
頭才繼承亡父遺產，但仍被家族排擠嫉恨。基於對宗法社會（尤其
婚姻不自由）的徹底失望，范柳原藉放浪形骸反抗，此與十九世紀
末歐陸男人藉頹廢叛離傳統性別體制（尤其婚姻制），有類似處。
范柳原追求白流蘇、選擇與之同居，是爲了尋找浪漫愛情，然而缺
乏經濟能力、受制於陳腐家庭的白流蘇卻沒有浪漫的條件。白流蘇
步步爲營地回應范柳原的調情，騎虎難下地接受了同居，又在烽火
中意外得到了婚姻。曖昧的是，婚姻似乎使他倆的愛情轉爲平實，
范柳原的俏皮話從此要留給其它的女人。整個故事的轉折探索了新
舊、華洋交鋒下性別、性愛與婚姻的複雜關係。

　　〈傾城之戀〉的高明是用一種類似浪漫諷刺喜劇的手法，側寫
宗法社會所造成的人性扭曲。在范柳原和白流蘇爾虞我詐、各懷鬼
胎的愛情角力中，宗法社會的魅影無所不在。白流蘇的首要關注是
尋找一張長期飯票，她需要婚姻的名份，以便逃離在娘家的難堪地
位，有無愛情倒是其次，因此想盡辦法讓范柳原娶她。流蘇以玉潔

冰清的美貌和沒落望族的家世為資產，吊足柳原的胃口，小心不讓自己愛上他。而柳原則相信愛情比婚姻重要。他用種種激將法逼她主動示愛，因無愛的婚姻等於「長期的賣淫」（《傾城之戀》216），他反對宗法社會製造出的買賣式婚姻。柳原的看法確實一針見血，流蘇並非獨立的新女性，但她庸俗的看法卻是在封建禮教壓制下的不得已。

由於宗法社會的父權父系體質，女人僅是傳宗接代工具，並無身體自主權，且唯有依附婚姻才有名份。雖然流蘇不堪前夫虐待離了婚、拿膽養費乃是新潮之舉，但在她的舊式家庭裡她仍是個失了身分的下堂妻。離了七、八年的前夫一死，流蘇的哥哥便希望她回去奔喪，搬出三綱五常說她「生是他家的人，死是他家的鬼」（《傾城之戀》189-90），無非是他玩股票用光了她的錢，想攛她回去。流蘇的嫂嫂更刻毒地說她剋夫、剋娘家：「她一嫁到了婆家，丈夫就變成了敗家子。回到娘家來，眼見得娘家就要敗光了──天生的掃帚星」（《傾城之戀》190）。兄嫂的羞辱激怒了流蘇，嚴詞反抗卻引爆更多辱罵，連母親也勸她回去過繼孩子過活。

耐人尋味的是，這樣的封建家庭既逼她趕緊找尋長期飯票，又要強調名媛淑女的玉潔冰清，從而掩飾婚姻的買賣性。於是當她狗急跳牆搶了姪女相親的對象柳原，便一方面被譏為癡心妄想的「敗柳殘花」（《傾城之戀》199），另方面又微妙地贏回了自尊。而她第一次和柳原去香港、無功而返則立刻被解釋為勾搭不成反上當：「本來，一個女人上了男人的當，就該死；女人給當給男人上，那更是淫婦；如果一個女人想給當給男人上而失敗了，反而上

了人家的當，那是雙料的淫惡，殺了她也還污了刀」（《傾城之戀》218）。在這陳腐的思想裡，女人只要在非婚姻關係中發生性關係便身敗名裂。女人貞操被所有人監視，毫無情慾自主的空間。流蘇僅是調調情，沒結成婚，就被貼上「淫婦」及「雙料的淫惡」的大帽子，委實荒謬可笑。然而此二標籤也顯示：緣於對女性的束縛如此之深，流蘇的主動出擊、遊走在傳統禮教邊緣遂使她成了具威脅力的陽性女人。值得注意的是，流蘇的強悍自私實為對自己岌岌可危的位置之反彈。她在姪女的相親會上與柳原連跳三支舞，看在柳原眼裡，倒多了一分情慾主動性。流蘇發現，柳原的理想是「一個冰清玉潔而又富於挑逗性的女人」（《傾城之戀》206）。她笑對柳原說，「你要我在旁人面前做一個好女人，在你面前做一個壞女人」（《傾城之戀》206）。

然而他們三舞定情，原不止於身體的吸引。前面說過，柳原早年的陰性化經驗使他對宗法社會憤激、強烈批判。以他的條件，卻反世俗地挑了離過婚的流蘇，似乎是因著他看出流蘇也由於身處於宗法社會的邊緣位置而鬱鬱不樂。就在香港淺水灣的那堵牆前，柳原告解似的要流蘇原諒他的放浪：「我回中國來的時候，已經二十四了。關於我的家鄉，我做了好些夢。你可以想像到我是多麼的失望。我受不了這個打擊，不由自主的就往下溜。你……你如果認識從前的我，也許你會原諒現在的我」（《傾城之戀》209）；哀懇似的冀求她瞭解他對愛情的渴望：「我自己也不懂得我自己──可是我要你懂得我！我要你懂得我！」（《傾城之戀》209）。在此，吃喝嫖賭是在絕望後以自棄墮落的方式反抗宗法社會的箝制，而愛情則成了救贖，成了生命意義之所繫。有趣的是，柳原歷經憧

慽、絕望、自棄、墮落、自省等過程,原有陰鬱溫柔的一面,而遇到流蘇後爲了愛情患得患失、忽冷忽熱,則更使他顯得陰鬱溫柔。流蘇覺得「他脾氣向來就古怪;對於她,因爲是動了眞感情,他更古怪了」(《傾城之戀》222)。

　　然而柳原服膺自由戀愛,不欲結婚,對於無經濟能力的流蘇而言,則她仍是被柳原宰制的。特別是當時中國世俗價值仍不認爲女性擁有身體自主性,她遂成了柳原豢養的女人。柳原可以堂而皇之追逐別的女人,而她只能守著柳原一人,且時時擔心被拋棄:「沒有婚姻的保障而要長期抓住一個男人,是一件艱難的、痛苦的事,幾乎是不可能的」(《傾城之戀》221)。一度流蘇也承認柳原的愛使她體驗同居的自由與美妙,不在乎是否結婚。然而柳原與她歡愛一週旋即遠走高飛,「她怎樣消磨這以後的歲月?找徐太太打牌去,看戲?然後漸漸的姘戲子,抽鴉片,往姨太太們的路子上走?……那倒不至於!她不是那種下流人,她管得住她自己。但是……她管得住她自己不發瘋麼?」(《傾城之戀》222)。陰鬱溫柔的柳原還是自私地操控著流蘇的。唯有戰爭突然爆發,在毀滅的陰影下,柳原才會試圖履踐他所引述的詩經的詩:「死生契闊,與子相悅,執子之手,與子偕老」(《傾城之戀》216)。於是回溯到淺水灣前的盟誓竟具有預言性,「僅僅是一刹那的徹底的諒解,然而這一刹那夠他們在一起和諧地活個十年八年」(《傾城之戀》228)。

三、宗法社會的魅影

> 她們不但害了三爺，還害他絕了後。堂子裡差不多都不會養
> 孩子，也許是因爲老鴇給她們用藥草打胎次數太多了。而他
> 一輩子忠於她們，那是唯一合法的情愛的泉源，大海一樣，
> 光靠她們人多，就可以變化無窮，永遠是新鮮的。她們給他
> 養成了「吃著碗裡，看著鍋裡」的習慣。他跟她在一起的時
> 候老是有點心不在焉——《怨女》

　　〈傾城之戀〉背後體制的魅影在〈金鎖記〉與《怨女》中更爲
清楚。兩篇故事顯現張愛玲對宗法社會下陰性男人與陽性女人權力
位置不同的觀察。在改朝換代之間衰敗沒落的滿清遺老世家裡，一
對同樣不滿媒妁婚姻的叔嫂之間流動著毫無希望的世紀末情慾。這
兩篇故事幾乎是同樣的人物，但寫法稍有不同。〈金鎖記〉焦注於
曹七巧恐怖陰魅的病態心理，背景大致由清末至民初，時間感較模
糊；《怨女》裡的銀娣陰毒但較爲平和，卻一樣虛度一生，借她空
虛的眼旁觀由清末至北伐、江西打共產黨、日本人侵入上海租界所
帶來的翻天覆地變化。〈金鎖記〉中借用出身低微的曹七巧暴露宗
法社會對女性的束縛及其造成的扭曲。《怨女》裡則著重對時代變
遷中狂嫖爛賭男人的刻劃。〈金鎖記〉中只有叔嫂間的調情，《怨
女》裡則有兩回幾乎成功的叔嫂偷情。兩篇故事雖有不同，卻相互
映照。
　　就像流蘇一樣，〈金鎖記〉中曹七巧的強悍實爲對自己岌岌可
危的地位之反彈。曹七巧的刻毒和瘋狂使其成了張愛玲筆下最恐怖

的女人。相較於流蘇離了婚、在娘家沒地位，曹七巧則等於是被貧窮的哥嫂賣給書香世家的殘障兒子沖喜，既享受不到魚水之歡，又因門第階級不同，備受婆家歧視，她的一生揹負了宗法婚姻制度的黃金枷鎖。萬般幽怨的低微地位卻激發了她在體制內暴烈的反抗，她越是被鄙夷，便越訴諸下層女人放恣的言語，恰恰是這越軌的陽性姿態掀開了宗法社會的所有矛盾。她露骨刻毒、充滿性暗示的話語暴露出宗法社會除了將女人物化、工具化，更以條條框框的禮儀（尤其性禁忌）束縛上層女人（參看周蕾 223）。

在七巧荒蕪、充滿死亡暗示（如她丈夫「那沒有生命的肉體」（《傾城之戀》156））的婚姻裡，愛上風流倜儻的小叔原也像是世紀末的一線希望。然而，因為不滿媒妁婚姻而尋花問柳的小叔雖是調情聖手，卻無意為她干犯宗法社會的亂倫禁忌，直到他蕩盡了家產才以一個吃軟飯的陰性男人姿態再度撩撥她。七巧識破他僅以甜言蜜語來騙她錢，在暴怒地趕走他後卻懊悔不迭：「她從前愛過他。她的愛給了她無窮的痛苦。單只是這一點，就使她值得留戀。……今天完全是她的錯。他不是個好人，她又不是不知道。她要他，就得裝糊塗，就得容忍他的壞。她為什麼要戳穿他？」（《傾城之戀》163-64）。兇悍如七巧也會怪罪自己對「壞男人」不夠母性溫柔，可見「婦德」規訓影響之深（參看周蕾 225）。於是失去愛戀的小叔後，她便漸漸瘋狂了。

《怨女》中的銀娣與七巧稍有不同。銀娣乃因不滿自己美豔的外貌埋沒在貧寒之家，而自願嫁到世家高門，希冀一飛登上枝頭鳳凰。洞房夜才發現丈夫既殘又盲，婚姻乃是騙局。城府較深的銀娣並不像七巧在口頭上那麼放恣，但她陰毒地虐待丈夫，也比七巧多

了兩次與小叔偷情的機會。

〈金鎖記〉／《怨女》裡七巧／銀娣會對小叔有不倫之戀，正說明了做為一個世家的媳婦她毫無其它可能的外遇對象。儘管婚姻是個騙局，她的身分卻使她形同被軟禁在父權家庭裡。相對的，身為世家子弟的小叔在外浪蕩、不事生產，則雖被鄙視為沒出息，卻是合法的。由於對兩性的雙重性標準，傳統中國男人三妻四妾，繼續在外玩女人，均被體制化，但女人稍微情慾出軌便觸犯了天條。《怨女》裡銀娣只聽說姨太太越軌會被打入冷宮，而正太太則似乎從不外遇，或者其懲罰嚴酷到沒人敢提，於是銀娣與小叔首度不成功地偷情後便嚇得企圖自殺。然而相對的，族長九老太爺是捧戲子的男同性戀，他教其男傭與妻子行房，從而傳宗接代，此事幾乎盡人皆知，卻沒人敢說話。銀娣初聞此事，納悶道：「太太倒也肯」（《怨女》122）。然後「她不由得笑了。想想真是，她自己為了她那點心虛的事，差點送了命，跟這比起來算得了什麼？當然叔嫂之間，照他們家的看法是不得了。要叫她說，姘傭人也不見得好多少。這要是她，又要說她下賤」（《怨女》122）。銀娣嘲諷宗法社會視她這樣情慾自主的陽性女人為「下賤」。正因為她的下層社會背景及遭逢有名無實婚姻的痛苦，更使她暗暗批判上層階級的男尊女卑、亂倫禁忌以及將女體工具化。

除了亂倫禁忌，叔嫂個自懸殊的情慾機會使這「世紀末愛情」註定是單向的、沒結果的。〈金鎖記〉中小叔原有意與七巧偷情，卻怕一時興致過了甩不掉暴烈的七巧，東窗事發惹上麻煩。後來為了借錢才前來勾引她。《怨女》中小叔在借錢之前已與銀娣有一次半偷情，借錢時的調情與偷情便更是真假難分。然而即使小叔對銀

娣眞心喜歡，嫖慣了的他也不大可能戀棧。

《怨女》裡探討小叔濫嫖乃緣於他是滿清遺老以及他反宗法婚姻的兩重因素。銀娣對夫家男人狂賭濫嫖有細微的觀察。銀娣的夫家是滿清遺老，一位長輩大做六十歲生日被視爲不得體，因「到底清朝亡了國了，說得上家愁國恨」（《怨女》143）。銀娣發現，廢科舉及政權轉移均使這批讀古書的遺老失去政治及事業的舞臺，成了陰性男人，遂以狂嫖濫賭自我放逐、塡補失勢後的空虛：「他們只顧得個保全大節，不忌醇酒女人，個個都狂嫖濫賭，來補償他們生活的空虛。她到現在才發現那眞空的壓力簡直不可抵抗，是生命力本身的力量」（《怨女》157）。更重要的是，小叔也反宗法社會下的媒妁婚姻。妓院成了不自由的婚姻制度下男人唯一合法的情愛泉源。小叔一輩子忠於妓院，無盡的獵豔機會使他左擁右抱，「光靠她們人多，就可以變化無窮，永遠是新鮮的」（《怨女》158）。小叔的行徑頗有歐陸十九世紀末的頹廢男味道。《怨女》最後把小叔塑造成一個風流但仍有幾分格調的男人。他雖是敗家子，但徵逐女人是緣於耽美，而女人也留戀他的調情技巧。然而銀娣，或者也可以說張愛玲，對小叔這樣的頹廢男微帶批判：他對任何女人都有點心不在焉，他的耽美是否也有些物化女人呢？

正因爲在宗法社會裡陰性男人的權力位置還要高過陽性女人，小叔遂可以光明正大地花天酒地，而不論七巧或銀娣則再怎麼放恣也得提心吊膽地偷情。於是《怨女》中的小叔可以「家裡給娶的女人他不要了，照自己的方式活著」（《怨女》189），但七巧和銀娣則再怎麼不滿，甚至反抗，也翻不出體制的控制。在得不到愛情的刺激下，她們最後反諷地複製了宗法社會價值，用自己的枷鎖劈

死了媳婦，害慘了兒子（在〈金鎖記〉中還要加上女兒）。然而，《怨女》接近尾聲時，銀娣與小叔都成了過時的人物，嫖妓在一般人眼中不但罪惡，且變得「不時髦」（《怨女》178），銀娣則雖然抓了權，仍感到這輩子一切虛空。這讓人想到張愛玲在〈國語本「海上花」譯後記〉中寫道：「北伐後，婚姻自主、廢妾、離婚才有法律上的保障。戀愛婚姻流行了」（《續集》60）。然而受新式教育的男女果然擁有愛情，受惠於新式婚姻嗎？〈紅玫瑰與白玫瑰〉給了一個曖昧的答案。

四、失敗的世紀末愛情

> 也許每一個男子全都有過這樣的兩個女人，至少兩個。娶了紅玫瑰，久而久之，紅的變了牆上的一抹蚊子血，白的還是「床前明月光」；娶了白玫瑰，白的便是衣服上沾的一粒飯黏子，紅的卻是心口上一顆硃砂痣。在振保可不是這樣的，他是有始有終的，有條有理的。他整個地是這樣一個最合理想的中國現代人物。──〈紅玫瑰與白玫瑰〉

表面上〈紅玫瑰與白玫瑰〉完全與世紀末無關，因為留過洋的佟振保看起來是截然的新，他像是五四運動後新中國的產物，然而他的婚姻似新實舊，他缺乏范柳原對宗法婚姻的反省能力，他的性別觀尤其承襲了舊社會的父權思想。學紡織工程的佟振保篤信自己的新，卻缺少了在性別意識上的內在革命，這使他的「新」裡處處藏著危機。他偽善矛盾地處理愛情與婚姻，不自覺地落入舊社會的

窠臼，因而錯失了畢生所愛，失去了救贖。恰恰在他的失落裡，彰顯出「新中國男人」的不足，以及世紀末愛情的可貴。張愛玲藉他與紅杏出牆的王嬌蕊之情慾關係，勾勒陰性男人與陽性女人的性別跨界，也暗示新的兩性關係的可能及困難。

玫瑰隱喻愛情。對中國現代男人而言，愛情是重要的。特別這是留過洋的佟振保，但他堅持一種屬於中國的現代性，欲做個最合理想的中國現代人物。矛盾的是，他自詡坐懷不亂，卻又在明媒正娶的妻子外，總還要個熱烈的情婦。雖然他喜歡的是「熱的女人，放浪一點的」（《傾城之戀》60），卻嫌她們不夠正經，是「娶不得的女人」（《傾城之戀》60）。留英時愛上華僑女孩玫瑰，及回國後愛上王嬌蕊，都因同樣理由分手。他其實承續了舊社會嚴厲的良娼之分：「他是正經人，將正經女人與娼妓分得很清楚」（《傾城之戀》56），因此認為正經女人絕不能有婚前及婚外性行為。諷刺的是，正經女人只是正經男人的禁臠，而正經男人則只要有出息、講義氣，其放浪形骸卻被正當化。例如他自己的初次性經驗就是與妓女。

更諷刺的是，振保的中國現代男之陽剛乃奠基於他在巴黎嫖妓的恥痛經驗，讓人懷疑張愛玲是否藉性關係隱喻五四運動之於清末的「積弱不振」，嘲諷五四運動隱涵的性別問題。身為一個嫖客，振保發覺自己做不了巴黎妓女完全的主人。對他而言，妓女對他的不放心夾纏著種族歧視，使那三十分鐘成了最羞恥的經驗。振保的陰性位置更因為瞥見鏡中妓女陽剛的臉而強化：「那是個森冷的，男人的臉，古代的兵士的臉」（《傾城之戀》55）。他覺得一切「不對到恐怖的程度」（《傾城之戀》55）。大受刺激之下，他下

定決心「要創造一個『對』的世界，隨身帶著。在那袖珍世界裡，他是絕對的主人」（《傾城之戀》55）。但所謂「絕對的主人」是否又意謂性別與種族上的沙文意識？尤其性別上的。在中國，男人嫖妓不但制度化，嫖客對妓女的宰制也是絕對的，像《怨女》中的小叔藉嫖妓追尋愛情畢竟屬於少數，以致振保認為「嫖，不怕嫖得下流、隨便、骯髒黯敗。……振保後來每次覺得自己嫖得精刮上算的時候便想起當年在巴黎，第一次，有多麼傻」（《傾城之戀》55）。之於振保，嫖是確立女人在性經濟體系上第二性的位置。

　　骨子裡振保無法容忍自己的女人出軌，偏偏像煙鸝那樣的傳統女子卻與他性生活不協調。也許並非意外，王嬌蕊和玫瑰都是半中半西社交圈裡性態度開放的華僑女子／留學生。初次見到嬌蕊，他便想著「才同玫瑰永訣了，她又借屍還魂，而且做了人家的妻。而且這女人比玫瑰更有程度了」（《傾城之戀》63）。然而即使深受吸引，他立刻想著：「這樣的女人是個拖累。況且他不像王士洪那麼好性兒，由著女人不規矩」（《傾城之戀》63）。故事的轉折是，他愈是拿舊道德看女人，在理智上警告自己，愈是感到嬌蕊的嬌媚與魅惑。嬌蕊直指他和自己一樣貪玩，暗示女人與男人一樣有情慾自主權，只是父權的雙重性標準壓抑了女人。佟振保強調中國的規矩，嬌蕊則妖嬌爽朗地往街上吐茶渣，笑道：「中國也有中國的自由，可以隨意的往街上吐東西」（《傾城之戀》68）。這些論辯凸顯了嬌蕊思想獨立、情慾自主，從傳統角度看，她又是個陽性的女人，特別又是她主動挑逗振保。振保愛的恰恰是個能與他平起平坐的女人。

　　愛上了有夫之婦卻讓振保偏離了所謂理想的中國男人，特別中

國傳統男性情誼是建立在古訓「朋友妻，不可戲」的基礎上。奪人之妻是會被男人圈子摒棄，毀了個人前途的（除非那朋友主動以妻相贈），此觀念隱隱視已婚女人爲其男人的私有財產。也因此男人婚外情被視爲理所當然，女人婚外情便十惡不赦。振保的這段情遂只能是地下情，而振保的位置也被陰性化了。伊希葛黑（Luce Irigaray）指出，在父權父系社會裡，男人以交換女人建立彼此關係。女人有如商品，男人投射其慾望於女人之表皮，再競相以其擁有之女人是否令人欲求來互相較勁，然而已婚的女人則被視爲不能交換的私有財產。振保的偷情，除了是拜倒在嬌蕊石榴裙下，更有著佔奪另一男人財產、贏過那男人的快感。當他猶豫著要不要回應嬌蕊時，他先是想「一個任性的有夫之婦是最自由的婦人，他用不著對她負任何責任」（《傾城之戀》70）。這個想法多少帶著輕蔑。可是，他立刻又想「他不能不對自己負責」（《傾城之戀》70）。他的快樂是偷了別的男人財產的快樂，在這裡嬌蕊的主體性刻意被貶低：「他的無恥的快樂——怎麼不是無恥的？他這女人，吃著旁人的飯，住著旁人的房子，姓著旁人的姓。可是振保的快樂更爲快樂，因爲覺得不應該」（《傾城之戀》72）。

相較於流蘇、七巧與銀娣，嬌蕊是個少見的情慾自主女子。限於時代，嬌蕊縱然愛玩，還是怕名聲不好而隨便抓了王士洪嫁了。但張愛玲對她的描寫完全擺脫了傳統對女人外遇的刻板印象。愛玩的她猶如《怨女》裡小叔之女性版，然她展現的談吐機鋒與嬌憨媚態，則魅力遠遠超過。就她婚後婚前無分軒輊的風流，她的回答是：「並不是夠不夠的問題。一個人，學會了一樣本事，總捨不得放著不用」（《傾城之戀》68）。故事的特別安排是，非但嬌蕊這

個「壞」女人把振保給迷醉了，她也因振保而這輩子頭一回認了
真，愛了起來，愛到她勇敢地向丈夫承認外遇，決定承擔社會壓力
離婚嫁給振保。即使振保臨陣脫逃，要求分手，她在備受打擊與屈
辱中仍充滿力量，有尊嚴地離開了他。

　　振保身上屬於男性沙文主義者的那一面使他不能接納嬌蕊的主
體性。他怯懦地逃避，甚至懷疑嬌蕊的真情，隱然視嬌蕊為傳統所
謂「淫婦」，而自己則為受害者（雖然事實正好相反）。不僅如
此，他還把自己的怯懦歸咎於「他母親的邏輯」（《傾城之戀》
81），也就是他須做個生產報國的模範青年，在他的想像中寡母與
中國是混為一體的。陰柔的振保怪罪女人，藉以重申男性中心。吊
詭的是，在婚姻變得有名無實之後，他固定嫖妓，卻又特別挑黑胖
一點的，潛意識裡「他所要的是豐肥的辱屈。這對於從前的玫瑰與
王嬌蕊是一種報復」（《傾城之戀》84）。（雖然在明意識裡他不
肯這麼想，以免顯得太幼稚。）這怪異的報復心理似暗示嬌蕊對他
既有無限的魅力，也十足的威脅。他需要懲罰她身上令他不安的力
量，同時也要向自己證明自己是對的。他甚至扭曲了記憶，將嬌蕊
矮化為天真無腦的女孩，從而強化自己的陽剛偉岸：「王嬌蕊變得
和玫瑰一而二二而一了，是一個癡心愛著他的天真熱情的女孩子，
沒有頭腦，沒有一點使他不安的地方，而他，為了崇高的理智的制
裁，以超人的鐵一般的決定，捨棄了她」（《傾城之戀》84）。相
較於與嬌蕊相處時他的陰性男人身分，拋棄她及事後潛意識裡對她
的報復都是將自己重新陽剛化（re-masculinize）的舉動。多年後他
們在電車上意外重逢，縱使嬌蕊青春嬌美不再，抱著孩子成了朱太
太，但她的智慧與快樂卻使振保難堪地感到嫉妒。她對愛情的體悟

似乎粉碎了他的自欺欺人：「是從你起，我才學會了，怎樣，愛，認真的……愛到底是好的，雖然吃了苦，以後還是要愛的」（《傾城之戀》86）。嬌蕊的幸福映襯出振保的失敗。

嬌蕊與振保之間是段失敗了的世紀末愛情，正在於在舊社會將頹、舊價值搖搖欲墜之際，恰如嬌蕊洞視的，振保不能沒有她。受過新式教育、留過洋的他比起從前的人更看到宗法社會下傳統婚姻的虛假與荒蕪。然而他卻缺乏自覺，只一味做個陽剛的、受人尊敬的新中國男人。他為了朋友之義、「男性」尊嚴、以及對嬌蕊情慾自主的不放心，不肯以第三者身分與她結婚。他報復嬌蕊似地娶了一個軟弱聽話的妻子，這讓他再度複製傳統婚姻。正因為他見識過像嬌蕊這般活潑獨立的新女性，也就更瞧不起煙鸝的幼稚被動，然而煙鸝這樣的妻子卻又是他這個大男人主義者一手挑選、再每日以精神虐待所塑造出的。儘管事業蒸蒸日上，他仍須以嫖妓填補生命的空虛。在與嬌蕊重逢，以及煙鸝出軌的刺激下，他甚至歇斯底里地差點把妓女帶回家，意圖砸掉自己手造的家。

五、結　語

辛亥革命與五四新思潮在在影響了張愛玲的視角。只不過，她認為腐舊的思想難以一夕改變，「時代是這麼沉重，不容那麼容易就大徹大悟」（《流言》19）。振保漠視自己對愛情的渴望，否定內心陰柔的一面，他這個新中國男人缺乏內在的性別革命，因此得出了與柳原相當不同的結果。當然柳原也不完全具有前進的兩性意識，就像〈金鎖記〉與《怨女》的小叔一樣，他仍有著舊社會男人

玩女人的積習。他的陰性化經驗並未使他設身處地爲流蘇著想。與此同時，男女地位仍不平等，情慾機會不同，女性身體自主權未獲申張，於是從七巧、銀娣、流蘇到嬌蕊的陽性女人，均受制或受苦於陰性男人。嬌蕊算是最有自覺，雖然吃了苦仍憑著自己的力量找到了愛情。七巧和銀娣均虛度了一生，流蘇也差點如此。〈傾城之戀〉結尾的戰爭便有毀滅再造的含義。敘述者說：「香港的陷落成全了[流蘇]。但是在這不可理喻的世界裡，誰知道什麼是因，什麼是果？誰知道呢？也許就因爲要成全她，一個大都市傾覆了。成千成萬的人死去，成千成萬的人痛苦著，跟著是驚天動地的大改革」（《傾城之戀》230）。這是張愛玲著名的冷漠，其中隱含對戰爭的批判，然而也隱然暗示戰爭有助於舊價值摧枯拉朽。就像一次、二次世界大戰衝擊了西方父權價值，促成性別與性意識的改變，此處暗示戰爭所造成中國的驚天動地大改革似乎也關乎性別與性關係的改變。正如張愛玲在〈自己的文章〉中所寫的：「眞的革命與革命的戰爭，在情調上我想應當和戀愛是近親，和戀愛一樣是放恣的滲透於人生的全面，而對於自己是和諧」（《流言》20）。回到二十世紀末臺灣的脈絡，張愛玲小說中的世紀末愛情之所以持續有意義，便在於她呈現的陽性女人與（潛在的）陰性男人繼續激發我們對性別革命的思考。

引用書目

孟悅、戴錦華。《浮出歷史地表：中國現代女性文學研究》。臺北：時報，1993。

周蕾。《婦女與中國現代性：東西方之間閱讀記》。臺北：麥田，
　　1995。

林芳玫。《解讀瓊瑤愛情王國》。臺北：時報，1994。

張愛玲。《半生緣》。臺北：皇冠，1991。

———。〈自己的文章〉。《流言》。17-24。

———。〈金鎖記〉。《傾城之戀》。臺北：皇冠，1991。139-
　　86。

———。〈紅玫瑰與白玫瑰〉。《傾城之戀》。51-97。

———。《怨女》。臺北：皇冠，1991。

———。〈桂花蒸 阿小悲秋〉。《傾城之戀》。115-37。

———。《流言》。臺北：皇冠，1991。

———。《張看》。臺北：皇冠，1991。

———。〈第一爐香〉。《第一爐香》。臺北：皇冠，1991。31-
　　85。

———。〈第二爐香〉。《第一爐香》。87-125。

———。〈國語本「海上花」譯後記〉。《續集》。53-74。

———。〈傾城之戀〉。《傾城之戀》。187-231。

———。〈燼餘錄〉。《流言》。41-54。

———。《續集》。臺北：皇冠，1993（1988）。

陳芳明。〈張愛玲與臺灣文學史的撰寫〉。《中外文學》27 卷 6 期
　　（87 年 12 月）：54-72。

Browning, Robert. "Love Among the Ruins." *The Poetical Works of
　　Robert Browning*. Eds. Ian Jack and Robert Inglesfield. Vol.
　　V ("Men and Women"). Oxford: Clarendon P, 1995. 5-8.

Irigaray, Luce. "Women on the Market." *This Sex Which Is Not One.*
Trans. Catherine Porter. Ithaca: Cornell UP, 1985. 170-91.

Showalter, Elaine. *Sexual Anarchy: Gender and Culture at the Fin de
Siecle.* New York: Viking, 1990.

臺灣新故鄉
——五十年代女性小説

范銘如[*]

走筆至此，室外正是好黄昏，夕陽窺牖，隔簾射進霞光縷縷，我拋管覆紙，擦去臉上汗水，然後放肆的仰臥塌塌米上，輕揮小扇，看著「斯是陋室」，不覺信口漫吟出：「人生若夢誰非寄，到處能安即是家」來。

~劉枋〈陋室〉（1953）

他們認爲今日的臺灣，和二次世界大戰時的英倫三島，非常相像。兩者同是孤懸海上的島嶼，……所不同的，在當年的英倫，戰時氣氛滲入了每家的廚房，而今日的臺灣，卻是好整以暇的一派歌舞昇平氣象。

~徐鍾珮〈寫在前面〉（1954）

五十年代初期，不是還在蔣介石提出「一年準備，兩年反攻，

---

[*] 淡江大學中國文學系副教授

三年掃蕩，五年成功」（1950）的保證期限嗎？全島軍民不是都在
為反共復國而臥薪嘗膽、秣馬厲兵嗎？為什麼劉枋和徐鍾珮這兩位
跟隨國民政府遷臺的女作家，一個坦臥塌塌米上，怡然自得❶，而
另一位看到的反共堡壘洋溢著歌舞昇平的太平氣氛呢❷？到底眞相
是什麼？還是眞相從來就不只一種？

　　四、五十年代是臺灣近代史上一個重要的轉折。一方面社會政
治上面臨劇烈的轉變，人口結構在一波波撤出、移入中進行重整和
調適，文學上也因正式回歸到以中文為主要創作媒介，造成臺灣文
壇的大洗牌。在這個幾乎各方面的秩序都在瓦解和重新建立的時
期，島上的舊居民和新移民也都必須在混沌和混亂間探索建構自身
的主體性，並在族群間碰撞出共存的各種方式。不管是衝突對立，
還是妥協包容，互動對話其間迸發出的複雜性和多聲部豈是「全民
一心，反共復國」這個官方論述所能粉飾？當臺灣本地菁英因為文
字和政治的因素，自願或被迫地暫時在文壇上噤／禁聲時，大陸移
民卻得以佔語言優勢，記載一些族群接觸交流的點滴，再現新移民
在這塊土地上初期的摸索過程。

　　對大陸移民來說，經過五十年日本統治的臺灣，風土意識早已
不同於中原。名義上，臺灣雖是故土，實質上不啻異域；臺灣同胞
號稱舊雨，無異新知。同源同種的熟悉面貌，彷彿預告著重逢的種

---

❶　劉枋，〈陋室〉收於《千佛山之戀》（臺北：今日婦女社，1955），頁
　　65。

❷　徐鍾珮，〈寫在前面〉，序臺灣重版的《英倫歸來》（臺北：重光文藝出
　　版社，1954）。

種展望；異言異行的陌生文化，卻又彰示無法溝通的重重障礙。當新移民隨同國民黨來臺的同時，他們遭逢的本省同胞，有著如此曖昧弔詭的身分。同自故鄉來的內地同胞，即使曾有相似的生活背景，卻也容易因時空置換，彼此的差異性已大於相同性，而故情不再。孰親孰友？異質同質？身分認同危機在戰後臺灣文學的第一頁中即被質詰，爲往後數十年來明裏暗地的身分論述揭開序幕。

值得注意的是，最早思考書寫這個歷半世紀未解的族群問題的，是在當時文壇上相當活躍、卻幾乎在當代文學研究中被淡忘的女作家群。四十年代開始在臺嶄露頭角的大陸作家中，女作家是質量都不容忽視的一群。仔細掏瀝歷史文獻，我們當可發覺，這一批具有強烈性別意識的女性知識分子，文本中探討的主題時而逸出官方限制。她們的作品，固然也有大量呼應當時蔚爲主流的「反共」和「懷鄉」文學，卻也有部分創作開始以臺灣爲背景，描寫斯土斯民的生活現象。更重要的是，她們的文本不僅正視、討論到島上的性別和省籍的議題，並且流露出落地生根的意願。她們書寫的重點在於思量在此重建家園的困境與方法，而非弔念和重返失樂園。

「家鄉」觀念的轉變，是五十年代女性文學迥異於當時主導論述的明顯特色。本文將藉由空間閱讀法析論，在女性文本中，臺灣從一個暫時寄安的蠻荒落腳處，蛻化爲一個長居久安的新家園。對女性而言，尤其是重新發展的立足點。一部分的女性小説著重探討的，是當來自故鄉的舊交們在臺重逢，前情舊夢一一粉碎以後，女性如何從固有的主體性和意識型態下解套，尋求再建構的可能。另一部分女作家則留意到了省籍議題的重要性，藉由「通婚」這個最基本直接的交匯象徵，探究族群身分的衝突與融合問題。在新舊移

民的互動對話中，爲臺灣塑造出一個共有的新故鄉雛型。當官方意識型態還停留在將臺灣設定爲反共的跳板時，抵臺的女性作家已然放下行李，思索著新居佈置的問題了。

一、湮沒的歷史——女性的筆墨登臺

戰後第一代的臺灣文壇，展現了與戰前的大陸和日據時期不同的風貌，女作家人數的激增是其中之一。由一九五五年成立「臺灣省婦女寫作協會」以降十年間，光是協會登記的會員人數，即已超過三百人。許多女性作家不僅在創作上表現突出，囊奪各類文學獎項，而且主持刊物或文藝協會的社務，擁有出版和編輯的能力及權力❸。

對於女作家們的興起與活躍，男性評論家們有異曲同工的見解。有的歸功於自由中國的偉大政績，雖然對於女性駕馭文字的成就肯定鼓勵，卻對其主題不無微詞。例如劉心皇批評，在戰鬥文藝運動（1954）發起以文藝闡揚反共國策、強化文學的思想作戰及革命功能之前，女作家們並不重視文學的戰鬥性：

> 她們的優點在於感情豐富、思想細膩、描寫心情和事物，都

---

❸ 相關資料參見〈婦女與文學〉，二十年來的臺灣婦女編輯委員會編輯，《二十年來的臺灣婦女》（臺北：臺灣省婦女寫作協會，1965），頁 135-253；或劉心皇編選《當代中國新文學大系》史料與索引（臺北：天視，1981），頁 517-526。

能入情入理，而且用詞美麗。可惜的是，她們所寫的差不多
是身邊瑣事。讀她們的作品，彷彿不知道是在這樣驚心動魄
的大時代裏。❹

　　葉石濤在稍後成書的《臺灣文學史綱》裏，也提出和劉心皇類
似的評論，認爲五十年代的女作家作品「社會性觀點稀少，以家
庭、男女關係、倫理等主題。」只不過他將這時期女作家暢行的理
由做了相反的政治詮釋，歸因於「時代空氣險惡，動不動就會捲入
政治風暴裏去」，女性文學正好迎合大眾最佳逃避心理❺。
　　即使政治意識型態有天壤之別，劉心皇和葉石濤在文學評價上
展現的性別意識上卻十分雷同，而且跨越了時代和文化的鴻溝，類
似於維金妮亞·吳爾芙（Virginia Woolf）早在一九二九年就嘲笑批
判的西方男性價值——以戰爭做爲主題的著作往往比論及在一個客
廳中的女子感情的著作重要❻。對熟悉當代女性主義據瑣碎反霸權
論述緣由的讀者而言，自不難理解爲什麼最能映照「時代性」和
「社會性」的家庭倫理及男女關係，只是男性批評家們的瑣事，而
不屑贅言駁斥。但在這種策反爲正的辯證策略之前，歷來女作家及
其聲援者往往費力強調女性文本的戰鬥性和多元性以爲反駁❼。除

---

❹　劉心皇，〈五十年代〉，收錄於《當代中國新文學大系》史料與索引，頁
　　70。

❺　葉石濤，《臺灣文學史綱》（高雄：文學界雜誌社，1998），頁96。

❻　Virginia Woolf, *A Room of One's Own* (New York : Aharvest / HBJ Book,
　　1989), 93。

❼　例如《二十年來的臺灣婦女》的編輯群，在綜論臺灣的婦女文學風格時，

了這種自我辯護的消極典型之外，我們卻發現一篇由繁露創作於一九五五年的〈夫婦之間〉，用正面積極的攻擊，幽默地調侃男性文人的酸葡萄心理❽。

文本一開始就刻劃一個屢遭退稿的先生，懷著滿腔屈憤向妻子抱怨。他認為目前自由文壇非常畸形，充斥著性別歧視──只要是女人寫的稿子一律吃香。妻子卻不同意此種論調。為了證明，夫妻進行一個實驗。兩人分別創作一篇小說投稿，妻子的稿子署名丈夫男性化的姓名，而丈夫的文章則掛上妻子十足女性化的筆名。結果是，由從未寫作過的妻子執筆，丈夫掛名的文章刊出，丈夫執筆的「女性」小說又遭退件。

書寫與性別之辯並未因賭局揭曉而結束。原先自尊受挫的丈夫轉而慫恿太太繼續投稿，掛他的名字。妻子不認同這種欺騙行為，丈夫立刻板起臉來曉以大義：

> 「你們女人所以只能回到廚房去，一點不懂得隨時把握環
> 境，利用時機！」……「難怪人家要叫出『弱者，你的名字

強調歷代的女性作品以婉約為主，但當前女性詩文筆姿多變，婉約及豪放兼備，由女作家作品屢被選入戰鬥文藝選集中可見一般；五、六十年代成名的女性散文名家王文漪直到七十年代編選現代散文集時，還不忘為選集中超過半數的女作家辯護，一一列舉各篇恢宏「光輝」的主題，反駁女性只寫身邊瑣事的評議，見〈導言〉，王文漪編選《當代中國新文學大系》散文一集（臺北：天視，1979），頁7-8。
❽　繁露，〈夫婦之間〉，收入《愛之諾言》（臺北：今日婦女半月刊社，1955），頁31-38。

是女人！』」連投稿換個名字都不敢，這不是弱者是什
麼？」❾

可惜丈夫的一番性別教育，並不能混淆太太對「弱者」與「投機
者」的區分。她始終不為矯詞所動。

　　這篇小說，不僅揶揄男作家技不如人又輸不起的嫉妒心理，又
幽微地諷刺男性文人但為虛名的醜態。似乎暗示兩性在戰後臺灣文
壇的爭奪上曾有一番角力，而女作家對捍衛自己的發言權展現了不
退讓的決心。根據現存的有限資料顯示，大陸來臺的五十年代女作
家們許是受自五四文化運動後的新式教育啓蒙，性別意識相當強
烈，在來臺初期即針對一些性別議題，數度與男性文人交鋒。某些
議題的論辯範圍及方法甚至與近年來的性別論述相去不遠。

　　中央日報的「婦女與家庭」版是一個頗常出現嚴肅性別爭議的
園地。依據林海音的回溯，由武月卿主編，一九四九年開版、每周
日出刊的「婦週」風格，「是文藝性濃於實用性，刊的多是生活散
文小說、婦女問題論著，極少數是有關炒菜、洗窗、補襪子之類
的。這也就是為什麼作者多是文藝女作家。」❿常在「婦週」發表
的女作家，包括謝冰瑩、張秀亞、徐鍾珮、劉咸思、琦君、郭良
蕙、王琰如、艾雯、孟瑤、張漱菡、劉枋、鍾梅音……等五十年代
重量級創作者。

　　孟瑤刊登於一九五〇年母親節前的一篇〈弱者，你的名字是女

❾　　同前註，頁 37-38。
❿　　林海音，《剪影話文壇》（臺北：純文學，1984），頁 17。

人？〉曾在「婦週」上引發極大騷動，激起讀者對性別議題的熱烈
討論。身爲中文系教授，孟瑤細述她夾在自我發展與顧全家庭間的
掙扎矛盾，甚至寫出「『母親』使女人屈了膝，『妻子』又使女人
低了頭」的激烈文句，對母職與妻職之於女性的殺傷力提出尖銳的
控訴。她坦言，每當她僅存的希望和夢在心底泛起波瀾時，就會使
家庭瀰漫著層雲密霧，以致於她有一段時期：

> 幾乎有點近乎病態似地崇拜武則天……。她殺女抑子，甚至
> 於謀夫（雖然在歷史上還是疑案）。她多麼蔑視「母親」與
> 「妻子」這光華燦爛，近乎神聖的誘惑啊。而這可怕的兩個
> 陷人坑，誰要邁過了它，震灼古今的勳業，便也隨著完成
> 了。只是女人，所有的女人都慷慨地，自動地跳了下去！⓫

「家」這個女性的歸屬，有如一座無形的監牢，用親情和倫理
馴服、禁制她自我追求的慾望：

> 我沒有看見家，我所看見的只是粗壯無比的鎖鍊，無情地束
> 縛了我的四肢和腦；我沒有看見孩子，我所看見的只是可怕
> 的蛇蝎，貪佞地想吞掉我的一切。我想逃出去，我想逃出這
> 個窒息的屋子，伸出頭去，呼吸一些自由新鮮的空氣。⓬

⓫ 孟瑤：〈弱者，你的名字是女人？〉，《中央日報》第七版，1950 年 5
月 7 日。

⓬ 同前註。

　　以「中國文學史」鉅著和數十本長短篇小說見知於當代讀者的
孟瑤❸，居然在甫遷臺幾個月後，以近似美國七十年代激進女性主
義的觀點，解構母性即天性的神話。站在女性立場上，對中國倫理
論述核心的家庭制度提出質疑。而這種「大逆不道」的論點，除了
引來「男人真命苦」一類的典型男性回應外，竟然博取大多數投書
者的認同。可惜的是，「婦週」這塊女性園地維持不久，就在報社
以報紙縮張的理由下停刊❹。

　　「婦週」以外，中副與中華日報的「婦女版」等也偶有關於性
別的零星炮火。例如鍾梅音除了曾聲援孟瑤的〈弱者〉一文外，也
曾與孟瑤幾度辯論女子教育。在〈答默冰先生〉短文中，更露骨地
批判男性每將自己的不肖行逕歸咎於女性的作法，鍾梅音以近乎文
化女性主義者本質說的口吻，宣稱女性天性愛好建設、男性喜歡破
壞。所以一旦男女易位，男人走進廚房、女人掌權，非但戰爭成為
歷史名詞，男性也將榮膺「寄生草」的尊號，不但當之無愧，甚且
沉迷棧戀此職❺。

------

❸　孟瑤，本名楊宗珍，來臺後曾任中興大學中文系系主任。著有《中國戲曲
　　史》《中國文學史》及《中國小說史》三部學術鉅著。早期以長篇小說
　　《心園》《幾番風雨》等崛起文壇，後期則轉向歷史小說寫作，計有七、
　　八十部著作傳世。有關孟瑤生平，參見夏祖麗編著，〈孟瑤的三種樂
　　趣〉，於入《她們的世界》（臺北：純文學，1973），頁 79-85。

❹　林海音，《剪影話文壇》，頁 18。

❺　鍾梅音，〈瓜棚豆架閒話〉，《海濱隨筆》（臺北：大華晚報社出版，
　　1954），頁 16-17。此書並收錄多篇關於性別議題的短文，如〈我對慣內
　　的看法〉〈女人不是鋼鐵鑄的〉等，對研究戰後初期臺灣性別論述的學
　　者，頗具參考價值。鍾梅音雖以散文馳名，但是她的小說集中亦有一篇描

女性陣線不僅在論述場域中隱然若現，假如不是已經成形，五十年代的女作家們透過官方及非官方的組織，交往頻繁密切。除了參與〈婦女寫作協會〉這個官方機構及其舉辦的藝文活動外，一些女文友還自發性地組織一個「女作家慶生會」，每個月餐敍。這樣一個非組織的組織，居然由一九五三年起，歷三十年不墜，人數從最初的十幾人增至五十幾人，足見姊妹情誼深厚⑩。

在耗費大量篇幅檢視五十年代的歷史和文學資料後，我們似可推論，這一代女作家們並不若後代標籤的溫婉嫻雅。她們展現明顯的女性自覺，不懼憚在論述場域中爭取發聲的位置及權力，謀奪女性主體的再定位。她們是一群披著陰丹士林旗袍，狀似甜美的辣將。我們終於可以導入本文主題，進一步探勘，這一批個性十足，由大陸筆墨登臺的女作家們，在思考、言說、建構新的性別身分時，是否也同時鬆動其他身分位置，牽扯主體與族群、家國論述間交織糾葛的脈絡？從大陸到臺灣，空間的變換對她們觀看、書寫的各種身分認同產生何種影響？不安於傳統機制中性別位置的她們，與企圖「復興中華文化傳統」的主導論述呈現出何種關係？

述成功的職業婦女面臨丈夫以她的成功為他的外遇藉口時，婚姻及事業的抉擇，極具女性意識及姐妹情誼，參見〈路〉，收錄於《遲開的茉莉》（臺北：三民，1957），頁 11-22。

⑩ 林海音，《剪影話文壇》，頁 66-69。

二、家臺灣——空間閱讀法的嘗試

反共與懷鄉文學，是五十年代文壇的兩大霸主。兩者實爲表裏，藉助原鄉神話的敘述與再製，敷演出入失樂園的歷史緣由及返鄉的慾望。固然，懷鄉、懷家是中國文學中從古至今的一大主題，我們也不宜忽略現代小說中逃家、離鄉的另一條支線。由魯迅的一系列返鄉的幻滅，巴金激流三部曲中離家象徵的新希望，到王文興激進的《家變》，家／鄉傾向與封閉、保守、限制的負面意象聯結。文本常常透過主角往赴異地取經、或將家中封建勢力的驅逐，家才可獲得重建的契機。經過某種結構或意識形態的轉化，重返再造的家已不是原來的家。「家」的指涉因此成爲疑點。

回家與離家主題在中國文學中併流的現象並不矛盾。佛洛伊德從觀察他孫子的語言遊戲「不見／這裏」（fort/da）中，導證出人類敘述裏隱藏的消失／再現的心理慾望。正如歸去／來，是敘述裏並存的兩種慾望，返家與離家亦不是二元對立的觀念，而是共存相成的兩面。家，在文學中的意義，與其視爲一種實質的存在，不如將它看成一種辯證的概念。畢竟，「家」的概念只有在離開家才能產生。不管時間或距離的長短，在家的外面，才能知覺家裏與別處的不同；故鄉與異鄉也總需經由某種移位、置換後才產生對某一方的認同或選擇❿。離家與返家因此是流動性的能量，而非僵固的單

---

❿　關於故鄉與異鄉在中國文學中曖昧弔詭的辯證關係，請參讀王德威〈國族論述與鄉土修辭〉，《如何現代，怎樣文學？》（臺北：麥田，1998），頁 159-180。

向道。如果往／返是敘述中的雙聲，那麼臺灣五十年代小說是否爲敘述理論中的特例，唯存「返家」「懷鄉」的單調？

　　慾望雖然是本篇探究的重點之一，本文卻不擬由心理學路數入手。誠然，心理學派的分析爲我們提供述敘與慾望的各種蛛連，爲敘述理論的研究奠下可觀的基業，卻也導致若干局限。蘇珊‧弗瑞蒙（Susan Stanford Friedman）教授在操習此派多年後指出，其中最大的不足在於過度專注封閉空間──家庭──對主體由小至大的影響，不僅忽略了其他空間與主體性的建構關係，更導致人物及情節分析上偏倚線性閱讀的慣性。弗瑞蒙援引巴赫汀的「時空型」（chronotope）的概念，申明敘述的特質是一連串事件發生在特定的時間和空間內，而這時空交會的場景有著生活的原型，暗寓不同文化時代的人類思維、感知和經驗的依據⓲。既然敘述是時間空間交會的場域，我們也應該從時、空兩方面一併研究，才能解讀出文本潛藏的文化符碼。然而目前的小說研究，不論是情節或人物個性心理的演變，都側重在時間性的閱讀。

　　弗瑞蒙因此提倡另一種「空間閱讀法」（spatial reading），強調空間性優於時間性，尤其當我們閱讀的文本牽涉到不同文化接觸互動時。詹明信的「永遠歷史化」（always historicize）是評家耳熟能詳的警言⓳，弗瑞蒙則補充說，「永遠空間化」（always

---

⓲　M. M. Bakhtin, *The Dialogic Imagination*, edited by Michael Holguist, trans. Caryl Emerson and Michael Holguist (Austin: Uof Texas P, 1981), 84-258, 或參讀劉康，《對話的喧聲》（臺北：麥田，1995），尤其是頁 229-260。

⓳　Fredric Jameson, *The Political Unconscious* (New York: Cornell University Press, 1981), 9.

spatialize）。空間是文化位置的隱喻，身分認同和知識都是位置性產品，正如它是歷史性產品一樣。事實上，文本即是一種象徵性空間，標幟出人物、或作者，在社會中特定的文化位置。相對於慣用的時間性閱讀，空間閱讀不用時序來認識人物，而是重視其立足點──在空間配置結構的文化位置。但這不是說空間閱讀法揚棄小說中的時間序，而是把情節和人物心理的演變看成每一次異文化接觸後的發展⑳。

運用空間性閱讀解構伊底帕斯神話，這個心理學分析據以詮釋主體成長過程的故事，立刻可以暴露傳統解讀法的疏漏。弗瑞蒙指陳，伊底帕斯主體發展的關鍵在於他的返家，而返家的關鍵即在解答人面獅身獸的謎語。這個接觸點，代表伊底帕斯與他者的接觸。斯芬克斯（Sphinx）正象徵他者的集合──獸、女、（中東或埃及來源的）外國文化。伊底帕斯雖然征服異己回到本源，卻也落實他的命運預言。他的最後人生，正如他者斯芬克斯的謎語，必須依賴著另一隻腳的扶持──女兒安蒂岡尼（Antigone）──又一個他者。縱觀伊底帕斯的主體建構過程，包含著若干與異已的交會與互動，絕非單一人格的線性發展㉑。將此故事簡化爲家庭倫理劇的說法，更似乎把家視爲一個封閉、穩定的根源，忽略了原來故事中，「家」對伊底帕斯而言，是一再變動的概念。在被逐、重返、自逐

---

⑳　Susan Stanford Friedman, "Telling Contacts" in *Mappings: Feminism and the Cultural Geographies of Encounter* (Princeton : Princeton University Press, 1998), 137-8.

㉑　同前註：頁 140。

於「家」這個空間時，往返的慾望也在文本中流動，蘊湧出下一波人物心理和情節的演變。空間對時間的決定性不容輕忽。

運用空間閱讀法彰顯家在敘述文本中複雜矛盾的蘊涵後，對我們以下討論的五十年代女性小說有莫大的幫助。一來提醒我們注意主體的身分位置，自我如何辨識與異己之分，以及不同的身分是否影響到文本中家的指涉意涵和返往慾望；二來可以擺脫線性閱讀的慣例，將焦點從文本中人物爲何、如何離鄉，以及之後個性心理的時序變化，轉而聚焦在臺灣這個地點上。探研這個空間對主體的影響，包括小說人物對異鄉與故鄉兩個新舊空間的認知，以及與來自不同空間文化的人在此新場域的交集互動中，產生對自身身分的何種認同變化。

準此，當我們將空間座標從以臺灣爲背景的女性小說中凸顯出來時，我們不得不覺察到空間對性別身分的不同意義。這個蕞爾小島的寓意其實並不僅止於暫時歇腳的跳板。在爲數可觀的女性文本中，臺灣代表一個療傷止痛的空間，沈澱洗滌過往的錯失與罪愆；更重要的是，它象徵一個希望的溫床，對女性而言，尤其是再出發的起點。相對地，大陸則往往聯接著痛楚和錯誤的意喻，是不堪回首、回歸的過往。即使在女性創作以大陸爲故事背景的懷鄉文學中，這個場域上儘管充滿著成長記憶與感情，也鮮少具備多重、正面的空間意義，如她們書寫臺灣時所賦予的一般。以最知名的女性懷鄉經典《城南舊事》爲例，在敘述故鄉的純樸喜樂下，隱然若現的是林海音對空間的性別政治的微言❷。城南，豈是女性載欣載

---

❷　林海音，《城南舊事》（臺北：爾雅，1996）。

奔、急於歸返的樂土原鄉！

張漱菡許多篇小說中的空間意旨值得我們注目，以便與官方版本進行深入比對。早在一九五三年的《風城畫》中，臺灣即一再以優美寧靜、溫馨宜人的世外桃源形象再現於敘述中㉓，〈白雲深處〉（1955）更進一步把桃花源從武陵移植到臺灣。整篇小說的架構、敘述模式大致與原典雷同，由偶遇、會談、告別至遺落，只不過將漁人換成遊客，武陵換成臺灣南部某深山。移／遺民們自云遠自明鄭以前即已來臺，從此隱居山中。所不同於原典中的封閉，臺灣版的桃花源除了自給自足外，還與高山族以物易物，並藉之和平地人間接交易。這種避守而交流的方式尤其饒富趣味，因為這些大陸移民選擇透過他者（高山族），來與同是大陸遷臺的新舊移民接觸。即使在與敘述者短暫而愉快相晤後，依然不願與同族往來聞問，不留下任何可供同類來訪辨認的痕跡㉔。

表面上，臺灣吻合執政者塑造的淨土、神聖堡壘的政治形象，這個臺灣版的桃花源記似乎更呼應強化兩岸長久以來血脈及文化的相承關聯。然而將這篇「仿作」與原典文本互涉參讀，似另有所指。我們必須留意到原典中，遺民們建造桃花源後，自此安土重遷，不但不思返回故居，甚至嚴防來往。仿作中，移民同樣不思故土；比原典開放的空間，竟然寧擇異族交流，不與同類接觸。這些文本中隱微的差異，卻似乎巧妙地將原典的哲學寓言轉化為一則聳

㉓　張漱菡，《風城畫》（高雄：大業書店，1953）。

㉔　張漱菡，〈白雲深處〉，收入《花開時節》（雲林：新新文藝社，1955），頁74-80。

動的政治寓言。在當局宣揚著「跳板」論述時，〈白雲深處〉似乎在經典的遮掩下，幽幽吞吐著過河拆橋的耳語。

　　臺灣的空間寓意不僅於此，更有性別上的象徵。張漱菡這位以《意難忘》（1952）這部描述大陸青年男女情愛糾葛的愛情懷鄉小說而崛起文壇的女作家，並未迎合潮流，安於複製「喚起大時代精神、振撼人心」、灑狗血賺熱淚的「芭樂」小說❷。臺灣第一本女性小說選集《海燕集》即由她在一九五三年自設出版社出版，血本無歸，五年後再編續集問世❷。她的小說具有女性意識並不令人意外。女性意識與書寫臺灣結合，使得文本中的臺灣成為一個女性空間的隱喻。例如在〈遊歷了地獄的女人〉和〈撒旦的叛陡〉，臺灣是相對於舊大陸的淨土，用純樸善良的環境包容了曾經放浪墮落的女性，使她們獲得再生的機會與力量❷。在〈仇視異性的人〉（1955）中，臺灣更明顯地成為兩性和解的空間，甚至是女性馴服罹患厭女症男性的場域。

　　這篇饒富趣味的小說敘述一對憎恨異性的男女分別在大陸和臺

---

❷　張漱菡，《意難忘》（臺北：暢流月刊社，1952），入選民國四十四年度全國青年最喜閱讀的十大小說之一，同年入選的女性小說尚有張愛玲的《秧歌》，孟瑤《心園》及謝冰瑩的《聖潔的靈魂》。

❷　《海燕集》（臺北：海洋，1953），於 1989 年交由錦冠出版社再版。《海燕集》續集，（臺北：文光書局，1958）。

❷　張漱菡，〈遊歷了地獄的女人〉，收入《侏儒的故事》（高雄：大業，1955）頁 48-69；〈撒旦的叛徒〉收入《疑雲》（臺北：正中，1962），頁 215-232。有關張漱菡生平及創作資料，參見封德屏編，《聯珠綴玉（11 位女作家的筆墨生涯）》（臺北：文訊雜誌社，1988），頁 129-140。

灣兩度為性別議題交鋒的過程。兩人因從小受封建家庭中性別權力鬥爭之苦，長大後各自對異性存有偏見。男主角自詡為大男人的代言人，每每利用自己的位置與權力打擊女性。在大陸學生時期他因反對女性學習權，與女主角打過一場筆戰，被匿名為「爾師」的女主角訓斥一頓。來臺後，他不改其志，首先在公司裏否決女性工作權，可是這次卻不像以往可私了。五個婦女團體發出聯合抗議公函，強調臺灣不允許性別歧視存在，若不立即改善，將發起大規模的抵制行動。在壓力下勉強同意招收五名女職員點綴，她們卻在年終考績上包辦全公司的前幾名。尤其是女主角優異的工作表現及人品，慢慢動搖了男主角的沙文信念，最後折服了他。兩人也在善意的互動中各自修正了原來的性別成見，以締結和諧平等的婚姻快樂收場㉘。在這三篇小說中，舊大陸是充斥封建惡習和墮落誘因的土地，即使在赤化之前。反之，臺灣則是性別新生地，壞女人可以被寬容原諒，大男人可以被馴服改造，而好女人可以事業及感情雙贏。移民不但沒能將大陸的壞制度與意識型態偷渡過來，反而在新的空間文化裏得以再建構出另一種主體性。

童眞的〈穿過荒野的女人〉是一篇令人驚艷、成色十足的女性主義小說，不僅對大陸的父權經濟發出正面抨擊，也對女性與空間的關係提出新穎的觀點。對我們思考五十年代女性小說中「家」的概念相當有幫助。小說一開始，女主角坐在臺灣南部的小屋前院中，頭上的「一株鳳凰木，枝葉像鷹翅一樣地申展開來」，遮蔽著冥想的她和正看著書的女兒。在這樣舒適的立足點上，她回想起在

㉘　〈仇視異性的人〉，收錄於《侏儒的故事》，頁 70-83。

大陸的兩個家──娘家與夫家──間流離而終至出走的痛苦往事。她的娘家,一個沒落中的大家庭,為了改善經濟狀況,將她嫁給新興大財主的家中;她的夫家,因為輕視這門窮親家,一再冷落怠慢她。兩個家,是兩個勢力範圍,她夾在邊境地帶,充當經濟角力的工具。在一次雙方利益衝突的爭吵中,丈夫趁機提議離婚,順便要她帶走女兒。忍無可忍的她接受提議,卻也因失卻了經濟價值,在娘家的「傷風敗俗」譴責中,抱著女兒走出所有親友之間。失所庇蔭的她,憑著毅力,以二十四歲初中學歷報考師範,苦讀畢業後謀取教職。婉拒了有心人的追求,她寧可選擇獨自走著人生路,離開大陸,走向臺灣。在臺灣,她建立起自己的家:一間小屋,一個大學畢業的女兒。人生路並不孤單,鳳凰木也能伸展出巨鷹一般有力的羽翼㉙。

　　出版於民國四十九年的這一篇〈穿過荒野的女人〉,恰恰好觸及中國女性半世紀以來橫跨兩岸的若干重大問題,包括傳統的媒妁婚姻、財產權、教育權及工作權,到較為當代的女性議題,如失婚危機、單親媽媽及母女關係等。重要的是,它提醒我們去質疑,「家」對女性的意義是什麼?是庇護還是桎梏?被兩個陽具經濟單位交換的女性,她歸屬於那一個空間?當文本中女主角在兩家的權力抗衡中,面臨離婚的抉擇時,她很清楚自己一無所有:

㉙　童真,〈穿過荒野的女人〉,《黑煙》(臺北:明華書局,1960),頁158-176。有關童真生平及創作資料,參見夏祖麗編,《她們的世界》,頁205-223,及封德屏編,《聯珠綴玉》,頁93-113。

她站著，覺得自己站在一片荒野上，那裏，沒有一座屋，沒有一株樹，沒有一塊光滑的巨石，也沒有一處平坦的土地。滿地都是荊棘夾著亂石。她要歇一下，或者靠一下，都不可能。假如她要離開這片荒野，唯一的辦法就只有她自己挺身前進❸。

正如蕭瓦特（Elaine Showalter）二十多年後在名稱雷同的〈走過荒野中的女性主義文學批評〉中宣稱的女性主義者的處境❸，女性的確以荒野爲家，也沒有聖人可朝拜。即使有，這個最後走過荒野的女主角發現，那就是她自己；她的聖地不在大陸，在臺灣。雖然情感上，她多少還會思念故鄉親友，而且自愧自己的小屋比不上娘家和夫家的大屋子，無法供給女兒豐盈的物質享受。但是代表著下一代女性的女兒毫不眷戀，而且質詰「大」「小」的價值觀：「我不稀罕！那種大房子沒有這房子明亮，住著舒適。」女兒的新價值取向益發強化她對此時此地的認同：

那種大房子也委實太陰暗、太缺乏光亮了。就像在這種暑天，大房子裏雖然跟樹陰下一樣涼快，但同樣的涼快，滋味卻有不同。那裏的涼快帶著陰澀、潮濕，這裏的涼快卻是爽

---

❸ 童眞，《黑煙》，頁 170-171。

❸ Elaine Showalter，"Feminist Criticism in the Wilderness," in *The New Feminist Criticism*, edited by Elaine Showalter (New York: Pantheon Books, 1985), 9-35，或參考張小虹譯，〈荒野中的女性批評〉，《中外文學》277 期（1986 年 3 月），頁 77-114。

朗、乾燥[32]。

女主角在三個叫做「家」的空間中遷移的過程促使我們留心，女性的家往往不只一個。女性的主體性也常常隨著不同的空間文化而建構，不管是被迫或自主。換言之，家對女性總是暫時地、片斷地，無能製造單一連貫性、本質性的過去，或鄉愁。即使女性想返家、返鄉，家鄉的指涉是那一個空間？許多西方女性主義文學批評家論證，女性文本比較不像男性文學一般，存有對過去秩序、威權的渴望。她們對「他們的歷史、他們的起源」興趣不高[33]。女作家拒絕懷舊／鄉的共鳴，因爲過去並沒有提供她們如男性一樣的資源。因此相較於男性的頻頻回首，柔腸粉淚，女性顯然樂於振翅高飛，迎向未來。

我們用空間閱讀法審視童眞、張漱菡等女作家作品中空間的作用與象徵意義，雖然並不乏懷鄉之音，卻也發現了一些「臺灣好」的微波，透露了在強勢論述外，女性的性別顧慮。畢竟，臺灣正處於百廢待舉的狀態：一則爸權還沒全面滲透箝控政治與文化機制，二則臺籍作家還在與中文掙扎中，無從競爭。女性知識分子恰好恃其語言文字優勢，取得與同樣遷臺的男性同儕較均等的立足點。超過三百名女作家出現光復後臺灣文壇，多少是拜政治文化的眞空所

[32] 童眞，《黑煙》，頁 160。

[33] 例如 bell hooks, "Choosing the Margin as a Space of Radical Openness" in *Yearning* (Boston : South End Press, 1990), 145-153; Doreen Massey, "A Place Called Home" in *Space, Place and Gender* (Cambridge : Polity Press, 1996), 157-173.

賜。如果復國成功，回到父權體制織羅嚴密的故鄉，她們能否再享有相似的資源？即便老家富甲一方，干卿底事？正如〈走過荒野中的女人〉中女主角的心得：與其壓縮在兩個大房子的夾縫，不如建造自己的小屋。五十年代的女作家，在思親憶故的返家慾望之餘，難道不會為自己離家之後的發展成就有一絲竊喜？假如家代表的是保障與認同，那麼它指涉的位置在五十年代女性文本中似乎從中原微微往邊緣挪移。在尚未被建構完全的空間中，她們得以建立一個允許她們用不同角度觀察和體驗現實的新家園。

三、雞兔同籠——世代面臨的代數難題

由以上文本，我們略可看出，女作家們對臺灣這塊土地已經產生某些認同，儘管情感上不能與過去截然而分，對現時現地的生活狀態卻是肯定的。但是立足在不同的位置和地理環境上，她們的性別身分與省籍身分，在新舊文化空間的變換衝擊下，是否也將發展出不一樣的身分敘述？甚至改變新空間裏原有的結構配置？

詹·克里佛（James Clifford）在他影響深遠、廣為引用的〈旅行文化〉（Traveling Cultures）一文中指出，外來者往往只專注於他觀察的文化中最穩定、純粹的部分，忽略了文化如何在接觸其他文化時產生化學變化[34]。外來者以為觀察的是一個「穩固」的空間，但是空間裏的他者也許正因觀察外來者有所變化；在接觸他者

---

[34] James Clifford, "Traveling Cultures" in *Routes : Travel and Translation in the Late Twentieth Century* (Cambridge: Harvard University Press, 1997), 17-46.

的文化時，外來者往往也改變了自己原來的文化位置。蘇珊·弗瑞蒙在空間閱讀法的介紹中，一再申明身分與空間的一連串關聯。身分敘述要求心理和身體透過空間的移位、越過某種疆域與他者接觸，經由與異文化的相較後才能產生知覺。但是經過異文化接觸，身分已經不是「原來」，而是「混種」的身分了。弗瑞蒙因此斷言，文化混種正是所有文化的特質——語言、食物、藝術、宗教、社會習慣——而且經常是不均衡勢力的產物，僅管所有的文化都假裝自己有質純正一的本源。在任何社會中的每一個個體因此都是「多文化」的產物❸❺。離家，正好開啓與異文化互動之門，叛離國家機器的意識形態統治、階級和性別的根本認同，瓦解、移動總體化思維模式與社會箝管機制。

　　五十年代大陸移民來臺的意義是雙重、曖昧的。一方面它是倉徨、被迫的逃離，一方面也有接收、開墾疆土的意涵。執政者一方面將臺灣依中國「圖誌化」，讓北平、南京、重慶等故城變爲街道符號再現失土縮影，一方面又要建設臺灣爲模範省去解放大陸。簡單地說，臺灣要照著老家的模式建造，然後再拿這個新家的模式去改造老家。這種自相矛盾的邏輯只說明了一件事：從大陸移植過來的文化敘述必須是選擇性、片面性、甚至是虛構性的。被「扭曲」的故鄉文化在臺灣這個地理空間裏生衍出的新作用及解釋，也許連大陸移民都感到陌生。當移民者面臨著「我們」共有的文化敘述在臺逐漸變質時，他們的身分認同是否還能「依舊」？

　　「他鄉遇故知」是中國傳統論述中的人生四大樂事之一。故知

---

❸❺　Friedman, *Mappings*, p.135.

不僅是共同分享過往歷史與經驗的人，更是生命中的見證，故知象
徵生命的穩定和延續。五十年代的移民在歷劫來臺後，與親友異地
重逢，應當是悲喜交加，從此更緊密團結才是。然而這個傳統樂
事，在女性小說中卻時有變相的闡述。

　　劉枋的〈逝水〉，舉例來說，便是描寫女性與舊愛在臺重逢
後，青春夢碎的故事。小說開始，女主角巧遇由金門來臺北度假的
老情人，復燃的舊情喚醒對往事的記憶。在大陸時期，敘述者原是
某達官的妾，爲求消磨時間外出工作，與時任主編的男主角相識相
戀。被丈夫發現毒打後欲協情人私奔，情人卻以老母在堂拖延。敘
述者在大太太的善心協助下，自行出奔求取自立，情人則在不久後
另娶他人。數年後聽說丈夫已逝，大太太因協助她逃跑早被打成殘
廢。她於是撫養大太太及丈夫身後遺留的獨子，互稱姐妹、姑姪。
三人相依，從大陸至臺灣。相逢後的情人，不但不顧念遺留大陸的
妻兒，更鼓勵女主角棄大太太不顧，只要她不求名份地與他雙宿雙
飛。即使心存不捨，敘述者終於決定斬斷情絲，讓這一段縈繞她十
年的戀情如東逝水❸❻。

　　這篇小說中的三個空間對人物個性與情節各有推展。原本在大
陸時期純眞自卑的媵妾，在臺灣蛻變爲世故自信的職業女性。透過
她冷靜理智的雙眼，原本在大陸仿若新青年的情人現形爲只顧私

---

❸❻　劉枋，〈逝水〉，《逝水》（高雄：大業書局，1955），頁 32-67。關於
　　劉枋生平及創作經歷，見封德屏編，《聯珠綴玉》，頁 17-36。另外童眞
　　亦有一篇敘述大陸女性來臺後化解與前未婚夫之恩怨情仇的類似小說，見
　　〈怒讓〉，收於《古香爐》（高雄：大業書局，1958），頁 111-124。

慾、不負責任的男子。他宣稱以居住在反共的前哨爲榮，卻一心求往臺灣謀職，更暴露他表裏不一，儒弱自私的性格。女主角最終選擇女性情誼，繼續與她不同的「親人」組成另類小家庭，在臺灣相互扶持。

畢璞的〈心靈深處〉也敘述女性覺今是而昨非的心事。故事同樣經由在臺的女主角將與丈夫表弟重逢前，倒敘溯出一段塵封的舊事。她回憶起十幾年前新婚後，與寄居家中的表弟發展出若有還無的情愫。這些甜蜜的點滴，結成光芒璀璨的珠寶，使她與貌近愚庸的丈夫在平淡生活中，仍保有豐富的精神寄託。但是重逢後的景象全非想像：已成名律師的表弟，不復年少羞澀溫柔，依然英俊的臉龐盡佈倨傲無情的線條；既無乍逢的感懷欣喜，更無作客的禮貌。對精心打扮的女主人，沒半點留意。女主角會前興奮的期待轉爲沈痛的疑問：「十二年的分別，竟就把人心的距離拉得這樣遠？」空間與時間的轉換，在故人重逢後凸顯。想像中珍貴的寶石落入現實的刹那間化爲石頭砂礫，丈夫平庸的小眼睛厚嘴唇突然成爲忠誠可靠的標誌。舊絲的纏繞一旦盡斷，女主角對她擁有的現狀感到心滿意足❸。

重相逢的作用是讓新舊時空在恍如交疊的瞬間顯現差異。讓橫跨兩個時空的主體在觀看對方的改變時，知覺自己的變動。彼此的位置在各自移動後，已經不再諧調，甚至產生對立。曾經認同的（慾望）對象既已更改，主體對自我身分的定位如何能如既往？弗

---

❸ 畢璞，〈心靈深處〉，《心靈深處》（臺中：光啓，1964），頁 49-60。畢璞創作資料，參見《聯珠綴玉》，頁 37-51。

瑞蒙教授在論證身分論述時曾指出，文化身分不只要求分得清「異類」「己類」間的差異，它同時要求分辨「己類」間的相同性是什麼❸。換言之，當「我們」之間的同質性逐漸瓦解時，主體原本分別「異類」的立足點即不足憑藉。主體的身分認同勢將進行再建構。

在近年來的社會政治論述中，似乎偏向將族群簡易二分，將解嚴前的外省人形容爲強勢、壓迫者，本省人則爲弱勢、反抗者，彼此因權力分配不均而種下至今糾葛的省籍情結。不同政治立場的學者對族群強弱傾軋的歷史自有其評斷，本文不敢妄言。然則將省籍二分的慣例，其實忽略了外省人之間也有多種族群（例如所謂的「邊疆」民族等），正如本省人也包含多種族群（福佬、客家、九族原住民等），各族裔間的資源分配或爭奪並不能「省略」爲絕對的強弱。二元對立的論述其實更容易簡化族裔的多元性及其互動中的複雜性，再度強化島上族群的問題。尤其不容否認的是，族群交接互動中並不乏善意，不少外省移民也同樣爲了民主理念成爲高壓政治下的受難者。而雷震、殷海光等外省菁英倡導的自由民主思想帶給臺灣政治和學術圈的貢獻則有目共睹。

同樣地，由四十年到五十年代的女性小說中，我們也看到了外省移民對本省居民的關懷，以及流露出希望族群融合的慾望。鍾梅音寫於民國三十九年光復節的〈閑話臺灣〉是一篇很好的例子。在前半段散文，她肯定臺灣的風土與物產甚於內地，而她眼中的本省同胞大多「忠厚淳樸，不尙虛僞，假使他們肚裏不高興你，決不會

---

❸　Friedman, *Mappings*, p.19.

在臉上跟你裝出『相見恨晚』的表情，反之，他們是誠心誠意地和你交往。」❸這段文字，與其視爲客套話，不如說是開場，先舖陳本省同胞的優點，以便爲之請命。因爲下半段筆鋒一轉，婉轉地批評了政府社會福利政策的局限性。鍾梅音更引述一段與本省友人的對話：她慨歎住在盛產水果的臺灣，竟吃不起水果；友人答說比日治時代水果必須運往外地，想吃都吃不著強。本省友人充滿民族情懷的「官腔」令她十分感動，但是鍾梅音還是認爲日治時代的「吃不著」與光復後的「吃不起」並無太大的差別。她繼續寫下頗具左派思想的論述：「許多東西在產地本來便宜，只因介於生產者與消費者之間，存在著囊括雙方膏血的剝削階級，以致消費者既然「吃不起」，生產者亦復辛苦經年難獲一飽。」❹

這段文章在今日看來也許平常，但在剛剛撤退來臺的翌年，即以馬克思色彩強烈的說法批評患有恐共症的國民政府及其資本主義政策，爲本省同胞進言，實不可謂不激進，尤其發表日期選在原應歌功頌德的光復節當天！新移民對舊居民的善意溢於言表。

族群互動，或說族群融合最明顯的象徵莫過於通婚。不少女性小說都選擇通婚這個題材來探討島上族群交融的可能與問題。畢璞，相對於〈心靈深處〉中對大陸舊愛的鄙棄，〈聖凡之間〉則強調臺灣新歡的可愛、眼前幸福的可貴。故事敘述素有聖人令譽、單身來臺的中年馬教授，在一次病中受到臺籍洗衣寡婦的照料，突然

❸ 鍾梅音，〈閒話臺灣〉，收於《冷泉心影》（臺北：重光文藝，1954），頁 101。

❹ 同前註，頁 102。

頓悟到俗世家常的珍貴。年輕時立意獻身學術、拒絕名媛才女無數
的他,居然向洗衣婦求婚。儘管彼此存在著省籍、階級、年紀等身
分懸殊的差距,馬教授力排眾議。他不再迷戀不勝寒的學術殿堂,
只要「家」的溫暖。那種家的感覺,來自一個臺灣女人的關愛❹。

　　馬教授優越的社會身分對他的擇偶自是有利,大部分條件較差
的男性移民則不如他幸運。省籍通婚在五十年代小說中,往往面臨
社會文化壓力,充滿阻礙與艱辛。謝冰瑩的《紅豆》正是描述一個
外省男大學生和本省女高中生相戀過程中所遭遇到的挫折及抗爭。
除了省籍差異外,男主角貧窮流亡學生的身分,也是女主角富有的
省議員父親堅決反對兩人交往的重大因素。幾番波折反抗後,女主
角決定加入軍隊,投靠在國家的體制內對抗家庭威權。兩人的戀情
就此出現轉機❷。

　　《紅豆》是謝冰瑩繼〈聖潔的靈魂〉之後,又一探討外省男性
與臺灣養女的小說❸。即使謝冰瑩是少數來臺的五四作家之一,司
徒衛先生卻在他的臺灣戰後第一本文學評論《書評集》中直陳,這
部以臺灣為背景的書不夠寫實,男女主角的個性及心理描寫只化約
為兩種人物類型。為了表現「主題」的積極性,整部十四萬字的小
說淪于戀愛加革命的八股公式❹。更明白點說,這部小說企圖反映
很多社會現象,例如省籍、階級及養女問題。但是謝冰瑩將女主角

---

❹　畢璞,〈聖凡之間〉,收入《心靈深處》,頁81-87。

❷　謝冰瑩,《紅豆》(臺北:虹橋,1954)。

❸　〈聖潔的靈魂〉,《聖潔的靈魂》(香港:亞洲,1954),頁51-87。

❹　司徒衛,《書評集》(臺北:中央文物供應社,1954),頁73-75。

安排爲多才多藝、養尊處優的省議員養女，實在凸顯不出養女的
「困境」，除了婚姻不自主。可是，婚姻不自由並非是養女的特殊
遭遇。另外，文本中解決省籍衝突的途徑取法《女兵自傳》的老
路，藉助國家機器鎮壓家庭糾紛，似乎略嫌牽強，反而不無恫嚇本
省人的嫌疑。雖然謝冰瑩援引金聖嘆的典故，強調「花生米配豆腐
干吃會產生火腿的味道」，當做文本中一再出現的族群融合的象
徵。可惜太過刻意強調，反倒失之刻板。

　　同樣敘述養女問題與省籍通婚，張漱菡的〈阿環〉顯得深刻複
雜得多。根據一般史料記錄，臺灣的養女問題是由臺籍女性省議員
呂錦花於民國四十年在省議會提出後，受到當局重視，隨後並發起
保護養女運動❹。其實在民國三十九年婦女節，林海音即曾於「婦
週」發表〈臺灣的媳婦仔〉一文，呼籲大眾重視、解決本省的婦女
問題❻。並獲得外省籍主編武月卿的回應，鼓勵讀者加入關於本省
婦女生活的報導寫作❼。在保護養女運動推行之後，養女，似乎成
爲在五十年代小說家喜愛採用的女主角身分。繁露的長篇小說《養
女湖》也許是其中最著名的一部❽。張漱菡的〈阿環〉，前半段有

❹　參見〈養女保護工作〉，《二十年來的臺灣婦女》，頁 295-301，或李長
　　貴編，《臺灣養女制度與養女問題之研究》（臺中：東海大學社會科學研
　　究中心，1970）。

❻　林海音，〈臺灣的媳婦仔——一個值得注意的問題〉，《中央日報》第 7
　　版，1950 年 3 月 12 日。

❼　武月卿，〈婦週是讀者的〉，《中央日報》第 7 版，1950 年 4 月 23 日。

❽　繁露，《養女湖》（臺北：國華，1956）。此部小說曾因改編成電影「秋
　　蓮」（鳳飛飛主演），引發版權糾紛，喧騰一時。有關繁露生平，見夏祖
　　麗編著《她們的世界》，頁 295-320。

著一般典型養女悲慘的命運：從小過戶給人家當童養媳、飽受凌虐還險遭養父強姦、嫁給養兄後又因貧窮必須北上幫傭以補貼家計。後半段，就在她離開家鄉來臺北外省人家裏工作後，阿環有了極大的轉變。臺北，這個都市空間，使她眼界一新，開始質疑鄉下習俗與風氣；外省僱主家裏優勢的生活及文化水平，更讓她鄙視粗俗的老公；她愛上的外省車夫，教給她爭取愛情和自由的觀念。當她們戀情曝光，面臨分離時，外省情人選擇從軍，囑咐她好好等待。跟《紅豆》裏解決問題的邏輯一樣，他認為只要他反攻大陸，就能解救她脫離不幸的婚姻，回富有的老家建立家庭。

與《紅豆》的光明尾巴相反，阿環的下場是悲慘地。她被迫返回鄉下老家後，病魔纏身，等不了多久就過世了❹。阿環與外省人互動的結果改變了她的自我認同，卻改善不了她的環境。張漱菡設下的悲劇結局，彷彿賞給將所有希望寄託在反攻的主流論述一個無情的巴掌。現存的社會問題不可能凍存到那遙遠的未來裏自動消解。本省文化帶給阿環可憐的處境，外省文化則帶給她虛幻的前景。臺北，這個文本中本省與外省接融的空間，在不切實際的意識型態引導下，雙方只能有短暫的交會，不能共締快樂的結局。

與上述兩篇相較，林海音創作於民國四十六年的〈血的故事〉是一篇單純描寫省籍通婚的喜劇小品。運用彭先生的倒敘，說明他和本省妻子的婚姻如何從不被岳父承認的狀態，到獲得岳父首肯。其中轉捩點則在某天岳父急病入院時，彭先生不念多年舊惡，慷慨

---

❹ 〈阿環〉，收入《花開時節》，頁24-44。

捐血。岳父終於摒除對外省人的偏見，接納他為家中一份子❺。身為臺籍作家，林海音的〈血的故事〉比起前兩篇，更能掌握方言特質，幽默巧妙地表達出語言隔閡造成的省籍溝通障礙。然而很巧合地，她也運用了和《紅豆》裏類同的輸血情節，暗寓本省與外省血源共通性，以及族群融合的可能。所不同的是，《紅豆》裏臺籍女主角輸血給正在當兵的外省男友，〈血的故事〉裏外省女婿輸血給生病的岳父。兩者的故事情節也都在兩方族群血液交融後產生喜劇效果，似乎暗示只有透過交流相通，才能振弊起衰，一家團圓和樂。

有趣的是，這三篇女性小說都以大陸男子與臺籍女子的戀愛，而非外省女子與臺籍男子，來探討族群通婚問題❺。最簡便的詮釋當然可說這三篇寫實主義風格的文本，反映出當時男多於女的大陸移民，在婚姻市場裏面臨到的窘迫❺；或者粗劣地說大陸來臺的女

---

❺ 林海音，〈血的故事〉，收錄於《綠藻與鹹蛋》（臺北：純文學，1988），頁 93-105。

❺ 《紅豆》裏另安排女主角的臺籍醫生哥哥愛上外省護士以茲對比。雖然遭父親反對，但女主角的哥哥堅持與外省女性結婚，最後終獲同意。蕭傳文創作於 1955 年的〈邂逅〉描寫外省男子與原住民女子若有若無的情愫，但陰錯陽差錯失姻緣，收入《陋巷人家》（臺北：正中，1958），頁 83-93。此外，蕭傳文的長篇小說《藍色的海》（高雄：大業，1958），也是探討外省男性和本省女性通婚的歷程，並且將男女主角安排為師生戀，最後以獲眾人祝福的婚姻結局。

❺ 關於外省移民的性別比例及通婚狀況，參見王甫昌，〈光復後臺灣漢人族群通婚的原因及形式初探〉，《中央研究院民族學研究所集刊》，第 76 期（1994 年 4 月），頁 43-96。

作家將大陸男性化、臺灣女性化，透露出中原男性沙文主義的思維模式。但是，我們未嘗不可以說女作家之將臺灣女性化，正是一種認同的表現，將空間與自我性別身分定位等同，吸納化解移植過來的大陸／男性文化。女作家藉著文本爲大陸／男性的安家立業請命，未必不是「根留臺灣」的呼喚！

四、結　論

重讀戰後第一代女性文本，我們在五、六十年代文學史的單音神話外，聽到了久被湮沒的話語。在反共懷鄉的高分貝下，不少女作家輕巧地把家的座標挪置於臺灣。在新的空間配置結構中，她們頻頻發聲捍衛自己的性別及書寫身分；也紛紛允許文本中的女性切斷故土前塵的羈絆，趁著固有象徵秩序的斷裂空檔，尋覓、設定新的身分定位。當她們檢視大陸移民在新舊空間裏彼此關係的微妙變換時，她們也正視到島上不同族群文化的遭逢與衝突。透過通婚，她們企圖泯滅省籍的界線與隔閡，在文本的象徵性空間中，建構起和諧共生的新家園。

回顧早期女性小說中解決省籍矛盾的策略，當代的讀者難免嗤之以天眞和一廂情願。畢竟，群族融和這個絕大多數地區都面臨到的棘手難題，非經年累世的多方溝通與努力不足以致之。通婚所能帶來兩家族的和解和睦，終究只是文本中投射的慾望。五十年代女性文學留給我們的，與其說是她們思考、促進族群文化交融的策略，不如說這些女性文本本身正是異文化匯集下的結晶，蘊含著主體觀看、辯證自我與己／他類、家／異鄉間的往返蹤跡。筆者以本

省籍身分閱讀析釋外省作家的文本，本篇論文也正是異文化接觸下
的產品，在特定的時空位置上，充當不同立場論述對話折衝的境
域。

　　本文企圖塗改省籍二分論述的作法，也許將招致兩面不討好，
甚至兩面夾攻的局面。本文主題的取向似乎也很容易惹來政治性聯
想，誤以爲是呼應某種特定意識型態。其實當臺灣這個能指近年來
在各政治人物創造出的新意指間延宕、衍異時，正是一再暴露關於
臺灣本質性論述的破綻。本文如果說有任何政治性意涵，在於質疑
爲何在今日看來非常政治性的五十年代女性文本，會一直被標籤爲
「不反映現實」？爲什麼女性小說中探討臺灣本土上的性別及省籍
議題，輕易被強勢論述消音，一概只聞懷鄉與反共？在「不政治」
的表象下，女作家的書寫臺灣是否正是一種激越的政治性？她們對
性別和族群問題的思考及解決方式即使過於單純，但是她們至少在
遷臺初期即注意到問題存在，並且嘗試提出對策。畢竟，忽略問
題，只會更加劇問題。探勘五十年代女性小說，我們在看到大陸女
性如何定位，思索臺灣這空間文化的同時，更察覺到性別、族群和
文本政治在這塊空間裏運作合謀的痕跡。

臺灣女作家與當代主導文化

張誦聖*

　　這篇論文的內容試圖勾勒一個從「文學作為一種現代社會裡的體制」的角度來分析女作家在當代臺灣「文化生產場域」（field of cultural production）中位置、「文學生態」（literary culture）中角色的一些初步的想法。而這個嘗試，又是在一個較大的預設前提下進行的。這個前提是：在臺灣四九年以後威權政治主導下的文化生態中，女性文學書寫扮演了一個格外重要，但是很難確鑿清晰地加以說明的角色。再詳細一點說，臺灣四九年以後初期的政治統御很大程度上是透過建構一種正面的、保守的、尊崇傳統道德的教化性「主導文化」（dominant culture）。（在七十、八十年代，由媒體仲介的市場力量則逐步將這種主導價值系統侵蝕、轉化，在解嚴後更因為全球化的力量加速而進入另一種格局；但這些比較不是本文專注的範圍。）早期主導文化對文藝品味取向的特殊導引奠定了某一類型女性文學蓬勃發展的基礎。但這種有利的主流環境也同時意味著局限，和特定框架的樹立。我們在觀察分析這種局限的特性

---

* 美國德州大學奧絲汀分校亞洲系、比較文學研究所教授

時，可以充分體認到所謂「文化制約」具有強大、但普通人皆習以為常、不甚察覺的滲透性。舉例來說，當代臺灣女作家群對主導文化所認可的創作素材和表達模式一貫地有十分顯著的反應，甚至可以說，它們成為不同年齡層、流派取向的臺灣女作家的一個主要「參照系」（reference frame）（不論是經由正面或負面的途徑）。這些不同的態度和反應方式包括了支持與妥協、擁抱與反省、抗拒和有創意的轉化；與同時代的男作家相比，似乎明顯地有類型和程度上的差別。

順便需要提一下的是，由於我的終極關注是「文學」——在集體的意義上作為一種現代體制、在個別的意義上作為一種特殊知識形式——在當代臺灣歷史中的角色，因此雖然女性文學書寫所呈現的特殊形貌是這個研究必須檢視的對象，但是不同於許多女性主義評論的凸顯女性運動的目的性，這種研究方向所追求的是描敘性的闡述，並且它對於「文類傳統」及「美學流派」的重視大於純粹的女性議題。儘管如此，我仍然相信和持有女性主義出發點的學者之間存在著對話的豐富可能性。

回到五十年代種下的主導文化因子

先從一些偶然性的個人因素談起。我因緣際會地開始對「女性書寫」這個議題萌生興趣，大約剛好在十年以前，1988、89 年之間。當時我正開始著手寫一本關於臺灣現代主義文學的書，同時應主編英文《現代中國文學》（Modern Chinese Literature）的葛浩文教授之邀寫了一篇有關臺灣女作家的論文，後來譯成〈袁瓊瓊與八

十年代臺灣女作家的張愛玲熱〉在中外文學發表。❶我寫這篇文章時，正是臺灣社會面臨重要的轉折、在文化生態上一夕間從關閉轉爲開放的時刻。這種重要的歷史轉折很容易激發一種回顧的視角，促使我們將過去的關閉社會視爲一個整體歷史時段（an epoch），而進一步想要去發覺它呈現了什麼樣的文化特質。這個視角直到現在還在影響著我的觀察角度。不過由於沒有足夠的資料，當時我所能作的，只是將這種觀察視角凝聚在一些個別文化現象上。

　　由於我在 1981 到 82 年間在臺大外文系客座了一年，因此對八十年代初的一些文化現象比較有親身的感觸。八十年代初臺灣的都市化商業效應中產生了一種「文化懷鄉」的潮流，其中不只是「鄉土」符號變成本土消費的對象，張愛玲筆下的都市男女，戰前上海的舊中國，也成了一個具有高度吸引力的流行文化符號。這種符號對甫登場主流文壇的戰後嬰兒潮作家——特別是外省第二代作家——有著另外一種重要意涵：將對自我認同的建構，投射到一個舊中國的幻影中，不啻是對當時鄉土文學後文化氛圍的一種抗議。然而，值得重視的一點是，這一代作家對臺灣四九年後主導文化內涵的高度內化，以及媒體副刊主導下文學的中產性格，使她們的作品和張愛玲有個截然相異的文化指涉。用布迪歐的話來說，她們的「習性、氣質」（habitus, or disposition）是取決於她們在當時文壇裡的位置，以及這個文壇和臺灣社會整體權力場域（field of power）的特定關係。

　　邱貴芬教授在《仲介臺灣女人》裡提到，八十年代初的女作家

---

❶　1988 年英文版刊出；1995 年譯成中文發表於《中外文學》。

作品和八十年代末以後有很大的轉變，最重要的，是對政治議題的正面處理。的確，這個轉變所「折射」（refract）的，正是臺灣文壇和社會整體權力場域關係在解嚴後的急遽調整，是我當時只能預感而無法詳知的。然而七、八十年代之交女作家所展示的光華卻對我產生了一個重要啓發，那就是時序往前追溯，回到五、六十年代間所奠立的一些文壇格局、以及在這個格局的基礎上逐漸發展成形的主流文學生態。我所以會對這些現象特別有興趣，當然也和當時心中念念不忘的一個議題有關。那就是，臺灣現代主義小說究竟是在什麼樣的文化脈絡中產生的？

根據我自己在六、七十年代間對臺灣文化環境的親身體驗，多年來人云亦云的一個說法，即現代主義產生於對反共文學的反彈，當然是過於表面化的。觀察八十年代女作家與文壇的關係，讓我警覺到兩件事。第一，從文化生產機制，藝術取向，和專業視景各方面來看，八十年代的臺灣作家和現代派、鄉土派作家必須要放在兩個不同的文化軸上討論。從文學啓蒙的角度來看，八十年代作家「隔代」沿襲了更多四九年後早期奠立的主流文學生態的餘緒。第二，在四九年後早期奠立的文學生態中，副刊及某些五、六十年代作家及文藝編輯所產生的個人影響扮演了決定性的重要的角色。

最近重讀布迪歐的《文化生產場域》（The Field of Cultural Production），覺得其中的分析架構很適合用來說明這個現象裡幾個比較難解的面向。布迪歐為了超越「主觀論」和「客觀論」，「內緣分析」和「外緣分析」各自的重大局限——前者忽略文化社會經濟層面，後者忽略「主動者」（agent）——而發明了 "field"（場域，具有自主性和獨特的運作規則），和 "habitus"（習性、

氣質、身態及心態、受形塑並具有形塑潛能的秉性及行爲模式）的觀念來闡明主客之間彼此滲透的途徑和必然性。其中第一個對我們有用的觀念是，場域觀念的提出必然凸顯的是將文學研究從「實質性思考」（substantial thinking）轉向「關係性思考」（relational thinking）。布迪歐批評傳統的文學史家偏向「實」性思考，常以作家，作品爲構築文學史的磚塊、基石，忽略了文學創作存在於一個龐大而繁複的動力網絡中的事實。我們的傳統學術有強烈的經驗主義傾向，而文論讀者對當代名人及「文化政治」（cultural politics）自然擁有的興趣，加上文學進入政治論辯時作品主題及作者身分的必然被突出，都間接地增強了學者實性思考的傾向。然而這卻正好是對現當代中國／臺灣文學研究最爲不利的。因爲基於種種歷史因素，這段文學史中以菁英標準創作的文學作品格外有限，相反的，在這個歷史時段所發展出來的「文壇」，卻有十分特殊的屬性，亟需做系統性的分析。

如果用布氏的理論來解說，副刊及與副刊關係密切的個別作家和編輯的重要性的基礎來自於這些個人在文壇和臺灣社會整體權力場域之間扮演的仲介者角色。而現代派的崛起，或者說他們「攫取位置」（position-taking）的策略，即是將這種特殊的文學生態、和政治氣息極濃的主導文化當作試圖取代的對象。

然而十年前那些領悟所引導我發現的，卻是雷蒙・威廉斯（Raymond Williams）有關主導文化、另類文化、和反對文化（dominant culture, alternative culture, and oppositional culture）的三元分析架構。直到今天，我仍然認爲這個分析架構對戒嚴時期臺灣文化生態有很強的詮釋力。這或許是因爲威氏對「主導化」過程

（hegemonic process）特別著墨的緣故。一言以蔽之，我把以副刊
為中心的主流文學生態放在臺灣戰後的主導文化的框架中來解釋，
而認為以自由主義為意識形態根據的現代主義文學，提供了足以與
主導文化抗衡、甚至挑戰主導文化的另類文化視野（alternative
cultural visions）。我後來寫成的 Modernism and the Nativist
Resistance: Contemporary Chinese Fiction from Taiwan（譯名暫定
《臺灣當代現代主義小說》）基本上可以說是以後者為中心論
點。

　　儘管我這本書是針對現代主義小說，為了說明現代派崛起的歷
史脈絡，也不得不對五十年代的文學做了一些歸納。由於五十年代
的文學生態是我了解臺灣戰後女作家整體角色的基礎，所以在這裡
多費些筆墨說明。基本上我是以現代派自己所認定的對立面（相對
於菁英文學觀的副刊業餘傾向、當代文學語言中傳統菁緻美學的墮
落、老一輩作家的保守政治妥協心態等）為出發點，來分析四位作
家，即朱西寧、林海音、潘人木、和琦君，所呈現的一些「主導文
化」特質。當時我把他們歸類為「老、中、青」的「老」一代作
家。現在想起來，更準確一點地說，我的分類基礎其實不單是年
齡，而同時是他們在當時文學場域中相似的位置，所擁有的文化資
產，以及這個位置與臺灣社會整體權力場域（field of power）之間
的關係。（回頭想起來很有意思的是，當時我很想將同年齡層的五
十年代作家鍾肇政一併討論，卻發現許多與我的分析架構不合之
處）。

　　近幾年國內也有不少人指出，把現代派的崛起視為對反共宣傳

文學的不滿是一種不夠全面、想當然耳的看法。❷其實臺灣的「反共文學」是政治宣傳產物，而非文學史上可認定的文學類型——必須與《百獸圖》之類的批判共產制度的反共小說有所區分——這並不需要花許多筆墨來證明。需要思考的，是在產生反共文學的文化氛圍中出現的文化產品，是受到怎樣的、與當時動員文人寫反共文學出自同一來源的力量的制約，以及產生的文學效果。這就是為什麼必須採用「主導文化」這個概念。像朱西寧這一類的作家，或是五十年代的女作家如林海音、張秀亞等顯然不能草率地歸類成反共作家，然而他們所體現的一些主導文化價值正好構成受自由主義啓發的另類文化視野的對立面，這與他們是否也嘗試用純屬技巧性的「現代主義寫法」並沒有一定的關聯。

我在《臺灣當代現代主義小說》裡以上述四位作家爲例歸納出來的，四九年後在臺灣主導文化框架中發展出來的文學重要屬性有下列幾項：經過轉化的中國傳統審美價值、保守自限的世故妥協心態、及受都市新興媒體影響的中產品味（neo-traditionalist aesthetic values, conservative/ conformist world view, and middle-brow taste preference）。我最終的目的是想指出，這些是臺灣戰後政治主導的文化結構下產生的文學特質，儘管其中牽涉了許多不同的自主因素，但是它們的形成，和下列兩種基本因素關係最爲密切：一是文學作爲一種現代社會體制的性格，二是四九年後威權政體主導的文化制約結構。換句話說，我對這些作家的分析，重點不在對他們的

---

❷　比如說楊照指出「五十年代是反共文學的年代」、「六十年代是現代文學當道」其實是一種很不精確的說法。

個人評價，而是在於尋找當時主導文化在文學作品中所呈現的面貌。這樣作的一個預設前提（也是我希望加以闡明的）是當代臺灣文學生態與政治的緊密縱屬關係。而布氏的理論強調「文壇」自主運作規則與「核心權力場域」之間的關係，及作家的「習性」對這個關係的折射，則是將這種關連放置在一個社會科學化的分析系統之中。❸

但是布迪歐理論裡的的另一個重要前提，即把作家作爲文化行爲的「主動者」（agent）不斷地對文化生產場域中「位置」的角逐視爲文化場域變遷的主要動力則可用來幫助我們解釋五十年代文壇的幾個重要面向。比方說，作家對有利位置的佔有或攫取依靠的是本身擁有的文化資產，而這個資產當然是《文友通訊》的大部分（並非所有）同仁們所欠缺的。另外一點是，很長一段時間裡，不論是採取右翼或左翼角度的學者（呂正惠、劉紹銘）都一致強調臺灣戰後文學和五四傳統之間的斷層。其中一個很重要的依據是作品被禁，和「寫實主義」精神的成爲禁忌。這種看法，嚴格說來，也是「實性思考」的展現；它把文學的傳承看得過於單線，而且過分著重屬於意識範圍內的活動。事實上文學傳統經過文字，形式成規，並非和可以輕易辨識的主題或意識形態直接掛鉤。我因此認爲其實林海音，朱西寧等對形式成規的轉化，是對五四傳統的選折性傳承。左翼所發展出的形式成規可以挪用到以右翼爲主題的作品。這和陳映眞對三十年代左翼傳統的嚮往也自然摻入了殖民文學的氣

---

❸ 我認爲經驗主義「實性思考」在我們這個學科領域裡形成了極大的障礙，但是並沒有被充分地認知，是個值得進一步討論的問題。

質有相反的政治效果，卻同屬選擇性傳統。無疑的，民國時期的文
化生態及經過篩選的寫實傳統是當代臺灣文學的主要構成成份。值
得深究的的是它們怎樣在新的文化生產場域中成為資產，而這些資
產在權力關係的角逐中扮演什麼角色。❹這和威廉斯所說的從過去
世代遺留下來的「殘餘文化積澱」（residual cultural formations）必
須從與當代主導文化互動的觀點來檢視基本上是可以互通的。

下面我想舉一些比較近的實例（anecdotes）來片段說明我在
《臺灣現代主義小說》中歸納出的文學屬性即使在九十年代，在臺
灣文化的某些層面上還是持續地在發揮著效力。

1.經過轉化的中國傳統審美價值。漢學家普魯歇克（Prusek）
曾經撰文討論傳統審美觀在五四新文學抒情傳統中的延續。而這個
傳統在四九年以後臺灣的文學生產場域中佔有一個特殊的優勢的位
置，和政府的文化政策直接有關，對文學審美意識有廣泛的影響。
我在書裡曾以琦君、尤其是她那篇膾炙人口的〈髻〉，試圖說明從
過去的世代遺留下來的的世界觀、價值系統（residual world-
views）怎樣透過特定美學形式、特有的文化氣質、主題結構而對
當代讀者產生廣泛持久的吸引力。這種體制培養出來的「文化特殊
性」在前些年「余秋雨旋風」裡，更加耐人尋味。余秋雨所以在純
文學市場蕭條的九十年代初造成出人意外的暢銷，並且受到像白先
勇、歐陽子、隱地、賴聲川、散文家簡媜等人的激賞，主要是他的

---

❹　呂正惠教授是以整體思考臺灣戰後文學最早的學者，我本身受到他的啟發
　　很多。可是我最覺得美中不足的地方，是他似乎未能擺脫「實性思考」的
　　理路，是他那篇重要的現代主義文章的一個缺憾。

作品滿足了臺灣主導文化所培育滋養的審美意識。這也立即牽涉到在對「中國符號」嘈雜的討論聲中，很難一清二楚地處理的一個項目，即是「傳統中國」所聯繫著的一整套抒情想像的模式和內容。余秋雨本人作品中也說過類似「江南小鎮是中國人永遠的故鄉」的話。「故鄉」永遠是想像的產物；而文學想像的素材極大部分來自主導文化中各種文化教育體制。這個事件因此出其不意地凸顯出臺灣四九年後的主導文化對文學品味的潛移默化影響。「余秋雨事件」最具啓發性的一點是，我們所集體感知的這個「中國符號」，其實是相當具有「臺灣特色」的。一九九七年秋天大陸名作家王蒙訪問休斯頓萊斯大學時，提起余秋雨爲何在臺灣受歡迎時的解釋是，他的作品「甜酸、微苦、書卷氣」，與臺灣的文學品味相投。姑不論王蒙本人的偏見，如果用布迪歐所說的 "habitus" 或是 "dispositions" 來了解這些「氣質」，可以說明一個現象：客觀社會現實透過各種機制在個別作家、創作成品中呈現的過程，是極其錯綜複雜但仍有跡可循的。

2.我以爲四九年後的特殊政治環境在五十年代作家本身，以及他們所參與樹立的一些文化體制格局、文學生態中留下的跡印之一是一種保守自限的世故妥協心態。這些作家對現實環境中存在的種種局限所持的的容忍態度，以及對政府文化政策所作的配合，久而久之發展成成爲戒嚴時期主導文化的一個特質。我在《現代主義小說》一書中主要以林海音、朱西寧的作品爲例來描述這個現象。從這個詮釋角度來看，林海音著名的小說〈燭〉和〈金鯉魚的百襉裙〉雖然承襲了若許五四文學的女權抗議精神，卻極爲技巧地將故事發生時代設在一個「黑暗的過去」，故事中年輕的新一代總是代

表著希望和對過去的憐憫與否定。最近讀林海音的散文《芸窗夜讀》更清楚地感覺到那一代的作家怎樣主動地而有創意地遵循、維護著主導文化的尊嚴和框架。而從近幾年重新引起注意的《文友通訊》的一些記錄，到葉石濤八十年代中期之前的言論，也可以看到四九年後本省作家對主導文化其實也一貫在高度配合的一面。

我希望強調的是，臺灣四九年以後政治因素對文化的形塑是經由特定的形式而達成了特有的文化效果。這種形式或許可用「設定框架，標舉正面價值」來概括。雖然在上一代明顯意識到的現實環境局限，在下一代不見得以同樣的形式存在，然而他們所參與建造的文化體制和文類層級（如文學副刊的側重「抒情傳統」、「純文學」）和他們所背書的價值取向，卻在主流文學中繼續發生作用。而許多衍生出來的特質往往被戰後嬰兒潮作家所內化，即便是許多在本土化大潮中揚棄大中國主義的作家，也不見得在意識層面上同時企圖擺脫主導文化的基調。因此在九十年代跨國文化潮流中脫穎而出的李安電影的中產基調（對傳統價值名義上推崇、實質上妥協），我以為他很適度地展現了臺灣當代文化形貌中一個重要的側面。而八十年代後期在解嚴前後崛起，至今方興未艾的行動主義，或許可以視為對這種中產保守的妥協精神對知識界的圍限在鬆綁後的持續效應。

3.中產品味。最近與友人談論到姜貴的《旋風》出版時的曲折過程，覺得是一個意涵豐富的事件，可以供給學者作不同方向的思考。大略地說，令許多評論者納悶的是，這本「反共小說」在五十年代初完稿時並沒有立即被鼓勵反共文學的官方和半官方雜誌所接受，而要等到作者自費印了五百本，得到文壇同儕和胡適、蔣夢齡

等名人背書之後才由書局出書。儘管這本書的文學價值極受美國中文學界權威夏志清教授推崇,但是即便在它正式出版後也沒有在五十年代末的臺灣市場上造成轟動。

夏志清教授似乎一直持有這樣的想法:姜貴的文學成就沒有在臺灣受到應得的肯定是臺灣評論界的疏失,也是國民黨統治下的臺灣社會裡政治影響藝術的一個實例。而後來彭瑞金所歸納的解釋,則是同出一轍:他認爲《旋風》的不受官方肯定是由於它對國民黨在國共鬥爭時的腐敗一併加以揭露。這兩個說法,我以爲都只片面地透視了這個複雜的現象。倒是最近電話訪問王鼎鈞先生,他的意見似乎肯定了我自己的臆測。簡單地說,《旋風》的舊小說形象和它的陰晦氛圍、道德敗壞的諸多角色、和國家宣傳文學對意識形態純正的要求,以及與之相應的文壇品味,顯然有杆格不入之處。因此,除了狹義的政治之外,這個現象也反應了文類與市場,經典與通俗,現代與傳統等等複雜棘手的議題。

文學經典的界定是個由「上」(菁英知識分子,國家文化體制)而「下」(一般文學消費者)的過程,和市場對作品的接受有反覆互動的關係。也許歷史上沒有任何當代經典的建立不是摻入如宗教、政治等的非藝術因素。但是現代化、社會改革、及其他純政治因素在當代中國/臺灣文學經典的建立過程中所扮演的角色比重極高則是不爭的事實。其中「通俗性」又因爲左右翼文論定義的不同而變得極端詭譎複雜。《旋風》所啓示給我們的,是文化位階及文類特質在上述兩種力量(經典界定和市場消費)交會的過程中扮演了一定的角色,卻在以政治爲中心關懷的文學論述中被掩蓋。

把《旋風》的遭遇和另一個得獎受肯定的反共小說,潘人木的

《蓮漪表妹》，做個對比也許我們可以幫助我們對這個現象有更清楚的了解。前者具有傳統通俗小說、譴責小說的文類特質，寫沒落的仕紳階級的道德墮落。後者則為現代都市新興中產階層的浪漫愛情小說，從心理、個性的角度來解釋國共鬥爭時共黨動員學生的政治罪行。嚴格說來，兩者所佔有的藝術位階極為相似，皆是以情節為主，具有相當娛樂價值的「中額」（middle-brow）小說，然而從時代網絡的角度來說，卻是兩個截然不同世代的產物。前者具有在西風東漸後文化位階下降，佔劣勢的「舊小說」形貌。後者卻屬於堪與「新小說」抗衡的，與都市新興印刷媒體同時成長的中產品味文類。如果我們進一步把《蓮漪表妹》視為承襲戰前上海發展的中產小說傳統（朱西寧就曾將潘與張愛玲並列），那麼它所預示的，儼然是一個在臺灣四九年後的新世代極具發展潛力，廣受鍾愛的中產文學品味。這個文學品味在臺灣逐漸佔有主流位置的事實在八十年代張愛玲風興起時已是毫無疑問了。

　　廣泛地來說，政治因素在臺灣四九年後以種種方式介入文學經典的界定，但是沒有實質上滿足高層文化的藝術性要求。我以為這和現代派在臺灣的崛起，以及現代派作家對菁英文學觀的高度（有時近乎矯情的）執著於有直接的因果關係。然而到了八十年代，新興都市文學的中產品味明顯地取代了後者，成為主流。（重寫這一部份，正值《旋風》被選為當代經典，並成為抗議目標的消息傳來，顯然這樁公案在「文學價值生產」的論述場域裡還具有有力的象徵地位。）

女作家群與主流美學形態

　　這篇論文的一個主要前提是，由政治啓動的意識形態規範對四九年後的「文學體制」及主流文學生態有很重要的形塑作用。本節則嘗試對許多人可以直覺感到的，這整個現象與「女性特質」相互關連的地方作一些初步的解釋。一個關鍵的概念是「文類形式的性別化」（gendering of the literary genre），也就是將刻板印象中的性別特質與文類作直覺的聯繫或等同。基於國共內戰的教訓，早期政府對軟性、主觀、抒情、「純粹」的文學類型的鼓勵，強調文學要標榜「人性」等等，具有典型的右翼色彩，極大成份是著眼於對抗隔岸的左翼思想。這種意識形態規範擴散的廣度和效應的持久也許比一般我們所意識到的更加深遠；即使在九十年代文學獎肯定嚴歌苓〈少女小漁〉之類作品的評語中，這種價值模式仍然呼之欲出。然而更重要的一個現象可能是在性別化的文學類型與「官方意識形態」結合之下，與「女性特質」等同的抒情文類得到額外的正統性，並且在文學生產場域裡分配到很大的發展空間（比方說在張秀亞、鍾梅音、蘇雪林、琦君、林海音等作家身上我們看到的是五四一支流派、古典抒情傳統與女性特質文類的結合）。

　　與傳統美學意識的等同，以及在文學生產場域裡大量的空間分配顯然與五十年代的政治文化有直接的關連。然女性特質文類一旦在擁有自己運作規律的文學場域裡佔有一特定的位置，作家對這個位置的正面或反面的態度和反應便成爲文學場域變遷的一個重要的動力，其運作過程必然超越、脫逸原本左右文壇格局的政治範疇。（布迪歐理論的貢獻即在於對場域自主性的強調，可以避免將文學

場域運作與政治現實作簡單等同的謬誤，卻仍然認定二者之間迂迴的關連。）現代主義文學挑戰的對象之一是體質羸弱，單薄的五十年代具有女性特質的文學生態。新正統的建立很大程度藉助於西方輸入的「高層文化」文學創作典範。歐陽子曾說夏濟安教授對她最大的啓發是使她揚棄早年心儀的冰心、張秀亞等的「抒情」散文風格，轉而崇奉客觀寫實的小說技巧。而夏濟安和後來的現代派小說家批評最力的 "sentimentalism"，文學裡「煽情」或「濫情」的傾向，在直覺層面裡是「抒情」風格的延續（因此英文裡我採用複合字 "lyrical-sentimentalism"）。另一個大家所熟知的例子是李昂曾經說她有意挑選一個陽剛的筆名來顯示她立志作一個嚴肅作家的氣概。這些例子證明受到現代派洗禮的女作家意識層面中很突出的一個動機是抗拒「女性特質」在應用到文類形象時意味著的感性、主觀、瑣碎、狹隘等等較「次等」文學品質。值得注意的是，這同時意味著將女性特質在文類位階上的劃定。換句話說，文類性別化不限於一般以題材為分類參考標準的觀點（比如提到五十年代女作家時常以「身邊瑣事，柴米油鹽」來概括，或將若干題材視為「閨秀小說」、「婉約型詩風」的標誌），卻以後者的刻板形象呈現在文學論述和讀者意識之中。

然而現代主義不是唯一的選擇。有些六、七十年代的重要作家從另一條路徑將這種抒情感性傳統加以轉化。比如張曉風便很能代表在主導文化羽翼下成長的作家如何將大陸地理、風物、中國古典傳統加以主觀美學化，經由對「國族想像」的感性化而衍生出一種絕對價值，與主導文化中的新傳統主義肯定「文人傳統」中的保守價值彼此契合。值得一提的是其中很重要的一個成份是對女性特質

的重新定義。❺張曉風肯定主觀精神價值、輕蔑五、六十年代的物
質匱乏；以對英雄世代的想像補償安定生活的貧瘠和缺乏戲劇性。
在這裡官方的歷史敘述成爲激發感性想像的素材。意志的提升被傾
注到對物的觀照，效果之一是將抒情文類的女性特質轉化。這種右
翼的思想模式，借用陳映眞的辭彙，也同時孕育了一種自我陶醉的
「幸福意識」。

　　這種特殊的姿態，氣質（disposition）在戰後嬰兒潮作家中又
有新的轉變。早期的朱天文將文類中的「女性特質」抗議性地誇張
肯定，與陽剛的國族想像作弔詭性的結合，後來則在與「小說」這
個客觀文類的磋商過程中將感性轉化爲新的觀物模式。我曾經在文
章裡提到朱天文在寫〈炎夏之都〉以降形式上的轉變（從「唯情主
義」蛻變而至客觀投射）有它特殊的義涵。市民階層的浪漫想像不
復純粹、視「頹廢」美學爲對精神超越的可能途徑之一，已然經歷
了從擁抱、自省、到具有創意的轉化的不同階段。其外在因素除了
急劇轉變中的都市生態，也受到經由現代派，文學獎推廣的小說客
觀敘述所產生的觀物模式的影響。在《荒人手記》裡，將知性論述

---

❺　值得注意的是，儘管鄉土文學、本土文學論者將「土地」、「人民」和國
　　族想像的聯繫是受到偏向社會主義色彩意識形態影響，但是這種文學意象
　　本身是具有游離性的。這種游離性是八十年代中期以降，九十年代臺灣文
　　學發展的一個複雜而重要的構組成份，可以許多新電影作品（侯孝賢。吳
　　念眞）來印證。我也很高興看到施淑、陳芳明等學者對左翼文學的潛心研
　　究，使得我們用這個有力的分析框架來看當代文學成爲一件可能的事，無
　　須用謹慎猜疑的眼光。不用說左右兩種藝術啓蒙形態都可能產生淺俗而教
　　條化的作品。

以感性方式過濾，以之為素材，融合了早期的「昇華」式想像，再次重述保守閱世觀點時，便已逸出了主導文化的框架。（我很同意邱貴芬文章裡對朱天心的分析；而且對朱天心以理性思維、知性參考架構來「中性化」女性特質的嘗試格外感到興趣。）

戰後嬰兒潮的女作家（以外省第二代為主，但不限於外省籍）有一種顯著的特質，「自足感」。這種「自足感」以不同方式出現，可以是近乎激進的極端保守，也可以是妥協自滿，自我劃限。可以用通俗文學的浪漫迷思來表達（蕭麗紅），也可以在主觀感性的政治姿態中發洩（朱天心）。這些文學裡呈現出的姿態、氣質，其實有著社會上教化的背景。儘管其中主導文化中的政治成份是一個主要肇因，卻必然超越個別作家對官方意識的認知。從這個角度看，族群劃分遠不如關係著主導文化體制化時程的年齡層因素來的重要。

在作這樣的討論時，我想很重要的一點是必須把「主導文化」和所謂的「官方意識」做個區分，同時對價值判斷作一暫時性的「延擱」。在政治主導的環境下常有兩種極端的看法：一是否認政治的存在；一是對政治作用無所不在的誇張。前者反映在戒嚴時期的主流藝術觀上，如「普遍人性」的說法，相當程度地挪用自由人文主義傳統對個別經驗的重視。後者則是晚近行動主義的主要批判訴求。然而當文學研究者採用「官方意識」和「反官方意識」，「霸權」和「反霸權」的分析架構時，很容易落入行動主義的價值二分法，有將「抗爭」理想化、架空的傾向。而我希望採取的基本態度是對價值判斷的「延擱」，因此對臺灣四九年後主導文化的整體效果並非單向地持負面評價（就像傅柯對權力正面功能的肯定一

樣，許多在日常生活中的價值判斷標準，在文化的分析研究裡可能
成為一種道德潔癖型的障礙）。因為在軟性的威權主義下特殊的文
化生態中，政治雖然是一個終極肇因，在變化無窮的文化現象中，
卻摻入諸多歷史和個人的因素，和複雜的機制運作，在極大的程度
下影響著社會裡絕大多數人的世界觀，價值分配準則。我想威廉斯
的「感知結構」（structure of feelings）和布迪歐的 habitus 觀念，
對闡明這個複雜性都是有幫助的。

　　威廉斯為了彌補在討論主導文化，新興文化形構時，分析者常
流於偏重明顯、易於述說的概念化傾向，特意強調處於形構過程之
中觀念雜集的開放狀態。他因此採用了一個本身含意也十分模糊的
名詞，「感知結構」（structure of feelings），來描述這種變動不
居，未成型時的文化形塑過程中含有各種雜質和開放性傾向的狀
態。❻而最重要的，是威廉斯認為文學藝術是我們嘗試接近某時代
「感知結構」的最佳途徑。也就是說，文學是一種特殊論述方式、
一種特殊的知識形式，在某種程度上不為知性框架所圍。

　　從一方面來看，在軟性威權政治統御、快速走向自由經濟的臺
灣社會戒嚴時期，由政治定向的主導文化所啟動的各式各類文化機
制（包括文學體制內部所沿襲的文類傳統，受外在因素衝擊所產生
的文藝潮流）以及受制於經濟社會因素的文化硬體建置（如報業、
出版界），必然使得文學發展的實際走向遠遠超出任何一個初始的

---

❻　現在常提到的「性別、階級、族群」似乎已經成了威廉斯所說的，我們亟
　　需抗拒的僵化固定的觀念成品。這些觀念已經被充分表述，成為明顯彰著
　　的清晰概念，失去接近現實的開放性。

文藝政策設定者所策劃的範圍。

　　從另一方面來看，這種政治定向在臺灣當代的主導文化中扮演了一個公分母的角色，供給的不但是個限制的能量，也是個啓動的能量，給不同的作家所提供的不只是「正面」的，也是「反面」的素材。換句話說，我們既應從政治定位的主導文化角度來檢查這個文學發展過程，也必須抗拒企圖全盤涵蓋的化約性詮釋方式。正因爲文學藝術有捕捉威廉斯所說的「感知結構」的特殊潛力，它的複雜性在當一個新的政治定向的方位出現時（如近年來由「大中國主義」過渡到「本土至上」）不應該被縮減，而應被用來檢視存在於「感知結構」的開放性和「由政治定向的主導性文化制約」之間的互動張力，以及對文學研究者更爲重要的，它們的藝術效果。從當代臺灣文學發展過程來看，不同年齡層的個別女作家及女作家群對主流美學形式的反應與臺灣主流文學發展的軌跡息息相扣，是研究這個互動張力和藝術效果的極佳材料。

中式「殺夫」，法式詮釋

阮若缺[*]

　　李昂於 1983 年出版《殺夫》一書，其中，第八頁提到，她「寫此書的動機之一是想寫一個就算是「女性主義」的小說」❶。不過，有趣的是，她再序版中所舉的幾位批評家如白先勇、司馬中原、林懷民、蔣勳、鄭樹森，卻清一色都是男性（見頁 2）❷。其中三位以「震憾」、「驚人」、「波濤洶湧」來形容殺夫這本書；受迫害者的反撲，他們卻如此大驚小怪，難道這不是一種男性沙文主義潛意識的流露？而女性文批者的觀點又在哪裡？1994 年，法文版的譯本上市，譯者爲一位男性教授，其中倒看不出什麼女性觀點，西方人對東方人的看法則是有的；記得伊蘇朵拉（Isodora）在《伊卡情結》（*Le Complexe d'Icare*）一書中曾說：「用精子寫的書已經夠多了，必須要用經血寫點東西。」❸《殺夫》出版後十五

---

[*]　政治大學英語系副教授
❶　李昂《殺夫》聯合報 1984。
❷　同上。
❸　Louis-Vincent Thomas, *Fantasmes au quotidien*, Librairie des Méridiens, 1984, p.253.

年，如今被選爲所謂臺灣經典文學作品之一，姑且暫不去討論這項評選過程的公正性、適當性，但不可否認的是，這部作品確實頗具代表性，它代表了小市民的心聲，它抒發了女性的感受，因此認爲有必要再研讀這本小說。

我們先從書名談起：李昂於 1983 年參加聯合報中篇小說比賽時，本作品原命名《婦人殺夫》，後經評審改爲《殺夫》；作者強調她對原名十分喜愛，筆者卻認爲婦人二字乍看之下是多餘的，直覺上，殺夫當然是太太殺丈夫，不會另做他人想；或許作者特別強調性別：是一名婦人動手殺了自己的丈夫。我們似乎應該尊重作者的原意。不過殺夫的殺字是動詞，在文字上較具行動力，且簡潔有力，它更是一般人所避諱的字眼，而挑戰的對象是父權——夫——！且書名以簡短爲宜，因此編審也有理。法文譯者則將該書譯爲《屠夫的太太》（*La femme du boucher*），屠夫代表的是市井小民，並無貶抑這個職業的意思，❹但譯者所強調的是（妻子、女人）（femme）這個字，在法國傳統小說中，有許多以女人爲主題的文學作品❺，女人這個字，常代表的是問題、麻煩、罪惡及誘惑，這似乎印證了西方人所謂「都是夏娃惹的禍」這句話。且屠宰業給人的感覺是男人的世界，所以似乎沒聽過屠婦一詞，屠夫的太太就突顯了兩性的主從關係，表示這太太是依附著先生的。

基本上，社會版新聞經常暴露的，就是社會陰暗、病態的一

---

❹　法國肉類銷售量頗大，屠夫爲供應商，對「衣食父母」哪有輕忽之理？

❺　如巴爾扎克的《三十歲的女人》（La femme de trente ans），巴紐爾的《麵包師的太太》（La femme du boulanger）。

面，也正是整個大環境的一個縮影之一。而一般人往往視它為特例，只當作是茶餘飯後的話題，卻鮮少針對這些現象做較深入的省思。作者能將一則上海殺夫的事件，巧妙地轉移時空，寫出臺灣社會傳統婦女的處境及心路歷程，這點是值得肯定的；唯作者和譯者似乎都非記者出身，本書開頭的社會新聞報導，並非新聞從業人員的寫作筆法，有些失真，這點頗為可惜。但以新聞事件當做倒敘法的開端，是一種不錯的寫作技巧，它著實可以立刻切入主題，引起讀者注意。

　　雖然本書有些小瑕疵，但優點多於缺點，法文譯者貝洛（Alain Peyraube）則認為，此書之所以造成轟動，原因有三❻：

　　一、「在中國人的社會，女人殺死親夫是大逆不道，罪不可赦，三從四德乃中國傳統婦女必得遵奉的規臬」。

　　誠然，古有明訓：「在家從父，出嫁從夫，夫死從子」，「妻以夫為貴」，「夫唱婦隨」等等。但這些道理，都是表面的規範，一般老百姓好奇的，不是因為林市背德，而是他們個人「偷窺慾」的作祟：一名弱女子，哪來那麼大的力氣殺人？又哪來那麼大的膽子殺夫──她的常期飯票──？反倒是「無奸不成殺」這個意念，使人起初以為又有一場潘金蓮的翻版戲可看了。這種看熱鬧的心態，無異為作者對這個社會的反諷。

　　二、「一般殺人犯都是被描寫成兇神惡煞，本書的行兇者反而是一個自幼失怙的小女子，被迫嫁給了年齡差距大，以殺豬為業的魯男子；加上又遭鄰居潑婦的嘲弄，儼然才是真正的受害者」。

---

❻　Li Ang, *La femme du boucher*, traduit par Alain Peyraube, Seuil, 1994, p.II.

　　然而作者顛覆了傳統刻板印象，女主角並非妖冶貌美的狐狸精，又不曾見到姦夫，那麼村民只好說她神精有問題，再不然就盲信、迷信宿命的鬼神之說。李昂並將殺人者寫成受害者，這一點頗值得玩味，原因是傳統作品裡，忠奸分明，作者反而同情這故事的終結者，為她辯護，並埋下若干伏筆，使得這部小說的戲劇張力大增。譯者強調林市和陳江水年齡差距大，暗示他們彼此溝通困難，性生活不協調，這點在保守的鹿港鎮，女人恐怕只有逆來順受的份兒，肚皮溫飽才是首先要考慮的問題吧！再說，法國十分講究人道主義，對於林市這位弱勢女子，基本上是寄予同情的。

　　三、「李昂的陳述太寫實，將其中人物刻劃得淋漓盡至，如吃喝嫖賭集一身的陳江水，尖酸刻薄、好搬弄是非的阿罔官，還有心地善良的妓女金花等。在當時半民主的社會裡，是個大膽的嘗試」。

　　在書中，妓女金花，雖然可算是「職業婦女」，但她仍保有舊觀念，女人要會生才行，應賺錢回家供家人花用；她把自己的價值定位在自己對他人「有沒有用」上，這不應稱之為心地善良，而是更彰顯了女性被奴化卻不自知的現象。陳江水似乎一向魯莽，對林市尤為粗暴，但他與妓女金花互訴心事的那一幕，卻不失赤子之心，這點比較合乎人性。當然，他倆「職業低賤」，自是同病相憐，且金花一直要陳江水說說童年的種種，很能滿足一個大男人受到重視的心理。再者，多幕影音鮮明的暴力景像（包括肢體與語言暴力），亦是其他作品少有的。確實，李昂寫實派粗曠的鄉土作風，面對一向講究文辭優美，多半歌頌善良面的「當代」文學，形成強烈的對比。這是我國文學創作上的一種突破，可是不容諱言

的，讀者的「口味」也因此變重了。譯者是教授，他在翻譯粗言穢語時，力道明顯不足，不知是由於語言的隔閡，還是和他本人的職業有關，用詞較不大膽，或是他個人的修養，不允自己「出口成髒」？

就本人的觀察，這部小說吸引法國讀者的一個重要原因之一是其中陳述了不少當地的風俗、迷信，除了很能表現地方色彩和地方文化外，並能滿足法國人對異國風情所產生的好奇心。❼

如果我們要對這部小說進一步的了解，首先從林市的童年看起，她自幼失怙，沒有可模仿或學習的對象，而對母親僅存的記憶，竟是不堪的偷人事件。青少年時期對自己和男性的生理性徵感到好奇，卻得不到答案。由於寄人（叔公）籬下，自卑心理令她不願與別人來往，個性上亦日趨內向，在人際溝通方面，發生許多困難。婚姻對某些人而言，可能是個轉機，但對林市來說，卻是另一個危機。當林市初識鄰人阿罔官時，原將她視為學習的對象，凡事請教。然而喜歡搬弄是非，議人長短的阿罔官則嫉妒她，嘲笑她，監視她，講鬼神之事嚇唬她，更四處向鄰居婦人們數落她。人言可

---

❼ 「井就在王爺廟身旁，是王爺的轄區，鬼魂可以顯靈，給冤屈的人有說話的機會！」；（《殺夫》，p.100）「妳知七月是鬼月，這個月有的孩子，是鬼來投胎，八字犯沖，一世人不得好日子過。這款鬼胎，不要也罷，妳怎麼不懂事，連這個月也要」（《殺夫》，p.115）；「妳回去要阿清準備一份豬腳麵線，豬腳要牽紅線，拿到妳家燒金，還要放一串鞭炮」（《殺夫》，p.130）；「不管如何挨餓，阿母總一再叮囑，不能吃小巷道角落裡不知何人祭拜的食物，一般人是連看到這類祭拜都會被惡魔纏身，因而如不小心走過這些地方，一定得趕快朝祭拜處吐一口口水。」（《殺夫》，p.189）。

畏，林市儘量照著世俗的想法行事，戒慎恐懼，可是她也不願打入婦人們饒舌的圈子，於是自我孤立起來，她的人際關係持續未獲改善。

照理說，一個已婚女性最親近的人，應該是朝夕相處的丈夫。然而殺豬陳只是把妻子當作洩慾的工具，可用金錢購得的東西。外表粗壯的他，工作上一天到晚接觸的都是死亡，而弱小的林市則是個可能蘊育生命的人，陳江水下意識是感到自卑的，於是藉著表現性能力的勇猛，掩飾個人的挫折感。林市的疼痛聲被視為叫床，這是陳江水自我肯定的一種方式，偏偏林市又聽信阿罔官的說辭，認為女人應該知羞，因此不敢吭聲，後來則演變為對陳江水無言的抗議。

對某些男人而言，女人卵子的功用是生育，如果卵子破了，化為經血，就不能帶來生命，這種無用的髒東西，男人自是避之唯恐不及❽，一旦沾上了，在民風保守的地方，更會認為是倒楣。自從有一回陳江水的精液和著林市的經血，他覺得晦氣，甚至將經血視同為豬屍的廢血，於是一肚子的怨氣更出在林市身上，他懲罰妻子的方式就是讓她挨餓。這招確實厲害，但也因此種下了後果。林市長期生活在恐懼（怕性、怕挨打）與饑餓的陰影中，身心都遭受煎熬，一路走來，辛苦萬分，而且投訴無門；而陳江水濫殺小鴨子和屠宰豬隻的景象，即是林市反撲的導火線：養鴨這件事對林市而言非常重要，她既然跟人溝通不來，與鴨子為伍總行吧；它們的生命

---

❽　Louis-Vincent Thomas, *Fantasmes au quotidien*, Librairie des Méridiens, 1984, p.258.

會帶給她希望，又可以和她作伴，但這一切卻被陳江水給毀了。毀了的是林市的夢，她唯一的寄望。而陳江水還變本加厲，硬拖著她去洗屠宰後的豬腸，面對著一具具冰冷的豬屍，陣陣的惡臭。一死一生，形成強烈對比。這人獸之間剃刀邊緣的問題一再浮現，更將本書的戲劇性拉到最高點。

經過這麼多肉體及精神上的折磨，感受一再遭漠視，林市已身心俱疲，她終於爆發了動物求生的本能，作者在第八、九、十章越來越強調林市欲免於恐懼、免於饑餓，最後她終於採取最直接，最強烈的手段——殺！在此，我們並非要將殺人行為合法化，事實上，殺人也是種尋死的方式，是陳江水，是阿罔官一步一步地把她逼向死亡之路。對林市而言，這或許是她唯一解脫的方式。她的言行是有跡可循的，此舉正意味著一個弱勢女子，社會邊緣人內心無助的吶喊。在缺乏自省力的群眾眼裡，並不同情她，只是把事情歸咎於林市的母親（有其母必有其女、林市的母親鬼魂回來報復的一段孽緣……）。難道不是社會、不是媒體又補了她好幾刀？林市或許並沒有什麼女性意識，糊里糊塗地活著，糊里糊塗地殺了人，一生盡是糊里糊塗的錯誤，卻毫無申辯的能力與管道。但這小鎮的人們，何嘗不是未從中獲取教訓，思考她殺夫的原因，看到的只是這個結局，於是糊里糊塗判定了她的罪名；新聞報導代表了輿論，把這個殺人事件教條化、道德化處理，將她視為人民公敵，違反「遊戲規則」的危險人物。其實，更進一步的意涵是，她與丈夫對立，無異和父權挑戰；她不見容於村裡的女長者阿罔官，和女眾疏離，所以要把她剔除。這些都再再顯示人們的短視、虛偽和不容，林市就這樣像隻朝生暮死的小昆蟲，莫名其妙的犧牲了也沒人嘆息，誰

會關心這油麻荬籽內心世界的無奈。這只是冰山一角，千千萬萬的林市不都是存在於這個社會，苟活於未知的命運？她們有如息火山，何時爆發，何時釀災，誰也不知道。既然科學家懂得去了解大自然現象，珍視大自然的反應，爲什麼人類不能對這樣的女性付出一些人文關懷呢？

性別、記憶與認同：臺灣女性歷史書寫與口述藝術

簡瑛瑛[*]

> 雖然要花很長一段時間，可是「族人的」故事必需要被傳述
> 下去，不能有任何虛假謊言。
>
> （Leslie Marmon Silko）

> 從非洲到印度，印度到非洲，每個女人都參與了護衛與承傳
> 「文化」的史命。每一個女說書／唱者的死亡猶如一整棟圖
> 書館的焚毀。
>
> （Trinh Minh-ha）

　　女人是文化的護衛與傳承者，在西非洲，女性吟遊詩人、說／唱書者兼巫醫（griotte），代表了部落子民活生生的記憶與歷史。她吟唱的口傳故事，和著舞蹈與音樂祭典，不止教化、保護、娛樂、也爲人們療傷止痛。然而 griotte 們卻日漸凋零……。

　　在臺灣，類似以女性記憶、歷史爲主體的故事與論述卻一向被

---

[*]　輔仁大學比較文學研究所教授兼所長

壓抑或忽略，成為所謂「鎖在廚房」的歷史（《消失中的臺灣阿媽》，2），而無法進入公共論述之場域。雖然自解嚴以來，不同民間（集體）記憶的現身與發聲已漸有別於官方「正史」之記載，然而即便是在如電影《悲情城市》、《好男好女》、《超級大國民》這些所謂民間版的二二八、白色恐怖歷史影像再現中，男性受難者的經驗仍是焦點，而見證了這些政治悲劇且存活下來的（祖母級）女性們，她們的聲音與故事卻幾乎完全被抹煞、遺忘。❶

　　雖然臺灣的婦女運動在媒體的渲染下似有「甚囂塵上」之現象，姑且不論本土女性真正地位為何，這些歷經不同殖民經驗、不同政治暴力事件的年老婦女她們所面臨的卻是性／性別、年齡、族裔等多種的歧視與邊緣化。Spivak 曾問道："Can the subaltern speak?" 我們卻要說：「請聆聽並記錄臺灣阿媽的故事！」這也是為什麼，在女性自傳與歷史小說逐漸萌芽開花的時刻（如陳菊《黑牢嫁妝》、平路《行道天涯》、邱瑞穗《異情歲月》等），我們要將文化舞臺還給一度曾被剝奪「文字權」與「詮釋權」(13)的母親／祖母們。

　　本文試以建構臺灣婦女生活史之角度，探討一些代表性文本，如楊千鶴之《人生的三稜鏡》、范麗卿之《天送埤之春》、江文瑜主編的《阿媽的故事》及《消失中的臺灣阿媽》等本土新興女性回憶錄或傳記書寫。第三世界女性主義（如 Spivak, Trinh），少數族

---

❶ 北美館舉行的第二屆二二八藝術美展（1997），主題為「悲情昇華」，強調老中青三代的藝術：並首度由陳芳明提出加入「被遺忘的女性」之子題，在四十多位參展藝術家中包括了 6 位女性藝術家及其作品。

裔論述(如 Ellen, Walker)及晚近之西方祖母創作(如 Giovanni, Lacy
等)將作爲背景起點，以對照凸顯本土阿媽書寫的類同與歧異性。

企圖涉及之論點包括：⑴性別記憶與臺灣阿媽的主體性建構；
⑵敘述策略及母語與書寫文字之落差與再現政治；⑶（後）殖民婦
女處境及其與祖母／母女關係之探討與增強（empowerment），以
及這些故事／書寫與臺灣女性文學正典之形成的辯證關係。透過不
同文學藝術管道打破／述說沈默、再現年長婦女生命故事，另類女
性想像空間／社群（Mohanty, 1991）可經由這些阿媽／母埋藏的秘
密與智慧孕育編織成形。

一、《人生的三稜鏡》：阿母 e 囡仔歌

楊千鶴（1921-）爲日治時代、臺灣早期爲數極少的女作家之
一；和同時代女畫家陳進的際遇類似（賴明珠，1997），楊千鶴幾
乎是當時唯一存留下來，再度復出創作並享受盛譽的創作者。根據
西川滿的說法，楊千鶴畢業於臺北女子高級學院（當時女子最高學
府），並身爲臺灣第一位女記者，曾負責「臺灣日日新報」婦女版
（《人生的三稜鏡》，1-2）。細看她的著作年表（張良澤整理，
《人生》，355-67），絕大部份是有關服裝、藝術、飲食、醫療方
面之報導及婚姻方面之隨筆，短篇小說一篇（〈花開時節〉，發表
於《臺灣文學》，1942）❷，全部文章大抵以日文完成。一定還有

❷　此小說探討日據時代末期的臺灣「新」女性風貌，頗具代表性。由鍾肇政
　　譯，收錄於施淑編的《日據時代臺灣小說選》。

更多日據時代臺灣女作家吧？❸爲什麼只有楊千鶴一人被發掘認可，留名於「文學史」呢？我們不禁要問。

　　然而從葉石濤最近出版的譯介日據時期女性文學（包括如張氏碧華、葉陶、黃氏寶陶及其他旅臺日本女作家等）中看來，楊千鶴及其近作《人生のプリズム》（1993）與中文譯本（1995）似乎仍是唯一以回憶自傳現身說法且留下她所謂「一個臺灣女性的記錄」(23)，自是彌足珍貴。根據作者的「後語」：

> 當年的男性作家們，在其作品中……只是側寫出那些爲淒涼的宿命所凌虐的女性而已。而我這本書是由**女性自身**來探索心理的深處，與過去臺灣小說中出現的「在悲命中哭泣的女性」不同，是**另一種生活方式**的一個臺灣女性的生活記錄……。（340，黑體爲筆者所加）

楊千鶴以七十之高齡，在張良澤的「鼓勵」下，發奮寫下不同於男性作家的「另類」女性生活史自傳，在臺灣文學史上自是值得留下一筆的。

　　然而翻開文本「緒章」，從語言的選擇上，我們立即看出這位生於臺灣，歷經日據時代、國民時代、現移居美國首都華盛頓地區的祖母級女作家，在爲自己的身份認同、主體再現定位時，所面臨

---

❸　陳秀喜及杜潘芳格爲兩位頗具代表性的日據時代臺灣女性詩人，見《笠詩刊》及《文學臺灣》的座談會記錄及紀念專輯。此外尚有出版《金川詩草》的女詩人黃金川（1916-）。大抵來說，女詩人比例稍高。

的多重困境（性別、族裔、年齡等）與矛盾。一方面由於對中國來臺的政權，產生反感，「終於也不想學中文」(24)；另一方面因受日本殖民教育，雖不自認爲「日本人」卻也只好仍用「刺痛臺灣人舊傷的日語」來書寫(23)。雖然作者樂觀地預言臺灣人自己建立的新國家即將誕生，且一再強調有朝一日她要發奮以「臺灣人自己的語言」來創作，在文字（書寫及翻譯）的雙重隔閡下，尚無固定象徵符碼的母語（mother tongue，臺語）遂被二度壓抑、放逐於本文之外。中譯本由學者張良澤邀請作家女兒林智美合譯，自是十分優美流暢，雖時而如隔層霧重紗般；譯文中適時摻雜的臺文、日文、甚至英語彌補了部份缺憾落失。

和大多數同時代身受殖民者－資本家－父權三重支配威脅的祖母級女性比較起來❹，楊千鶴爲少數受過高等教育，身經記者、縣議員等（公領域）資歷，可說是當時的臺灣「新女性」。以女性知識份子身份，藉著古老的札記本、泛黃的日記、驚人的記憶力和日文電腦文字處理機的助力爲自己立傳，一部「阿嬤的生命史」(338)，洋洋灑灑三四百頁，自是和傳統女性悲情有不同風貌。雖然作者仍不忘幼時短暫當養女的經驗，並對婆媳糾葛耿耿於懷，大抵來說，楊千鶴以頗寬宏、體諒、光明的色彩回憶過往、描繪晚年。就國族認同上，作者雖曾受日式教育卻也因日本皇民化政策，憤而

---

❹ 見楊翠，《日據時期臺灣婦女解放運動》，尤其是第一及第八章的第二節；附錄〈阿媽葉陶之長髮〉亦爲頗具歷史意義之傳記散文書寫（617-20頁）。此外亦請參考葉陶之短篇小說〈愛的結晶〉，收錄於葉石濤之《臺灣文學集Ｉ》中。

辭職。而在執政者對他先生（及其他人民）的政治迫害以及自己的婚姻危機（性暴力及歧視）上，作者傾向對前者（殖民者，尤其是國民黨政權）之控訴與對後者（父權，尤其在小說近結尾時）之包容。呼應了 Peterson 在其論女性與後殖民理論文章中，所謂的 "First Things First"，身份與性別認同的先後次序問題（Ashcroft，251-54）。

　　就此回憶錄之章法架構與敘述策略而言，雖然全書略分為四部，每部下之小標題並未細分章節，冠以數字號碼；然其直線性、編年紀事風格仍未完全脫離傳統男性自傳形式。文字敘述仍隱隱然將其性別、身份囚禁於文本之下。難以現／分身。那麼作者／敘述者的主體性何在？從何而來？

　　在沈默與異語間來回游移，在文本內外尋尋覓覓。忽地一陣嘻笑聲傳來，眼前一亮——回到文章最初始，作者憶及童年與母親一起的寶貴光景：

> 【尚未過世的】母親常坐在椅子上，將雙腳併攏讓我坐在她的腳背上，然後邊唱著臺語兒歌，邊用著腳工夫，如鞦韆般上下擺盪著與我嬉玩。
>
> 「吁—呼—喂—，載米、載穀來飼雞，⋯⋯」(44) ❺

---

❺　在簡上仁編的《臺灣的囝仔歌》中，〈挨呀挨呼呼〉和楊氏書中的這首遊戲唸謠在歌詞上略有出入，正反映出本土歌謠的口傳、活潑性——經過不同時代、地域、口口相傳並改編的囝仔歌，雖一經整理即面臨被定型的兩難，其收集與保存卻具有特殊歷史意義。

在母女即興的吟唱，天真的嬉戲，與親密肢體接觸中，本土素樸文化與作者女性主體遂從文本罅隙裂縫中自然流露出。

對女性家而言，母親的兒歌、「足鞦韆」的親密遊戲及其快樂回憶，不只是日後受難受挫時支撐她活下來的「原動力」(46)，更是她得以超越語言、文化、年齡多重障礙的「寶貝」──把得自臺灣的母系儀典傳給自己的子女，甚至遠在異地（美國）說英語的孫兒女們(45)。可以說，在吟唱編織臺語兒歌及搖籃曲的音樂歌聲及自然身體律動中，身為女兒／母親／祖母的作者將母語及其文化即興創作式（不自覺？）地承傳給後代。這種借日常生活點滴來發揮龐大影響力的所謂女性書寫的「細節政治」（politics of details）策略是一般官方正史及描寫大敘述（grand narrative）的男性作家所難以企及的。

在代序「朋友，令堂是我們的」一文中，譯者張良澤宣稱《人生》一書是「臺灣文學史的珍貴參考文獻……也是忠實反映戰前戰後兩時代被壓迫的臺灣人歷史的文學作品」(9)。然而我們卻要說，從生活史的角度來看，這本難得的女性自傳其「真實」性並非是由傳統歷史事件（facts）的記載或明確政治立場的表白而構築出來。和母系文化息息相關的囡仔歌、唸謠及民間傳說故事等（集體）記憶，配合作者自己生命歷史的書寫與創作，才是全書最成功的地方。"May my story be beautiful and unwind like a long thread"（Trinh, 1989：148）。當我們看到／讀到童年時代的作者幫忙母親，「張開雙手撐著母親已經解開的【一團】絲線，好讓她捲收起來」(48)，記憶與生命閘的門遂鮮活開展出來。

這也是為什麼在文章近尾聲時作者要以「白鶴報恩」的亞洲傳

說故事來爲自己的人生記錄作結(334-35)。——拔自己身上的羽毛，織成美麗的布／故事，以報母恩，並爲自己及後代子孫療傷止痛。

二、《天送埤之春》：跟著雲走吧！

被婦運作家李元貞譽爲「天才」素人作家的范麗卿(1929-)，亦被前者與同時代之女詩人陳秀喜、杜潘芳格比爲文壇三女傑。**❻**然而和楊千鶴及前述這些出身背景較良好且受過高等教育的同輩女性比較起來，范麗卿是個宜蘭山村長大，日治小學畢業的養女阿媽，可說是同時身受階級、族裔、性別等多重侷限的。平日愛讀日文書報並寫日記的阿嬤，卻在一次旅遊中巧遇元貞（1992）；並在後者的鼓勵與協助下將原本要寫的「甘苦經」(374)修改訂正爲一部「素樸的」回憶錄。

和楊千鶴的女性另類自傳對照起來，范麗卿的素人書寫並非爲了特殊「文化使命」而作，只是「心裡有話要說」——遂企圖嘗試以自己的日文日記爲依據，再運用自己不熟悉的「國語」句法（摻和臺灣話），寫成一部小書(1-2)。原本只是打算將「阿媽仔的來時路」印個十幾本，留給後代子孫，讓他們了解並作紀念；在元貞的建議下才將原先預定的讀者群擴大，命名爲《天送埤之春》，由守護神出版社印行，並舉辦發表招待會。將原先默默無聞的女性個

---

❻ 現於淡江大學中文系任教，身兼學者、婦運領導人及詩人多重身份的李元貞，著作頗豐，其詩作《女人詩眼》曾榮獲陳秀喜詩獎（1997）。

人、家族故事，轉變成類似所謂「臺灣阿信」的集體記憶，並將之由家庭私領域推向媒體公眾場域。

如果楊千鶴的《人生》，作者／敘述者的發言位置是較傾向由福佬女性出發，著重對外來殖民者及國家政權的批評，自是對同樣受壓迫的臺灣「去勢」男人採取較包容的保護姿態。這個現象和一些第三世界有色女性的情境似有互通之處（Morrison, Christian）。而范麗卿的《天送埤》卻恰恰相反。這本被命名為「難得而珍貴的」臺灣婦女生活史（書之副標題），主要是由作者的女性位置，由性別及批評父權體制的角度著手；國族／族群問題較少觸及，殖民議題亦是輕描淡寫帶過。二分之一以上篇幅環繞在主角婚前被強暴、未婚生女、及婚姻中暴力等性別治（sexual politics）的課題上。

從（後）殖民的角度來看，出生兩個月即被中產階級父母送給甘苦人家作養女的范麗卿所經歷的歧視不只是性別、殖民亦是階級層面的。然而自稱「查某囡仔，菜子仔命」(32)的女主角卻備受貧苦鄉下養父母之愛寵，成為所謂「養女仔王」；在接受認同養父母之同時，透露出對富裕親生父母重男輕女心態之不滿。而和養母一起的農村生涯及養父的身份背景（大陸福州人）似乎亦影響到她對不同殖民者的態度。以「草地／庄腳囡仔」自比的女主角，曾因本地小學生只許「在工友用的廁所方便，絕對不可以上【日本】學生用的廁所」之規定而發奮痛宰日本囡仔／「漏屎馬仔」(80-81)。對於國民政府來臺後之不滿卻絕少提及，僅以「臺灣光復後，一切很亂……」(261)三言兩語帶過；對二二八事件中親生母親家三哥的過

世亦僅淺淺提及。❼可以說,作者將大部分負面經驗歸結到婚後先生身上。

身為日據時代多重被殖民者,作者所遭受的暴力似乎主要來自性別身份——女兒、妻子、母親的角色。不論是被有婦之夫上司性侵害或被丈夫欺騙毒打,均是女性肉體被父權殖民具體而微的例子。然而范麗卿卻能從山村人情、勤奮工作,及土地中得到救贖並確立其主體。可以說,自然和生態在《天送埤》中扮演舉足輕重的角色。例如,和養母一起的山居生活雖貧苦,卻是「自由自在,無拘無束」(134)的美好回憶;和女友阿秀(日本╱荷蘭╱原住民混血)「盡在無言中」的姊妹情誼是在山中採集藥草的神奇療傷止痛中滋長(87-91);連親手做皮鞋的手工技藝似乎也得自養母作針線修補衣服的承傳(218,78)。

更有甚者,從一開始〈跟著雲走吧!〉的心底吶喊,作者即透過和大自然——雲的不斷對話傾訴,企圖達到抒解情緒並吐露一些不可說卻又忍不住要說的秘密。此種巧妙又不露痕跡的「陰性」敘述策略和楊千鶴的《人生》大相逕庭,無怪乎李元貞要指出這種以白雲為讀者的「輻射式」回憶,近乎法國女性主義❽強調的非直線

---

❼　相對於阮美姝在她的《孤寂煎熬四十五年》中以女性受難者家屬身份,企圖回憶並建構二二八女性歷史書寫與自傳。除了回憶錄及口述歷史《黑暗角落的泣聲》外,阮美姝並藉著音樂創作及乾燥花藝再現二二八女性受難美學。

❽　見《女性主義理論與流派》第五章劉毓秀論及女性主義與精神分析及 Toril Moi 的 *New French Feminism* 及 *Sexual/Textual Politics* 等介紹法國女性主義之書。筆者以為法國女性主義強調的是發自女性身體的快感

性結構(2)。雖然此種范麗卿自嘲地戲稱爲不會「筋書」（沒有組織架構），又「顛三倒四」(87)的敘述方式和作者的身份年齡及教育背景有密切關聯，卻也貼切地反應出她在自然中能自在流動並打破時空限制的特色(267)。無怪乎愛說故事給兒女、孫子女聽的阿媽要視天上白雲爲其心靈朋友，窗上小雨爲其靈感來源與繆思了。

可以說，祖母級素人作家范麗卿和她的生活回憶錄是和她的養母及天送埤（湖）這個臺灣東部純樸山村有密不可分的關聯。在認同宜蘭山區這塊「母土」的同時，本土花草魚蟲、動植物穀類和童年山上快樂時光均成了作者「生活史」養份來源。❾無怪乎她會將娘家阿叔（父親）給的，用日文將「古早代誌」密密麻麻記下的寶貝日記本，收藏在養母家的「小米缸」中。(149-50)而全書最特別的是自幼好在山間遊蕩、探險、活潑又好動的小女孩，對大自然的好奇心與觀察力；如天送埤山中灰白羽毛「流線型」的靈鳥(76)；山溪中隨手可拾的美味溪哥魚、苦甘仔魚、及野生菇婆葉(114-15)等；以及如何傾聽分辨特殊山鳥（如必羅雞、山黃鶯、山班甲等）之啼聲及種類(117-18)；如何以羅仔肜樹果實製造民間婦女洗臉、洗髮的「有機」肥皂的過程與方法等。(121-22)詳實的記錄伴隨甘苦摻半的回憶與想像，將讀者帶回日據時期臺灣山居歲月。而作者

（jouissance），此處文本所反應出來的卻是女性與自然的神交與有機循環關係；然二者亦可能有共通、重疊之處。

❾ 參見 Alice Walker, "In Search of Our Mother's Gardens," 以黑人女人主義（womanism）角度探討追尋其母親／祖母之菜蔬花園中承傳而來的母系智慧與文化。

也在傾訴書寫的同時，乘著白雲的翅膀回到母親的家／土，得到安息與解放。

三、《阿媽的故事》：Yaki 的織布機

《阿媽的故事》及其姐妹作《消失中的臺灣阿媽》（玉山社，1995）為女權會策劃、語言學者江文瑜主編的臺灣阿媽生命故事集。和前述楊千鶴之菁英女作家自傳及范麗卿的素人回憶錄的最大不同，在於這兩本書是在「一百個阿媽的故事」徵文比賽以及「口述歷史」整理的計畫下收錄挑選出來的**集體創作**成果。這二、三十篇來自不同地域、階級與族群的阿媽故事，在多元敘事與書寫方式中拼貼再現日據及國民黨來臺初期阿媽的生活面貌。（《阿媽》編序，7）相對於傳統（男性）自傳，傾向於個人、單一角度的敘述，女權會編的阿媽故事企圖以〈集體性別記憶〉（"collective gendered memories"）（邱貴芬，1997）讓一向被多重殖民與壓抑無聲的臺灣阿媽現身、發聲／言，自是頗具創意的。尤有甚者，這兩部書的出版與問世結合了跨學科的女性研究與運動——書寫女性、社區老年婦女座談、女性口述歷史等——以重構臺灣女性生活史；這也是它獲頒社會局「社會服務創新獎」的主因吧！

由於收錄的故事以經歷過不同殖民時期及政治迫害或殖民遺跡的阿媽為主，在原本應為「眾聲喧嘩」的言說中，卻傾向較「悲情」故事基調：如童養媳阿媽（三）、操勞一世的阿媽（四）、與人分享尪婿（五）、纏小腳阿媽（六）及二二八受難

阿媽等。❿一方面透露出不同殖民體制（如纏足、媳婦仔、一夫多妻制、政治寡婦等）在特殊時空下加諸婦女的種種限制，另一方面也鋪陳出中下階層、勞動婦女及政治受難女性的耐力與韌性。

在傳統父系理知及中國史觀的雙重邊緣化下，這些臺灣阿媽的〈私房話／畫〉及其斷裂錯置的記憶痕跡，看似絮叨「囉嗦」，卻是充滿生存智慧與歷史珍寶的。例如第一部份「獨行於時代尖端的阿媽」就以較正面角度描繪三位時代「新」阿媽，她們在困頓的歲月中，活出自己的女性主體。民主阿媽陳翁式霞大聲宣稱：「我才九十歲！」(32)並以第一人稱筆法將充沛的生命力及明晰政治主張書寫出。革命女鬥士葉陶在孫女楊翠眼／口中化身為祖父楊逵的「黑面媽祖」(49)；其豪氣壯志借獄中歌聲（丟丟銅仔、恆春調）展露無遺(45)。淡水素人畫家陳月里以童真及畫筆彩繪出爛漫的生命歷史。然而上述這些阿媽（和楊千鶴、陳進類似）畢竟是少數較幸運且受過教育，能以特殊女性才能（如繪畫、音樂、書寫）來轉化超越生命之苦難。

值得一提的是第二部份有關「原住民阿媽」的故事，無論在文化語言或是歷史背景都和漢人阿媽的生命經驗互異。四篇原住民婦女（包括平埔、布農、泰雅等族群）的故事凸顯出少數族裔女性在臺灣歷史的重要性。排灣族女作家利格拉樂·阿媽在「褪色的黥

---

❿ 張炎憲編的《臺北南港二二八》及新近出版的沈秀華編《查某人的二二八》為其他兩本頗具代表性的二二八女性口述故事歷史集，值得加以對照作參考。

面」中,以原住民女性角度重新探討黥面文化的意義。❶相對於日本殖民及漢文化的禁制,阿嫣強調她阿姨臉上少見的完整黥面爲祖先「光榮印記」;而她佈滿皺紋臉上整齊的圖形「或直線、或稜線,在泰雅的系傳說中,均有特殊代表意義」(85)。於是,女性身體之銘刻(刺青)結合圖騰故事成爲原住民文化承傳之獨特藝術表現。此外,如織布、染色、編織等傳統被日本文化排斥貶抑的女性手工技藝,在悠蘭·多又訪問的泰雅祖母織布者 Yawu Yaki 口中卻是代表原住民婦女的智慧。不論是染料顏色、圖案花紋均用來代替文字,以記錄傳統故事,當時生活情景、祖靈保護與禁忌(Gaga),同時承傳族群文化(94-95)。這和一些原本沒有文字的美國原住民女作家將其部落口傳故事稱爲「蜘蛛祖母之網」(grandmother spider's web, Silko)或「蜘蛛女的孫女們」(Spider woman's granddaugbters, Allen)有異曲同工之妙。

這種以少數族裔女性角度來重新詮釋不同文化面向的故事(和楊千鶴及范麗卿書中傾向的較單一族群經驗與觀點相比),可說是全書最具特色的地方。美中不足的是,客家及外省女性的例子似乎不夠,前者只有一篇客家女詩人杜潘芳格的自傳式回憶訪談(《消失中》,第一章),而後者「從浙江大陳島到臺灣桃園」(《阿媽的故事》,四·4)亦僅只一篇論及所謂「外省」祖母的失根失

---

❶　阿嫣在她的近作《誰來穿我織的美麗衣裳》中,探討了她和排灣祖母／母親的關係,及其他族群原住民女性故事並觸及族群與性別認同的糾葛與兩難。父親爲外省榮民,母親及丈夫爲原住民(一爲母系排灣,一爲父系泰雅族)的阿嫣在性別族裔認同的轉折上尤爲弔詭。請參閱其作品《騷得過火》及近作《穆莉淡》中批評參與原運的男性住民之性別歧視。

語，略嫌單薄。

至於故事的敘述策略亦別具特色。《消失中》採「口述歷史」方式企圖由奪回阿媽的聲音、口述權再現母系記憶經驗。但在記錄整理者文字的選擇（中文）與過度修飾（文字化）中介下，口語的生動活潑與臨場感消失殆盡。如能由影音記錄方式同時呈現，將可彌補部份缺失。《阿媽的故事》採「女性書寫」／書寫女性方式，全部廿四篇故事，有十六篇以第三人稱孫女（包括女兒、媳婦、甥女各一篇）角度出發；雖部份引述阿媽話語，第三人稱口氣觀點卻不時阻斷故事的直接與「真實」性。由於教育及其他種種限制，由阿媽第一人稱直接書寫者僅只一篇（「我的人生」），得特優獎。「織布機的歲月」一文巧妙結合原住民訪談者及口述人兩個一人稱故事書寫，配合女性織布機文化，可說是全書最具創意的敘述：

> 我這一生最讓我懷念的……是學織布的時候……只可惜我的眼睛不行了，但是我很希望大家能記得泰雅織布的故事，Yu-Lan〔悠蘭〕今天我告訴你這個故事，你要記得將這故事不斷的傳下來，就像以前我從部落長老那所聽到過去生活故事是一樣的，要不斷傳承下去。
> ……
> 我兩手空空而去，卻載滿 Yaki 的智慧而歸。
> 如何……承傳泰雅文化成為我倆間的默契。(98-100)

語言方面的運用，和楊千鶴及范麗卿的自傳比較起來，更具多元及實驗特色。許是編者江文瑜的語言學訓練及敏感度，編選出來

的故事雖仍以漢文（中文）爲主，不脫主流（高階位）語言文化主導傾向（江文瑜，1996），卻也適時夾雜臺語／臺文、原住民語（較低階位），甚至日語、英語等外來語於文本中：例如宣稱以「阿媽的話」來書寫的〈秀英花〉，採取部份臺語、日文加上大量註釋於文末的方法，是另類語言策略：〈阿媽个私寄錢〉全文以臺文（漢羅拼音）書寫，充分透露出作者族群認同的傾向：

> 即篇文章是用「臺文」所寫个……讀即篇文章个時陣噯用「臺語」而毋是「華語」！(154)……細漢个時陣，歸家伙仔佮阿公佮阿媽帶（toa）做伙……因爲攏佮阿媽睏，所以厝裡（lin）个人攏笑我是軟（sub）老奶哺大漢个。(156)
> ……
> 可能有眞濟人會感覺：「寫 che 是啥物碗糕？看攏無！……」。
> ……「看無」無應該是阿公、阿媽個个責任：我想 beh 問个是 siang 害咱「看無」甚至是「聽無」咧？
> 我 ng 望个是會凍用阿媽教我个話來記錄個 hit 代个故事，甚至是我 ia 是阮子孫个身軀邊所發生个任何代誌……(164)

然而全書整體看來，編者似乎欲藉著不同語言文化的並置、夾雜，再現臺灣阿媽經過不同歷史時空，不斷流動、混雜（hybridify）的主體與「眞」貌。唯一遺憾的是，客家語卻在這兩本難得的阿媽故事集中缺席了。

＊　　＊　　＊

　　從楊千鶴的自傳到《阿媽的故事》之口述歷史，我們看到本土祖母回憶書寫及論述的多元、異質化傾向。《人生的三稜鏡》以（作家）母親的日文加上女兒（及學者）的中譯本，企圖以文字建構出「臺灣母親」的生命史，然其主體性與母系文化卻不經意地由其囡仔歌的吟唱與肢體接觸中承傳下來；范麗卿的《天送埤》以素人祖母的「臺灣國語」加上婦運作家的中文潤飾，強調的是性別歧視與婚姻暴力受難經驗，「母」土山村的動植物生態與奔馳其間的悠遊自在卻是作者超越苦難、承傳智慧的寶貝。女權會及江文瑜編的兩本阿媽故事集，打破前二書較單一觀點的傾向，以近乎「集體創作」方式集結不同族裔、性別、年齡、及語言策略的故事，企圖呈現臺灣阿媽更多元、混雜的集體面貌：原住民的口傳故事、結合口述記錄及女性書寫成功再現女性編織吟唱文化。

　　這些不同面貌的「另類」女性書寫，在建構臺灣女性主體與生活史上自是有其特殊歷史意義，然其卻頗受單一媒介──文字（外加少許圖片）侷限。如能拓展其他再現方式──如聲光影音等，也許更能捕捉、保留阿媽文化精髓？！如簡扶育的攝影（「女史之史在史外」），郭靜芳的實驗電影（「阿媽的故事」），孫翠鳳編導的明華園（歌仔戲）「婆婆的故事」，胡臺麗的記錄片「穿透婆家村」，以及彭雅玲主持的「歡喜扮戲團」的臺灣回響系列等都是很好的例子。尋找臺灣阿媽的故事，如何聆聽、記錄、甚至直接「體驗」感領母系文化承傳，是另一種無以迴避的挑戰。

引用書目

英文部份

Ashcroft, Bill et al. Eds. 1995. *The Post-Colonial Studies Reader.* Routledge, esp. Part VIII.

Cheung, King-kok. 1993. *Articulate Silences.* Cornell UP.

----. 1998. "Don't Tell: Imposed Silences in *The Color Purple* and *The Woman Warrior.*" *PMLA* 103.2:162-74.

Christian, Babara. 1985. *Black Feminist Criticism.* Pergamon.

Danielson, Linda. 1988. "Storyteller: Grandmother Spider's Web." *Journal of the Southwest* 30.3:325-55.

Ellen, Paula Gunn. 1986. *Sacred Hoop: Recovering the Feminine in American Indian Tradition.* Beacon.

----. 1989. *Spider Woman's Granddaughters.* NY: Fawcett Columbine.

Gilmore, Leigh. 1994. *Autobiographics: A Feminist Theory of Women's Self-Representation.* Cornell UP.

Giovanni, Nikki. Ed. 1994, *Grand Mothers.* NY: Holt.

Hill-Lubin, Mildred. 1986. "The Grandmother in African and African-American Literature: A Survivor of the African Extended Family." *Ngambika: Studies of Women in African Literature.* Ed. Davies Boyce. NJ: Africa World, 257-70.

Landry, Donna and Gerald MaClcan. Eds. 1995. The *Spivak Reader.* Routledge.

Mohanty, Chandra T. Eds. 1991. *Third World Women and the Politics of Feminism*. Indiana UP.

Pearsall, Marilyn. Ed. 1997. *The Other Within US: Feminist Explorations of Women and Aging*. Westview.

Trinh, Minh-ha. 1989. *Woman, Native, Other*. Indiana UP.

Walker, Alice, 1983. *In Search of Our Mother's Gardens*. NY:HBJ.

中文部份

女權會策畫，江文瑜編。1995。《阿媽的故事》。玉山社。

———，曾秋美訪問整理。1995。《消失中的臺灣阿媽》。玉山社。

王芝芝譯，1997。《大家來作口述歷史》。遠流。

巴蘇亞·博伊哲努（浦忠成）。1996。《臺灣原住民的口傳文學》。常民文化。

江文瑜。1996。〈從「抓狂」到「笑魁」：流行歌曲的語言選擇之語言社會學分析。《中外文學》25.2:60-81。

李敏勇等·陳謙記錄。1993。〈悲情之繭——杜潘芳格作品研討會〉。《文學臺灣》7.5:199-213。

利格拉樂，阿𡠄。1996。《誰來穿我織的美麗衣裳》。晨星。

沈秀華。1997。《查某人的二二八》。玉山社。

阮美姝。1992。《孫寂煎熬四十五年》。前衛。

邱貴芬。1996。〈歷史記憶的重組和國家敘述的建構：試探《新興民族》、《迷園》及《暗巷迷夜》的記憶認同政治〉。《中外文學》25.5:6-27。

施淑編。1992。《日據時代臺灣小說選》。前衛。

范麗卿。1993。《天送埤之春》。守護神。

許俊雅。1993。〈日據時期臺灣小說中的人物形象——以女性、知識分子、農民爲探討對象〉。《思與言》31.1:73:109。

———。1991。〈陳秀喜女士紀念專輯〉。《笠詩刊》162，頁 4-86。

陳芳明。1991。《謝雪紅評傳》。前衛。

張炎憲、胡慧玲、黎中光採訪記錄。1995。《臺北南港二二八》。臺灣史料中心。

游惠貞編。1994。《女性與影像：女性電影的多角度閱讀》。遠流。

葉石濤編譯。1996。《臺灣文學集 1》。春暉。

楊千鶴著，張良澤、林智美合譯。1995。《人生的三稜鏡》。臺灣出版社。

楊翠。1993。《日據時期臺灣婦女解放運動：以〈臺灣民報〉爲分析場域（1920-1932）》。時報。

賴明珠。1997。〈尋找日據時代的女性藝術家〉，女性與藝術專題研究系列演講。女書店，4 月 26 日。

簡上仁。1990。《臺灣的囡仔歌》。飛碟。

簡瑛瑛主編。1997。《認同、差異、主體性：從女性主義到後殖民文化想像》。立緒文化。

顧燕翎編。1996。《女性主義理論與流派》。女書店。

張艾嘉的（少）女性書寫：檢視《少女小漁》及《今天不回家》

沈曉茵[*]

電影中的女性書寫可以是以何種面貌出現呢？

在商業劇情片的傳統裡以女性爲主題，或以女性觀眾爲訴求對象的片子，從來沒有缺席過。若是看世界電影的主流好萊塢的片子，通俗劇被泛稱爲「女人電影」（women's picture），過去被認爲是宣導浪漫情懷、家族觀念、父權思想的器具。但近年經過女性文化研究學者的探討研究，發現縱使看似如此教化的片子，這些三〇、四〇年代的好萊塢電影對當代的女性觀眾仍舊有著激勵自主的功能（Jackie Stacey, Star Gazing: Hollywood Cinema and Female

* 　臺灣大學外文系副教授

Spectatorship, 1994）。若進一步仔細研究好萊塢片廠制度全盛期時的某些女演員，如 Bette Davis, Katherine Hepburn, Joan Crawford，如何與合約片廠及指定角色本身協商運作、發揮空間，可能又能挖掘出有意思的女性空間。也就是說，女性表演也應可以找出某種的女性書寫。

至今爲止，好萊塢仍是一個以男性爲主的天下。但早在 1929 年便難得地有女性導演出線。Dorothy Arzner 的作品近年不斷地被女性電影學者研究——探討 Arzner 片子中電影技法及女性情誼的呈現（Judith Mayne, Directed by Dorothy Arzner, 1994）。

現今在世界的，以西方爲主的，主流電影中，較爲出色的、較爲人知的女性導演當歸 Sally Potter 及 Jane Campion。她倆的 Orlando《歐蘭朵》（1993）及 Piano《鋼琴師和她的情人》（1993）上演後引起廣泛的注意及討論。光就臺灣學界的關注，《中外文學》（270 期）收錄的 1994 五月臺大舉辦的「文學／電影」研討會論文，其中便有三篇專注在以上兩部片子（廖咸浩，〈藍色鋼琴女：《鋼琴師和她的情人》與《藍色情挑》中的音樂，情欲，自由與弱勢論述〉；劉（黃）毓秀，〈肉身中的女性再現：《鋼琴師和她的情人》〉；張小虹，〈《歐蘭朵》：文字／影像互動與性別／文本政治〉）。

這兩部片子的成功在於將對女性的關注精彩地透過電影影音技法呈現出來。《歐蘭朵》巧妙地玩弄著、遊走於身體、性別、與衣裝；安排入清澈的假聲歌曲（由一名英國男同性戀歌手 Jimmy Someville 演唱）；還不時地讓女主角向著觀眾拋眼神及短語傾訴。雖然《鋼琴師和她的情人》並沒有使用如 Potter 的較爲大膽的

技法，但 Campion 對於以自然景觀（如沼澤、密林、交織樹根、海洋）及音樂（鋼琴曲）來延伸女性情感的技法也是相當精妙可貴。

　　無論是 Claire Johnston 或是 Annette Kuhn 都以女性書寫爲出發提出「反電影」（counter cinema）的概念——強調以翻轉觀看關係、論述方式，凸顯性別差異，進而流露出女性聲音、製造出反主流電影的女性電影（Kuhn, Women's Pictures: Feminism and Cinema, 1994; Johnston, Notes on Women's Cinema, 1973）。九○年代的 Potter 及 Campion 可說是實踐了女性學者一直期待出現的女性商業劇情片。

　　當然，女性電影、反電影、或說電影中的女性書寫，不見得一定由女性來導製。中外拍過精彩的女性電影的，馬上可想到的非女性作者便有西班牙的 Pedro Almodovar（如阿氏 1996 的《窗邊的玫瑰》The Flower of My Secret）、香港的關錦朋。國內的學者也已經有以女性書寫的觀念探討關錦朋的作品（劉紀蕙，〈不一樣的故事：《紅玫瑰／白玫瑰》顚覆文字的政治策略〉，1996）。但現今在電影界中已經有相當數目女性導製出來的女性電影，爲呼應此次研討會的範疇，本文將專注於女性導演的作品，從西方到臺灣，看女性電影中的女性書寫可以具體地以何種面貌出現或缺席。

　　本文的重點將放在張艾嘉的兩部電影——《少女小漁》及《今天不回家》。討論的關注將放在身體的呈現及音樂的使用。我想先以一部加拿大的電影來凸顯這兩個主題，然後再檢視它們是如何在《少女小漁》（1995）及《今天不回家》（1996）中運作；進而探討它們如何／可否構成女性書寫。

《夜幕低垂》

　　加拿大的 Patricia Rozema 是八○年末崛起的導演。作品不多 (I've Heard the Mermaids Singing, White Room, When Night Is Falling)，但其中對女性情慾、女性性取向的探討倒是引人注目。在她 1995 年的《夜幕低垂》中，女主角本是一位異性戀者，經過與另一女子奇妙、夢幻般的邂逅、相處，最後決定投向同性戀的世界。導演可以說是透過兩場性愛的戲決定了女主角的性取向。

　　電影的開頭便在弦樂當中呈現女性肢體在水中、在琉璃般的冰封中游動、觸動。也就是說，Rozema 一開始便點明將透過女性的身體來表現女性的情慾及性取向。片子認爲人各種性認同是可以透過某種觸發而被喚醒。《夜幕低垂》始於女主角的夜夢，結束於女主角在陽光下駛向舊金山，可以說是一個甦醒的結構。而電影中的性認同的轉折便發生且確認在夜晚身體的接觸後。

　　Rozema 在片子中間的段落安排讓女主角先與男朋友進行性交，再與女朋友接觸。審視兩場戲，導演的，或說電影本身的取向、認同便很明顯了。前者的處理傳統單薄，後者則多樣豐富。前者一分鐘的戲鏡距較遠（中景），性交姿勢上下兩種（沒前戲、沒後戲）；鏡頭逼近時是在於捕捉女主角向男朋友說的（但其實是要設法說服自己的）一句「我愛你」。這場戲配上了大提琴重複性的樂章，末尾「我愛你」後還配上輕微的笑謔聲。

　　再看女主角與女朋友的身體接觸：影片用各種的鏡距拍攝這場戲，用大量的特寫捕捉女性身體的質感、線條、及彼此的觸碰。影片將兩個身體的交流拍的緩慢細緻。這段不只篇幅比前段男女性交

長了很多（四分多鐘），導演還將之以比擬的方式延伸，加入倆女子在空中鞦韆上的曼妙舞蹈，言喻女主角與女朋友身體接觸的諧和完滿。這段的配樂更是設計了大提琴及打擊樂的對話（大提琴在電影中常環繞著女主角，而鼓聲則界定著女朋友）。如此，這段倆女的肢體接觸變得豐滿多樣。女主角也在最後發出滿足的嘆息，而不是勉強的愛語。這時顏色上更是渲染上代表著情慾的紅色，平衡了女主角偏向冷智的藍色世界。

也就是說，很明顯地 Rozema 是偏愛同性的交流，賦予它篇幅上、影像上、音樂上相當的份量，如此也敲定了電影本身的立場。Rozema 很清楚地，花了將近五分鐘，傳達了一段並不是直接緊扣情節的內容；如此的片段其實是透過豐富、創意組合的電影語言傳達了 Rozema 對女性情慾的立場。這當可以說是電影中的女性書寫。

中國女性的身體

在近代的臺灣電影中，能將女性的情感非常有力地呈現出來的作品當歸張毅與楊惠珊合作的三部電影——《玉卿嫂》、《我這樣過了一生》、及《我的愛》。而這三部之所以精彩一大原因在於楊惠珊的肢體表演。

在表現抗日時期一個情慾自主的的玉卿嫂，楊惠珊能充分掌握白淨、溫柔婉約的傳統中國女性特質，及透過裸露身體強調在婉約的外表之下女性可有的強烈的性慾。為了表現後者，楊惠珊在性愛的戲中「腿抬得再高」也在所不惜（《玉卿嫂》當年送新聞局或參

加金馬獎都有審查者對楊惠珊身體的表演發出意見──有人批評楊的腿抬得太高了──請參考本人論文〈胴體與鋼筆的爭戰──楊惠珊、張毅、蕭颯的文化現象〉）。

傳達女性身體爲一個慾望的物體，這對楊惠珊來說並不陌生。楊在七〇年代是以演女性復仇及社會寫實片著稱；限度之內的胴體誘現，甚至肢體打鬥都是她擅長的。這位當時影劇圈以「天使般的面孔，魔鬼般的身材」定義的女星，1984 並沒能以《玉卿嫂》提名金馬獎，倒是以在《小逃犯》扮演母親而得了最佳女主角獎。經過身體及母性的詮釋歷練，楊惠珊 1985 在《我這樣過了一生》將我們文化中的母性特質做了極致的表現。

楊爲了演《我這樣過了一生》中母親的角色增了二十公斤體肉。透過這圓容的身體印證理想中國女性是母性的，身材是接近大地之母式的。而這種女性是沒有性慾的。楊藉由一個「奇觀」的、引人入勝的、充滿母性的身體表現出刻苦耐勞、勤儉持家、自立自強、體諒包容等等美德，卻也正是孕育臺灣經濟成長的必要精神。楊惠珊母性的身體不只是一個負責孕育、生產的器具，更是撫育著家庭、甚至社會成長的一種力量的代表。

楊惠珊強而有力地表演情慾自主的女性身體，結果是受到打壓；精彩地表演母性身體，結果是全面受到肯定──獲得當年金馬獎最佳女主角獎。楊惠珊在息影之前有機會利用她已收放自如的身體（減去了二十公斤）在《我的愛》中詮釋現代都會中的女性。楊選擇將面對現代生活中種種污染的女性身體表現得緊繃僵硬。女性爲了面對及抵抗都會的壓力及啃噬，身體肌肉不斷地抽搐，生活上控制不住地不斷地清洗（廁所、食物、衣物）。女主角縱使選擇將

女性化的秀髮自殘式地割去，雕出一個男人式的小平頭，以陽剛的表象面對臺北，仍舊難以抵擋都會的侵噬。楊惠珊在《我的愛》中習慣性的痙攣透露著女性努力抵擋現代都會的受到的耗損及最終的枉然，以致於瀕臨崩潰的邊緣。

楊惠珊在七〇年代透過剝削女性身體的電影累積了相當的表演經驗。到了八〇年代，如同慾火鳳凰一般，精準地藉由女性身體的各種形貌詮釋了華人女性的面貌。楊惠珊可說是臺灣電影中最會利用肢體的女性演員了；楊惠珊總在她的表演裡找出、保留出一種不可抹殺的女性空間。她的肢體表演成就了臺灣電影八〇年代精彩的幾部女性電影；而在這些片子裡，楊惠珊的身體提供了不可忽略的一種女性書寫；在九〇年代的臺灣電影裡無人能及。

張毅雖對電影語言相當純熟，但若無楊惠珊的合作，片子很難突破到後來呈現出的境界。九〇年代中央電影公司找張艾嘉執導拍了兩部電影，其中主角也都爲女性，如此陰性指數偏高的片子是否會顯露精彩的女性書寫呢？

《少女小漁》

九〇年代的女演員除了楊貴媚在臺灣電影界有多樣的表現，另一位導演們喜歡使用的女演員當歸劉若英。劉若英在陳國富的作品擔綱（《我的美麗與哀愁》、《徵婚啓事》）、在林正盛的《美麗在唱歌》中扮演其中一個美麗；當然，還在張艾嘉的兩部中影作品中演出。不論是楊貴媚或劉若英都還沒有提供出如同楊惠珊令人印象深刻的肢體表演；那麼，臺灣電影九〇年代的女性書寫可在哪裡

顯現呢？

　　張艾嘉 1995 年的《少女小漁》改編自嚴歌苓的小說，講述在紐約一位大陸非法移民如何透過假結婚取得在美居留身分。《少女小漁》其實也是一個女性成長的故事。但電影並不強調女性經濟自主或情慾自主，而是一種更細膩的成長、肯定。女主角小漁在紐約的縫衣廠（sweat shop）非法打工，收入有限，但這並不構成女主角的困擾──電影並沒有將改善經濟狀況作為小漁的努力目標。小漁是因男朋友至美唸書打工而由大陸至美非法居留；小漁情感上已有寄託，情慾也不是她的困擾。《少女小漁》並不處理，如同楊德昌在八〇年代《海灘的一天》所關切的中產階級女性困境。《少女小漁》所關切的是一種較為難以捕捉的女性情懷。

　　這種女性情懷似乎不是用語言容易傳達的。難得的是，張艾嘉用電影的語言表現出了這狀態。劉若英不是一個氣勢很盛、外現的演員，為了傳達小漁內斂的性情，張艾嘉利用了相當女性的素材──輕柔布紗──來凸顯小漁的柔韌。例如，片子一開始，小漁從縫衣廠逃移民官突檢，跑到屋頂上，鏡頭追隨移民官，而小漁的存在是以她飄忽的紅色衣裙介入鏡頭的畫面。又如，願參與假結婚的美國佬馬力歐直覺到小漁的韌性（Mario, "she's a fighter, just not in a style we recognize."），而當小漁不在寓所，馬力歐以吸聞小漁粉色衣服來感受她的存在。

　　當然，光就以布紗並不見得便能傳達特殊的女性情懷，且柔韌並不構成小漁的成長。相對於馬力歐的偏向語文（作家），電影將女性定為偏向音樂的。電影不但將馬力歐的女朋友 Rita 定為歌手，還突兀地穿插了一段夏臺鳳軋的歌曲。歌曲發生在電影的後半部小

漁發現男朋友感情走私後，地點在縫衣廠。小漁與其他女工皆在車衣，夏臺鳳也是女工之一。收音機的音樂響起（辛曉琪的〈決定〉），夏臺鳳也就隨之放聲高歌。小漁及周遭女工抬眼望她，小漁更是若有所思。夏臺鳳身上及身旁皆有小孩沈睡，她的歌曲又如催眠曲。歌曲告一段落，下面接的畫面是小漁單獨地在房間內，一束光從窗外射入，小漁望向窗外，身前一盆花朵；畫面配上〈決定〉的鋼琴旋律。

在故事推動上，這一段夏臺鳳的戲完全多餘；但在女性情感的抒發上，它卻能有力地將之渲染出來。在這一段裡，女工們做著女性的縫衣工作，導演讓夏臺鳳較為成熟濃郁的歌聲蓋過辛曉琪嫩柔的聲音，又加入小孩沈睡的畫面——女工、女聲、母性支撐出一個「無言的」女性空間。之後小漁個人的片段，有著陽光、有著花朵、有著音樂，更是肯定了一種女性的沈靜存在。

若一定要尋找語言的話，則得看夏臺鳳唱出的歌詞：

> 其實我根本沒有看仔細　對感情一點也沒有看清
> 只是從來不曾懷疑　而來到這裡
> 早已給你全部的心　難道能夠把一切證明
> 你真的明白　何謂真心
>
> 也許你並不是我唯一的伴侶啊
> 雖然曾經最需要你給我鼓勵
> 相信你對我付出的是　真情真意
> 我不會我不曾　更不可能忘記　希望你

別在把我緊握在你的手裡啊

我多麼渴望自由自在的呼吸

你知道這裡的天空是如此美麗

就讓我自己做些決定

劉若英其實也是個歌手，但若安排她／小漁來直接唱〈決定〉，則會失去小漁獨自省思的空間。歌曲段落後，接下來小漁在房內獨望窗外；小漁在省思什麼、她需要做什麼樣的決定呢？小漁並沒有因為男朋友的情感走私而決定否定他倆的感情及關係。居留身分的獲得並沒有讓小漁急切地改變工作。小漁的成長、改變發生在對於自己關切、關愛、付出這些本能的堅持。

當馬力歐心臟出問題，懇求小漁不要將他送至生疏醫院孤獨氣絕，小漁決定成全他。縱使男朋友以決裂他們的關係做要脅，小漁仍舊決定留下陪馬力歐。女性的關照、關愛向來被定固在愛情或家庭的範疇內，關愛對象若與這些範疇衝突，則不被認可。小漁的決定及堅持擴展了女性情感的空間（雖然是關照又一個男人）；強調了對男友的真情真意及對馬力歐的關愛，倆者並不衝突。小漁期待、要求、堅持一個自由做如此決定的美麗天空。

張艾嘉巧妙地利用了紅粉色系衣裙傳達了小漁的存在、小漁的內斂；更利用了音樂鋪陳了小漁的省思、小漁結尾將做的決定。張艾嘉將女性較難以言說的特質、情懷以超劇情的電影手法呈現出來，可說是將通俗劇（melodrama = melo(dy) + drama）這一女性電影類型發揮到相當高的境界，在一個傳統的類型裡介入了細膩的女性書寫。若說《少女小漁》重新肯定且解放了從前被固限的某些女

性特質，那麼張艾嘉在《今天不回家》則幾乎完全倒轉，給了女主
角外在的改變，而行為卻仍舊固限在舊有的模式。

《今天不回家》

中影在與李安合作，以郎雄歸亞蕾的組合，兩度致勝（1993
《喜宴》，1994《飲食男女》）；趁勝追擊，1996 年，請不到李
安，找李崗編劇，再度邀約郎雄與歸亞蕾，導演請張艾嘉，拍出俏
皮的《今天不回家》。

表面上《今天不回家》的男女主角應是郎雄及歸亞蕾所飾的父
親與母親。片子的開頭及結尾都以這兩人的晨間活動做對比。電影
中郎雄及歸亞蕾也都雙雙出走；郎雄黏上了個豪爽女人，歸亞蕾貼
上了一個牛郎；片尾兩者又雙雙回家。兩者可說在故事情節發展上
是勢均力敵。但若從電影的結構風格來看，則完全不是那麼一回事
情。《今天不回家》是偏愛男性的。

張艾嘉在《少女小漁》中用超情節的電影語言呈現小漁的存在
及內心狀態，在《今天不回家》中如此的佈置大多都保留給了男性
角色。在片子開頭的十分鐘之內就插入了兩次郎雄老來思春、內心
慾念的片段——水中曼妙女體。郎雄對幼稚園園長楊貴媚的慾念，
片子也是用盡影音技巧來延伸。看牙變成了性事：鏡位顯示郎雄對
楊貴媚胸部的興趣；郎雄溫柔觸摸楊的臉頰，輕喃著「放輕鬆」；
修牙時楊貴媚發出尖叫，鏡頭又捕捉楊穿著涼鞋的腳緊縮後鬆緩。

歸亞蕾的母親角色則完全沒有內心片段的插入，電影給她的只
是單層的呈現——從頭到尾都是個母親，張羅錢、買菜、炒菜；走

到哪兒，都要佈置個家──一個其實從來沒有不回家的女人。電影情節安排的母親與牛郎的「同居」，也因母親的完全沒有慾望呈現而毫無張力。比起楊惠珊的慾望胴體及母性身體的有力表演，歸亞蕾縱使在浴室的戲也是遮遮掩掩，落得牛郎「你有的我都看過」的調侃，女性身體在《今天不回家》中完全被虛減掉了。雖說楊貴媚的身體好似有著性慾的力量，但電影是將它框入男性（郎雄）視點（male gaze）式的鏡頭中。

再看看次要的角色們。除了媳婦念床邊故事時插入的孫女扭呼拉圈的一個模糊片段（這其實又可能是孫女的觀點），《今天不回家》的其他插入片段或延伸佈置全歸男性角色。電影後半部，為了要凸顯趙文瑄所飾的兒子的焦躁，安排了起碼兩次待宰、剝光的雞隻片段；電影利用如此的插入將兒子走投無路、想要自私逃跑的念頭外現出來。《今天不回家》不但給了父子兩個角色插入片段，連陳小春所飾的女兒男朋友、杜德偉所飾的牛郎都得到了延伸性的片段。陳小春扮演一個過去是僑生、現在在臺拉保險的香港仔；整天與人交涉死亡的可能，他的焦慮便以客串特技演員，專門負責演被砍殺的戲來抒發；雖然是個配角，但他的存在常以電視畫面的方式介入其他角色的生活中（例如，女朋友在差點與別的男子發生關係時，陳小春突然在電視上出現，「制止」了劉若英的親熱）。

至於牛郎這角色，電影透過杜德偉能歌能舞的特色，以歌曲來延伸他的狀態。過去姚蘇蓉所唱的〈今天不回家〉，在這兒改變成可舞動的迪斯可版，由杜德偉在星期五餐廳裡表演，點示著牛郎樂於其專業、樂於不回家的狀態。另一次，杜德偉唱了一首抒情歌安慰離家的歸亞蕾，其實也就暗示了最後連最樂於不回家的牛郎都會

歸隊，投入回家的行列。

《今天不回家》不但在電影技巧上偏愛男性，在劇情上更是鞏固著非常傳統、男性中心的立場。《今天不回家》中的核心家庭本是由歸亞蕾飾演的媽媽所維繫，她雖然中途被逼得負氣離家，但本性難改，在牛郎處又設計了個家窩。可怕的是，媽媽用來維繫家庭的各式「美德」，到後來全傳給了下一代。劉若英演的女兒，本是個與男朋友同居，猶豫結婚的現代上班族；在電影的後半段發了瘋，第一個回家，照顧被幼稚園園長送回來的老爸。這女兒更進一步地屈服，將自己的財產拿出，幫已逃離國外的哥哥收拾爛攤子。最終，縱使看到老爸及老哥在婚姻中的表現，竟然義無反顧甜蜜地答應與港仔男友結婚。

劉若英的表現其實是女性對現代以男性為中心的「賴皮文化」無能破解而全面的投降。男人之所以能離家、在外逍遙，而後仍舊能回家，立基於要有某個女性，包容寬大盡責地扮演著似乎是太太，但實際上是一個母親的角色。這些男性，就像某位學者所說，實質上是一群未斷奶的男嬰，永遠需要女性無窮的寬容及關愛。這些未斷奶的男嬰設計出了「家」這個東西。《今天不回家》表面上以家為中心，其實以男性為中心；而這中心是必須得由女性來哄護的一個體制。男性制定規則，哄騙女性遵守，自己卻賴皮地時時違規，隨時理直氣壯地設計另一套方便自己的遊戲規則。

能讓這套賴皮遊戲繼續運作，除了占盡便宜（有時還裝蒜）的男性們的積極參與，也靠著母性特強的女性們的合作。在電影中唯一反制此一狀態的角色就是楊貴媚扮演的豪爽女人。雖然是幼稚園園長，但母性實在不強。她主張你爽我爽就好，周遭人拿她沒辦

法，連電影最後也不知如何處理她———一個真正不回家的女人。

　　也許一部由李安弟弟李岡編劇的電影，很難突破對家的依戀，很難對家提出真正的挑戰。但張艾嘉，一位在《少女小漁》中掌握了電影女性書寫要訣的導演，在《今天不回家》中卻——不論是透過劇情或技巧——都沒能給予女性成長轉變的空間；著實奇怪、令人失望。

國家圖書館出版品預行編目資料

中國女性書寫—國際學術研討會論文集

淡江大學中國文學系主編.— 初版.— 臺北市：
臺灣學生，1999[民 88]：面；公分

　ISBN 957-15-0974-4(精裝)
　ISBN 957-15-0975-2(平裝)

1. 中國文學 – 論文，講詞等

820.7   88010032

中國女性書寫—國際學術研討會論文集

主　　編　者：淡 江 大 學 中 國 文 學 系
出　版　者：臺　灣　學　生　書　局
發　行　人：孫　　　善　　　治
發　行　所：臺　灣　學　生　書　局
　　　　　　臺 北 市 和 平 東 路 一 段 一 九 八 號
　　　　　　郵 政 劃 撥 帳 號 0 0 0 2 4 6 6 8 號
　　　　　　電　話　：（0 2）2 3 6 3 4 1 5 6
　　　　　　傳　真　：（0 2）2 3 6 3 6 3 3 4
本書局登
記證字號　：行政院新聞局局版北市業字第玖捌壹號

印　刷　所：宏　輝　彩　色　印　刷　公　司
　　　　　　中 和 市 永 和 路 三 六 三 巷 四 二 號
　　　　　　電　話　：（0 2）2 2 2 6 8 8 5 3

定價：精裝新臺幣四七○元
　　　平裝新臺幣四○○元

西　元　一　九　九　九　年　九　月

臺灣 學生書局 出版

中國文學研究叢刊